中国现当代文学三百题

现當代文學

余江　主编
俞春玲　副主编

商務印書館国际有限公司
中国·北京

本书编写人员

主　编　余　江

副主编　俞春玲

编写者　侯　平　李彦文　马海洋

　　　　余　江　俞春玲

目录

上编　中国现代文学

第一章　第一个十年的文学
（1917—1927）

思　潮

诗 歌

小 说

散　文

戏　剧

第二章　第二个十年的文学（1927—1937）

思　潮

诗　歌

小　说

第三章　第三个十年的文学（1937—1949）

思　潮

诗　歌

小　说

散 文

戏 剧

下编　中国当代文学

第一章　20世纪50—70年代的文学

思 潮

诗　歌

小　说

散 文

戏 剧

第二章 20 世纪 80—90 年代的文学

思 潮

诗 歌

小 说

散　文

戏　剧

第三章　21世纪以来的文学

思　潮

诗　歌

小说

散文

戏剧

上编　中国现代文学

第一章 第一个十年的文学（1917—1927）

1. 新文化运动是在怎样的历史背景下发生的？主要做了哪些工作？

答：新文化运动在本质上是企求中国现代化的思想启蒙运动，它推动了文学革命的爆发，其发生有着深厚的历史文化基础。

一、社会变革下客观条件的成熟。晚清社会组织机构的变革，引起文化机制的变化。1908 年《钦定宪法大纲》规定了言论、著作、出版等自由，文学活动和创办报刊有了法律保障。现代出版业逐步兴盛，为现代知识分子提供了理性交往的空间，为文化和文学的普及奠定了传播基础。科举制度的废除迫使知识分子发生地位和角色转换，出现了以知识分子为主体的自由撰稿人队伍，产生了职业作家群。文学平民化、大众化的价值取向，使传统的文学接受主体发生变化，文学成为民众参与文化的工具，多样化的读者群随之出现。辛亥革命对封建帝制的摧毁，一战期间帝国主义列强对中国控制的放松，也为国人思想的自由发展提供了外部条件。

二、西方知识观念的促进。西学东渐，中国知识分子逐渐接受西方的近代科学观念，并以此为基点思考国家和民族命运，变革和维新成为时代主流。翻译事业兴盛，代表性的翻译家如严复，他将赫胥黎的《进化论与伦理学》翻译为《天演论》，产生了较大的影响。经济学、伦理学、法学等专业的大量名著陆续被翻译过来，引起了知识界观念的动荡。

三、文学自身发展的激荡。首先，资产阶级改良主义思潮下形成了政治和文化运动热潮，为中国文学从古典到现代的质变做了必要准备。梁启超等提出“文界革命”“诗界革命”“小说界革命”等系列口号，强调文学的社会现实功能。后来的“五四”新文化运动基本继承了这一文学与社会政治结合的思想，思想家、政治家常常把文学作为改良社会、育治人心、配合革命的工具。另外，晚清白话文运动和文学改良激发了文学自身发展的现代性追求。裘廷梁、黄遵宪等对白话文的倡导，林纾等对域外小说的翻译，王国维等对新的文学观念的引进，以及晚清时期部分小说的创作，都促使了古典文学式微中新文学的孕育。

新文化运动的思想启蒙主要做了两方面的工作：一是重评孔子，抨击文化专制主义，倡导思想自由；二是宣传民主和法制，广泛引进、吸收和运用西方先进文化，运用新的理论方法改变中国人的思想。

2.《新青年》杂志在现代文学史上有何重要意义？

答：辛亥革命失败之后，一方面，军阀混战，社会处于政治混乱而又思想控制相对松动的局面；另一方面，封建帝制的复辟对已经觉醒的知识分子形成巨大的威胁。正是在这样一种形势下，陈独秀创办了《青年杂志》(第二卷起，改名为《新青年》)。

1915 年 9 月，陈独秀主编的《青年杂志》在上海创刊，被视为新文化运动的肇始。陈独秀在发刊词《敬告青年》中指出了社会发展的趋势："人生如逆水行舟，不进则退，中国之恒言也。自宇宙之根本大法言之，森罗万象，无日不在演进之途，万无保守现状之理。"由此，陈独秀对青年提出了六点希望，即自主的而非奴隶的、进步的而非保守的、进取的而非退隐的、世界的而非锁国的、实利的而非虚文的、科学的而非想象的。向往自由、追求进步、积极入世、放眼世界、脚踏实地、相信科学成为鼓舞一代青年前进的信念。

1917 年起，《新青年》迁往北京；1918 年起，《新青年》由陈独秀、胡适、李大钊、刘半农、钱玄同、沈尹默等轮流编辑。该杂志联系了鲁迅、周作人等当时一大批进步的知识分子，成为开展新文化运动的重要战线。1920 年编辑部迁回上海，成为上海共产主义小组的机关刊物。1923 年迁往广州，成为中共的机关刊物，由瞿秋白主编。1926 年 7 月终刊，前后共出版 63 期。

《新青年》倡导"民主"与"科学"，希望从西方请来"德先生"

（Democracy）和“赛先生”（Science）以“救治中国政治上道德上学术上思想上一切的黑暗”[1]。在“五四运动”前后，《新青年》的主要内容是：大力提倡民主，反对专制；提倡科学，反对迷信；提倡新文学，反对旧文学。一方面眼光向内，重评孔子，抨击文化专制；一方面眼光向外，广泛引进和吸收西方文化，从而对禁锢中国社会前进的封建思想和文化发起猛烈的攻击。

《新青年》在中国的思想界产生了极大的影响，指引着时代前进的方向。《新青年》培育了整整一代青年，众多的现代文学开拓者、政治活动的积极参与者，都是在《新青年》的影响下参与到新文化运动中的。《新青年》吹响了民主和科学的号角，在中国最早传播了马克思主义，对推动新文化运动和时代进步产生了重大作用。

3.“文学革命”初期有哪些重要的理论文章？

答：在新文化运动的大潮中，胡适、陈独秀、周作人等都积极发表文章，阐释自己的理论主张，对于“文学革命”的发生发展产生了重要影响。

1917 年 1 月，胡适在《新青年》上发表了《文学改良刍议》，成为“文学革命”发难的标志。在这篇文章中，胡适阐释了文学的进化论，提出“一时代有一时代之文学”，发出白话文取代文言文的号召，针对中国旧文学的弊端，提出了文学改良的“八事”：一曰，须言之有物；二曰，不摹仿古人；三曰，须讲求文法；四曰，不作无病之呻吟；五曰，务去滥调套语；六曰，不用典；七曰，不讲对仗；八曰，不避俗字俗语。文章倡导的“提倡白话文，反对文言文；提倡新文学，反对旧文学”成为“文学革命”高扬的旗帜。

相对于胡适的温和措辞，陈独秀则表现出更加坚定的革命立场。1917 年 2 月，他发表了《文学革命论》，要由新文学而新政治、新社会；要写平民、写实、社会的文学，废除贵族、古典、山林的文学。文中提出三大主义：“曰推倒雕琢的阿谀的贵族文学，建设平易的抒情

① 陈独秀.《本志罪案之答辩书》，《新青年》第六卷第一号，1919-1-15.

的国民文学；曰推倒陈腐的铺张的古典文学，建设新鲜的立诚的写实文学；曰推倒迂晦的艰涩的山林文学，建设明了的通俗的社会文学。”陈独秀主要是以一个社会革命者的立场来谈论“文学革命”，与胡适文章互为补充，共同促成了“文学革命”的爆发。

“文学革命”的主张得到了众多有识之士的积极响应，还有许多学者侧重从语言学角度阐释“文学革命”的必要性，倡导“言文合一”，如刘半农的《我之文学改良观》、傅斯年的《文言合一草议》。1918 年 4 月，胡适又发表了《建设的文学革命论》，提出“国语的文学，文学的国语”作为“文学革命”的宗旨。

“文学革命”发难者的特色在于，他们处于 19 世纪末到 20 世初的新旧民主革命交替时代，巨大的时代紧迫感和责任感促使他们努力探索中国的新出路。深感中国传统文学对人精神的闭锁及其弊害，而要求进行文学革命，知识分子抱着处于历史中间地带而常有的社会道义和良知意识写作，是这些理论文章的共同背景。

4. 如何理解“五四”时期提出的“人的文学”？

答：通常认为，周作人是将“文学革命”的方向从“白话的文学”推向“人的文学”高度的重要功臣。

1918 年，周作人发表了论文《人的文学》，指出“现在应该提倡的新文学是‘人的文学’”，应该排斥的是“非人的文学”。周作人认为，中国文学中人的文学本来就极少，从儒教道教出来的文章，几乎都不合格。他将传统的非人的文学分为十大类：色情狂的淫书类；迷信的鬼神书类（《封神榜》《西游记》等）；神仙书类（《绿野仙踪》等）；妖怪书类（《聊斋志异》《子不语》等）；奴隶书类（甲种主题是皇帝状元宰相，乙种主题是神圣的父与夫）；强盗书类（《水浒》《七侠五义》《施公案》等）；才子佳人书类（《三笑姻缘》等）；下等谐谑书类（《笑林广记》等）；黑幕类；以上各种思想和合结晶的旧戏。周作人认为，“这几类全是妨碍人性的生长，破坏人类的平和的东西，统应该排斥”。

或许今天来看这种划分有失偏颇，但需要看到周作人的核心观点是以人道主义的观念，从文学与人的精神联系出发谈论文学变革。周作人也指出，传统文学作品在民族心理研究上，原都极有价值；在文艺批评上，也有几种可以容许；但在主义上，一切都该排斥。关于什么才是“人的文学”，周作人认为，“用这人道主义为本，对于人生诸问题，加以记录研究的文字，便谓之人的文学”。他强调作家应当观察、研究、分析社会人生问题，尤其关注底层，在创作中对改造社会持积极的态度，还要展示理想的生活。

周作人从欧洲文艺复兴思潮中找到了人道主义的源泉，提出要“重新发现人”。他认为文学的功用就在于这种发现，从而助成人性的健全发展。由此，与三纲五常的伦理思想大相径庭的个性主义，成为“五四”时期青年人对抗封建礼教、开辟“洪荒之路”的重要武器。周作人强调实现民族复兴、推动社会进步必须“从个人做起”，“要讲人道，爱人类，便须先使自己有人的资格，占得人的位置”。

1919 年，周作人又发表了《平民文学》一文，对“人的文学”进行了补充和具体化阐述。在这篇文章中，周作人将新旧两种文学概括为“平民的文学”和“贵族的文学”，指出新文学的创作应抱着真挚的情感，以通俗的白话语体描写人民大众的真实生活状况。

“人的文学”被认为是以人道主义为本的“为人生”的文学，强调文学是人性的、人类的，也是个人的。之后，以文学研究会为代表的一大批作家积极实践着这一观念，形成了“五四文学”创作的一股热潮。尽管稍后周作人就反思了“为人生”口号的狭隘性和功利性，但“人的文学”体现出的区别于旧文学的本质特征，仍然成为中国新文学建设中至关重要的一块理论基石。

5.“五四”时期为什么会兴起大量文学社团？有何意义？

答:“五四”时期，“文学革命”的发生使中国文学的风貌发生了深刻变化。这种革新的力量不仅来自于内部，更有外部因素的介入。彼时，外国文学思潮传入，对中国文学产生影响的同时，也带来不同思想的碰撞与融合。如现实主义、自然主义、浪漫主义、唯美主义、象征主义、尼采超人主义、无政府主义、马克思主义等多种思潮进入中国，在“五四”时期为不同的人所选择和实践。“五四”先驱们意识到文学对于改变人的思想的重要意义，他们急需表达和传递自己观念的平台。正是在上述契机之下，信奉不同理念、具有不同创作倾向的作家们分别产生了自然的聚合，故而兴起了大量的文学社团。

“五四”时期所兴起的社团有文学研究会、创造社、新月社、语丝社、浅草社和湖畔诗社等。大批文学社团的兴起，促进了文学创作的极大丰富，催生了一代“五四”新作家，也促进了他们在美学上、思想上的逐渐成熟，对于中国文学走向规范化和类型化产生了重要的影响。

6. 文学研究会的创作宗旨和艺术风格是什么?

答：文学研究会于 1921 年 1 月在北京成立，发起人有周作人、朱希祖、蒋百里、郑振铎、耿济之、瞿世英、郭绍虞、孙伏园、沈雁冰、叶绍钧、许地山、王统照 12 人，后来队伍逐渐发展壮大。他们以《小说月报》为主要阵地，还陆续编印了《文学旬刊》以及《诗》《戏剧》月刊等，出版了“文学研究会丛书”两百余种，对新文学的发展起到了重要的推动作用。

文学研究会承袭的主要是 19 世纪欧洲和俄国的现实主义和自然主义思潮，注重文学的社会实用性，宣称要“研究介绍世界文学，整理中国旧文学，创造新文学”。

文学研究会作家的实际创作是比较复杂的，但整体而言在创作方法上强调写实主义，以人生和社会问题为主要题材，注重对黑色现实和灰色人生的诅咒和批判。人们习惯于称他们的创作为“人生派”或“为人生”的文学。

叶圣陶对学校知识分子和城镇小市民的刻画，乡土小说作家群描写底层劳动人民苦难、暴露国民愚昧的小说等，都展现了这一社团的创作实绩。与此同时，这一社团中沈雁冰、郑振铎等人的编辑、评论，也对文学创作具有规范和指导意义。

文学研究会作为“五四”文学革命后成立的第一个纯文学社团，

促进了关于文学功利性与审美性的思考和探索，对中国现当代文学的发展具有重要意义，其许多主张和创作方法至今仍在产生着影响。

7. 创造社在文学创作上有何追求？

答：创造社于 1921 年 6 月成立于日本东京，成立之初，成员有郭沫若、张资平、郁达夫、成仿吾、田汉、穆木天、张凤举、徐祖正、陶晶孙、何畏等人。这些留学生虽然身在国外，但心怀祖国，力求参与到中国的文化、政治变革中来。他们满怀热情筹措资金，创办了十余种刊物，如《创造》季刊以及《创造周报》《创造日》《创造月刊》《洪水》，同时编辑和出版“创造社丛书”。从文学创作和理论倡导各个方面，创造社都对新文学的发展产生了重要影响。

在不同的历史时期，创造社呈现出不同的文学主张和美学风貌。以 1925 年“五卅”为界，创造社的文学活动分为前后两个时期。

受到欧洲启蒙主义和浪漫主义的影响，创造社初期主张“为艺术而艺术”，强调文学必须忠实地表现作者自己“内心的要求”；讲求文学的“全”与“美”，推崇文学创作的“直觉”与“灵感”，比较重视文学的美感作用。创造社成员的创作和研究有各自的特点，但在自我抒情的倡导和实践中又表现出比较一致的倾向。郭沫若的诗歌开垦、郁达夫的小说创作、田汉的戏剧探索以及成员们大量的翻译、理论成果，体现了“五四”一代反抗权威、追求自由、再造民族精神的信念，创造了现代文学史上浪漫主义的一个高峰。

后期创造社提倡“表同情于无产阶级”的革命文学，思想“左”倾，倡导作家要具有无产阶级意识，要求文学适应革命形势的需要，面向工农大众；刊物也更注意马克思主义理论和社会科学问题的研究和宣传。然而关于“五四”以后的文学创作和鲁迅等作家，创造社将其作为资产阶级、小资产阶级意识代表进行了偏激的批判，由此引发了“革命文学”的论争。

在表达自己的主张、争夺话语权的过程中，创造社与文学研究会等发生过一些论争，但也共同促成了“五四”文坛朝气蓬勃的景象，对现代文学不同流派的形成具有推动作用。

8.“五四”时期发生了哪些重要的论争？

答：在“文学革命”轰轰烈烈开展的时候，也有一部分学者抱守着固有观点，或者不能理解“文学革命”倡导的意义，从而发出了反对“文学革命”的声音，其中几个重要的“反对派”如下。

一是“清流”古文派代表林纾。

在短篇小说《荆生》和《妖梦》中，林纾已经表达了自己对新文化运动的反感与不屑。在《致蔡鹤卿太史书》中，林纾又进一步阐明了自己的观点，主要有二：一是反对“覆孔孟，铲伦常”，二是反对“尽废古书，行用土语为文字”。林纾说道：“外国不知孔孟，然崇仁、仗义、矢信、尚智、守礼，五常之道，未尝悖也，而又济之以勇。弟不解西文，积十九年之笔述，成译著一百三十三种，都一千二百万言，实未见中有违五常之语。”

时任北京大学校长的蔡元培回复以《答林琴南书》。在驳斥了林纾的观点后，蔡元培谈到了自己对“大学”的看法，认为：“大学者，囊括大典网罗众家之学府也。”认为对于学说，“应当仿世界各大学通例，循‘思想自由’原则，取兼容并包主义。……无论为何种学派，苟其言之成理，持之有故，尚不达自然淘汰之运命者，虽彼此相反，而悉听其自由发展。”

林纾与蔡元培的论争主要还是对于新文化运动的态度不同。林纾不能认同的是新文化对传统文化（儒家学说和文言文）斩尽杀绝的姿态，认为文言文是最优美的语言，承载着宝贵的中华文化。蔡元培则倡导学术自由，愿意给新文化包括传统文化的支持者以充分的辩论空间。

二是学衡派。

1922年，梅光迪、胡先骕、吴宓等创办了《学衡》杂志，被称为“学衡派”。学衡派的宗旨是：“昌明国粹，融化新知，以中正之眼光，行批评之职事。”他们也对新文化运动包括新文学提出了批评。

梅光迪的《评提倡新文化者》一文，言辞犀利，认为新文化运动的提倡者存在种种弊端：彼等非思想家，乃诡辩家也；彼等非创造家，乃模仿家也；彼等非学问家，乃功名之士也；彼等非教育家，乃政客也。认为新文化的倡导者以新异学说迎合年轻人，否定优秀传统文化，名义上倡导自由，实则没有给文言文以自由发展的空间；对于西方文化并无深刻认知，仅仅袭来一些浅陋学说便大肆宣扬；不能潜心研究学问，而是趋时投机；不能使学生博采众长然后拥有自己的思辨，而是只顾宣扬自己的学说。梅光迪认为，新文化运动必定失败。

吴宓写了《论新文化运动》一文，认为新与旧是相对的，原有的不一定是不好的，应当全面地看问题；同时，不能完全否定对前人的学习，先有模仿而后有自己的特色，“又如中国之新体白话诗，实暗效美国之 Free Verse。而美国此种诗体，则系学法国三四十年前之 Symbolists”。中国的语言文化源远流长，不应舍弃，可与西方文化兼收并蓄，相得益彰，“其关系全在选择之得当与否”。

学衡派与其他保守派别的区别在于，主要成员都接受过最具时代特征的新学教育，大部分留学海外，对西方文化具有较深入、全面的了解和把握；他们的思想源泉来自西方的新人文主义，不是来自于中国传统文化本身。

他们愤愤不平之处在于：“故今有不赞成该运动之所主张者，其人非必反对新学也，非必不欢迎欧美之文化也。若遽以反对该运动之所主张者，而即斥为顽固守旧，此实率尔不察之谈。”鲁迅在《估学衡》一文中则说，他们“于新文化无伤，于国粹也差得远”。

对学衡派，学界存在着不同的评价，一种观点认为他们是阻挡现代文化进程的封建复古主义集团，是与反动军阀的政治压迫相配合的阴暗文化势力；另一种观点则认为，他们企图救治新文化运动的偏激，是一种更全面更深刻的文化追求。

三是甲寅派。

1925 年，章士钊复刊了《甲寅》周刊，明确宣布该刊不会采用白话文文章。他先后发表了《评新文化运动》《评新文学运动》等文章，试图从逻辑学、语言学、文化史等角度论证白话文不能代替文言文，认为“吾之国性群德，悉存文言，国苟不亡，理不可弃”。

客观地来看，新文化运动的倡导者并非要全盘否定中国传统文化，他们当中的很多人本身也对传统文化有深入的研究。他们反对的是将三纲五常的狭隘观念作为所谓的孔教去固化中国人的思想，要改变由此造成的中国暮气沉沉、停滞不前的状况。在论争的过程中，论争双方难免有意气用事、措辞激烈之处，也难免出现矫枉过正的现象，这恰恰体现了时代变革中持不同观点的人思想上的激烈交锋，反映了文学革命的艰难。

9. 外国文学思潮对中国现代文学第一个十年有哪些影响?

答：在中国现代文学的第一个十年，“文学革命”的发生打破了此前固化的文学态势，使中国文学大踏步走上现代化的道路，其中外国文学思潮的影响是不可忽视的重要外部因素。

首先，外国文学思潮是“文学革命”的一个重要推手。胡适在酝酿文学革命时，便意识到了欧美诗坛意象主义运动的重要价值。胡适打破传统文学观念的束缚，与意象派对于西方传统诗歌固化形式的反叛、倡导运用口语等不谋而合。在意象派的启发下，胡适写成《文学改良刍议》，在国内引发了重要反响。此后陈独秀的《文学革命论》也强调要以欧洲文艺复兴以来的文学为楷模，进行文学革命。周作人的《人的文学》对于人道主义的宣扬和“灵肉一致”的人生的主张，也是以欧洲文艺复兴对人的发现为模板的。

其次，外国文学思潮的涌入促成了大量文学社团的成立。现实主义、浪漫主义、自然主义、唯美主义等思潮，在“五四”时期为不同的人所选择和实践。在此种语境之下，基于艺术选择的不同，信奉相同的艺术思潮和具有相同创作倾向的作家群分别产生了自然的聚合，故而兴起了大量的文学社团。如文学研究会主张现实主义，创造社倾向于浪漫主义，新月社坚持自由主义等，皆有外国文学思潮的影响背景。

再次，外国文学思潮的涌入，对于中国现代文学第一个十年的文学创作产生了重要影响。“问题小说”创作潮流的涌现，大量易卜生式的“问题剧”的诞生，受日本俳句和泰戈尔诗作影响而出现的“小诗热”等，都体现了外国文学思潮对中国作家创作灵感的激发和方法的引导。

10.“文学革命”取得了哪些重要成绩？有何意义？

答:“文学革命”取得的重要成绩有:

一、实现了言文合一。文学革命反对文言文、提倡白话文。“五四”后，白话文取得了对文言文的胜利。白话文走上报纸杂志，走入中小学课本，走进广大百姓的学习生活中。白话文得到推广，求得了语言和文体的解放，为新文学、新思想的产生与传播打下了良好的基础。

二、外国文学资源得到积极吸收。外国文学思潮的广泛涌入改变了中国文学的生态环境，现实主义、自然主义、浪漫主义、唯美主义、象征主义、印象主义等文学思潮都被译介到中国，产生了不同程度的影响。新文学社团大量出现，文学思潮的论争和文学创作逐步呈现出繁荣景象。文学研究会、创造社、新月社、语丝社、浅草社和湖畔诗社等具有不同宗旨和特色的文学社团的兴起，显示了文学革命对青年人的积极影响。

三、文学理论建设取得了初步成果。《文学改良刍议》《文学革命论》《人的文学》等是这一时期的重要理论文章，从语言、形式以及思想建设等方面为文学革命找到了突破口。

四、出现了一批具有代表性的文学作品。鲁迅 1918 年 5 月发表《狂人日记》，是中国现代文学的开端。此后，小说如冰心《斯人独憔悴》、许地山《命命鸟》、郁达夫《沉沦》，诗歌如胡适《尝试集》、郭沫若《女神》、汪静之《蕙的风》，戏剧如胡适《终身大事》、郭沫若《棠棣之花》、田汉《梵峨璘与蔷薇》、陈大悲《幽兰女士》，以及文学研究会、创造社作家的散文创作及周作人的言志派散文等，都从不同角度体现了对历史与现实的思考，呈现出多样化的创作风格和特点。

虽然先驱者们在观点的阐发上存在偏激之处，文学创作也还有不成熟的地方，但是作为我国历史上前所未有的一次伟大而彻底的文学革新运动，文学革命仍然具有十分重要的历史意义:

一、文学观念的更新。批判封建文学观念，破除文以载道、代圣人立言的守旧思想。提出了新的文学创作观念，如国民文学、社会文学，尤其是人的文学、平民文学观念的提出，形成创作思想上的重要冲击。进步作家们力求恢复文学中人的尊严，促成“文学是人学”的实现。

二、语言文体的解放。白话文得到推广，运用白话、形式自由的新诗取代了讲究对仗、平仄、韵律的律诗，形散而神不散的现代散文取代了讲究起承转合的古文，小说的叙事视角、结构等都发生了改变。语言和文体的解放，为新文学、新思想的产生与传播打下了良好的基础，形成了具有民族特色的现代文学语言形式，奠定了二十世纪中国文学的基本审美价值取向和多元并存的接受心理基础。

三、与世界文学的对话。建立了中国文学与世界文学的密切关系，让中国在短时间内急速追赶世界文学的潮流。部分新文化运动倡导者尤其注重吸收苏俄文学，传播了马克思主义文艺思想，深刻影响了后来文学潮流的发展。

四、文学创作主体力量的积聚。文学革命后形成的作家队伍在此后半个多世纪的中国文坛发挥着重要作用，他们的创作传承了文学现代性赓续的传统。作家们开创了新的主题领域和人物形象谱系，呈现出多样化的创作风格和特点，时至今日仍然产生着深刻的影响。

11. 现代文学第一个十年的总体创作潮流是怎样的?

答：这一时期创作潮流的主要特征是：

一、理性精神的显现

主张文学服膺于思想启蒙，注重将文学作为改造社会、人生的工具，强调以现代科学和民主的精神去指导新文学的创作，使第一个十年的现代文学具有了强烈的理性批判的色彩。“重新估定价值”的理性批判精神与由于“人的发现”“文学的发现”引起的理性探索精神，贯穿于第一个十年的几乎所有作品中。

二、感伤情调的流行

在新文学的第一个十年，笼罩于整个文坛的空气主要是感伤的。作家们常表现苦闷感、孤独感、彷徨感。比如初期“问题小说”对人生命运的慨叹、创造社作家对个人与民族命运的哭号，后起的“乡土小说”中弥漫的乡愁。感伤成了这时期新文学的一种精神标记，映照着“五四”历史转折时期普遍的社会心理。这种文学上的感伤情调，可以说是现代中华民族和文学进入历史青春期必有的感情标志和心理气氛。

三、个性化的追求

写个人生活、个人情绪，成为第一个十年的普遍现象。虽然这一时期的文体发展尚不成熟，但作家们的创作风格却是千姿百态，每种风格都浸润着作家自身的个性。如创造社将“表现自我”作为自觉的文学追求，大胆地暴露与批判；浅草社孜孜于“向内，在挖掘自己的魂灵”；文学研究会作家的不少作品也具有很强的主观性。

正是因为不拘泥于形式、适合于充分表现作家的个性，散文小品大量涌现。朱自清在 20 世纪 30 年代就指出，“五四”阶段散文创作派别林立，“有种种的样式，种种的流派，表现着，批评着，解释着人生的各面。迁流曼延，日新月异：有中国名士风，有外国绅士风，有隐士，有叛徒，在思想上是如此。或描写，或讽刺，或委曲，或缜密，或劲健，或绮丽，或洗练，或流动，或含蓄，在表现上是如此”[①]。这时期产生了鲁迅、周作人等散文大家，以及冰心、朱自清、郁达夫、林语堂等不同风格的散文名家。

四、多样创作方法的尝试

新文学对时代现实的关怀及其所担负的思想启蒙的任务，以及十九世纪欧洲特别是俄国现实主义文学的决定性影响，使现实主义成为“五四”时期乃至第一个十年最普遍的创作方法。但“五四”时期，现实主义并不是一元独尊，它与浪漫主义、现代主义等其他思潮、方法多元并存。鲁迅等作家在文体与叙事技巧上进行了文学创作的种种实验，共同促成了非常活跃的创作局面。

12. 什么是“五四”新诗运动？有何文学史意义？

答：“五四”新诗运动是指“五四”时期从诗歌形式上的解放入手，追求诗的“散文化”与“平民化”的运动。这时期胡适等人提出

① 朱自清．朱自清序跋集［M］．苏州：古吴轩出版社，2018：6.

了“作诗如作文”“诗体大解放”等主张，追求彻底打破中国古典诗歌的形式规范，创立自由体的白话诗。代表诗人有胡适、刘半农、沈尹默、俞平伯、康白情、刘大白、周作人、朱自清等。

胡适等人继承了晚清“诗界革命”师法欧美、以文为诗、以议论为诗的文学思想遗产，然而更重要的是革新。胡适在纲领性的《论新诗》里明确提出，必须“推翻词调曲谱的种种束缚；不拘格律，不拘平仄，不拘长短；有什么题目，做什么诗；诗该怎么做，就怎么做”；后来，他又将上述主张概括为“作诗如作文”。这一主张，受到了宋诗传统和“诗界革命”的启示，其包括了两个方面的要求：一是打破诗的格律，换以“自然的音节”（“顺着诗意的自然曲折，自然轻重，自然高下”）；二是以白话写诗，不仅以白话（口语）词语代替文言，而且以白话的语法结构代替文言语法，并吸收国外的新语法，即实行语言形式与思维方式两个方面的散文化。

这一主张背后，蕴含着时代所要求的诗歌观念的深刻变化。胡适还提出了“诗的经验主义”，其核心就是他所说的“言之有物”，也即“有我”与“有人”，前者突出了写作者主体的性情与见解，后者强调了与人民群众的沟通和交流，这正是“五四”时期启蒙主义在诗歌观念上的反映。

创造新诗的试验，从一开始就遭到了仍占主导地位的诗词传统与读者中的习惯势力的压迫与抵制。反对最强烈的是学衡派梅光迪、吴宓、胡先骕等人，他们认为诗须有格律，但新诗仍然发展起来了。从1918年《新青年》4卷1号正式发表第一批新诗（有胡适的《鸽子》、刘半农的《相隔一层纸》、沈尹默的《月夜》等），到1920年胡适的《尝试集》出版，不过两年时间，新诗取得了引人瞩目的成就。

“五四”新诗运动实现了“五四”文学革命在创作实践上的突破，是对发展得过分成熟、人们业已习惯、但已脱离了现代中国人思维、语言的中国传统诗歌语言与形式的一次有组织的变革，从而为新的诗歌语言与形式的创造开辟了道路。但这一运动某种意义上模糊了“诗”的文体特征，对中国传统诗歌“断裂”大于“继承”，带来的问题也不容忽视。

13. 现代文学第一个十年新诗的流变线索是怎样的?

答：现代文学第一个十年新诗的流变线索大致是：胡适等早期白话诗人的创作，到郭沫若等早期创造社诗人、“湖畔诗人”、冰心等“小诗”诗人、冯至的创作，以及前期新月诗派、早期象征派和早期无产阶级诗歌。各段时间上大致有先后，但也有交叉。

早期白话诗人胡适、刘半农、沈尹默等诗歌的共同特点是强调“经验”，偏于说理，冲淡、平实，崇尚语言的自然节奏，明白如话，表现出散文化倾向。胡适的《尝试集》显示出寻找、试验新诗形态的艰难过程。

郭沫若等早期创造社诗人把情感与想象作为诗歌的基本要素加以突出和强调。郭沫若 1921 年出版的诗集《女神》“开一代诗风”，使诗的抒情本质与个性化得到充分发挥。

1922 年，汪静之等“湖畔诗人”出版了诗集《湖畔》《蕙的风》等。他们的诗带有个人和历史青春期的特色。

1923 年，冰心的《繁星》与《春水》、宗白华的《流云小诗》出版，使即兴式的短诗“小诗”引起了人们的关注与兴趣。

冯至这一时期写有诗集《昨日之歌》(1927 年出版)。他的诗表现出艺术的节制，着意追求诗情的哲理化。

闻一多、徐志摩为代表的前期新月诗派使新诗走向“规范化”的道路。他们提出了“理性节制情感”的美学原则与诗的形式格律化的主张。

李金发、穆木天等早期象征派诗人提出了“纯诗”的概念。他们强调诗“暗示”与“朦胧”的特质，关注诗歌“自我感觉的表现”功能。

1923 年早期共产党员邓中夏等人提出，新诗必须自觉充当无产阶级领导下的民主革命的“工具”。蒋光慈的诗集《新梦》(1925 年出版)是无产阶级革命诗歌的先声。

14. 为什么说郭沫若诗歌能代表“五四”时代的精神特征?

答：郭沫若的诗歌以《女神》为代表，一问世便以其情感和诗体的大解放宣告了自由体新诗时代的到来。而《女神》中具有破坏精神和创造精神的自由解放的抒情主人公形象，充分反映了“五四”时期的时代精神。

首先，郭沫若的《女神》创造了一个体现“五四”时代精神的自我形象。这个形象借助泛神论将“人”提高到“我即是神”的地位。他在诗歌《梅花树下醉歌》中写道“我赞美这自我表现的全宇宙的本体”，就体现了他对“我”的重要性的强调。而“五四”就是一个个性解放的时代，是一个彰显自我的时代，是一个发现了“人”的时代。

其次，他笔下的自我形象具有超凡的毁坏力和创造力。他在《天狗》中塑造的天狗形象就展示了吞噬一切的破坏力；而破旧的同时也在立新，“啊啊，不断的毁坏，不断的创造，不断的努力哟”（《立在地球边上放号》），毁坏背后蕴藏着新的创造力。而“五四”就是一个破旧立新的时代，宣扬“进化论”，打破旧有传统，建立新秩序。

再次，这个自我形象有对“五四”后新生的中国的无限眷恋和热爱之情。郭沫若的诗歌《炉中煤》就是一首爱国恋歌，为了祖国，他将自己“燃到了这般模样”。而“五四”时代不管是“启蒙”还是“救亡”，其时代精神都是指向“爱国”的。

最后，郭沫若笔下的自我形象胸襟开阔，具有广博的人类情怀、宇宙意识。他在诗歌《晨安》中，不仅向祖国道一声“晨安”，也深情地问候俄罗斯、恒河、印度洋、大西洋、太平洋等，表现出胸怀世界的现代精神。而“五四”时代正是一个放眼世界、向世界学习的时代。

郭沫若在诗歌中将自己的情绪一览无余地宣泄，打破传统诗歌格律诗行的束缚而追求诗歌的自由，也展现了“五四”时代追求自由、打破界限的时代精神。

15. 为什么说“湖畔诗人”的诗歌带有历史青春期的特色？

答：1922 年，汪静之、冯雪峰、潘漠华、应修人在杭州成立湖畔诗社，先后出版有诗歌合集《湖畔》《春的歌集》和汪静之的诗集《蕙的风》等。他们致力于诗歌创作，被称为“湖畔诗派”，文学史上称这四位诗人为“湖畔诗人”。

"湖畔诗人"不是新旧时代的过渡人物，而是沐浴着"五四"精神成长起来的一代新人。他们写诗的时候，基本上是"五四"高潮时期，还没有"五四"落潮后的苦闷与彷徨，他们身上具有清新、自然、纯情、率真的特点。他们的作品主要写爱情，爱情诗是他们对中国诗歌的主要贡献，代表作如应修人《妹妹你是水》、汪静之《过伊家门外》。他们笔下的爱情诗和自然景物诗都带有历史青春期的特色。朱自清说他们"赞颂的又只是清新、美丽的自然，而非神秘、伟大的自然；所咏歌的又只是质直、单纯的恋爱，而非缠绵、委屈的恋爱"[①]。

"湖畔诗人"的情诗，男女之爱是以人的率真和独立性为前提的，通过对人的正常情感的大胆告白与肯定，展示了"五四"新人的青春人格与气质。"湖畔诗人"笔下天真、开朗的自我抒情主人公形象是时代精神与诗人个性精神的统一。"湖畔诗人"的诗歌创作是时代的产物，体现了那个时代少年般的浪漫。

16."小诗"的来源和艺术特征是什么?

答:"小诗"是一种即兴式的短诗，一般以三五行为一首，表现作者刹那间的感兴，寄寓一种人生哲理或美的情思。"小诗"的代表性诗人及其作品有：冰心的《繁星》《春水》、宗白华的《流云小诗》《夜》等。

周作人认为，"小诗"的来源在印度和日本。[②] 现在也一般认为中国现代"小诗"的来源在于周作人翻译的日本短歌、俳句和郑振铎翻译的泰戈尔《飞鸟集》。学者罗振亚则指出:"中国'小诗'域外传统的主体乃日本俳句，而周作人和泰戈尔只是受俳句影响'小诗'的两座'文化桥梁'。"[③]

"小诗"的艺术特征有:(一)表现对于平凡事物之特殊的感兴而

---

① 朱自清 . 蕙的风·序［M］// 朱自清全集 4 卷，南京：江苏教育出版社，1990：52.

② 周作人（署名仲密）. 论小诗［N］. 晨报附刊·晨报副镌，1922-6-21、22.

③ 罗振亚 . 日本俳句与中国"小诗"的生成［J］. 中国社会科学，2010（01）：186-198.

达到平凡的特殊化。（二）表达简练含蓄，一首一般只有三到五行。（三）注重构筑个人的情感世界，以诗言我、言景、言理，常因顿悟、直觉突破事物的表面和直接意义，发掘深邃的感受和哲理。（四）精神情调上充满感伤的气息。受到中国古典诗歌悲凉抒情基调和日本俳句“物哀”传统的影响，“小诗”也有着淡淡的哀伤和忧愁。①

17. 如何理解鲁迅称冯至是“中国最为杰出的抒情诗人”？

答：冯至于 1927 年和 1929 年分别出版了《昨日之歌》和《北游及其他》两部诗集。他自称是在郭沫若的《女神》影响下从事现代抒情诗的创作，但他也有自己的独立创造与贡献。1936 年鲁迅在《中国新文学大系 · 小说二集》序中把冯至誉为“中国最为杰出的抒情诗人”。②

鲁迅的评价对奠定冯至在中国文学史上的地位起到了重要作用。这一评价较多地基于鲁迅个人的诗歌理念和欣赏趣味，也蕴含着鲁迅对新诗的认识和对诗歌发展的期待。鲁迅认为诗要有抒情性、含蓄性和音乐性，冯至的诗歌具有这样的特质。在热烈悲凉的生存体验、饱经忧患的人生况味、沉潜蕴藉的诗美追求上，鲁迅与冯至达到了心灵层面的共鸣。

冯至抒情诗的最大特色是处处表现出艺术的节制。内心的激情不采取直接倾泻的方式，或外化为客观的形象（如《蛇》），或蕴含于简单情节的娓娓叙述中（如《雨夜》）。诗人着意追求诗情的哲理化，他的抒情诗具有一种“沉思”的调子，决定了他的创作下一阶段向“哲理抒情化”发展的方向。在形式上采取了半格律体。他的诗不仅情调感伤苦闷，而且诗的节奏舒缓，音韵柔美，形成了“五四”新诗中独具一格的“幽婉”的风格。冯至的叙事诗将抒情与叙事融为一体，也

---

① 参见罗振亚 . 日本俳句与中国“小诗”的生成［J］. 中国社会科学，2010（01）: 186–198.

② 鲁迅 . 中国新文学大系 · 小说二集 · 序［M］// 鲁迅全集 6 卷 . 北京：人民文学出版社，1981 : 242.

达到了很高的水平。

鲁迅和冯至都是在中国诗歌传统的欠缺处开始新的思考的。冯至的诗歌早在1920年就已经出现了从情感抒发型到经验书写型的转向。学者李怡以“远取譬”概括冯至的艺术方式，认为从与传统抒情有距离的语言建构的方向观察，才能深入理解冯至真正的诗歌史贡献，也更能理解鲁迅评语的深意。[①] 20世纪40年代冯至著有诗集《十四行集》，在文学史上备受赞誉，这也足以证明鲁迅的眼光和冯至探寻的价值。

18. 何谓新月诗派？它与新月社、新月派是什么关系？

答：新月诗派萌发于20世纪初的清华文学社，与1923年成立的新月社也有关联。闻一多1923年9月出版的诗集《红烛》，可谓新月诗派酝酿时期所取得的最重要的成绩。新月诗派分为前期和后期，一般以《晨报副刊·诗镌》时期（1926年4—6月）为前期，以《新月》创刊至停刊（1928年3月—1933年6月）为后期。

新月诗派的形成以1926年4月1日《晨报副刊·诗镌》的创刊为标志。1928年3月《新月》月刊创刊以及陈梦家、方玮德、卞之琳、林徽因等新月诗派后起之秀的崛起，意味着新月诗派进入繁荣期。1931年徐志摩创办《诗刊》、陈梦家选编出版《新月诗选》，则表明新月诗派发展到了它的顶峰。然而，随着20世纪30年代初期《诗刊》《新月》相继停刊，新月诗派诗人有的逝世（如朱湘、徐志摩），有的转向（戴望舒、卞之琳等转向“现代派”），有的放下了诗笔（如闻一多、陈梦家），新月诗派迅速瓦解。

在新诗已经基本立足以后，新月诗派所要做的，一是在新诗和旧诗间架起桥梁，二是把创作的重心从早期白话诗人关注“白话”（非诗化）转向“诗”自身，即“使新诗成为诗”，提出了“理智节制情感”的美学原则和诗的形式格律化的主张。中国的新诗创作于是进入了一个“自觉”的时期。

---

① 李怡.“远取譬”与鲁迅对冯至的评价问题［J］.华南师范大学学报，2014（04）：136-139.

新月诗派与新月社、新月派的关系较复杂。“新月社”名称由徐志摩提出，一般认为此名称与泰戈尔的诗集《新月集》有关。新月社成立于1923年3月、解体于1926年秋天，彻底结束活动则在1933年。新月诗派与新月社有少数成员重叠，徐志摩、闻一多、饶孟侃等既是新月社成员，也属于前期新月诗派。新月社成员有诗人、戏剧家、学者，还有实业家、银行家、政客、军人、交际花等，新月诗派则由诗人组成。新月社是文艺团体，新月诗派是诗歌流派。从时间上看，新月社与后期新月诗派无关。

“新月派”一词源自《新月》，起初它主要被当成一个政治思想派别，后来在文学方面（包括诗歌、散文、小说、戏剧和文艺理论）成就突出。新月派形成于1926年4月1日《晨报副刊·诗镌》创刊，瓦解于1934年8月1日《学文》月刊停刊。学界中多数人一直以“新月派”指称“新月诗派”，这可能与新月诗派在中国现代文学史中不可替代的地位和影响有关。但是这种指称以新月派在诗歌上的成就和影响覆盖了散文、小说、戏剧和文艺理论，并不准确，可以认为，新月诗派是新月派的一个支派。[①]

19. 新月诗派的诗学主张和历史价值是什么?

答：新诗在产生和初步发展之后，迫切需要确立新的艺术形式与美学原则，走向“规范化”的道路。新月诗派在新诗发展史上所担负的正是这样的历史使命，其诗学主张有：

一、“理性节制情感”的美学原则。新月诗派反对诗歌中情感的过分泛滥，以及不加节制地直抒胸臆的抒情方式。新月诗派的主张受到了西洋（特别是英诗）的影响，试图纠正自由诗不讲究艺术经营、放任感情泛滥的倾向；也接续上中国诗将情感消融于自然意象，追求情景交融、物我合一的传统。他们所要推崇的“理”是一种自我克制，而并非早期白话诗人及后续者追求的诗的哲理化。

二、“新诗格律化”的主张。闻一多在《律诗底研究》（1922年）、

① 参见付祥喜．新月派考论［M］．北京：中国社会科学出版社，2015：19-21，37-43，61-64.

《诗的格律》（1926年）中批评自由诗的“非诗化”，强调均齐的美，倡导“新诗格律化”，鼓吹诗的“三美”，即“音乐美，绘画美，建筑美”[①]，从外在形式上对诗歌创作提出规范。“音乐美”强调“有音尺，有平仄，有韵脚”；“建筑美”强调“有节的匀称，有句的均齐”；“绘画美”强调“词藻”。新月诗派明确提出以“和谐”与“均齐”为新诗最重要的审美特征。

三、客观抒情诗和叙事诗的创作。新月诗派诗人变直抒胸臆的抒情方式为主观情愫的客观对象化。闻一多曾介绍他的作诗经验：在“初得某种感触”、感情正烈时并不作诗，要等到“感触已过，历时数日，甚至数月以后”，“记得的只是最根本最主要的情绪的轮廓，然后再用想象来装成那模糊影象的轮廓”，把主观情绪化为具体形象。[②]新月诗派还做了加强诗歌中叙事成分的尝试，如朱湘的《王娇》、闻一多的《罪过》、徐志摩的《大帅》。

新月诗派的诗学主张，纠正了早期新诗创作过于自由散漫、创作态度不严肃造成的一定程度的混乱局面，使新诗趋于精练与集中，具有了相对规范的形式，达到了形式与内容上的和谐，极大地推动了新诗的发展。

20. 徐志摩的诗歌有怎样的艺术风格？

徐志摩的诗歌体现出浪漫主义与唯美主义的统一。他的作品充满了浪漫情思，并融合唯美主义，展现出个体的生命体验和精神世界。如他的《雪花的快乐》，雪花纷纷扬扬地飞舞，消融在爱人“柔波似的心胸”，整体构建出一种静谧而热烈的意境。诗人将个人灵魂附着在飞扬的雪花上，从而表现出生命的热情律动。

徐志摩诗歌实现了传统与现代的融合。他的诗歌中洋溢着自然相映成趣的爱的激情、逍遥自得的自由追求以及和谐圆融的自然之美，

① 闻一多．诗的格律［N］．晨报副刊・诗镌，第7号，1926-5-13.

② 闻一多.1928年给左明的信［M］// 闻一多全集12卷．武汉：湖北人民出版社，1994：245-246.

展现出徐志摩所具备的中国式自然之魂以及中国古典诗人的人生境界，在人与自然的和谐当中完成了古典理想的现代重构。同时，徐志摩的诗歌借鉴了中国传统诗歌“比兴”的表现手法和西方诗歌的现代形式，使诗歌整体的美感与艺术性大大提升，对中国新诗的发展起到重要的推动作用。

徐志摩不少诗歌的语言和形式都极为精致。《雪花的快乐》中，“飞扬”“消溶”等动词表现出轻快和舒缓的节奏对比，增加了诗歌的动态美；诗节与诗行的设置整齐有序，“飞扬，飞扬，飞扬”与“消溶，消溶，消溶”的重复在听觉上给人以回环往复的优美韵味。这首诗既是诗人浪漫情怀的表达，也是其唯美情趣的抒写。

徐志摩的《再别康桥》是新诗史上的名作。这首诗共七节，每节四行，每行的字数基本六七字（间杂八字行）；每行两顿或三顿，不拘一格而又法度严谨；韵式上严守二、四押韵；“轻轻”“悄悄”等叠字反复运用；首节和尾节句式相似，遥相呼应，给人一种梦幻般的感受。这首诗歌韵律和谐、节奏跳跃，诗歌形式工整，意象优美，具有形式、音韵和画面上的整体美感。①

21. 闻一多诗歌“沉郁”的风格体现在什么地方？

答：闻一多的本性激烈热情，内心有着巨大的“火山”。在动荡不安的时代中，他的爱国热情火热、激荡，像火一样烧着、潮一样涌着。然而他的古典浪漫主义的艺术观却要求以理节情，合乎艺术规范，这一“冲”与一“压”之间就形成了他的诗所特有的“沉郁”风格。闻一多诗歌“沉郁”的风格主要体现为：

一、感情抒发的含蓄蕴藉。闻一多以“理性节制情感”，将个人喷薄欲出的浓烈情感用理智加以节制，把诗情浓缩于精心选取的意象上，并逐步向纵深开掘，感情逐层递进，营造出幽静深沉的意境，给

---

① 参见李怡．古典理想的现代重构——论徐志摩与中国传统诗歌文化［J］．江海学刊，1994（04）：166-172；薛皓洁．徐志摩诗歌“浪漫”与“唯美”共存的艺术特质［J］．江苏社会科学，2015（04）：203-209；王超奇．论徐志摩诗歌的艺术特色［J］．大众文艺，2019（11）：37-40.

读者以无限的想象空间。这种含蓄蕴藉的情感表达不仅受中国古典诗歌创作的影响，也是对西方现代诗歌象征、暗示等手法的借鉴与学习。

二、意象与情感的矛盾张力。诗人善于通过意象和情感的冲突展现一种矛盾的张力，在对立中展现诗歌的沉郁之美。如《口供》通过客观形象抒发了诗人内心感情的矛盾;《死水》中用“翡翠”“桃花”“罗绮”“云霞”来描绘死水，一美一丑的对比也体现出诗人爱与憎的分明。诗人将对立的意象和情感统一起来，产生出独特的张力，表现了诗人隐喻在反讽中的绝望与痛苦。

三、格律对情感的约束。闻一多提出“新诗格律化”，他的《死水》共五节二十行，每行都是九个字，形式工整，音韵和谐。这首诗歌传达出诗人面对旧中国腐败黑暗现实的痛心与愤怒，以及迫切希望改变现状的强烈愿望，表现了诗人强烈的爱国热情。诗歌中要求解放的情感被严谨整齐的形式所束缚，诗人强力将诗收回到规范之中，从而形成了他诗作中特有的沉郁之美。①

22. 早期象征诗派的艺术特征和文学史意义是什么？

答：早期象征诗派的艺术特征有：

一、象征手法的朦胧含蓄与诗歌意旨的晦涩难解。早期象征诗派主张“纯粹诗歌”的写作，追求“向内转”的美学原则，着力表现个人微妙细腻的心理体验，把诗作为个人情绪与灵感的写照，减少对于现实的叙写，更多的是大胆直白的精神暴露，使诗歌展现出朦胧、模糊、神秘的特质，并带来了诗歌意旨的晦涩难明。

二、打破传统诗歌形象体系和审美形式，追求陌生化效果。象征派的诗歌通过非理性化、音乐化和陌生化的方式构建独特的神秘效果，以反常规的创作方式打破传统规范，突破理性与逻辑的束缚。另外，象征派诗人还在诗歌的形式上做了创新的尝试，如李金发在诗歌

---

① 参见张建宏．论闻一多爱国诗的艺术风格及情感方式［J］．襄樊学院学报，2000（04）：57-60；姚家育．沉郁之美：水与火的交融，恨与爱的交织——闻一多的诗《死水》解读［J］．名作欣赏：文学研究，2006（12）：50-52.

中使用文言词语，“或一齐老死於沟壑，/ 如落魄之豪士”（《夜之歌》）；穆木天的《旅心》中做了废除标点的试验，从而增加了诗歌的朦胧性与象征意义等。

三、表现诗人的颓废情绪和感伤情调。象征派诗人注重表达个人精神上的感伤忧郁。李金发将西方象征主义的丑恶、虚无、恐怖的主题引入中国新诗，表现的是生命的神秘及悲哀的美丽。如《恸哭》中，诗人因人与人之间的隔阂而产生难以释怀的沉痛和孤独。

四、选择大胆新奇的意象和词句，增强诗歌的表达效果。象征派诗人在组合语言和意象时，很少围绕某个中心意象纵深拓展，而经常选取多个相近或无关的意象，通过想象的大胆跳跃连缀诗句。如李金发的《弃妇》，诗人将夕阳、灰烬、烟突、游鸦、海啸、舟子之歌等意象通过想象进行重组，使诗歌整体意境反而展现出奇特的和谐，更加生动地传达出诗人所寄托的情感。

早期象征诗派的文学史意义是：

一、早期象征派诗歌强调表现人的内心感觉，在远距离的事物中发现诗歌的联系，突出“暗示”在诗歌艺术中的地位，重视读者在欣赏过程中的能动作用，这些都提高了诗的艺术表现力。

二、早期象征派诗人提出的“纯诗”的概念，在深层次上意味着诗歌观念的变化：从强调诗歌的抒情表意的“表达”功能转向“自我感觉的表现”功能，强调了诗歌的贵族化倾向。

三、早期象征派诗人受西方象征主义诗学和中国传统诗学的影响，明确提出了将东西方诗歌“沟通”的理想。虽然他们的整体创作实践不够成熟，但仍然为后来的诗歌发展提供了较高的理论价值。①

23. 早期无产阶级诗歌的发展情况是怎样的？

答：1923 年早期共产党员邓中夏在《新诗人的棒喝》《贡献于新

① 参见罗振亚 .1920 年代象征诗派艺术形态论［J］. 黑龙江社会科学，2006（04）：119-123；李秋虹 . 由李金发的诗看中国早期象征诗派［J］. 平原大学学报，2007（01）：61-63.

诗人之前》等文中提出：新诗必须自觉充当无产阶级领导下的民主革命的“工具”，“多作能够表现民族伟大精神的作品”，“多描写实际生活”并“暗示人们的希望”，向诗人发出了“从事于革命的实际活动”的号召。这是无产阶级诗歌理论上的要求。

在创作实践上体现了这一要求的，是蒋光慈。他1925年出版的《新梦》集开创了无产阶级革命诗歌新风。无产阶级诗歌把“五四”新诗“平民化”的趋向发展到极端，纳入了无产阶级革命的轨道，强调直接从大时代里的人民革命斗争中吸取诗情。诗人自觉地把自我消融于无产阶级战斗群体之中，消解了新诗强烈的主观性与个人性，对以后左翼诗歌的发展有深远的影响。

无产阶级诗歌强调诗歌必须向读者提供理想。蒋光慈最早站在无产阶级的立场，歌咏列宁领导的十月革命，把共产主义理想带进诗歌领域。注重于理性、理想的灌输，无产阶级诗歌必须加重议论成分，感情的抒发更加直露，想象也趋于平实，这些方面又是与早期白话诗相通的。但这些诗歌唯宣传的诗歌观念，使诗美受到了一定损失。①

24.“鸳鸯蝴蝶派”的小说有何特征和意义?

答:“鸳鸯蝴蝶派”是十九世纪末二十世纪初出现的中国现代文学流派之一。主要面对多数普通市民读者，使用白话文；创作题材多样，以爱情为主。《礼拜六》周刊是鸳鸯蝴蝶派的主要阵地，常在此类报刊上发表文章的人也被称为“礼拜六派”。代表人物有被称作“五虎将”的徐枕亚、李涵秋、包天笑、周瘦鹃、张恨水，他们的作品通常先在报刊连载，流传较广，也被认为是比较成功的商业文学。

世纪之交社会形态和阶级关系的变化对该派小说的兴起起到了推波助澜的作用。洋场的建立，都市生活的畸形发展，加之辛亥革命的失败，社会出现沉渣泛起的颓废局面②，大量具有旧学根基的文人借小

---

① 参见龙泉明．普罗诗派诗歌创作得失论［J］．武汉大学学报（哲学社会科学版），1997（04）：73-80.

② 参见范伯群．礼拜六的蝴蝶梦［M］．北京：人民文学出版社，1989：6.

说表达自己对个人情感以及社会现实的失望。

徐枕亚的《玉梨魂》被认为开创了该派的风气，并成为风靡一时的畅销书。小说讲述了一个寡妇恋爱的悲剧爱情故事，表达了对爱情、婚姻、自由的向往，对封建礼教的反抗。小说的思想意蕴具有现代意味，叙述则用文言，采用了骈体文的形式，文辞典雅，感情真挚，还有机地融合了日记、书信等文体，呈现出一种典型的新旧合一的态势。夏志清评论道："这本书的结尾，如日记之引用，叙述者之爱莫能助，苍凉景象之描述等等，都预告着鲁迅小说的来临。"①

无论在内容还是在形式上，鸳鸯蝴蝶派都有所创新，它同时创作纯文学与通俗文学，在一定程度上代表了民国初年文坛的创作水平，并形成了"海派"的前序。随着"五四"新文学的崛起，一种更新的纯文学问世，促使鸳鸯蝴蝶派更多地走向了通俗文学。

25. 什么是"小说界革命"？

答："小说界革命"是晚清文学改革中影响最大的。这场"革命"主要是在资产阶级维新运动的背景下，适应思想启蒙的需要而发生的，是西方文学观念与文学作品启示的结果。

在 1902 年发表的《论小说与群治之关系》中，梁启超首次谈到了"小说界革命"。梁启超认为："今日欲改良群治，必自小说界革命始；欲新民，必自新小说始。"他明确地将小说之"新"与国家的政治改良和人民启蒙联系起来，拉开了此后百年小说浪潮的序幕。"小说界革命"以"政治小说"的创作为开端，而印刷术的进步、稿酬制度的出现、文化商品市场形成的刺激，也对小说的发展起到了推波助澜的作用。

"小说界革命"的提出与兴起，对中国文学由近代向现代发展具有一定意义。一方面，这种倡导推动了小说在文学体系中由边缘向中

---

① 夏志清.《玉梨魂》新论（上中下），明报月刊.1985 年 9、10、11 期 // 转引自范伯群主编，栾梅健编校. 哀情巨子——鸳蝴派开山祖——徐枕亚［M］. 南京：南京出版社，1994：257.

心的靠拢，促进了小说的繁荣；另一方面，这种文学观也存在着过于功利化的弊病，从而导致大量作品主要在于宣传政治观念，而文学价值不高。整体而言，此时的小说观念与创作实绩，虽多有粗糙幼稚之处，但对小说形态与技巧的积极探索，孕育着日后中国文学发展的多种可能性。

26. 什么是“林译小说”？

答：“林译小说”即林纾翻译的小说。林纾原名群玉，字琴南，号畏庐，别署冷红生。1897 年，他与精通法文的王寿昌合译了法国小仲马的《巴黎茶花女遗事》，产生了很大反响。此后，林纾与他人合作，共译述了 180 余种（约 1200 万字）西洋小说，其中包括世界名著 40 余种，广泛介绍了美国、英国、法国、俄国、希腊、德国、日本、比利时、瑞士、挪威、西班牙等国的作品。

林纾对外国文学作品的翻译，并不注重如实再现作品原貌，而是用典雅的文言文，借作品躯壳进行再创造。不少译述重新演绎了人物形象和故事情节，传达出富有时代特色的中国文人的价值立场和文艺思想。

“林译小说”为当时的知识分子了解西方文学作品和思想观念打开了一扇窗户，在近代中国文坛影响很大。林纾被公认为中国近代文坛的开山祖师及译界的泰斗，并留下了“译才并世数严林”的说法。

27. 什么是“问题小说”？这一创作潮流在现代文学史上有何意义？

答：“问题小说”是中国现代小说发展进程中第一个重要创作潮流，出现在 1919 年的下半年到 1922 年间。它既是启蒙运动的需要，也是启蒙运动的结果。代表作家有冰心、许地山、叶绍钧、庐隐、王统照等。作家们以“五四”新文化作为参照，重新思考社会、人生问题，以小说的形式加以艺术的表现，题材广泛涉及婚恋、教育、就业、家庭、妇女、儿童等问题。“问题小说”对社会弊端的敏锐感悟，使

"五四"文学具备了强烈的启蒙色彩和理性批判精神。罗家伦的《是爱情还是苦痛》，叶绍钧的《这也是一个人？》，冰心的《斯人独憔悴》等，都是较早出现的问题小说。

"问题小说"的文学史意义主要有：第一，在创作实践上展示并初步确立了面对现实的创作意识。作家们力求在复杂的社会现实里，自主地观察和思考各种社会人生问题。第二，注重"写实"的手法。作家们注重强烈关注社会现实问题的启蒙主义思想，表现和思考社会的、人生的普遍性问题，乃至民主革命、阶级斗争问题等的创作主张及其社会现实主义的创作方法。第三，展现了人文关怀精神。关怀普通民众的生存状态以及悲欢离合的人生命运，发现社会现实中所存在的各种问题，并积极探求解决问题的方法途径。

尽管由于作家们急于要表达对现实的批判和对人生的思考，社会功利的倾斜使大部分作品不免带有观念化和抽象化的陋病，人物形象被社会问题冲淡，削弱了作品的审美价值，但在中国现代文学发展史上，"问题小说"无疑产生了深远的影响。[①]

28. 鲁迅《呐喊》《彷徨》的文学史价值是什么？

答：鲁迅的《呐喊》《彷徨》被认为是中国现代小说成熟的标志，在中国现代文学史上占有重要地位，其主要贡献为"表现的深切"和"格式的特别"。

一、鲁迅从启蒙主义的文学观念出发，本着"为人生"和"改良人生"的目的，开创了表现农民和知识分子的两大重要题材。他关注着闰土等为生存奔忙而又愚昧麻木的底层农民形象，塑造了具有"精神胜利法"等复杂内涵的阿Q形象，较早地书写了祥林嫂、单四嫂子等难以与命运抗争的系列女性形象。鲁迅还塑造了丰富的知识分子形象，如以孔乙己、陈士成为代表的封建科举制度的受害者，以鲁四老爷、七大人为代表的掌握话语权的封建意识的代表，以四铭、高尔础

① 参见刘勇，龙泉明.中国小说现代转型的历史性出场——"问题小说"新论［J］.江苏大学学报（社会科学版），2005（03）：69-73.

为代表的虚伪、庸俗、假道学式的知识分子，以及以魏连殳、吕纬甫为代表的觉醒的新式知识分子或革命者。

二、鲁迅在观察和表现人物时，有着自己独特的视角。一方面，鲁迅始终关注“病态社会”里人的精神“病苦”，以“哀其不幸、怒其不争”的态度，深切地理解人们的痛苦，又敏锐地审视着灵魂深处；另一方面，鲁迅揭露了造成人物精神病态的社会根源，开掘出“封建社会吃人”的主题，表达了对传统文化的批判，对民族命运的焦虑和思考。

三、鲁迅善于运用深刻的情节结构模式，形成独特的叙事意味。一是创造了“看与被看”模式，书写麻木愚昧的国民性弱点，如《示众》《狂人日记》《药》；二是运用“离去—归来—再离去”或曰“归乡”模式，揭露知识分子的精神创伤与信仰危机，展现对“启蒙”的无奈质疑，如《在酒楼上》《孤独者》《伤逝》。

四、鲁迅建立了中国现代小说的新形式，被认为是“创造‘新形式’的先锋”（茅盾语）。他的小说创作具有试验性，借鉴中西方多种艺术流派，同时融合诗歌、散文、音乐、美术以及戏剧的艺术经验，由此独立创建起来。作品形式呈现出多样性，包含日记体、手记体、传记体、对话体、诗体小说等。鲁迅还探索了主体渗入小说的形式，部分作品具有自我灵魂的对话和相互驳难的性质，体现了“主观抒情性”的特征。

29. 鲁迅在塑造人物方面有何特点？

答：鲁迅小说的重大成就之一，就是塑造了一系列既富时代特色又有深远意义的典型形象。鲁迅在塑造人物方面主要具有以下几个特点：

一、精心选取细节凸显人物性格。细节描写是小说展开故事情节和刻画人物形象的重要手段之一，精确的细节描写能增强文学作品的真实感，有力地体现人物的个性特征。鲁迅为了深度刻画人物性格，十分重视提炼细节。如《肥皂》中，“咯吱咯吱”这个词多次出现在很多人口中。四铭在讲述时看似是对围观群众侮辱讨饭姑娘极为愤慨，实际上他跟那些无聊的人一样，潜意识里也幻想着姑娘洗一洗后的样子，从而购买了肥皂，成为“咯吱咯吱洗一洗”的积极实践者。这一细节深刻地再现了现实生活中道貌岸然的文痞形象。

二、运用白描手法塑造人物。白描即不加修饰、质朴真实地描述人物或事物特征。鲁迅小说中大量使用白描手法，将人物描绘得十分传神。如《孔乙己》中，孔乙己穿长衫而站着喝酒，“排”出几枚大钱，给小孩分吃茴香豆却又护住盘子，问小伙计知道不知道“茴”字有几种写法，通过外貌、语言、动作、神态描写把一个贫穷而自尊、亲切又迂腐的旧式读书人的形象刻画得淋漓尽致，让人印象深刻。

三、借由“画眼睛”生动展现人物形象。鲁迅在刻画人物时还注意抓取人物的眼部特征，通过对人物眼神的描写来展现人物形象。如祥林嫂在遭受命运重创回鲁家帮工时，眼里没有“精神”；到土地庙捐了门槛以为可以洗刷掉自己的罪孽后，她的眼睛“分外有神”；在彻底丧失了希望后，祥林嫂的眼睛则成了“间或一轮”。通过对人物眼神变化的描写，小说生动地展现了人物的心理历程和生存状态。

四、善用对比使人物特点更加突出。鲁迅的小说中描写了大量底层形象，这些底层人物并非千人一面，而是具有各自的特点。如《故乡》里的杨二嫂和闰土同样身处底层，同样困顿于庸碌的生活中，但品性又有不同。杨二嫂为人活络，嘲笑“我”吝啬，却边走边偷东西；闰土则朴实木讷，在“我”的慷慨赠送下，只是挑选了几件实用的物品。二人形象形成鲜明对比，丰富了底层人物的历史画卷。

30.《狂人日记》有何文学艺术价值？

答:《狂人日记》是中国现代文学史上第一篇现代白话小说，体现了鲁迅对“表现的深切和格式的特别”的追求与实践。

一、在思想上,《狂人日记》可以说是中国“五四”新文学的一篇总序，展现了中国现代文学反封建的总体倾向。

首先,《狂人日记》通过对一个被迫害妄想症患者的心理和精神状态描写，对封建制度和封建文化进行了批判。揭露了从家族到社会的“吃人”现象，抨击了封建家族制度和礼教的“吃人”本质。

其次,《狂人日记》表现了现代人最初的觉醒意识。“狂人”深切地感受到人吃人的生存状态无处可逃，进而得出自己也吃过人的结论，体现了对自我的痛苦剖析。

最后,《狂人日记》贯穿着强烈的反思和反叛精神。“狂人”的“从来如此，便对么”的质疑，正是大胆怀疑和否定一切的“五四”精神的体现，号召人们起来抗争不合理的制度。“狂人”对未来的期望，也表现了一种摧毁旧世界、创造新世界的理想。

二、在艺术表现上,《狂人日记》突破传统，运用现代方法进行创作，形成了独特的艺术效果。

首先，运用变化了的日记体进行写作，以“狂人”的口吻来记述自己的经历、思想以表现“狂人”隐秘的思想情感。全文的十三个部分之间没有连续、完整的故事情节以及日期，故事的发展完全由主人公心理情绪的变化决定，显得自由灵活。这种结构提供了表达“狂人”复杂内心世界的空间，使读者得以窥见“狂人”的深层心理。

其次，小说运用了大量心理描写以表现“狂人”复杂的内心世界，主要有内心独白、意识流描写和梦境描写。如“狂人”常用自言自语的方式来表达自己的思想，并由失眠时的丰富联想进行追忆与思考；小说还通过梦境来揭示狂人的潜意识世界。在潜意识中，“狂人”对这个社会进行反思与抗争，是一个真正的精神战士。

另外,《狂人日记》中并用了现实主义和象征主义两种创作方法。实写人物用的是现实主义，虚写寓意用的是象征主义。从写实层面看，“狂人”有着不为人理解、语言错杂的特征；从象征层面看，“狂”却是一个人清醒的表现，是具有现代意识而非野蛮的表现，从而展现了深刻的思想意蕴。

《狂人日记》塑造了具有复杂内涵的“狂人”这一艺术形象，象征着那些率先发现历史真理却不被理解的先驱者们。“狂人”发出的“救救孩子”的呼告，引发了一代又一代人的思考，催动了时代前进的脚步。无论是思想的深刻性还是表现手法的独特性方面,《狂人日记》都在现代文学史上具有重大影响。①

---

① 参见刘俊 . 表现的深切和格式的特别——《狂人日记》新论［J］. 南京大学学报（哲学 · 人文科学 · 社会科学），2001（04）: 37-44；吕周聚 . 中国现代主义文学的开山之作——《狂人日记》新论［J］. 广东社会科学，2008（01）: 140-145.

31. 如何评价鲁迅的小说《阿Q正传》？阿Q这一形象有何意义？

答:《阿Q正传》意图破除封建思想，引发对“国民性”的疗治，在现当代文学史乃至思想史上具有重要意义。

一、作品塑造了一个贫穷而又落后的典型农民形象。阿Q代表了为生存奔忙而又愚昧、麻木的底层中的一类人，其主要性格特征是精神胜利法。他没有任何生产资料，只靠出卖劳动力为生。思想上带有封建社会中根深蒂固的狭隘和不觉悟，作为被压迫者，他不敢正视现实，反而常常以自欺欺人式的“健忘”进行自我安慰，同时又欺软怕硬，妄自尊大，他的身上凝聚着鲁迅极力批判的“国民劣根性”。

二、作品借由阿Q探讨了农民革命问题。《阿Q正传》以辛亥革命前后的农村未庄为背景，通过阿Q由仇视革命到“积极参与”革命的变化过程，写出了革命在底层百姓中的真实情况。阿Q革命的特点是报私仇、谋私利，体现了革命的不彻底性和革命的难度。阿Q革命的意义在于，显示了底层人民对于现实的不满，说明人民当中孕育着革命的火种。

三、小说表达了作者对农民的复杂情感。鲁迅对农民的情感具有双重性：一方面是敏锐地感知农民的痛苦，深切地同情农民的命运，从而哀其不幸；另一方面以深邃的历史眼光和现代意识去剖析农民深层心理结构中的劣根性，所以怒其不争。

四、小说具有较高的文学价值。作者在塑造人物时采用了多种艺术手法，如“杂取种种人，合成一个”（鲁迅语）；描写人物心理的变化，直接揭示人物心灵；将人物摆在辛亥革命后落后乡村的特定环境中加以表现，从而凸显人物的典型性。文笔幽默而犀利，“戚而能谐，婉而多讽”，满蕴着含泪的微笑。

阿Q的丰富意蕴被认为是说不尽的，随着时代的发展，对于阿Q的评价也有着复杂的变化。

在二十世纪，学者们主要从思想上对阿Q进行阐释。20世纪20年代启蒙主义思潮时期和三四十年代民族救亡思潮时期，都提出了“民族自我批判”的时代课题，阿Q成为“反省国民性弱点”的一面镜子；50 年代至 70 年代末，主流文学批评强调要对文学作品进行阶级分析，阿 Q 被视为“落后的农民”（或“农民”）的典型；80 年代初期的思想解放运动中，研究者又从《呐喊》《彷徨》是“中国反封建思想革命的一面镜子”① 的观念出发，强调阿 Q 造反的负面意义，阿 Q 再一次被确认为“国民性弱点”的典型。

世纪之交尤其是 21 世纪以来，越来越多的理论、方法被用来解读这一形象。除了继续将阿 Q 与辛亥革命、农民形象、国民性相联系的讨论之外，研究者们开始给予阿 Q 本身以人文关怀，对阿 Q 性格的人类学内涵展开探讨。有学者从心理学角度分析阿 Q 的“精神胜利法”，指出了他的“精神胜利法”实际上是一种弱者的生存智慧，一种自我防卫机制，并指明了其中的积极意义。阿 Q 作为一个“个体生命”的存在，几乎面临人的一切生存困难，在这个意义上说，“精神胜利法”的选择被认为几乎是无可非议的。这些跨学科的交叉研究给形象分析提供了新的视角和思路，也给予小说更多的阐释空间。②

32. 许地山早期的小说创作有何特点？

答：许地山作为文学研究会成员，其早期小说有着游离于社团整体创作特征之外的独特性。

一、内容上的超越性。许地山早期小说相对于文学研究会其他成员的作品来讲，与主流社会拉开了一定距离。他的小说往往淡化时间节点，以异域他乡为故事背景，注重整体的故事性和细节的逼真描写。与同时期作家更注重文学的社会政治功能，以启发民众、揭露黑暗现实为己任，而在小说的文学性和艺术性上有所缺失相比，许地山多以平和的心境讲述富有传奇性的故事，在“问题小说”的创作大潮中成为一个难得的会讲故事的作家。这一风格体现出的文学性和浪漫色彩在“五四”时期可以说是一种超越。

---

① 参见王富仁 . 中国反封建的思想革命的一面镜子——《呐喊》《彷徨》综论［M］. 北京：北京师范大学出版社，1986：5.

② 参见崔云伟、刘增人、姜振昌等系列鲁迅研究综述文章。

二、人物形象的独特性。许地山早期小说中的人物往往具有悲剧性命运，但是他们并不因此意志消沉，而是在默默承受苦难的同时，以自己的方式向命运抗争。如《缀网劳蛛》中的尚洁，被丈夫误会刺伤，一个人流落异乡靠采珠为生。面对误会与不公，她没有哭天抢地或者一蹶不振，而是踏踏实实与民众一起劳作，从而获得了内心的宁静以及最终的公正。她不管网破、专注织网的“蜘蛛哲学”展现出作品主人公和作者本人的人生态度：坦然面对生活所给予的苦难，认同苦难对人生的意义，同时积极寻求超越苦难的人生之道。

三、宗教思想的有机渗入。许地山早期的小说创作中，故事整体笼罩着复杂而浓厚的宗教氛围。许地山尤为看重人性中善的一面，他笔下的人物都具备善良、坚韧、乐观等理想人格特质，这些品格恰好与基督教的博爱宽恕、佛教的慈悲容忍、道家的无为不争相合。许地山不是盲目宣扬某一种宗教观念，而是从“生本不乐”出发，塑造“以苦为乐”的人物形象，进而倡导在顺应而非屈从命运的状态下拥抱人生的思想。他将多种宗教文化融会贯通并上升为人生哲学，从而探讨了现实人生与终极人生的某些本质问题。

33.“五四”时期代表性的女作家有哪些？

答：“五四”时期涌现出一大批杰出的女作家，她们以女性特有的感受方式和表达方式为文坛带来一股新气象，其中比较有代表性的是陈衡哲、庐隐、冰心、冯沅君、凌叔华等。

庐隐，本名黄淑仪，又名黄英，是文学研究会成员，曾创作过《灵魂可以卖吗》等“问题小说”，但真正体现其创作成绩的作品更多地呈现出自我抒情的浪漫特质。其代表作《海滨故人》《丽石的日记》《象牙戒指》等小说，以自己或近于自己的女性的命运、心态作为创作依据，用哀伤的笔调叙写“五四”一代青年复杂的感情世界，尤其是一代女性青年追求民主解放和爱情幸福，最后却只能品尝苦果的实际情形。庐隐惯于对女性心理进行大胆、直率、深入的剖白，其抒情性叙述不事雕琢、激切直露，同时也嫌单调、少含蓄。她喜欢穿插日记、书信等多种叙述形式，重视哀切动人的环境气氛烘托，而在一定程度上忽视了对人物性格的细致刻画。庐隐的小说基调低沉郁闷、悲戚哀愁，体现了一种苦恼而又坚执的寻求，带有浓烈的“五四”时代气息。

冰心，本名谢婉莹，是文学研究会成员。她的创作涉及诗歌、散文和小说，在现当代文学史上占有重要位置。她的小诗集《繁星》《春水》，多抒写自己霎时间的感触或描写自然风景，传达的是一段挚情或一缕幽思，空灵澄澈。散文有《寄小读者》《再寄小读者》等作品，被称作“冰心体”。小说以《斯人独憔悴》正式开创了“问题小说”的风气，此外还有小说《超人》等有一定影响的作品。冰心的作品很少涉及灰暗的人生，乐于从孩子的视角想象圣洁和谐的世界。她推崇“爱的哲学”，宣扬母爱、童真和自然，有时也喜欢把基督教教义和泰戈尔哲学等内容融会其间。语言上则主张“白话文言化”和“中文西文化”，将古文的典雅凝练、西文的严密和现代口语的生动亲切相融合，语言清新隽永。由此，冰心堪称“婉约派”或“闺秀派”的代表。

凌叔华，原名凌瑞棠，擅长绘画，热爱写作，是《现代评论》社唯一的女作家和日后新月派的主要小说家。凌叔华著有小说集《花之寺》，主要探究在社会习俗转变的时期，比较保守的富裕家庭女性的忧虑与恐惧。如《吃茶》里的芳影、《绣枕》中的大小姐，展现了旧式少女的内在经验与外部环境的冲突。此外，凌叔华还塑造了一系列“太太”形象，既有新女性或知识女性太太，也有典型的中国旧式太太，体现了市民文化沉渣和国民劣根性。其部分作品还运用了弗洛伊德心理分析学说，《酒后》和《绣枕》被认为是当时心理小说的名篇。

34. 郁达夫“自叙传”抒情小说的特色是什么?

答：郁达夫的小说创作使得“自叙传”抒情小说成为一股创作潮流，其主要特色有：

一、题材的独特性。郁达夫的小说是关于自我的写真，经常使用第一人称作为叙述者，讲述“我”的故事，如《春风沉醉的晚上》《薄奠》等作品。即使有的作品采用第三人称，“他”“于质夫”身上也有作者的影子，如《沉沦》。这类小说大部分取材于作者本人的经历、遭遇、情感，人物的个性、气质、审美趣味也在一定层面渗透着自己的特点。在讲述主人公故事时，作者注意将个性意识与民族意识相结合，将个人的孤独、精神痛苦以及爱欲的受挫，与民族国家的命运联系在一起，展现了“五四”一类青年的生活轨迹和情感意愿。

二、人物形象的独特性。作品塑造了一系列“零余者”的抒情主人公形象。零余者形象包括两个方面的含义：一是这些人物由于具有某些现代意识和特异的个性以及过人的才华，不被社会所容，被抛出了原来社会的既定轨道；二是这些人物由于性格较弱，意志不坚，对于不合理的行为无力反抗，在现实面前无所作为，在自己所生存的这个世界找不到适宜的位置。郁达夫书写了“五四”时期一部分彷徨的知识青年，遭社会挤压而无力把握自己的命运，同现实社会往往势不两立，展示了“五四”青年对个性解放的追求和被生活挤出轨道的“零余者”的孤苦哀怨。

三、表现形态的独特性。小说采用自叙传式写法，形式上具有散文化的特点。不事营构情节的完整曲折，也不着意于人物性格刻画，采用自然流动的抒情结构，常常以充满激烈情绪的笔调去描写主人公所经历的日常生活场景，在事件的叙述中做坦率的自我解剖，甚至是长篇独白。注重对病态心理、潜意识心理的描写，抒发主人公抑郁寡欢、孤独凄清的情怀，充满感伤的抒情格调，如《空虚》。

四、美学风格的独特性。“自叙传”的抒情小说在艺术上呈现出一种感伤美和病态美。作者笔下的主人公们由苦闷情怀而生发了颓废和变态的心理言行，揭示出“五四”高潮过后的“时代病”。作品中有病态的性欲描写，如《沉沦》中的自渎、窥浴等情节。关于郁达夫对“性”的书写，评价比较复杂。一种观点认为其作品是对压制肉体欲望的中国封建文化的最大胆的背叛，郭沫若说：“他那大胆的自我暴露，对于深藏在千百万年的背甲里面的士大夫的虚伪，完全是一种暴风雨式的闪击，把一些假道学、假才子们震惊得至于狂怒了。”也有人认为作品体现了海外知识分子受到民族歧视的痛苦，唱响了民族崛起的寓言。德国汉学家顾彬则在其撰写的《二十世纪中国文学史》中指出，作品中的“民族视角”会造成一种超出了性的阐释，“可从西方视角读来，如果不把它当作戏仿来理解和翻译，这段文字会不由自主地显得滑稽、媚俗”。

35. 20 世纪 20 年代“乡土小说”创作有何特色和意义？

答：在鲁迅的带动下，20 世纪 20 年代形成一股“乡土小说”创作潮流，代表作家包括王鲁彦、台静农、彭家煌、蹇先艾、许钦文、许杰等。其主要创作特色有：

一、时代精神的显现。“五四”时期的乡土作家受到“为人生”的启蒙主义思潮影响，关注底层农民的精神状态和民族文化心理的深层内容。他们展现了黑暗的社会现实和复杂的民族文化心理，对广大农村的落后现状以及农民思想麻木、生活困苦的现状作真实的描绘，如王鲁彦的《黄金》、台静农的《拜堂》。作家们以强烈的忧患意识呼应着“五四”时代精神，追求人的精神的彻底解放，体现了厚重的历史意识和理性批判的品格。

二、浓重的故乡情结。一方面，“五四”乡土小说作家大多是来自农村的都市流寓者，他们游离于城市文化之外，仍然带有农村人特有的思维方式和情感趋向，在精神上始终存在着身份认同的危机感。因此他们更加怀恋故乡，在作品中抒发自己对故乡的思念。另一方面，他们作为接触启蒙思想的新式知识分子，又经历了现代城市文明，自然产生了对传统闭塞的乡村生活的反思，也表现出自我心理上的冲突、焦灼。两种文化的交锋给予了乡土作家独特的创作角度，使其作品既具有亲历者的现实感，又能从启蒙者的角度对乡土文化进行深入反思。[①]

三、鲜明的地方色彩。乡土小说作家因其各自独特的生活经历，在创作过程中表现出鲜明的地域特色。如鲁迅笔下的鲁镇，台静农笔下的叶集镇，废名笔下的黄梅小城等，独特的地域性充分展现了独特的文化内涵。王鲁彦的《菊英的出嫁》、蹇先艾的《水葬》等作品描写了冥婚、沉塘等落后习俗，既赋予了早期乡土小说以民俗学特征，

---

① 参见陈昭明 . 二十世纪乡土文学的风范——“五四”乡土小说评析［J］. 江西社会科学，2002（07）：35-37.

也揭示了身处闭塞地域的乡民们麻木、愚钝的心理状态，展示了传统文化中野蛮落后的一面。

这股乡土小说创作潮流对于中国现当代文学的发展具有重要意义，主要表现在：

一、题材和主题的拓展。作家们突破了长久以来以知识分子为写作题材的现状，以锐利的现实主义眼光观照农民命运、考察农村问题，推动乡土题材进入现代文坛。这股创作潮流还进一步对“改造国民灵魂”这一创作主题进行深入表现，增加了“五四”时期文学创作题材的厚度和主题的深度。

二、创作方法的推进。作家们从关心个人的感伤情绪到关注社会和大众，从对浪漫理想的追寻到对现实问题的探索，使得现实主义在新文学中的主流地位得到巩固。叙述过程中，注意加强写实成分，强化环境场面和人物细节的描写，小说的重心由情绪、情节的展示到以人物为中心的刻画。许多乡土小说家从早期的主观抒情转为后来的客观写实，进而使得讽刺小说的创作逐渐形成一股潮流。

36. 叶绍钧对知识分子的书写有何特点？

答：叶绍钧即叶圣陶，文学研究会成员。他从“问题小说”起步，又成为“五四”人生派小说的代表作家。叶绍钧致力于刻画学校知识分子和城镇小市民，显示出不凡的创作实绩，受到茅盾等的高度评价。[①] 他在创作上的主要特点有：

一、在题材上对知识阶层的严肃剖析。叶绍钧着意于表现小市民知识分子的灰色人生，揭示知识阶层的精神病态，展现他们怯懦软弱、空虚无聊、玩忽职守、自私自利等诸多弱点，如《潘先生在难中》塑造了潘先生这个苟且偷安的小学教员形象。此外，叶绍钧也描写了热心、富于理想的教育者经常遇到的困难和挫折，如《城中》和《校长》中展现了革新派知识分子的力量无法与代表古老习俗、自私自利和愚

---

① 参见茅盾.《中国新文学大系：小说一集·导言》，茅盾全集第 20 卷［M］. 北京：人民文学出版社，1990：40.

昧无知的社会力量抗衡。

二、态度上同情与讽刺兼备。叶绍钧对知识阶层的弱点持批判立场，同时也深知他们的艰难和痛苦，所以既有讽刺、暴露，又有同情、理解，虽有嘲讽但也温婉、敦厚。长篇小说《倪焕之》是其成熟的知识分子描写的代表作，也是现代文学史上第一部以知识分子为题材的长篇小说。小说艺术地再现了主人公倪焕之从满怀抱负到苦闷困惑的个人抗争之路，反映了这类人的思想、命运与严酷社会现实、历史剧变的复杂关系。

三、将热情蕴含于客观描写之中。采用一种朴实自然的现实主义笔调，即便内心充满悲悯之情，落笔之际却藏而不露，语言严谨纯朴，整体上冷静客观。注重对人物心理的剖析，注重刻画人物的丰富性格。如《潘先生在难中》描写了为军阀写牌坊时，潘先生作为一个良心未泯的小市民知识分子的矛盾苦涩心态。作家善于通过对知识分子烦闷无聊的精神世界的刻画，反映出他们被压迫的心理现实。

37. 在现代文学第一个十年中，中国小说现代化主要体现在哪些方面?

答：以“文学革命”为中心的文学革新运动，引发了现代文学第一个十年理论观念、文学创作等方面的全方位变化，从而使得中国小说向着现代化大步前进，主要体现在：

一、创作观念的变化。文学创作的目的与意义引发了作家们的思考和讨论，由此作家们得以清醒地面对历史与现实，开启了对“人”的发现。“五四”启蒙思潮促使作家们发现了大写的人，关注人的生存疾苦、喜怒哀乐乃至情感欲望。并且，由此将文学关注的重心深入到人物心灵内部，出现了大量内倾型小说。冰心《斯人独憔悴》、庐隐《海滨故人》、王鲁彦《柚子》等不再只浮于故事的外壳，而是显示出对人物内心世界的开掘。与此同时，虚假的大团圆结局被打破，无奈、无解的结尾恰恰意味着现代人对黑暗现实更加清醒的认知。

二、叙事结构和艺术手法的突破。对全知全能叙事模式的打破，“横截面”的短篇小说结构方式，与环境相结合的人物塑造方式，叙事由固定的“讲述”转变为“呈现”，心理描写的流行，等等，都体现了中国小说由传统向现代的转变。鲁迅的小说在文体和技巧上进行了大量的尝试，典型地体现了作家们在小说创作现代化道路上的有意识的努力。

三、“类型化”小说的成熟。带有自我独特标志的作家群的出现，显示了中国现代文学第一个十年中小说的成熟。问题小说、自叙传抒情小说、人生派写实小说等创作潮流的涌现，丰富了中国文坛，也展示了中国小说走向现代化的趋向。

38.“五四”时期散文兴起的原因是什么?

答:“五四”时期散文创作数量之大、名家之多、文体之丰、风格之绚烂，造就了中国文学史上散文创作的盛况。鲁迅曾这样回顾“五四”时的散文创作:“到‘五四’运动的时候，才又来了一个展开，散文小品的成功，几乎在小说戏曲和诗歌之上。”[①]“五四”时期散文创作之所以取得如此突出的成就，主要有以下几个方面的原因:

一、文体形式与“五四”时代氛围契合。社会变革的加快，要求人们对现实、人生等各种问题进行快速地反映。散文文体自由，便于抒发个人感受、体现时代变革的要求，与“五四”时期的个性解放主题相契合。并且，散文便于开展社会批评和文化批评，适合“五四”时期思想启蒙的需要。从社会政治到哲思感悟，都可以通过散文小品的形式进行表现。

二、创作主体和接受群体的庞大。一方面，散文文体比较自由，相对容易掌握，写的人也就比较多。这一时期产生了鲁迅、周作人、冰心、郁达夫、林语堂等不同风格的散文大家，一些诗人、小说家也都开始尝试散文创作。另一方面，与诗歌、小说等体裁相比，散文更容易阅读，更便于读者得到作者要传达的信息，所以读者接受广泛。

---

① 李新宇，周海婴.鲁迅大全集 7 创作编 1933—1934［C］.武汉：长江文艺出版社，2011：44.

三、外国文学的影响与中国古典散文的继承。“五四”时期散文的兴起离不开对西方文化的学习与借鉴，特别是受英国随笔的影响，书写自然本色而少华丽铺陈，流露出文人的真实心态，表现出强烈的个性特征。与此同时，“五四”散文也继承了中国古典散文的优秀传统，作家们吸收古典散文创作的优秀资源却不照搬传统，创作出契合民族审美心态的作品，进而能得到更加长远的发展。如周作人引入西方的“美文”概念，提倡“言志”小品，创作出冲淡平和、自然隽永的散文作品。

39. 什么是《新青年》“随感录”作家群?

答:《新青年》“随感录”作家群是在《新青年》上发表杂文的作家群体的合称。

1918 年 4 月,《新青年》设立“随感录”栏目，专门刊发杂文，为其撰稿的大都是新文化运动的倡导者，其中有李大钊、陈独秀、钱玄同、刘半农、周作人等。其中，尤以鲁迅的杂文最具代表性。他们的杂文反映了“五四”时期敏感的神经，是思想启蒙战场上的匕首和投枪，具有耀眼的现实锋芒和战斗力量。

这些杂文作品由现实出发，理性中蕴含激情，论辩中不乏形象，多运用白话文字，立论坚实，短小精悍。在主旨、体裁相似的基础之上，这些文章又展现出作者的不同风格：陈独秀泼辣明快，钱玄同汪洋恣肆，刘半农爽直幽默，鲁迅犀利凝重。

《新青年》“随感录”作家群的创作让读者领略了这种白话短文的艺术力量,《每周评论》《民国日报》等也相继开辟“随想录”专栏，大批作家加入“随感录”作家群，使得杂文在短期内迅速成熟，奠定了杂文在现代散文史上的地位。

40. 周作人的小品文有何特点？他对中国现代散文有何贡献？

答：1921 年周作人在《晨报副刊》上发表了《美文》一文，从西方引入了“美文”（即小品文）的概念，提倡“记叙的”“艺术的”叙事抒情散文，并通过积极的实践创作，留下了许多脍炙人口的美文小品。其小品文的特点有：

一、冲淡平和中又寓有不平。周作人崇尚清谈，喜欢谈天说地的闲适文风，这是其散文创作的重要特色，同时也影响了一大批作家。《北京的茶食》《故乡的野菜》均是其散文名篇。但他有时又不能完全抛开社会现实，也写有讨论尖锐问题的文章，部分作品浮躁凌厉。与鲁迅匕首、投枪式的杂文风格不同的是，他努力将愤懑慷慨加以克制，力求化汹涌为平和，变冲动为宁静，使作品具有怨而不怒、哀而不伤的美学格调。周作人说“我爱绅士的态度与流氓的精神”，其散文正体现了作家在叛徒与隐士二重人格中的辗转。

二、幽默诙谐与苦涩韵味并存。周作人前期的一些针砭时弊的散文，常通过寓庄于谐、寓谐于庄、庄谐并出等艺术手法，表达自己的观点和倾向，将趣味和机智两者相结合，形成了诙谐幽默的风格。然而，其内心深处是寂寞的、苦闷的，因此其作品也呈现出古典的、颓废的审美趣味。他常常把苦涩味和简单味放在一起，作为一种审美情趣熔铸在他的散文中，这使他的散文有生活、有文化，以亲切的态度引导读者读下去，正如饮茶般耐人寻味。

三、丰富多样的文体特色和无比宽阔的艺术空间。周作人赞同明末公安派“独抒性灵，不拘格套”的创作主张，同时吸收英国小品文的有益营养，加入自己的思考和现代元素，从而创作出独具风格、形式多样的散文文体。有学者指出，其散文有情志体、抄书体、笔记体三种典型形态。[①] 从情感角度看，周作人多采取“以我观物”的视角，因此在他的散文中常常有自己的“发现”，由自然到人生、现实到梦想、回忆到预言，甚或由苍蝇到宇宙，博学睿智使其得以腾挪跌宕、开阖自如。

四、通俗与古雅相融的叙述方式。他将西方随笔的谈论风格、中国散文的抒情韵味，乃至日本俳句的笔墨情趣，有机地融合在一起，形成夹叙夹议的抒写机制。文言词与现代白话、书面语与口语乃至方

---

① 参见黄开发. 人在旅途——周作人的思想与文体［M］. 北京：人民文学出版社，1999：102.

言的恰当运用，在较为浅近通俗的白话中常夹杂灵动活泼的话语，使其散文语言自然而有活力，平易、质朴又别具韵味。

周作人对中国现代散文的贡献主要体现在：

一、周作人对“美文”概念的引入和创作实践，“给新文学开辟了一块新的土地”。他形成了一整套的散文理论，强调以自我为中心，提倡“言志”的小品文，认为这种小品文是“个人的文学之尖端”。在创作中，不仅使中国散文由议论向抒情、叙事转变，而且也由单纯在思想内容上借鉴西方开始从内容到形式的全面借鉴，从而发展了散文创作的“言志派”一脉。

二、他是中国现代闲适派散文的开创者。周作人的散文有“浮躁凌厉”与“冲淡平和”两种风格。前者多收入《谈虎集》《谈龙集》，多为“五四”时期及20世纪20年代的作品，思想意义与社会作用比较积极。而真正显示周作人创作个性，并成为他对现代文学的独特贡献，且实际影响更大的，则是“冲淡平和”的后者。周作人的散文内容涉及面极广，最重要的是对传统文化及国民性的反思，以及对中西与中日文化的比较。其小品文思想艺术上的价值及创作功绩无疑是值得肯定的。

41. 20世纪20年代“言志派”散文有哪些代表作家?

答:“言志派”是在周作人的影响下形成的一个散文流派，俞平伯、钟敬文、废名、沈从文、丰子恺、林语堂、梁实秋、钱锺书等，都是这一派的散文作家。他们多与政治保持一定距离，坚持自由主义的文化立场，本着内心的冲动和自己的审美情趣书写对人生、社会的思考。这派作家的创作取材广泛，创作风格整体上呈现出闲适、灵动的特点，文章充满趣味性、知识性，影响潜在而久远。

俞平伯被认为是冲淡自然型的代表，创作有散文集《杂拌儿》《燕知草》等。其散文多体现一种朦胧、空灵的意境，透露出玄妙的哲思和远离现实的感伤情绪。俞平伯初期散文文笔繁缛晦涩，周作人曾说他的散文“是那样的旧而又这样的新”，俞平伯则称自己是“逢人说梦之辈”。他模仿明人小品，也用文言写散文，显现出旧格调的名士意味。

钟敬文长于咏物小品，如《荔枝》《茶》《黄叶小谈》，也写过许多清朗明丽的游记，如《钱塘江的夜潮》《太湖游记》。他会采用把往事回忆与眼前之景以及读书心得相杂糅的写法，其创作体现了一种近于周作人的平远清隽的美学追求。

废名的散文也有冲淡平和的特点。初期创作时注重作品的社会意义，渗透着朴讷与哀伤；后期将现代派技巧和古典诗歌的象征手法融入创作，追求散文的朦胧意境，但在语言修饰上越发生涩古怪。鲁迅曾批评废名“有意低徊，顾影自怜”，即所谓“废名气”。废名最为人称道的还是《竹林的故事》一类作品，文体介于散文和小说之间，专写宁静乡村生活里的人和事，对小人物充满同情，格调清新朴素，充满浓郁的抒情气息。

42.“语丝派”是一个什么样的文学团体?

答:1924年11月,《语丝》杂志问世,“语丝派”就是围绕《语丝》而形成的一个作家群，亦称“语丝社”。

鲁迅尽管没有参加北京时期语丝社的聚会活动，但他以巨大的感召力和在《语丝》杂志上撰写的大量文章成为语丝派的主将和领袖。语丝派倡导“文明批评”和“社会批评”，实际上继承了《新青年》批判旧思想、旧文化、旧道德和鞭挞社会丑恶与黑暗的精神传统，在思想、文化及政治各条战线上，语丝社与“现代评论派”、北洋军阀政府、国民党新军阀及社会上的各种新与旧的黑暗势力发生了激烈的交锋。

鲁迅和周作人作为语丝派的核心作家，坚持思想革命，多发表短小犀利、针砭时弊的杂感小品，其批评文字常常语言俏皮，蕴含讽刺意味。语丝派除创作议论性杂感外，孙伏园、孙福熙兄弟等也有不少抒情小品佳作。林语堂则是最热心提倡幽默小品的散文家之一，他介绍过许多西方幽默理论，主张以幽默艺术去揭示生活矛盾，进行社会批评和文明批评。

语丝派的主要成就在于短小犀利的杂感，“任意而谈，无所顾忌，要催促新的产生，对于有害的旧物，则竭力加以排击”（鲁迅语），整体而言文笔幽默、泼辣，时称“语丝体”。语丝派很多成员只创作散文，因而它堪称中国现代文学史上最纯正的散文创作流派之一。

43. 冰心散文创作的特点是什么？

答：冰心的散文在中国现当代文学史上占有重要地位，主要特点有：

一、注重现实与情感两方面的写实。一方面，冰心注重内容上的真实，多以写实手法记录自己的所见所闻和真实感受，不作虚伪矫饰之词。如《平绥沿线旅行记》记叙了作者参观平绥铁路沿线过程的经历、印象和感想，将铁路沿线的风景名胜和民俗风情娓娓道来。另一方面，冰心在散文中表现出的情感也是真挚的，如《往事（二）》中的十篇散文，抒写自己身处异国的生活感受，同时借回忆展现自己对祖国和亲人的思念，以情真意切的文字剖析自己内心深处的复杂情感。

二、注重“爱的哲学”和情感的自然流露。冰心喜欢歌颂母爱、赞美童真、刻画大自然的美好，对世间美好之物都抱以赞美和欣赏，以乐观包容的态度对待人世。如《往事》细致描绘了主人公对童年幸福生活的回忆，展现了人与自然的和谐。在探索人生意义和生存价值的过程中，冰心善于用温柔亲切的态度传递其对人生的真诚，并在散文中进行自我告白，这使其散文呈现出自然率真的风格。

三、文体及语言的高度自觉。冰心主张“白话文言化”“中文西文化”，她的语言含蓄凝练，将中国古典诗词的美感融入现代语言中，形成典雅顺畅的现代白话文。如《往事（二）之三》中“山中的千百日，山光松影重叠到千百回，世事从头减去，感悟逐渐侵来，已滤就了水晶般清澈的襟怀”，构建出一种抽象与具体融合的情境，兼具意境美与语言美。

“冰心体”散文，以行云流水的文字，自然真挚的感情，清丽雅致的语言，成为后代诸多文学爱好者学习和模仿的对象。

44. 朱自清的散文创作有何特点?

答：朱自清的散文创作取材于平常小事，然而蕴含真情，在中国现代文学第一个十年的散文创作中独树一帜。其特点有：

一、着眼于生活小事，抒写个人真情实感。朱自清的作品多以生活小事为题材，写自己的真实见闻和内心感受。他善于挖掘生活中的细节，或从生活中易于被忽视的小事入手，写出自己的独特感受，引导读者发现生活中细微但动人的真情实感。如《背影》，“在晶莹的泪光中”看见“蹒跚”行走的、穿着“青布棉袍黑布马褂”的父亲的背影，这一细节真挚感人，展现了父子之间无言的深爱。《春》是通篇写景的文章，但作者也通过对小草、树木、春风、细雨的描绘表达自己的欣喜之情，从细节之处呈现内心对大自然的无限赞美。

二、语言质朴洗练，意境浑圆悠远。朱自清运用典雅流畅的白话文进行写作，描述详略得当，构思缜密精巧，文笔清新隽永。《荷塘月色》中，朱自清以精练的词句勾勒出一幅充溢着诗意美和音乐美的画面，同时烘托出自己身处美景中的微妙心境。《桨声灯影里的秦淮河》一文中，“那晚月儿已瘦削了两三分。她晚妆才罢，盈盈的上了柳梢头”一句，将月的形象完整地勾勒出来，既有动态的美感，又展现出静谧安宁的夜的氛围。

三、温柔敦厚的审美理想，道德完善的内省精神。朱自清的散文融合了西方的启蒙主义、人本主义、自由生命意识和东方传统的古典哲学思想，两种审美观点的碰撞融合构成了朱自清独具一格的创作风格。与此同时，朱自清的散文中彰显了他作为知识分子的理想人格和个人道德自我完善的追求。《桨声灯影里的秦淮河》中，作者以听歌欲与道德律的内心斗争，披露了道德感的审美意象;《背影》中，从细节入手，向内审视自己作为儿子、父亲、丈夫、朋友的身份，展现自己内心的复杂挣扎。作者通过散文阐释着自己的道德准则，表达自己对于至善道德世界的向往。[①]

---

① 参见吴周文．诗教理想与人格理想的互融——论朱自清散文的美学风格［J］．文学评论，1993（03）：138-150+109；曹毅梅．简论朱自清散文的艺术风格［J］．殷都学刊，2005（04）：96-98.

45. 郁达夫早期散文创作的风格是什么?

答：郁达夫将狂飙突进的“五四”精神和创造社的浪漫特质都以自己的方式体现在散文创作中。其早期散文创作的风格是：

一、恣肆坦诚的自剖。表现作家的个性，这是郁达夫散文创作的理论认知，他的散文同样有“自叙传”的风格，甚至更盛。他在散文中无所顾忌地详细描写自己的思想和生活细节，发出的是带有自己的强烈个性的声音。如《日记九种》将自己每日的遭遇和情绪向读者倾诉，甚至有些像今天的微博、微信朋友圈等自媒体文字。

二、忧郁感伤的情调。郁达夫的散文既有叙事也有抒情，大多充斥着对社会黑暗、世风颓败的愤激，抒写着知识分子郁郁不得志的自怜。其文章既体现了作家离经叛道的特质，又有着自暴自弃、自虐自残的极端情绪。

三、荡气回肠的诗情。郁达夫的散文中常常运用不拘形式、纵情宣泄的抒情方式，热情坦白、毫无遮掩地表现一个富有才情的知识分子在动乱社会里的苦闷心情，展现出一幅幅忧郁感伤而又秀丽隽永的情景交融的画面。

46.“现代评论派”的散文创作有何特点?

答:“现代评论派”是指 1924 年出现的一个以《现代评论》周刊而得名的文化派别。其成员多是留学归国的自由主义知识分子，政治倾向与鲁迅和部分语丝派成员相对立。“现代评论派”重要的散文作家有徐志摩、陈西滢等。

徐志摩的散文文体自由、轻盈飘逸，同时意象繁复、语言华丽。他的散文多属冥想型的小品，即使记述事物，也常抓住刹那间的灵感，让感情自由地奔流，具有灵动的美。《北戴河海滨的幻想》《翡冷翠山居闲话》《我所知道的康桥》《浓得化不开》都是其散文名篇。

陈西滢的散文行文流畅，常常由议事出发，拉杂闲谈而富有幽默感。他的散文有的介绍知识，有的回忆故旧，有的讥刺中国封建惰性，以“闲话”而得名，后结集成《西滢闲话》。轻松随意、侃侃而谈，其实也是现代评论派共同的特点，精心构思后呈现出的是一种自然绵密的格调。

总体而言，现代评论派的散文对政治和文化现象保持一种独立的批判精神。作家们追求自由、平等、进步和文明，反对封建国粹派和封建复古派，体现了自由主义的文学立场。他们以一种文化贵族的精神优越与西化绅士的超然眼光观察社会人生、品评文坛人事，政治立场和创作风格与其出身、经历不无关系。

47. 鲁迅的《朝花夕拾》有何特色？

答:《朝花夕拾》收录了鲁迅于 1926 年创作的 10 篇回忆性散文，在鲁迅的散文创作中具有非常独特的价值，同时也是中国现代散文史上的经典之作。其主要特色有：

一、题材多样，内容丰富。《朝花夕拾》记叙了作者个人的所见所闻所想，勾勒了从清末到辛亥革命时期的若干社会生活风貌，描绘了一幅幅世态图和风俗画。作品中既有对世态人情的描画，如百草园的生机盎然、《社戏》中满含生趣的出游；也有对各种人物的刻画，如藤野先生、范爱农、长妈妈等；还有对洋务运动和辛亥革命等某些历史画面的记录，如《琐记》《范爱农》。《朝花夕拾》既具有强烈的反封建精神，对封建道德、封建教育进行了批判，如《二十四孝图》《五猖会》；同时又充满了个体生命的体验，表现了人类童年所特有的天真之气，展现了对“爱”与“死”等命题的思考，如《阿长与〈山海经〉》《猫·狗·鼠》。

二、“闲话风”的散文体式，多种手法综合运用。行文结构有兴之所至的随意性，如《猫·狗·鼠》这篇散文忽而写动物王国，忽而写人世间，展现了鲁迅思想与艺术创作上天马行空般的自由驰骋。大量散文熔叙事、抒情、议论于一炉，在对往事的追叙中闪耀着社会批判的锋芒。不同篇章又有不同侧重，有的重在写人，以富有感情的笔调刻画人物的言行举止；有的以记事为主，常以简练而发人深思的文字作结。文笔朴实优美，语言追求一种原生态的趣味，人物话语富有口头语言的丰富性、生动性和复杂性，如《阿长与〈山海经〉》中长妈妈的话。

整体而言，《朝花夕拾》在叙事、议论之中给人以亲切自然之感，营造了一种宽松自由的氛围，具有很强的感染力。

48. 20 世纪 20 年代散文总体而言有哪些特点？

答：20 世纪 20 年代散文创作出现了前所未有的繁荣，其特点主要表现在以下几个方面：

一、数量庞大，基础良好。一方面是刊物众多，《新青年》《语丝》《莽原》《现代评论》等刊物都是发表散文的重要阵地。另一方面有大量作家从事散文创作，如李大钊、鲁迅为代表的《新青年》"随感录"作家群，周作人为代表的"言志派"作家群，冰心、朱自清为代表的文学研究会作家群，郁达夫、郭沫若为代表的创造社作家群，以及语丝派、现代评论派等作家。

二、文体多样，表现自由。形式不拘一格，有杂感、短评、政论、随笔、游记、旅行记、见闻录等诸多文体。与此同时，杂文和美文交相辉映，杂文自由活泼，是时代敏感的神经、战斗的投枪和匕首，具有文化批判、社会批判等功能，如李大钊的《青春》、陈独秀的《偶像破坏论》，都让人感到振聋发聩；美文则倚仗其审美功能而繁荣，周作人的《故乡的野菜》、俞平伯的《陶然亭的雪》都是当时的名篇。

三、内容丰富，个性各异。传统散文主要表现"尊君、卫道与孝亲"，而现代散文则是对传统的背离，除了表现个性外，散文主要关注社会、人生问题，扩大了其表现生活的范围。"五四"时期散文创作派别林立，朱自清在 20 世纪 30 年代就指出，"有种种的样式，种种的流派，表现着，批评着，解释着人生的各面。迁流曼延，日新月异：有中国名士风，有外国绅士风，有隐士，有叛徒，在思想上是如此。或描写，或讽刺，或委曲，或缜密，或劲健，或绮丽，或洗练，或流动，或含蓄，在表现上是如此"[①]。

① 朱自清．朱自清序跋集［M］．苏州：古吴轩出版社，2018：6.

四、中西兼容，营养丰厚。这一时期的散文创作除了与中国传统保持了良好的联系之外，还受到世界文学的广泛影响，英国的小品、蒙田的随笔、尼采的箴言警句、屠格涅夫的散文诗、泰戈尔的诗歌等都在文体或风格方面对这一时期的散文创作产生了直接或间接的影响。作家们不仅创作了大量的散文，同时也对散文理论进行了探讨，傅斯年的《怎样做白话文》、周作人的《美文》、王统照的《纯散文》和《散文的分类》、胡梦华的《絮语散文》都是这一时期散文理论建设的重要文章。

49. 什么是“文明戏”？

答：“文明戏”是 20 世纪初诞生，不同于中国传统戏曲，适应于现代文明需要的，主要借鉴西方戏剧，以言语、动作为主要表现手法的新的戏剧形式。

话剧是一种西方的戏剧形式，十九世纪末由西方侨民引入中国。1866 年上海西人业余剧团建立了第一个正规剧院——上海兰心剧院，每年公演数次。之后上海又建立了称为“东京席”的小剧场，专供日本一些新派剧剧团来华旅行演出。中国人演话剧则是从教会学校学生的业余演出开始的。

1906 年冬中国留日学生李叔同、欧阳予倩等人组织的春柳社被看作是最早的话剧团体，他们演出了《茶花女》《黑奴吁天录》等戏剧。经过春柳社及以后的新剧同志会、春阳社、进化团的努力，文明戏从国外演到国内，具有了全国性的影响。1910 年由任天知发起，有汪仲贤、欧阳予倩、陈大悲参加的进化社是中国第一个职业性的新剧团体，他们创造了中国现代话剧早期的创作与演出模式：强调现场的宣传作用，强调演员的即兴表演（采用“幕表制”，即不用剧本，只用演出提纲）。

最初，人们称这种刚刚输入中国的戏剧样式为“新剧”，取“新型的剧”的意思，以区别于旧戏。辛亥革命爆发后到“五四”文学革命前夕，新剧因形式新颖和内容贴近现实受到观众的热烈欢迎，盛行一时。为了表达对新剧的夸赞和推崇，人们纷纷称之为“文明戏”。欧阳予倩在《谈文明戏》一文中提到，“文明戏”的“文明”二字，用热情的观众赠予的美称，以示“进步或者先进”的意思。

1911年到1912年，“文明戏”到达全盛时期。春柳社成员陆续回国后，于1912年组成“新剧同志会”，他们的演出受到普遍欢迎。辛亥革命的成功，也推动了人们接受新的思想和艺术。1914年，“文明戏”还出现所谓的“甲寅中兴”，这一次繁荣以中国第一个现代化大都市上海为中心，以“职业化”和“商业性”为主要特色。一年之内，上海一地即成立职业剧团数十个；这一年4月，上海六大文明戏剧团组成新剧公会，联合公演，获得了很高的盈利。这次“中兴”以演出“家庭戏”为主，突出了戏剧的娱乐性和表现性。

随着旧思想、旧文化的卷土重来，以及剧团生存的压力，“文明戏”后期走向商业性演出的道路，越来越远离政治的和现实的主题，它终因迁就小市民的封建落后意识与恶俗趣味，以及艺术上的粗制滥造、某些演员的堕落，而失去了观众。“文明戏”从1907年萌生到1918年衰落，不过十年左右的时间，它的衰败让后人引以为戒，同时也为以后中国现代戏剧的发展奠定了重要的基础，起到了“开先启后”的作用。

50. 什么是“爱美剧”？

答：“爱美”是英文Amateur的音译，意为业余的、非职业的；“爱美剧”即非职业的戏剧。“爱美剧”运动口号的提出，受到了欧洲“小剧场运动”的启发。19世纪末20世纪初，欧洲戏剧家们因不满戏剧的商业化倾向，提出不以营利为目的的业余的实验性的演出，提高戏剧的艺术质量，增强戏剧的社会作用。中国的“爱美剧”是在文明戏因商业化堕落衰败、话剧发展陷入困惑中应运而生的。

1921年陈大悲在《晨报》发文《爱美的戏剧》，系统地论述了“爱美剧”的问题，率先提出开展“爱美剧运动”的主张。这一主张提出后，在新剧界产生了很大的反响，很短的时间里，一批业余话剧团体和戏剧研究刊物便迅即涌现出来，排演“爱美的”戏剧。上海民众戏剧社和上海戏剧协社是其中最重要的两支队伍。

民众戏剧社1921年成立，是中国第一个业余话剧团体。在其成立章程上，明确地规定着“本会以非营业的性质，提倡艺术的新剧为宗旨”。1922年，社员们又在北京创办了“人艺戏剧专门学校”。他们的演剧和活动助长了爱美剧的声势。上海戏剧协社是在黄炎培创办的上海中华职业学校演剧团体的基础上发展起来的，成立于1921年，是中国现代话剧团体中历史最长，并对现代话剧的发展作出重大贡献的一个团体，其实践活动为中国话剧运动从业余迈向职业奠定了坚实的基础。这两个团体都宣布自己坚持“五四”传统，强调戏剧必须反映时代、人生，担负社会教育的启蒙任务。20世纪20年代初，素有传统的学生业余演剧活动也出现了一个高潮。爱美剧的演出中心，逐渐转移为戏剧专业学校学生的实习性的演出。

1927年前后，爱美剧运动逐渐沉寂下来，话剧理论与创作、技术与艺术均呈现出寥落的趋势，中国话剧事业期待着新鲜血液的注入。

51. 什么是“国剧运动”？

答：20世纪20年代余上沅等人发起的“国剧运动”，是设想以中国传统戏剧为基础，吸收西洋戏剧元素，创造出一种新的，但仍不失为中国特色的戏剧。

1924年夏，余上沅、闻一多、赵太侔、张嘉铸等人合作演出过一出洪深根据中国民间传说改编的《牛郎织女》，但影响不大。是年冬，美国纽约华侨经济赞助、剑桥中国同学会编排的古装大戏英文版《此恨绵绵》(一名《杨贵妃》，作品取材于中国古典名剧《长生殿》)深受好评。演出的成功催生了留美学生的戏剧改革梦。余上沅等人进行实地调查，后撰写完成《北平艺术剧院计划大纲》。1925年，梁实秋、谢文秋等在美国演出了古装戏《琵琶记》，也获得成功。1925年1月，留美的中国学生余上沅、闻一多、赵太侔、张嘉铸、熊佛西、林徽因、梁思成、梁实秋、顾一樵等戏剧爱好者，还发起成立了“中华戏剧改进社”。

1926年，赵太侔、余上沅等留美学生在徐志摩主持的北京《晨报》副刊上创办《剧刊》，提倡“国剧运动”。他们主张从整理和利用旧戏入手去建立“中国新剧”[①]：在戏剧观念上，主张发扬传统戏曲

① 余上沅．中国戏剧的途径［M］// 余上沅戏剧论文集．武汉：长江文艺出版社，1986：205.

“纯粹艺术”的倾向[①]，反对“利用艺术去纠正人心，改善生活”的易卜生式的社会问题剧；在戏剧的表现上，他们受到爱尔兰民族戏剧运动的影响，提出要“探讨人心的深邃，表现生活的原力”[②]，因而赞赏西方象征主义与表现主义艺术，进而提出要糅合东、西方戏剧的特点，“在‘写意的’与‘写实的’两峰间，架起一座桥梁”，并预言“再过几十年，大部分的中国戏剧，将要变成介于散文、诗歌之间的一种韵文的形式”[③]。1926年6月17日到9月23日《剧刊》前后出版15期。1927年9月，上海的新月书店把《剧刊》上这些有关戏剧讨论的部分文章结集出版，书名即为《国剧运动》（余上沅编）。

“国剧运动”的提出和实践，带有一定的理想主义色彩，由于不适合当时社会的需求，终未能发展下去，但作为一种选择的可能性，在现代戏剧发展史上留下了痕迹。[④]

52. 易卜生对中国早期话剧有何影响?

答：早在清末民初，林纾就曾根据别人的口译，将易卜生的《群鬼》改写成小说《梅孽》。1908年鲁迅发表《摩罗诗力说》和《文化偏至论》，文中提到易卜生及其剧作。1918年，《新青年》第四卷第六号推出了“易卜生专号”，发表了罗家伦、胡适合译的《傀儡家庭》（又名《娜拉》），《国民公敌》和《小爱友夫》的节译，刊载了胡适的著名论文《易卜生主义》、袁振英的《易卜生传》，集中介绍了被称为“（欧洲）现代戏剧之父”的易卜生。易卜生的《傀儡家庭》等剧作以

---

① 余上沅．旧剧评价，俞宗杰．旧剧之图画的鉴赏［M］// 国剧运动．上海：上海书店，1992年重印本：194、216.

② 余上沅．《国剧运动》序［M］// 国剧运动．上海：上海书店，1992年重印本：3.

③ 余上沅著，林传鼎译．国剧．《晨报》“晨曦”栏，1935-4. 转引自洪深．中国新文学大系·戏剧集·导言［M］// 中国新文学大系·戏剧集，上海：上海文艺出版社，1981：77.

④ 参见徐珺．“一个半破的梦”——二十世纪二十年代“国剧运动”研究［D］. 上海：上海戏剧学院博士学位论文，2013.

反传统、反专制，提倡个性自由、妇女解放为宗旨，正和“五四”精神吻合，在当时影响非常大，许多学校都上演过。“五四运动”高潮中，译介易卜生作品和宣扬易卜生主义蔚成风气。

胡适发表于1919年《新青年》上的《终身大事》是最早运用现代话剧的形式表现“五四”时代精神的剧作，讲述田亚梅追求婚恋自主，毅然“出走”的故事。该剧在内容和形式上都是对易卜生《傀儡家庭》的仿制。此外，还有一批从内容到形式都借鉴易卜生的问题剧出现，中国早期话剧中出现了众多《傀儡家庭》型戏剧作品和“出走”型戏剧人物。这类戏剧故事的情节大都为新旧两代人的冲突，最后以新人物的出走来表明剧作家的社会理想。代表剧作如欧阳予倩的《泼妇》、成仿吾的《欢迎会》、侯曜的《弃妇》、张闻天《青春的梦》、余上沅的《兵变》、白薇的《打出幽灵塔》、熊佛西的《青春底悲哀》。甚至在浪漫主义戏剧里，如郭沫若的《卓文君》和田汉的《获虎之夜》，也分别塑造了古代的“娜拉”和出走未成的女性。

易卜生的社会问题剧对中国早期问题剧产生了巨大影响，包括题材主题、情节结构、人物塑造等方面，而且对这时期的历史剧、喜剧、趣味剧的影响也十分明显。易卜生戏剧中的“个性解放思想”“关注现实生活问题”的现实主义精神，“把现实生活中的人物，连同其生活环境、生活细节都按本来面目逼真地搬上舞台”，以“制造现实的幻觉”的戏剧美学观，以“客观的记录”，口语化、生活化的对话为主的散文体戏剧形式[①]，这些都为中国早期话剧所借鉴和吸收，也成为中国现代话剧的主要追求和基本特点。[②]

53. 郭沫若早期历史剧的艺术特色是什么？

答：郭沫若是中国现代历史剧的开拓者。在早期，《棠棣之花》

---

① 田本相．中国现代比较戏剧史［M］．北京：文化艺术出版社，1993：142、154-155.

② 参见温大勇．易卜生的社会问题剧对中国早期话剧创作的影响［J］．中国现代文学研究丛刊，1983（02）：14；孙倩．五四时期的中国话剧与易卜生［D］．山东大学硕士学位论文，2020.

《湘累》(1920)、《女神之再生》(1921)、《广寒宫》《孤竹君之二子》(1922),或取材于神话,或取材于历史,却不拘于史实,常凭主观的理解和想象撰写剧情、塑造人物,都采取了诗剧或剧诗的形式。1923年他创作了《卓文君》和《王昭君》,1925年在“五卅”惨案的刺激下创作《聂嫈》,1926年将这三部戏剧结集为《三个叛逆的女性》出版,这三部戏是他早期历史剧的代表作。

郭沫若的这些剧作在历史人物的“骸骨”里吹进了“五四”时代精神,“借着古人来说自己的话”[①]。在这些历史人物身上,他灌注了“五四”时期追求人的尊严、反对封建礼教与专制等精神。他重视历史剧中女性人物的塑造,“三个叛逆的女性”写的是历史上具有反叛精神的女性,但更与“妇女解放”时代命题契合。《卓文君》中写卓文君为了追求婚姻自由,反抗命运,不服从父亲的要求,自作主张,爱慕司马相如,毅然与其私奔。追求个性解放和婚恋自主正是“五四”的时代呼声。《王昭君》着力刻画王昭君倔强的性格,将她塑造为反抗命运、反抗元帝旨意、自愿下嫁匈奴的叛逆女性。《聂嫈》中聂嫈的行动已不单是为了个人的命运和解放,更是基于大义和拯救苍生的愿望,郭沫若把她的思想境界提到一个新的高度,体现出妇女直接参与实际斗争的时代精神。在这三部剧中,一些次要的女性人物红萧、毛淑姬、酒家女也富有抗争精神,焕发出思想解放和个人解放的光彩。

郭沫若早期历史剧,经历了一个由诗入剧写作的探索历程。这些剧作整体上是一个由诗特征占绝对优势逐渐向剧特征增强的转换过程。他的历史剧最初偏向于剧诗,经过一段时间发展后偏于诗剧,但都具有浓郁的诗意,体现出浓厚的浪漫主义色彩。这些历史剧中的诗的特征,一是外在形式上吟诗或大段抒情独白的加入,这些语句优美,富有音乐美,起到烘托环境、推动情节,或者表现人物内心的作用;二是内在的强烈的抒情性,在大起大落的剧情中,激化人物的内心情感,

① 郭沫若.孤竹君之二子·幕前序话[M]// 郭沫若全集文学编1.北京:人民文学出版社,1982:238.

使情节逐渐推向高潮。[①]

54. 洪深《赵阎王》的艺术价值是什么？

答:《赵阎王》作于1922年，是洪深早期的代表作。这个剧本揭露了军阀的罪恶，表达了对受虐害的民众与士兵的深切同情。剧中外号“赵阎王”的主人公赵大具有“做坏事嫌好，做好事又嫌坏”的复杂个性。他原本是个安分守己的农民，被逼当兵后，在严酷的环境中逐渐成了一个兵油子，告密、活埋人……什么坏事都干过。但他的良心并没有泯灭，一边干着坏事，一边内心充满矛盾斗争。戏剧表现的是赵大的罪恶，但矛头直指当时的黑暗社会，表达了反封建、反内战的主题。

在艺术表现上，该剧突破了现实主义戏剧的限制，手法上有创新。在剧本后半部分，剧作家袭用了美国现代剧作家奥尼尔《琼斯王》的艺术手法，让赵大在林子里转圈，精神发生错乱，不断产生幻象，写出了人物的紧张情绪和变态心理。赵大林中转圈这部分有明显的仿效的印记，而且不合于当时观众的欣赏习惯，故而并未引起强烈反响。但洪深超前的眼光和尝试值得肯定，他对非现实主义流派的吸收具有开创意义。

55. 丁西林话剧创作的主要特点是什么？

答：丁西林在话剧史上，是个特异的存在。他是出色的剧作家，也是杰出的物理学家。丁西林出现在中国现代话剧发展的早期，但他的创作达到了较高水准，在同期大多数的粗糙、幼稚之作中，显得“凤毛麟角一般的可贵”[②]。他长于话剧艺术中的喜剧，是中国现代喜剧

---

① 参见吴戈．论郭沫若的早期剧作［J］．大理大学学报（社会科学版），1987（01）：30-38；李若兰．点燃“中国女性革命的火炬”——析郭沫若早期历史剧《三个叛逆的女性》［J］．杭州师院学报（社会科学版），1987（01）：62-66；王小强．郭沫若早期历史剧情绪表现的艺术世界［J］．贵州大学学报（社会科学版），2007，25（01）：83-88.

② 张嘉铸．评“艺专演习”［N］．晨报副刊·剧刊，1926-6-17.

的开拓者，以机智与幽默的风格闻名。从喜剧的构思、人物、结构，到语言、风格，他的作品都表现出一种艺术上的成熟。丁西林的代表作有：《一只马蜂》、《亲爱的丈夫》、《酒后》（根据凌叔华同名小说改编）、《压迫》、《瞎了一只眼》、《北京的空气》、《三块钱国币》等。其话剧创作的主要特点是：

一、独特的话剧观念。他创作的出发点不是现实中的问题，而是以一个喜剧家的直觉，去发掘生活中的喜剧因素。他着眼于对世态人情的温情微讽，追求和谐、互补和相对的合理性。其剧作具有某种"超前性"，意义存在于人们通常的期待视野之外。他的作品缺少积极重大的社会意义，不是让人接受教育，而是采用细腻的分析笔法、皆大欢喜的结局让人自然地感到生活的乐趣。

二、对"欺骗"、朦胧与多义的偏爱。"欺骗"是他话剧观念的一个关键词，他对"含有欺骗、伪装、戏仿内核"的母题、故事、模式很感兴趣。其处女作《一只马蜂》描写的是"五四"后觉醒的青年为争取婚姻自由而与守旧势力抗争的一幕喜剧，"说谎"是男女主人公表达爱情的一种方式。剧中人物的矛盾并不是绝对对立的，而是观念、态度、看事物角度不同形成的差异，作家的态度是不明确的。

三、别出心裁的结构。其话剧的结构通常采用"二元三人"模式。他将剧中人物压缩到最大限度，通常由三人构成，形成二元相衬对峙的格局，第三者起着结构性的作用，或引发矛盾，或提供解决矛盾的某种契机。如《压迫》中房东太太和男房客因是否带家眷陷入僵局时，第三个人物女房客登场打开死结。在话剧结构上，他特别注重结尾的艺术，常有出乎意外的惊人之笔。

四、机智、简洁、幽默的话剧语言。他以语言自身的喜剧性直接获取效果。作品的中心人物往往是情趣优雅的男女知识分子，他们的言语风趣幽默，如《亲爱的丈夫》："一个诗人，是人家看不见的东西，他看得见；人家看得见的东西，他看不见；人家想不到的东西，他想得到；人家想得到的东西，他想不到。"知识分子的俏皮话，闪现着智慧的光彩。在丁西林的观念中，喜剧艺术是语言的艺术，他为现代话剧文学语言的创立，作出了重要的贡献。

第二章 第二个十年的文学（1927—1937）

56. 20 世纪 30 年代有哪些重要的文学论争？

答：正是在不断的文艺思想论争中，各个派别的思想主张越来越清晰，文学创作继续向前推进。20 世纪 30 年代左翼文学与其他一些派别发生过许多次论争，总体而言，这些论争的焦点都离不开文学与政治、文学的本体性、文学中的人性与阶级性、文学的功能等，体现了关于“人”的不同观念。

首先是 1928 年革命文学派对鲁迅、茅盾等“五四”作家的批判。后期创造社、太阳社为了倡导革命文学，构建无产阶级革命文学理论，他们把鲁迅、茅盾当作推行革命文学的障碍，全面否定了“五四”文学传统与“五四”作家的成绩，从而引发了两方的论争。这场论争虽然在左联成立前结束，但革命文学的理论问题并未彻底厘清。

其次是关于“文学基于普遍人性”的论争。这是左联成立前后的重要论争内容，新月派及其所宣传的人性论受到来自左翼文学阵营的批判。梁实秋以新人文主义的立场，针对左翼作家提倡的无产阶级文学，主张“文学是没有阶级性的”。梁实秋强调文学是天才创造的，与一般人无关。左翼作家则认为梁实秋的普遍人性论代表了资产阶级的理论，是矛盾而空虚的，文学只有通过人才能表现“性”，且不能忽视其所属的阶级性。

还有关于“文艺自由”的论争。论争发生在胡秋原、苏汶和左翼作家之间，争论的焦点是文艺与政治的关系问题。胡秋原、苏汶等反对用政治干涉文学，强调艺术的独立性，左翼作家则强调无产阶级的阶级性、党派性可以加强对客观真理的认识。这是左联成立之初展开的第一次关于文艺与政治关系的论争。由于中国革命文学与政治之间的关系愈益紧密，这样的争论伴随着中国现当代文学的发展，贯穿于二十世纪中国文坛始终。

此外，鲁迅和其他一些左翼作家就林语堂、周作人等对幽默与闲适文学的提倡进行了批判。朱光潜、沈从文等作家持人文主义文学思想，追求人性的、永久的文学价值，强调文学与时代、政治的“距离”，茅盾等左翼作家就如何把握文学的艺术与时代的问题对前者进行了批评。

除以上这些论争以外，还有1934年关于大众语文的论争等。在不同的文学论争过程中，马克思主义文艺思想逐步确立为左翼革命文学运动的指导思想，而人文主义文学思想也对左翼作家的创作产生了一定影响。“五四”文学的“人”的观念和现实主义的文学创作方法，在这些复杂的论争中又有了新的生发。

57. 什么是“革命文学论争”？

答：1928—1929年发生的“革命文学论争”，主要在鲁迅、茅盾等“新文学”作家与后期创造社、太阳社等激进人士之间展开，论争的关键问题是对“文学革命”的评价，以及文学的价值与发展方向。这场论争不仅是20世纪30年代左翼文艺运动的前奏，而且对以后的革命文学运动影响深远。

1927年大革命失败后，一批共产党人和革命青年流落到上海，他们和从日本等地归国的激进青年共同倡导了革命文学运动。受到“四·一二事变”之后现实政治局面的刺激以及国内外“左”倾思想的影响，他们提出文艺是政治宣传的武器、无产阶级文学是斗争的文学等文艺观点。如后期创造社成员李初梨发表文章《怎样地建设革命文学？》，认为文学的任务就是“反映阶级的实践和意欲”。他们进而用革命文学的理论来否定“五四”新文学，向“五四”时期已成名的作家开刀。他们全盘否定“五四”新文学的传统，认为鲁迅写作的那个“阿Q时代早已死去”，重点批判清算了鲁迅、茅盾、叶绍钧、郁达夫等。

对于太阳社、后期创造社的攻击，鲁迅、茅盾等人对此也有自己的看法。茅盾批评普罗文学的标语口号不是文学，指出他们的创作题材过于狭窄。鲁迅则一方面肯定了无产阶级文学有其发生的合理性，另一方面也对后期创造社诸人片面宣扬文学工具论表示反感，批评了他们对文艺的艺术特征的忽略和“唯我独革”的宗派主义情绪等。

这场论争引起了国共两党的注意。国民党意图借此清理文坛，共产党则要求创造社、太阳社作家停止攻击鲁迅。参与论争的各方冷静下来，寻求共识，促成了后来“中国左翼作家联盟”的成立。

关于革命文学的论争被认为是一场革命作家内部的论争。虽然在论争过程中双方都有情绪化的言辞，所涉及的很多理论问题并未彻底解决，但是它却扩大了无产阶级革命文学的影响，同时也纠正了后期创造社、太阳社的一些理论错误。此外，论争使得双方加强了对马列原著的学习和翻译，形成翻译介绍和学习马克思主义文艺思想的热潮，使革命文学运动有了科学的理论指导。与此同时，这场讨论也有未尽的问题，关于现实主义与非现实主义的论争，在此后革命文学的持续发展过程中延续了几十年。

58. 什么是“左联”？它的哪些活动对中国现代文学产生了深远影响？

答:“左联”是中国左翼作家联盟的简称，是第二次国内革命战争时期中国共产党领导的革命文学组织。左联于1930年在上海成立，主办刊物有《拓荒者》《萌芽月刊》《文学导报》等。它的成立结束了原有革命文学运动混乱论争和各派别相对封闭的状况，形成了文学界的统一战线。其主要活动有:

一、积极进行马克思主义文艺思潮的译介、传播与运用。左联作家确立了马克思主义文艺理论为其文学运动的宗旨，用此指导各项文学工作。瞿秋白自俄文译介了马克思主义经典作家的理论著作，对马克思主义经典作家的理论进行阐释和介绍。普列汉诺夫、拉法格、卢那查尔斯基等人的著作也被介绍进入国内，使得马克思主义理论深入到经济、文化、政治等多个领域。马克思主义文学批评也成为20世纪30年代中国最具影响力的批评。

二、自觉地加强了与世界无产阶级文学活动的联系。左联成立后大力介绍苏联及其他国家的文学作品，如高尔基的《母亲》、法捷耶夫的《毁灭》、肖洛霍夫《被开垦的处女地》、小林多喜二的《蟹工船》等。与此同时，也有一部分中国现代作家的作品被翻译介绍到国外。中国文学与世界无产阶级文学之间的关联得以加强。

三、大力推进文艺大众化运动。左联成立后即成立了文艺大众化研究会，使得“大众化”成为左联的重要关注点。鲁迅的《论旧形式的采用》点明将继承传统与接受外来相统一，在时代蜕变中探求现代文学新的民族形式。

四、革命现实主义创作方法的提倡和发展。以“左联”为核心的无产阶级文学运动非常重视创作方法的革新，积极推行富于革命意味的新的现实主义。“社会主义现实主义”的倡导对后来的文学创作产生了深远影响。左翼作家在创作中探索形成的创作个性，展现了文学史进程的丰富性。

59. 20世纪30年代的“京派”与“海派”之争是怎样的?

答:“京派”和“海派”是20世纪30年代两个代表性的重要文学派别，二者分别以北京和上海作为重要据点。因为社会环境和创作观念的不同，论争双方产生了分歧，这次论争在中国现代文学史和文化史上成为一个有意味的话题。

1933年10月，沈从文在天津《大公报·文艺副刊》上发表了《文学者的态度》一文，引起上海文人的反感，由此引发了论争。杜衡随即在《现代》杂志上发表了《文人在上海》一文，谈到了“海派”文人商业化的原因。杜衡的文章又引出了沈从文的《论“海派”》，进一步对海派进行界定与批驳，进一步彰显了抑“海”扬“京”的情感色彩。此后，曹聚仁、徐懋庸、鲁迅等先后撰文围绕“海派”问题展开了热烈讨论。两派主要以《大公报·文艺副刊》和《申报·自由谈》为阵地，至1934年3月末，讨论基本告一段落。

在论争中由于使用概念不尽一致，以及为自己群体辩护的原因，各方产生了一些歧见。但随着讨论的深入，一些共同性的观点也逐渐凸显出来，主要有：首先，“海派”文人在某些方面的品格缺陷，如渴求名利、趋炎附势等确实存在；其次，“海派”的恶劣风气虽然在上海文坛表现得最为集中和明显，但是在北方文坛也已滋长起来并有逐渐蔓延之势；最后，两派的特征与人文、历史环境的影响密切相关，而并非跟作家的原籍简单对应。鲁迅先后发表《“京派”与“海派”》《“京派”和“海派”》两篇文章，对两种文化流派的弊端进行了深刻的批判。鲁迅认为，“‘京派’是官的帮闲，‘海派’则是商的帮忙而已。但从官得食者其情状隐，对外尚能傲然，从商得食者其情状显，到处难以掩饰，于是忘其所以者，遂据以有清浊之分。而官之鄙商，固亦中国旧习，就更使‘海派’在‘京派’的眼中跌落了”。言辞虽不免尖刻，但犀利地指出了“帝都”文化心态和“租界”文化心态的存在。

论争的发起者沈从文从文学本体论的立场出发，倡导严肃认真的创作态度，要求作家摆脱对一切非文学因素的依附和屈从，真正实现文学的独立价值，这对克服当时文坛流行的弊端，尤其是“海派”文学中存在的弊端有警示作用；但将问题简单地落在一部分人身上，甚至将京派也有的缺点算作海派作风，则有失公允。关于这场论争的定性，丁帆认为，这本是一场相互指摘的文化层面的争论，却被后人越来越演变成一种美学意义上的文学风格之区分；与此同时，这种变化对丰富文学史的描述很有帮助，也对后来的流派创作有所裨益。①

60. 20世纪30年代人文主义思潮有哪些代表性人物和重要主张?

答：20世纪30年代的人文主义思潮本质上是“五四”“人的文学”传统的延续与深入。这一时期持人文主义思想的知识分子对西方文艺思潮有较多的关注，追求世界文艺与中国民族传统的融合，对文学的审美态度与当时左翼批评家提倡的为政治革命服务的文学主张有较大差距。其中重要的代表人物及其主张主要有：

一、新月派理论家梁实秋用西方新古典主义文艺思想对照中国新文学创作，提出以“健康的常态的普遍的”人性为核心的理性评价

① 丁帆.对两种文化流派的深刻批判——重读鲁迅《“京派”与“海派”》、《“京派”和“海派”》[J].东吴学术，2012(01)：26-30.

的文学标准。他倡导古典主义的"节制"概念，其文艺思想代表了受绅士文化影响的新月派的现代雅士的文学理想。同时，梁实秋强调以人性作为文学的唯一标准，认为"文学就是表现这最基本的人性的艺术"。但他反对"五四"时期流行的人道主义学说，认为它是情感泛滥的结果，而是提倡以理制欲的人性论，追求文学审美的理性与规范。另外，梁实秋提倡"天才论"，声称"文学不是大多数人的"，"一切的文明，都是极少数天才的创造"，这体现了新月派自由主义作家的保守倾向。

二、朱光潜作为京派的重要文学理论家和批评家，结合中国本土文学的"谈美"，同时沿着西方的人文主义传统对近代美学进行自觉综合，建构起以人文主义为核心的文艺心理学学说。朱光潜既反对"为艺术而艺术"，同时又认为偏于历史社会的批评和偏于形式的批评都把标准定得过于绝对。他倡导"自由生发，自由讨论"，"不希望某一种特殊趣味或风格成为'正统'"。朱光潜奉行严谨而超脱的风格，强调文学表现人生和怡情悦性的功用，维护文学创作的独立性。

三、林语堂是论语派的重要代表人物，其思想受到了周作人的影响，形成了一个追求"性灵文学"的文学流派。林语堂依托《论语》《人间世》《宇宙风》三个刊物，提倡幽默与性灵，本质上是以闲适、超然的态度看取人生。他一方面提倡用幽默的态度对内在灵魂进行自我审视与表现，另一方面，强调人的自然本性的流露，要求文艺摆脱社会尤其是阶级斗争的约束，回到"自然"也就是本能的生物的人那里去，认为文学作品应当是个人生命的本能表现。

这些对人文主义思想的理论倡导，看到了当时主流文学存在的公式化、概念化等弊病，指出了革命文学倡导者要割弃与"五四"文学的历史联系的不可实现，丰富了文学创作的别一领域。但作为一种强调独立的文艺观，要求文学完全脱离政治而存在，是不可能彻底实现的。

61. "中国诗歌会"的创作有什么特点?

答：中国诗歌会是左联领导下的群众性诗歌团体。1932 年成立于上海，由穆木天、杨骚、任钧、蒲风等共同发起。主要刊物是《新诗歌》。中国诗歌会成立的目的，就是为了廓清新月诗派、现代派在诗坛造成的某些障碍，推进和发展革命的诗歌运动。中国诗歌会在内容方面主张“捉住现实”，“歌唱新世纪的意识”①；形式方面则提倡“大众歌调”②，就是要创作大众化的诗歌，使诗歌普及到群众当中去。

中国诗歌会的创作直接继承了蒋光慈等早期无产阶级诗歌的传统，自身又是20世纪30年代无产阶级革命文学的一部分。在创作上一是要求诗人站在无产阶级意识形态的立场上去把握与反映现实，也即实现“诗的意识形态化”；二是要求“诗与诗人的大众化”。中国诗歌会的创作整体上呈现出如下特点：

一、及时、迅速地反映时代重大事件，表现工农大众及其斗争，强调诗歌对实际革命运动的直接鼓动作用。在反抗日本帝国主义侵略斗争成为时代中心以后，中国诗歌会又及时提出了“国防诗歌”的口号，创作了大量的鼓动抗日爱国热情的诗歌。中国诗歌会诗人的创作，不仅扩大了诗歌的表现，而且蕴含了强烈的理想与英雄主义色彩，诗歌具有刚健、粗犷、壮阔的美。

二、中国诗歌会强调“诗的意识形态化”，大大加强了诗的理性化色彩与主观性。作为奉行战斗集体主义的群体（革命队伍及其领导者革命政党），诗人们强调“自我”在“集体”、“小我”在“大我”中的融合。殷夫的诗歌发展道路即是一个典型。殷夫早期诗歌多是对自然与爱情的歌咏，而当他告别自己的出身阶级后，则将无产阶级作为自己的描写对象，并将“个人”融入“集体”，表现新的时代精神。

三、在艺术表现上，中国诗歌会诗人大都采取直接描摹现实的方式。殷夫的《一九二九年的五月一日》就详尽地再现了1929年“五一游行”的全过程。这直接导致了诗歌的抒情性因素减弱而叙事性因素相应加强。这些诗即使抒发情感，也多采用直抒胸臆的方式，在慷慨悲歌的时代，它们也承担起了相应的情感鼓动的功能。

四、在诗歌形式上，中国诗歌会诗人提出了“歌谣化”的主张，

---

① 穆木天.《新诗歌》发刊词［N］.《新诗歌》第1卷创刊号，1933-2-11.

② 同上。

强调“诗歌应当与音乐结合一起，而成为民众歌唱的东西”①。目的是要使诗歌成为“群体的听觉艺术”，以便普及到识字不多（甚至不识字）的工农大众中去。它是这一时期左联所领导的“文艺大众化”运动的一个组成部分。蒲风的《六月流火》、柳倩的《阻运》等创作都是诗歌大众化的实践。诗歌在变革形式的同时也致力于对社会现实的关注，表达民众的呼声，体现了对朴素、刚健的历史传统诗风的承接。

62. 为什么说臧克家是“农民诗人”？

答：从1927年武汉大革命失败前后到1937年全面抗战爆发前夕，臧克家出版了《烙印》《罪恶的黑手》《运河》等诗集，引人瞩目，成为20世纪30年代初、中期的代表诗人，并被称为“农民诗人”。这时期的很多诗作，表明出身于没落地主家庭的臧克家，在思想感情上通向广大的穷苦无告的农民群众。他说：“我生长在乡村里。我爱乡村象爱我的母亲。……我的脉管里流入了农民的血。这一些，你可以在我的诗的内容上，在整个的风格上找到佐证……我在多少枝笔下，成了‘农民诗人’了。（我多么高兴接受这一项冠冕！）”② 臧克家后来书写面扩大，学者吴奔星指出从1937年卢沟桥的炮声响起后，臧克家逐渐从农民诗人转向人民诗人，创作发生了阶段性的变化。③

臧克家在诗歌内容上执着于表现现实人生，始终注视着苦难中的中国大地以及在死亡和饥饿线上挣扎的底层人民。他不是表面地、浮泛地去写农村生活和下层劳动者的形象，而是在深刻的生命体验基础上进行抒写的，他写的《老马》《三代人》《难民》等作品写出了乡村中的悲剧型、传统型农民。《三代人》这首短诗通过一家三代人的命运，写出了农村延续几千年打不破的轮回。此外，他还写出了底层农民忍受苦难、迎战苦难的“坚忍主义”，这显示了诗人在精神上与中国农民的深刻联系。臧克家写出了对勤劳质朴、忍辱负重的坚忍者的

---

① 穆木天.关于歌谣之制作［J］.《新诗歌》第2卷第1期，1934-6-1.

② 吴奔星.从农民诗人到人民诗人［J］.江海学刊，1996（01）：180-185.

③ 同上。

认同和同情，如那匹“总得叫大车装个够，/它横竖不说一句话，/背上的压力往肉里扣，/它把头沉重地垂下”的老马，是苦难的下层劳动人民的象征和缩影，同时也表达了诗人对他们不幸命运的悲愤。

诗歌意象上，诗人书写土地、农村、农民，写下了一幅幅农村中人与自然的素描，如《农家的夏晚》写出了农民劳累过后在院中乘凉的画面。这种内容和意象上的严肃、写实，使得他的诗歌在语言上显得质朴而深沉，而在抒情导向上，不是将诗情向外铺张，而是往内紧缩，把浓烈的情绪寓于冷静客观的描述之中，格调凝重深沉。

臧克家在写诗态度上也是农民式的，他执着地去追求“苦吟”，苦心孤诣地捕捉诗歌形象，锤炼每一个字句，顽强地追求着“深刻到家，深刻到浅易的程度”的艺术境界，把感情、倾向性凝聚、隐藏在诗的形象里，使诗歌经得起咀嚼与回味，并且讲究诗的形式的凝练、整齐，注重诗的节奏、韵律。

63. 后期新月诗派有何主张和创作?

答：后期新月诗派是前期新月诗派的继续与发展。它以 1928 年创刊的《新月》月刊新诗栏及 1930 年创刊的《诗刊》季刊为主要阵地。其基本成员除前期新月诗派的徐志摩、饶孟侃、林徽因等老诗人外，主要有陈梦家、方玮德等南京中央大学学生为基干的南京青年诗人群，他们大部分是徐志摩的学生或晚辈，受徐志摩影响很大。1931 年 9 月，陈梦家在其所编选的《新月诗选》的“序言”中宣称“主张本质的醇正，技巧的周密和格律的谨严”，“我们只为着诗才写诗”，这可视为后期新月诗派的诗歌宣言。

后期新月诗派仍然坚持超功利的、自我表现的、贵族化的“纯诗”立场。但与前期不同的是，后期新月诗派向内朝着更为隐幽的精神领域开掘，显示了与世界现代主义思潮的合流，这些诗歌字里行间更多地流露出幻灭的空虚感、迷茫的感伤情绪。徐志摩后期的《猛虎集》《云游集》出现了怀疑的颓废情绪，如他的诗作《我不知道风是在哪一个方向吹》；陈梦家的《一朵野花》也有幻灭感。徐志摩因此用“向瘦小里耗”来概括他后期对生命的体悟，这也是他后期的诗的基本“诗感”[1]。有别于同时期中国诗歌会诗人对外部世界的叙事的偏重，后期新月诗派更看重回到内心世界，特别强调抒情诗的创造。徐志摩这一时期写出了他的名篇《再别康桥》，仍延续着前期的诗风；但后期新月诗派更多是表现“灵魂的战栗”，更引人注目的是书写大都市的病态以及现代人的精神异化，如陈梦家的《都市的颂歌》《自己的歌》、孙大雨的《自己的写照》等。

后期新月诗人依然“带着镣铐跳舞”。但与前期新月诗派过分强调诗歌的外在形式以及体式上的严整不同，后期新月诗人更注重诗形的多样化和诗情的协调性。他们向外扩展，部分新月诗人跳出前期坚执的小我，显示出走向时代社会的新倾向，这集中表现在他们生活视野的扩大和作品题材的拓展中。在诗体实验上，后期新月诗派影响最为深远的是“十四行诗体”的转借与创造，诗人们在十四行诗体里发现了中西诗歌诗体形式的某种契合之处，投入很大的热情进行创作，产生了朱湘的《十四行英体》之十二、陈梦家的《太湖之夜》、孙大雨的《决绝》等作品。[2]

64. 现代派诗的特点和贡献是什么？

答：活跃于 20 世纪 30 年代的现代派诗是由后期新月诗派和 20 世纪 20 年代末的象征诗派演变而成的，代表诗人有戴望舒、何其芳、卞之琳、李广田、施蛰存、废名、林庚、李白凤、金克木等。

被称为现代诗派“诗坛的首领”的戴望舒 1927 年所写的《雨巷》已经显示了由新月诗派向现代派过渡的趋向。他 1929 年创作《我底记忆》被认为是现代诗派的起点。1932 年创刊的《现代》杂志是刊载现代派诗歌的重要阵地，“现代派诗”也因《现代》杂志而得名。刊登现代派诗的刊物还有《现代诗风》《新诗》等。现代派约在 1936、1937

---

① 徐志摩 .《猛虎集》序［M］// 邵华强编 . 中国现代文学史资料汇编（乙种）：徐志摩研究资料 . 西安：陕西人民出版社，1988：231.

② 参见孙颖 . 理性与迷狂制约下的后期新月诗［D］. 长春：吉林大学硕士学位论文，2005.

年间达到了创作的极盛期。

1932 年《现代》主编施蛰存在《现代》4 卷 1 期上发表的《又关于本刊中的诗》几乎可以看作是现代派诗歌的一个宣言："《现代》中的诗是诗，而且是纯然的现代诗。它们是现代人在现代生活中所感受的现代的情绪，用现代的词藻排列成的现代的诗形。"戴望舒发表的《诗论》和杜衡的《〈望舒草〉序》也被看作该派的理论纲领。

现代派诗中有现代生活特别是"都市风景线"的展现，也体现了现代人的状态和情思。这些现代诗人生存在都市与乡土、传统与现代的夹缝中，他们既感受着古老的农业文明向工业文明转型的历史阵痛，又体验着与西方诗人近似的对都市文明的矛盾情绪。他们进而向内心探寻，追求"纯诗"之美，表现对田园、传统文化的"乡愁"，以及对精神家园的追慕。

现代派诗人"是一个注重诗歌内质的抒情群落……主情主义是现代诗派的核心观念"①。在诗的表达上，强调适度地把握真实与想象、表现与隐藏、隐与显的关系。在表现方法上，往往运用隐喻、象征、通感等手法实现情绪的意象化，也被称作"意象抒情诗"。他们还强调打破诗的格律，追求"诗的散文化"。

现代派诗歌实现了中外诗歌艺术的融会，一方面它受到法国象征派诗歌、美国意象派诗歌和以艾略特为代表的现代主义诗潮的影响，另一方面它与中国传统诗歌主流有着深刻的联系，特别是继承了晚唐李商隐、温庭筠一路"纯粹的诗"的传统，如对主客体交融的"意象"的注重、对人与自然和谐与交融的追求、意象中隐含的感伤情调，都显示出对传统的回归。现代派诗也是对新诗发展之路的探寻和纠偏，其质疑新月诗派"音乐美"的主张，去除早期象征派的晦涩神秘等，给诗坛带来了新的气息。它的出现和发展意味着中国现代主义诗歌已经进入了独立自觉的成熟阶段，也给予以后的九叶诗派、台湾现代主义诗歌、朦胧诗等以启迪。

---

① 罗振亚 . 中国现代主义诗歌史论［M］. 北京：社会科学文献出版社，2002：77.

65. 戴望舒诗歌的艺术特色是什么?

答：戴望舒留下了四本诗集:《我底记忆》《望舒草》《望舒诗稿》和《灾难的岁月》，共存诗九十余首。施蛰存说:“我认为《望舒草》标志着作者艺术性的完成,《灾难的岁月》标志着作者思想性的提高。”①

他的诗歌创作，受法国象征主义和中国晚唐五代诗歌影响很深。他早期和成熟期的作品，多写爱情苦闷和个人忧郁，他前期的三部诗集有大量的泪珠、残月、古园等意象，代表作《雨巷》优美的情调中也有浓重的感伤和彷徨的情绪。他深入挖掘自己的内心，在寂寞忧愁中发现美好，在诗歌中主要书写了苦闷的孤独者和飘忽愁怨的少女两大抒情形象。现实的不如意又催生了诗人对想象世界的追求，他的诗歌中孤独者有时又是执着的追梦人，如《寻梦者》。他还有部分诗歌是对日常物象的表现，如《秋蝇》等。他的诗歌运用象征的意象和曲折隐藏的手法，委婉地展现诗人的主观心境，把情绪客观化，其诗具有朦胧美的特征，如《印象》。

在形式上，戴望舒一度追求诗的音乐美，如《雨巷》，但他逐渐摆脱了音乐的束缚，运用自然进展的现代口语，服从于诗情展开需要的内在节奏，创造了具有散文美的自由体诗，如《我底记忆》。戴望舒的诗歌语言具有奇幻美，追求“全官感或超官感”的意象特征。

1937年全面抗战爆发后，戴望舒投身于民族解放斗争的行列，诗风大变，后期诗集《灾难的岁月》，风格更加明朗写实，表现出诗人对现实的关注。但这时期的诗歌《我用残损的手掌》除直面现实外，还接受了法国超现实主义诗歌的影响，这也能看到诗人对诗艺的不断探索。

66. 何其芳的诗歌创作对古典诗歌有何借鉴?

答：何其芳自称从小就深爱晚唐五代的李商隐、温庭筠、冯延巳等人的诗词，在他的诗作中有着深厚的中国古典诗词的积淀。他第一次真正接触到诗歌是在读了《唐宋诗醇》之后，其对诗歌的爱好便是从这里开始的。

---

① 施蛰存．引言［M］// 梁仁编．戴望舒诗全编．杭州：浙江文艺出版社，1989：4.

何其芳在《写诗的经过》中写道:“在某些抒写和歌咏的特点上，仍然是可以看得出我们的民族诗歌的血统的。”他在《梦中道路》中说:“这时我读着晚唐五代时期的那些精致的冶艳的诗词，蛊惑于那种憔悴的红颜上的妩媚。”“我喜欢那种锤炼，那种色彩的配合，那种镜花水月。我喜欢读一些唐人的绝句。那譬如一微笑，一挥手，纵然表达着意思，但我欣赏的却是姿态。”

何其芳的诗歌中交汇着东西方诗歌的影响，但古典诗歌对他的影响更为深重，主要表现在:

一、继承古典诗歌唯美的传统。何其芳收在《预言》里的早期诗歌中有冷艳的色彩、青春的感伤、精致的艺术，与晚唐的温李风格接近。他的心理、情感，以至美学的选择，都偏向中国古典的“佳人芳草”。[①] 抽象的情思在他的笔端变得具象化，显得流芳溢彩、声色动人，如《欢乐》《爱情》等。何其芳偏爱中国古典诗歌常用的意象，如芳草、佳人、扇、悬琴、芦笛、渔船、古城等，他既借用传统之意，也进行了现代性的改造，表达现代人的情感。

二、传达出类似古典诗歌的意境。意境是中国古典美学的核心范畴，古典诗歌讲究意境美，追求“象外之象”“味外之旨”。何其芳曾反复强调自己喜欢唐人绝句和晚唐五代诗词一类古典诗歌的那种“镜花水月”，他的诗歌在表达情感、呈现内心世界上继承了古典诗歌的意境艺术。他注重意象间的内在联系，通过意象组合引发诗情，营造出空幻朦胧的意境。但他的诗与传统诗歌中的物我交融有别，其诗有较浓的主体意识。[②]

三、对格律的重视。何其芳创作的多为自由诗，但其中回荡着优美的音韵。代表作《预言》，整首诗在结构上十分精致：一个序曲，一个尾声，加上中间四个乐章，形成了一部优美的梦幻交响曲。每节均有六行，大体一、二、四、六行押韵，还巧妙地运用了诗句语言进行重复。20 世纪 50 年代他将多年对现代格律诗的思考撰写成文，在

---

① 参见李怡. 中国现代新诗与古典诗歌传统［M］. 重庆：西南师范大学出版社，1994：257.

② 参见刘进军. 何其芳与中国古典诗歌［N］. 文艺报，2016-9-26（05）.

诗坛产生了较大影响。

67. 为什么卞之琳的诗歌被称作“新的智慧诗”？

答：金克木在1937年的一篇新诗批评《论中国新诗的新途径》中称20世纪30年代崛起的“以智慧为主脑”的主智诗潮为“新的智慧诗”。[①] 卞之琳的诗歌是“新的智慧诗”的代表。这些诗有冷静的哲思倾向和深邃的智慧，追求诗与哲学的融会，与别的现代派诗形成鲜明的区别，开辟了中国现代主义诗歌的一条新途径。

卞之琳的诗集《三秋草》《鱼目集》《音尘集》和《数行集》（即三诗人合集《汉园集》的第三部分）中很多诗歌都体现出智性化的诗美追求，这主要表现在以下两个方面：

一、感性与智性的融合。卞之琳以不使人动情而使人深思为特点，极力避免情感的发展而追求智慧的凝聚。在现代主义诗学的影响下，卞之琳的诗歌体现出以经验代替情绪的智性美。这体现在：

首先，他善于将具体意象和抽象思想融为一体，其诗常常是整体抽象而细节具体、意象鲜明。因此，卞诗虽然深奥抽象，却有生动的形象外壳。如《归》中从远阔的宇宙万象到孤寂的心灵世界，生命归宿的哲思感受就包孕在朦胧悠远的意境美之中。

其次，诗的表面平淡与暗示的深刻相统一。卞诗常描写“不入诗”的事物，如小茶馆、冰糖葫芦、酸梅汤、扁担之类，善于采撷凡人小事入诗，从平常生活画面或意象中开掘丰富的人生哲理；又采用平淡的表现风格，表达冷峻的幽深的哲理沉思。卞诗的智性表现与哲理意味有一种“大智若愚”“大巧若朴”的风格之美。

最后，在语言艺术上突出表现为具象词与抽象词的巧妙嵌合。为达到感观性与思辨性的统一，在语言组合上他有意将具象词与抽象词搭配，构成一种既具体又模糊的虚实相交的境界，形成一种物质状态的具象化向精神状态的抽象化转化，从而体现出特有的抽象理性美与具象感性美的融会。如《距离的组织》中“友人带来了雪意和五点钟”

---

① 柯可（金克木）. 论中国新诗的新途径［J］. 新诗，1937（04），1937-1-10.

中对抽象词“雪意”的质感化处理。

二、“非个人化”的艺术。“非个人化”是西方现代主义诗学的重要范畴。卞之琳通过译介艾略特的《传统与个人才能》，受到了“非个性论”诗学的影响，即隐藏个人遭际与内心情感而着重表现印象和经验。这种艺术影响在卞诗中主要体现为以下两个方面的特征：

首先，主体变位。卞诗经常采用人称的换位，追求一种多重声部的复合效果。换位的一种形式是主体变换。他的诗中常常不是一个抒情主体，而是多个主体的交换变位。如《白螺壳》中对话主体“白螺壳”“我”“大海”的变换。另一种形式则是人称互换。他的许多诗里的“我”也可以和“你”或“他”互换。人称的相互替代扩展了诗的内涵，使诗思复杂化，表现了具有辩证意味或普遍性的哲理蕴含。

其次，戏剧性对白。在现代主义诗歌中，一首诗的作者往往可以有多种显现，充任多种角色。诗歌中主体角色可以是作者，更多的不是作者。卞诗中较多地采用了这种非个性化的戏剧性对白，可称之为“戏拟”。如《鱼化石》中的发话主体可以是鱼也可以是女子，受话主体“你”也被诗人表述为既确定又不确定的可换性角色，以此达到非个性化表现。[①]

68. 废名诗歌中的禅意体现在什么地方？

答：废名诗歌有浓厚的禅意，朱光潜在 1937 年 6 月《文学杂志》的《编辑后记》中指出：“废名先生富敏感而好苦思，有禅家与道人的风味。他的诗有一个深玄的背景，难懂的是这背景。”废名的家乡是湖北黄梅，此地有禅宗圣地四祖寺和五祖寺，废名深受乡土文化浸染，长大后对佛经道藏的兴趣也日增。卞之琳在《冯文炳选集·序》中说，废名不仅“私下爱谈禅论道”，而且“会打坐入定”。废名有沉静好思、孤来独往的内倾型性格特征，这也与禅宗相通。

禅宗主张修习禅定，以觉悟众生本有之佛性为目的，讲求“破

① 参见王泽龙．论卞之琳的新智慧诗［J］．文艺研究，1996（05）：102-110.

对待、空物我、泯主客、齐死生、反认知、重解悟、亲自然、寻超脱”①。废名诗作中的禅意具体体现在：

一、意象的选取。废名诗中的意象很多都与禅宗相关，如他偏爱的核心意象“镜”。《镜》《妆台》等多首诗歌都写到镜，这让人想到禅宗六祖慧能那首著名的偈子“明镜亦非台”。镜构成了一个关于幻想人生和观念世界的总体象喻，表达出废名把人生幻美化、观念化的审美意向。他的《莲花》《海》中有莲、荷意象，此花也象征着佛性。他诗中灯、炉火、星、海、梦等意象也与禅相关。

二、意境的营造。废名的诗有着对人类、宇宙、生死、现实与梦幻等问题的整体性思考，蕴含着对人生的终极思虑，即便写现代社会的《街头》也是寂寞的人生实像。他的诗往往依托一系列意象的意思组合来生成意境，最终表现出禅趣。他诗歌中的意象随心流动，形成了冲淡、幽玄、深远、空幻的意境。

三、禅宗的思维方式。废名在《三竿两竿》中表达了对传统诗文“自由想象”“乱作”“乱写”气度的推崇。他的诗歌有类似禅宗“公案式”的思维结构，有佛家的顿悟和哲思在其中。禅宗“公案”在思维方式上突破逻辑思维的理解与解释，废名诗歌也注重非理性的直觉体验、瞬间顿悟以及玄妙的表达，抛弃了概念、推理等理性逻辑思维的束缚，具有跳跃性的结构和意在言外的机锋。代表作《十二月十九夜》就写到诗人深夜面对一枝灯思维自由无拘的流动。②

69. 林庚做了怎样的格律诗试验？有何意义？

答：林庚的诗集《夜》《春野与窗》里多为自由诗，但他对自由诗的“偏激”也保持着警惕，1934 年后他开始寻找新诗更鲜明的形式。林庚最初的形式试验之作，收在 1936 年出版的诗集《北平情歌》里。

---

① 李泽厚 . 漫述庄禅［J］. 中国社会科学，1985（01）：125-148.

② 参见吴晓东 . 新发现的废名佚诗 40 首［J］. 中国现代文学研究丛刊，1998（01）：249-260；罗振亚 . 迷人而难启的“黑箱”——评废名的诗［J］. 中国现代文学研究丛刊，1999（02）：190-204；席建彬 . 论废名诗歌的文禅意义［J］. 中国现代文学研究丛刊，2017（9）：100-107+149.

他从现代生活语言全新节奏的把握与中国民族诗歌形式发展的历史经验、规律的探讨中去寻找新诗的新的格律。他认为"为了使诗歌语言利于摆脱散文中与生俱来的逻辑习性，还有待于进一步找到自己更完美的形式"(《〈问路集〉自序》)。

他设想的是，如果能够探索出一种具有普遍性的"典型诗行"，将之应用于大多数诗人的创作，帮助创作者的思维去跳跃，那诗歌的普及将不是难事。他发现中国古诗，不管是五言、七言，句子中间都可以稍有停顿，用一个逗点把句子分为上下两部分，五言一定是二、三,七言一定是四、三。他还发现在许多自由体诗歌中，念起来很顺口的诗行里，都有一个五字的"节奏音组"，于是他把五个字的音组放在诗行的下一半，然后在它前面加上或三或五或六个字来做各种试验。他发现五五是最容易普遍化的形式，也就是十言诗，但九言诗的四音组比五音组更容易口语化，又开始试验"五四体"。在此基础上，他提出了"半逗律"规律和"五四体"的九言诗。

林庚后来治中国文学史，但他对新诗的思考并未停止。他试图将新旧文学沟通起来，运用中国古诗的发展历程来论证和建立新诗理论。他的"节奏音组""典型诗行""半逗律""九言诗"等新诗概念的阐发，显示出新诗的形式探索由着重外来形式的引入，转向对传统诗歌形式发展道路的历史借鉴，自有"史"的意义。虽然这种以古典规范为语言结构的新格律论存在现代与传统的错位，他自己实践的成果也不太理想，但这种对诗歌本质与本体进行探索的可贵努力值得肯定，也给予后人以启发。①

70. 为什么说20世纪30年代是小说空前繁荣与成熟的时期?

答：相对于20世纪20年代中国现代长篇小说的发轫与奠基，20世纪30年代小说可以说达到了空前的繁荣与成熟，主要原因如下：

---

① 参见林庚，张鸣．人间正寻求着美的踪迹——林庚先生访谈录［J］. 文艺研究，2003（04）: 74-83；赵黎明．林庚新格律诗论的语言结构［J］. 海南师范大学学报（社会科学版），2017（03）: 55-63；张颖．"语言诗化"与"窗"——论林庚在创作与研究之间的互动关系［J］. 江汉学术，2020（05）: 58-68.

一、中、长篇小说数量的激增与三部曲作品的大量出现，标志着30年代小说创作的繁荣。20世纪30年代堪称是长篇小说的发展与深化时期，影响较大的有茅盾的《蚀》三部曲、《子夜》，巴金的“爱情三部曲”以及《家》，老舍的《猫城记》《骆驼祥子》，叶绍钧的《倪焕之》，鲁彦的《愤怒的乡村》，丁玲的《韦护》，沈从文的《边城》，萧军的《八月的乡村》，萧红的《生死场》等。

二、作者队伍迅速扩大，风格流派多样，意味着30年代小说的长足发展。这一时期除鲁迅、茅盾、老舍、巴金等小说大家继续创作外，青年新人也锐意迭出。左翼小说家如蒋光慈、柔石、丁玲、张天翼、沙汀、吴组缃、艾芜、萧红等，京派小说家如沈从文、废名、芦焚等，海派小说家如刘呐鸥、穆时英、施蛰存等，都为现代文坛奉献了经典之作。

三、小说体式日益丰富，审美属性显著提高，也是30年代小说成熟的标志之一。历史品格浓厚的长篇小说大量出现，如李颉人的“大河三部曲”（《死水微澜》《暴风雨前》《大波》）等，显示了这一时期作家的创作气魄和创作实力。抒情小说由20年代的直抒胸臆转为具有创造性的意境，进而呈现出向40年代哲理诗情方向的开掘。如沈从文被称作“文体作家”，其小说可称为文化小说、诗小说或抒情小说；再如萧红也注重打破小说和非小说之间的隔膜，创造出介于小说与散文和诗之间的新型小说样式，其作品被认为是诗化小说的精品。讽刺小说、历史小说都分化出不同类的流派、风格，也体现了30年代小说在主流体式的基础上变化多样的特点。

四、作品的思想内容不仅反映出时代的创作风貌，也彰显出时代的思想深度。作家们对政治、经济、文化各层面的问题进行探究，在传递底层革命者的精神诉求上，在人性问题的探索上，在揭露社会的黑暗及乱象上，在抗日爱国思想的传达上，均显示了出色的艺术才能。如《家》对封建家族制度的批判和对青年人新生之路的思考，《骆驼祥子》对城市文明病与人性关系的探讨，《生死场》对女性悲惨命运和民族活力窒息的展现等，在中国现代文学史乃至思想史上均具有不可磨灭的价值。

71. 什么是"普罗小说"？如何评价20世纪30年代的"普罗文学"？

答："普罗"是法语"普罗列塔利亚"的简称，意思为"无产阶级的"。普罗文学受到二十世纪现实主义文学的影响，认为文学是社会政治经济的产物，强调文学为政治服务，主要描写无产阶级革命。这一理论受到左联作家以及后期创造社成员如蒋光慈、洪灵菲、钱杏邨等作家的推崇，大批作家加入了这一创作潮流中。

普罗小说主要体现了知识分子对大革命时期和革命失败后社会现实的思考。作家们多以热情的笔法描写工农生活和斗争场面，也有对小资产阶级在革命低潮时期的苦闷彷徨心态的表现。普罗文学作家尤其注重表现工人农民生活的疾苦，歌颂他们的反抗与斗争，展现出革命洪流对整个社会的影响。如洪灵菲的《在洪流中》，阿进的母亲在阿进的说服下，对阿进的革命活动表示理解，展现出革命趋势的不可阻挡以及革命对民众的感染力、号召力。普罗文学中的反抗精神也影响了一大批人投身革命，同时，小说中所倡导的大无畏精神和集体主义思想在当时产生了极大的鼓动作用，为无产阶级运动的发展作出巨大贡献。

普罗文学带有强烈的革命气息，在相当一段时间内产生了很大的影响。国民党视其为洪水猛兽，对参与普罗文学的作家进行打击围剿。[①] 但另一方面，普罗文学也存在着明显的缺陷。

首先，大量作品的模式化。普罗文学的一种主要叙事形态表现为"革命 + 恋爱"，但许多作品中革命与恋爱并未得到有机融合，这种叙事模式的重复运用缺乏独创性和文学性，使作品显示出公式化、模式化的倾向。许多作品追求场面的宏大，但人物描写脸谱化，如华汉的

① 1933 年第 7 期的《警备厅专刊》上载有武汉警备区司令叶蓬签发的《训令所属各机关部队为据报密查汉口市各书店刊物经过情形附抄中国普罗文学作家姓名表令仰查扣以杜流传文（参字第四五一号）》，普罗文学作家姓名表涉及鲁迅、茅盾、叶圣陶、郁达夫、丁玲、张天翼等 35 人。参见陈思广．中国现当代文学研究鉴识［M］．西安：陕西师范大学出版总社，2018：17-21.

长篇《地泉》。在文学为政治服务的影响下，普罗小说的思想主旨多呈现出口号化的特征，对现实问题浮于表面地叙述，对复杂性的挖掘不够深入。

其次，思想深度的欠缺。虽然普罗文学本身强调文艺的鼓动作用，致力于宣传革命，但很多普罗文学作家并未真正理解革命的本质。如蒋光慈在《最后的微笑》中对王阿贵个人报复行动的肯定，表明作家还没弄清无产阶级革命和无政府主义的个人报复的区别，作家世界观的混乱也必然影响作品的思想深度。

72. 蒋光慈的“革命小说”有哪些特点?

答：蒋光慈是无产阶级革命文学运动中最活跃的人物之一，堪称“革命小说”最早的探索者。他创作了《少年漂泊者》《野祭》《短裤党》《冲出云围的月亮》《咆哮了的土地》等一系列作品，积极倡导无产阶级革命文学，促成了20世纪20年代末“革命小说”流派的产生。其小说创作的突出特点同时也是对“革命小说”的主要影响有：

一、站在鲜明的革命立场，关注处于时代尖端的革命斗争题材，以现实主义笔调描写社会生活，开创了文学史上现代革命宏大叙事的先河。他的小说《少年漂泊者》从“五四”写到“二七”再到“五卅”，少年汪中的苦难成长史和坎坷的恋爱史同时也是一部阶级斗争史。《短裤党》再现了上海第二次、第三次工人武装起义。作者对题材的敏感和创作的速度令人赞叹，作品实现了作者的初衷，即留下“中国革命史的一个证据”。蒋光慈的小说大多数以大革命为背景，展现了革命进程中的重大事件，描绘了波澜壮阔的斗争历史画卷。

二、创立“革命+恋爱”的模式，作品呈现出鲜明的“革命的浪漫蒂克”倾向。《少年漂泊者》《鸭绿江上》《咆哮了的土地》均是蒋光慈的代表作，作品主旨倡导集体主义、反对个人主义，当革命与恋爱发生冲突时，主人公往往放弃恋爱而转向革命。在两性关系的设置上，男性革命者常以引路人的身份存在，而女性则是被引导者。最终，主人公在现实面前逐渐认识到革命比爱情更有意义，从而投身于更广阔的革命天地。这种模式影响了一大批作家的创作，丁玲的《韦护》等均属于此类作品。

三、将一些历史人物引入文学作品，以现实中的人物为原型，刻画了大量重要的历史人物尤其是中共早期领导人的形象。如《短裤党》中既有沈船舫（孙传芳）、张宗长（张宗昌）等反面人物，也有史兆炎（赵世炎）、杨直夫（瞿秋白）、林鹤生（周恩来）等正面人物形象。这些作品是对革命斗争的面貌及早期革命党人的较早关注，虽然有些形象不够丰满，但展示出了作者留下重要历史人物影像的努力。

由于强调对重大历史事件做及时的反映，蒋光慈的作品具有了强烈的宣传鼓动色彩，情感上昂扬激进、热血贲张，具有鲜明的特色，也体现了一定的时代意义。但因为缺乏对生活从容的观察和思考，其对一些形象的刻画浮于表面，也引发了茅盾“脸谱主义”的批评。此外，蒋光慈在小说中盲目地歌颂城乡暴动、飞行集会，使小说的画面趋向粗暴、乖戾。总而言之，蒋光慈作为“革命小说”的先驱者，其创作对于“革命小说”有示范性的作用，但其对艺术与思想、艺术与政治的简单化理解也产生了一些不良影响。

73. 什么是“左联青年作家群”？

答：“左联”是指 1930 年在中国共产党的建议和筹划下在上海所成立的一个文学与政治兼涉的革命文学团体，全称“中国左翼作家联盟”，“左联”是其简称。“左联”非常注重对青年文学作者的培养，经常组织文学活动，指导他们学习理论和进行创作，由此培育了一代青年作家，如张天翼、沙汀、艾芜、叶紫、柔石、丁玲、胡也频等，为新文学增加了一批新生力量，他们被称为“左联青年作家群”。他们在新文学创作的新题材、新主题、新人物、新精神和艺术表现等方面，都有重大贡献，产生了不少优秀之作。“左联青年作家群”的涌现，标志着现代文学在创作上真正结束了“革命文学”的时代而向前迈进了。

丁玲的《水》、张天翼的《二十一个及其他》、沙汀的《法律外的航线》发表后，给当时的文坛吹入一股劲风，曾被人称为“新写实主义”的势头。他们努力扫除概念化地描写身边琐事的创作风气，形成了“左联”文学的崭新地位。以后，这批“左联”新人的小说创作逐渐摆脱了初期的“唯物辩证法创作方法”，力图把政治倾向性与艺术真实性较好地结合起来，以革命现实主义的创作方法，努力塑造人物典型，也注意环境描写的典型化，开始在作品中体现出独特的生活藏量、语言储备与艺术个性，造成小说风格的多样化。

“左联青年作家群”是一支力量雄厚的队伍，他们继承“五四”传统将社会小说文体加以强化，充满阶级性、民族性的活力，其中不仅有表现农村破产的乡土小说问世（如叶紫的小说），也产生了将城市作为政治斗争舞台来看的都市小说（如张天翼的部分小说）。

此外，他们对小说文体也做了多方面的探索。社会剖析小说以其概括社会生活的历史深广度而成为当时现实主义小说中的“正格”。在此大势之下，“左联青年作家群”的创作在深化中又有变异，主导性的小说人物、环境的典型论和创作方法论，并没有束缚萧红、张天翼、丁玲、端木蕻良等一大批有才情的作家，他们在小说的抒情性质、讽刺性质和心理性质方面做出了细微而大胆的试验。萧红甚至把诗体小说推向“象征”层面。张天翼尝试过各种小说叙述“话语”，认为模拟纯客观叙述可以用更多的对话，直视人物心理可以采用独白，述事话语与表意话语有各种搭配，口语叙述和文人语叙述也各有其长处。

在小说形式方面偏于向外国小说学习，虽然提倡大众化，但在融合中国传统文学和民间文学以适应民众阅读方面，只能到 20 世纪 40 年代的根据地乡村环境下才取得突破性进展。

74. 柔石的小说《二月》有何艺术特色？

答：柔石是“左联”五烈士之一，《二月》是其后期小说中的代表作。小说以纯熟的笔调表现青年知识者的追求，展现下层劳动人民在灰暗时代中的坎坷命运。作品的艺术特色主要有：

一、丰富的知识分子形象。《二月》以知识分子为题材，塑造了萧涧秋、陶慕侃、陶岚等一系列有见地、有立场的正面知识分子形象，同时也塑造了像钱正兴这样的庸俗的知识分子。致力于个人奋斗的萧涧秋在芙蓉镇这样一个普通小镇处处碰壁，其遭遇真实地反映了中国封建势力的强大，也展现了“五四”落潮后知识者彷徨、倒退的思想面貌。小说运用以小见大的写法，通过知识分子的理想破灭展示了一个死气沉沉而琐碎嘈杂的旧社会。

二、浓厚的抒情氛围。整部小说充满了抒情的格调，书中运用了大量的独白、书信、乐曲及诗章，便于表达人物思绪，营造诗意氛围。如萧涧秋弹唱自己创作的《青春不再来》，抒发了人物强烈的情感，也容易引起读者的共鸣。此外，细腻的心理描写、对环境的渲染等，也使得作品具有深沉的抒情风格。

三、内在的张力。小说开头交代故事的发生，“是阴历二月初，立春刚过了不久，而天气却奇异地热，几乎热的和初夏一样”。自然环境是温暖的，社会环境却是一片冰冷：动荡的政局、各种天灾人祸、穷人的悲惨境遇……新思想的萌动应是不可逆转的，但现实中先进知识分子又备受打击，乍暖还寒的二月正预示着复杂的形势。

四、人文关怀的传达。尽管小说整体上渗透着压抑的氛围，但仍然寄托了一种人道主义精神，传达出个性解放的气息。萧涧秋对困顿的文嫂母女的无私照拂，闪耀着人道主义的人性光辉；活泼外向、善良热诚而又浪漫任性的陶岚姑娘，则展示了女性对独立、自由的大胆追求。

75. 丁玲的早期小说有何特点和意义？

答：丁玲的早期小说创作于1927—1929年，收于《在黑暗中》《自杀日记》《一个女人》三本小说集中。其特点是：

一、思想内容上，丁玲的早期小说以女性主义的观点来书写女性的故事，高扬女性主体意识，探讨妇女解放面临的困境和出路。《莎菲女士的日记》是丁玲创作上的转机。莎菲宣称在宇宙间“我的生命只是我自己的玩品”，她表面狷傲、怪癖，实则主动、大胆，有自己的追求。这一形象具有强烈的独立意识、个体意识和女性性别主体意识，是一个觉醒了的时代新女性。作品中还塑造了苇弟、凌吉士等不同性格和特质的男性形象，破除了男性主导地位。

二、艺术手法方面，丁玲注重对人物内心世界的刻画，善于挖掘人物的复杂性，文风大胆泼辣，主体性强。其早期小说《梦珂》《莎菲女士的日记》《自杀日记》善于采用日记体、第一人称等，直抒胸臆，感情直白袒露。

丁玲早期小说创作的文学史意义主要体现在她大胆展示和披露了女性的精神、心灵，特别是在两性关系中的心理，留下了中国动荡年代一部分知识青年的思想和生活图景，大大推动和拓展了中国女性文学创作。

76. 茅盾的小说有什么特点?

答：茅盾对中国文学最大的贡献在于他开创了一种新的创作范式，被称为"社会剖析派"，并产生巨大的影响。其主要创作特点有：

一、倡导现实主义与革命现实主义方向。茅盾作为中国新文学中一位坚持现实主义传统的杰出代表，自始至终高举现实主义旗帜，为中国新文学开创了一种充分反映"时代性"和"社会性"的现实主义传统。

二、体现了对气势宏大的"史诗格调"的追求。茅盾是典型的"史诗"型作家，他的小说题材选择注重反映时代特征，抓取重大现实问题，力求能够反映时代和历史原貌。其长篇小说《子夜》便是要具体复现在特定年代中国民族资产阶级的发展和命运，显示出极强的史诗性倾向。

三、注重社会剖析的"理性化"叙事。作家在叙事过程中贯穿着清晰的理性思路，甚至主张用社会科学理论分析现实、指导创作，并以此取舍情节、塑造人物、突出主题，揭示现实社会生活的"本质"，这也是"茅盾范式"最鲜明的创作特色。不过，在强调"理性"的过程中，茅盾的小说也存在着部分情节设置生硬、人物形象塑造简单化的问题。

茅盾所坚持的现实主义方向、史诗品格、社会剖析精神，构成了中国新文学的一种重要价值体系，即注重作家的历史使命意识，突出文学的认知价值、社会价值的文学价值的观念体系。

77. 什么是“子夜山雨年”？

答：所谓“子夜山雨年”，是以现代文学史上两部重量级作品命名的一年。1933 年，茅盾的《子夜》和王统照的《山雨》同年问世，前者书写城市资产阶级的兴衰故事和悲剧命运，后者则将笔触集中于农村破产和农民革命的动荡，在文学上旗鼓相当，当时有评论称“南子夜北山雨”，这一年遂被称为“子夜山雨年”。

茅盾的《子夜》主要将目光聚焦于当时民族资产阶级、农民阶级、工人阶级的矛盾，展现了一个“工业的金融的上海”，证明了 20 世纪 30 年代中国发展民族工业缺乏必要的国际环境与国内环境，中国走资本主义的发展道路并不是历史发展的潮流。王统照的《山雨》则展现了农民破产、农村衰弱的悲惨境地，揭示了土地迅速集中、农村两级分化等 20 世纪 30 年代中国农村社会的突出矛盾。在纷繁复杂的农村问题中抓住土地问题这一关键，显示了作者对中国农村社会本质的认识所达到的历史深度。

茅盾在当年以东方未明为笔名专门撰文分析了《山雨》，称其“在目前这文坛上是一部引人注意的著作”。此后的文学史批评中，茅盾的《子夜》得到了极高的评价，并被视为社会剖析小说的代表性作品，王统照的《山雨》则逐渐被忽视。

78. 吴荪甫形象的特点是什么?

答：茅盾在《子夜》中塑造了吴荪甫这一民族资本家的典型形象，被认为是中国现代文学史上的“这一个”。作品对这个形象的塑造具有以下特点：

一、社会环境的典型性。茅盾抱着“大规模地描写中国社会现象的企图”，通过吴荪甫的经历折射出复杂而动荡的中国现代历史，人物的命运体现了中国特定历史时期民族资本主义发展的艰难。在半殖民地半封建社会现代化发展受到的重重挤压下，资本家虽是中国现代社会新生力量的代表，但由于中国特殊的政治结构，他事实上不可能完全成功。

二、思想内涵的复杂性。吴荪甫从满怀抱负到无奈破产的悲剧结局是社会矛盾、人性冲突种种因素的结果。乐黛云认为："茅盾在创造吴荪甫这个人物时，决不是把他作为一个'反动的工业资本家'来处理的，相反地，他是在塑造一个失败的英雄，一个主要不是由吴荪甫个人的失误而是由历史和社会条件所必然造成的悲剧主人公。"吴荪甫的失败是中国工业资本家的失败，但是在失败的过程中，我们看到了民族企业的希望。

三、人物性格的两重性。吴荪甫作为民族资本家的代表，在中国民主革命中必然具有两重性。一方面他走实业救国之路，是积极的；另一方面他又有与工人阶级对立的一面，是反革命的。不过，吴荪甫形象多少给人以概念化之感，杨洪承认为，茅盾对人物内在精神的透视尚欠精细深入，"这与社会科学家气质文化人格的作家精神主体不无关系"①。

79. 什么是"社会剖析小说"？有什么特点？

答："社会剖析小说"这一概念是由严家炎提出的，指的是 20 世纪 30 年代，一批由中国经济体制为切口关注社会人生的作品。以茅盾创作《子夜》为开端，随着吴组缃、沙汀、叶紫、艾芜等作家相继加入，逐渐形成了一个新的小说流派，被称为"社会剖析派"。"社会剖析小说"的主要特点有：

一、对社会世相的冷峻剖析。这些作家从 19 世纪法国、俄国现实主义作家作品中汲取营养，借用唯物史观，以科学的态度去分析、解剖社会。他们的作品关注中国当时的政治、经济、文化种种问题，正面描写城市或农村中的复杂矛盾，显示出对社会现实的洞察。作家们发现了半殖民地半封建社会的特殊形态下，民族资本主义在发展过程中的重重障碍，如茅盾的《子夜》；农民的苦难生活以及意识的觉醒得到重视，底层百姓所受到的阶级压迫得到深切关注，如叶紫的《丰收》《山村一夜》。他们力求对社会生活做出总体的、全貌式的再现，

① 朱德发 . 中国现代文学史实用教程［M］. 济南：齐鲁书社，1999：420.

以得出对中国社会性质的明晰判断。

二、横断面结构手法的运用。这些作家善于运用横断面的方法来剖析社会，通过有限的实际空间对宽广丰富的内容加以表现。作家们注重作品的戏剧性，注重场面描写，同时要求人物的对话真实、自然，从而在作品中展现了复杂的社会斗争，小说充满矛盾冲突而主题线索清晰。吴组缃的《一千八百担》在祠堂这样一个单一的场面里，刻画了二十来个身世不同、性格各异的人物，显示了作者对生活场景的熟悉和高度的组织情节、驾驭文字的能力。

三、复杂的人物形象塑造。作家们不再把人物简单地划分为正反两面，而是常运用多声部的叙述方法，通过众多人物去看、去听、去想，使读者可以综合形成对一个人物相对客观的评价。小说中塑造了大量处于复杂环境中的复杂人物，如《子夜》中的吴荪甫，《林家铺子》中的林老板，《腐蚀》中的赵惠明，《淘金记》中的白酱丹，都堪称是中国现代文学史上的“这一个”。悲剧人物、悲剧制造者以及悲剧铲除者多层面形象的塑造，体现了作家们对于社会环境与人物性格、个人命运与历史潮流之间的关系的深刻思考。

此外，不少小说还具有浓郁的“地方色彩”或“异域特色”。作品中展开了对风景画、风俗画的描摹，既是对早期乡土写实小说的历史回应，又开创了新的乡土小说范式。沙汀的《淘金记》、艾芜的《南行记》为其中代表。“社会剖析小说”不仅在左翼文学中占有重要地位，在中国现代文学史上也具有不可忽视的意义。

80. 20 世纪 30 年代的乡土小说有何特点？

答：20 世纪 30 年代中国乡土小说在 20 年代的基础上有了更进一步的发展，具体呈现出以下特点：

一、创作主题上的开阔。相比于 20 年代集中于批判农村的落后与蒙昧，30 年代的乡土小说呈现出更加广阔的表现空间。以沈从文为代表的京派小说作家着力表现乡村之美，以审美、宽厚的眼光描写农村；丁玲、吴组缃、叶紫等人的左翼小说则侧重展现乡村的苦难，揭露农村的阶级压迫；以萧红、萧军等为代表的“东北作家群”因战争而流离失所，他们笔下的乡村与不屈的爱国主义相结合，其乡土小说中蕴含着强烈的家国意识。

二、文体形式上的开拓。沈从文的“抒情小说”，萧红的“诗化小说”，以及叶紫、吴组缃等作家将社会剖析手法引入乡村描写，丰富了乡土小说的文体形式。

三、表现手法上的多样。浪漫主义、现实主义、象征主义手法被引入乡土小说创作，如沈从文的《龙朱》《月下小景》等文章极富浪漫主义色彩，丁玲、叶紫、吴组缃等人的小说则充满现实主义关照，而萧红的一些作品如《生死场》《呼兰河传》等具有象征主义意味。

81. 20世纪30年代的工人文学有何特点？

答：随着工人队伍的进一步壮大，以及中国无产阶级运动的发展，在无产阶级革命文学潮流的影响下，许多作家开始更加自觉地关注工人题材。在间接了解工人生活的基础上，有的作家进而与工人有了或多或少的直接接触，从而使得这一时期涌现出更多、更真切的描写工人的文学作品。如华汉的《蛋船上的一夜》《马桶间》，李守章的《秋之汐》，刘一梦的《失业以后》，蒋牧良的《锑砂》《夜工》，草明的《倾跌》，欧阳山的《七年忌》，这些作品将工人放在历史漩涡的中心，共同推动了革命文学大潮的汹涌高涨。与此同时，有感于时代氛围以及革命文学热潮，连“左联”之外的一些作家也对这一题材产生了浓厚的兴趣，如巴金的《砂丁》《萌芽》，萧军的《货船》《四条腿的人》，罗淑的《井工》，萧乾的《道傍》，都由工人形象生发而壮大了革命文学的声威。其中巴金的《砂丁》和《萌芽》，显示了作家向批判现实主义大师左拉书写工人的名著《萌芽》看齐的努力。

此时作品的主题主要围绕两个层面展开：一是延续了以往对工人艰难生存处境的描述，比较集中地反映了外来侵略势力以及本国资本家的疯狂压榨。如萧军的《四条腿的人》讲述了在一个德国人开办的煤矿中，工人因工伤被截去双脚，又被麻醉后残忍地抛到河滩上，成了“四条腿”的乞讨者的故事，对半殖民地半封建社会造成的工人悲惨命运发出了控诉。二是在许多作品中，工人们的命运都与反抗外来压迫、推翻封建制度相关联，许多工人形象表现出了积极的革命精神和昂扬的斗志。有的作品还描绘了工人们有组织的斗争，颂扬了工人阶级的英雄气概，这在以往的文学作品中是未曾有过的。这方面的先驱者当属蒋光慈。这样，党领导下中国工人阶级有组织的斗争和胜利，就第一次反映在现代小说中。由备受凌辱的普通工人到具有斗争勇气和领导能力的工人英雄，这是工人形象的一个重大变化。不过，普罗文学对产业工人英雄形象的塑造总体来看仍然不算成功，存在着公开的叙事者强行介入文本的现象，而人物性格的刻画不够深刻也是其明显的不足，未能避免公式化、概念化的问题。

需要指出的是，这一时期工人题材的作品与此前相比，整体而言还是有了明显的进步。首先，真正的产业工人取代了手工业者，成为大多数作品的主角，纺织、冶金、机械、开矿、铁路、轻工等各行各业都在作品中有所表现，作品视野更为开阔。其次，一些热点问题还受到作家们的共同关注，得到较为深入的反映。比如“包身工”问题，杨潮先写了报告文学《包饭作》，接着夏衍先后写了《包身工》《包身工余话》。再次，这一时期描写工人的作品中，已经出现了许多内容充实、艺术上乘的作品。如夏衍的《包身工》可谓中国报告文学的典范，殷夫的《血字》《一九二九年的五月一日》等诗篇也都是不可多得的佳作，老舍的《骆驼祥子》可以说达到了描写人力车夫这一题材的顶峰。[1]

82. 什么是“东北作家群”？

答：东北作家群形成于 20 世纪 30 年代中期，指的是“九·一八事变”后从东北流亡到上海、北京等地的一些青年作者，他们习惯上被称为“东北作家群”。代表作家如萧红、萧军、端木蕻良、舒群、骆宾基、罗烽、白朗、李辉英等人。在鲁迅的支持下，萧红的《生死场》、叶紫的《丰收》、萧军的《八月的乡村》都作为“奴隶丛书”出版，在当时产生了重要影响。

---

① 参见贾玉民 .20 世纪中国工业文学的历程和展望［J］. 郑州大学学报（哲学社会科学版），1997（05）：5-12.

他们的创作开了抗日文学的先声，作品传达出作家们对侵略者的仇恨和对故乡人民誓死保卫家乡的激赞之情。萧红从侧面描写帝国主义侵略下人民的缓慢觉醒，萧军则直面抗日战争中的血与泪，塑造了一系列处于抗日第一线的英雄形象。

他们的小说展现了底层百姓的苦难，传达出深沉的人道主义情怀。萧红的《生死场》书写了一组默默忍受着无穷苦难的普通妇女形象，端木蕻良的《鸶鹭湖的忧郁》则描绘了人民难以想象的贫穷。

他们的作品渗透着对祖国和家乡的眷恋，具有浓郁的乡土气息。萧红的《呼兰河传》既体现了对凝滞的民族文化的反思，也展开了家乡小城的风俗画卷；端木蕻良被认为是表现出大地深情的流亡者文人，他善于展现东北的独特风情，并以诗意的笔法创作出《科尔沁旗草原》等鸿篇巨制。

“东北作家群”的创作实际上构成了“左联”文学的一部分，他们的作品以独特的题材、浓郁的地方色彩、人物形象塑造的深度以及历史画卷的宏阔在中国现代文学史上留下了浓墨重彩的一笔。

83. 萧红的“抒情小说”有何艺术特色?

答：萧红的小说主要描写中国北方小城的故事，展现了大时代的转折推移在具体而微的个人身上的投射，代表作有《生死场》《小城三月》《呼兰河传》等。她的小说显示出“抒情小说”的艺术特色，主要体现在以下几个方面：

一、蕴含感情的语言。萧红的语言清新明丽，同时在字里行间渗透着自己的感悟。借助此种语言，萧红表达了内心的痛苦、悲哀等情绪，体现出一种特有的忧郁感伤情调。《呼兰河传》开头便以抒情性的语言交代家乡小城故事，对于祖父的深厚感情蕴藏于其中。

二、文体的新创造。其小说打破了小说与非小说之间的厚障壁，介乎于小说和散文以及诗之间，也有人称其为“诗化小说文体”。无论是长篇小说《呼兰河传》，还是中篇小说《小城三月》，都显示了萧红打破传统文体的努力。这种新型的小说文体使其可以自由出入于当下与过去、现实和梦境，并由此捕捉到各种细节，融入自己的强烈情感。

三、抒情氛围的营造。萧红的小说描写细致，文笔细腻，善于描摹景物，以纤细的艺术感觉叙事抒情。童年视角的运用也使小说别具韵味，作品中展开了一幅幅颇有韵致的风俗画。

萧红既秉承了鲁迅思想启蒙的风骨和对不同文体的实验，又充分发挥了女性特有的文学创造力，成为继丁玲之后新文学第二代女性作家的重要代表。

84. 什么是“京派”小说？这个小说流派有何创作特色？

答：京派指 20 世纪 30 年代前后，新文学阵营南移上海后继续在北京活动的一个自由主义作家群。京派作家追求艺术的健康与纯正，多在乡村与都市的对照中建构自己的审美天地，其作品具有乡野的平和质朴之美。代表作家有废名、沈从文、凌淑华等。其主要创作特色有：

一、着重展现乡村中国古老的生存形态。在现代文明的冲击下，中国乡村的传统文化、乡情风俗面临着陨落的危机，与此同时，还有一些偏远之地仍保持着原有的状态。京派小说以“常与变”作为他们乡村叙述的核心，关注着外来文明入侵下的乡村生态。沈从文的《萧萧》写出了乡村的温情与蛮荒，以及女学生所代表的现代文明对乡民们或隐或现的震荡。

二、审美上的平淡自然、从容宽厚。他们的小说中展现着普通人的平凡人生，描写着他们在琐屑生活中所呈现出来的生命的坚韧和庄重，追寻在古老之地未变的那些敦厚的美。京派的作品往往渗透着浓厚的怀旧气息，同时情绪又极为内敛而节制。如废名《竹林的故事》中的湖北黄梅故乡，芦焚《果园城记》中的河南果园城世界。

三、成熟的抒情体和讽刺体小说样式。京派作家的书写注重自身的主观体验，以抒情笔调来书写人生百态，同时还十分注意气氛和意境的营造。在抒情体之外，他们也开创了一条批评黑暗世态的讽刺小说路径，如废名的《莫须有先生传》。

面对社会道德沦丧和民族性格消失的现实状况，京派作家在不断地追求逝去的美，关注民间文化的延续，从而整合了传统和现代，形成意蕴深厚的具有中国风貌的文化小说流派。

85. 沈从文笔下的“湘西世界”有什么特点?

答：沈从文在现代文学史上占有重要位置，首先在于其构建了一个“湘西世界”。他笔下的“湘西世界”具有以下特点：

一、沈从文的“湘西世界”对其有着独特的文学意义和精神意义。沈从文一再宣称自己是个“乡下人”，事实上，经历过“五四”启蒙，已成为现代都市知识者的沈从文不可能再是严格意义上的“乡下人”。但他的这一角色认知，是因其依恋于对“乡下人”生活的体认和再现，从而成为湘西生活自觉的叙述者，他笔下的“湘西世界”具有了理想化的形态。

二、沈从文的“湘西世界”分为不同的层面。在《龙朱》《神巫之爱》等作品中，作者借助民间传说、佛经故事等素材进行再创造，表现了自己对人性真谛及原始文化的思考。《柏子》《丈夫》等作品，则是把原始的生命形态放到现代环境中，体现了现代社会对人性的挤压，展现了人生的悲喜剧。在《边城》《长河》中，出于对追忆美好过去的茫然和对现实人生的失落，沈从文则用理想之光烛照湘西人生历史图景，再造了心目中完美的人生形式。

三、沈从文对“湘西世界”的构建，实际上是从人性角度寻求重造民族品格的途径。他在探索理想的人生形式时贯注了关于人的改造的思想，他坚持的是现代意义上的人性立场和文化精神。对作品呈现出的实际效果，学界存在着不同评价，一种观点认为，沈从文是站在一个更高的文化比较和审美观照位置，如实描写了边城优美的田园生活和淳朴的自然人性终将被现代文明所破坏；一种观点则认为，他的作品有与时代脱节的倾向，这影响了其剖析人性的深度，单纯的道德评价也容易导致对宗法式社会的美化和对现代生活的否定和抛弃，有一定的局限性。

86. 郁达夫和沈从文的小说都具有强烈的抒情性，其创作有何异同?

答：郁达夫和沈从文在现代文学史上均占有重要地位，其小说都显示出抒情性的特质。他们的相似之处有：第一，文艺观。郁达夫和沈从文都坚持主情主义的文学观，认为文学应是至性至情的真实流露。第二，书写模式。郁达夫和沈从文的小说，都是以情感为主导的抒情小说。

与此同时，他们的抒情小说又存在着很多的不同。

一、描写对象的不同。郁达夫笔下最有艺术生命力的形象是一群多愁善感、心灵脆弱甚至有点神经质的青年知识分子。而沈从文小说中最有光彩的角色是一群平凡、淳朴，而又生机勃勃、坚忍顽强，多少带点蒙昧野性的湘西边地山民。

二、作者与小说中角色的关系不同。郁达夫宣告，“文学作品都是作家的自叙传”。在郁达夫的小说中，作者与角色具有高度的同一性，小说中的主人公在某种程度上就是作者本人。而在沈从文的小说中，作者与角色保持着一定的距离，不具有郁达夫小说的自叙传性质。

三、抒情的方式不同。郁达夫采取的是宣泄的方式，赤裸裸地把心境坦露出来。沈从文则采用一种“内敛”式的抒情方法，含蓄蕴藉地表达对人物的喜爱或同情。郁达夫的小说借鉴了以诗歌为代表的抒情艺术的表现手段，在小说中塑造抒情形象，淡化人物性格和故事情节，使抒情成为小说的主导功能。沈从文的小说则成功地吸收了诗歌创造意境的手法，在状物、写景、叙事中流露出诗情画意，作品呈现出鲜明的诗化倾向。

四、情感基调不同。郁达夫的小说带有浓重的伤感忧郁，诸多人物以死亡或自戕结局。《沉沦》中主人公多次发出绝望的呼告，由自身被歧视的愤慨出发，悲鸣国家与民族的命运。沈从文的小说更多的弥漫出淡淡的悲凉。无论是《丈夫》还是《柏子》，尽管人物命运坎坷流离，但作品更多地呈现出的是人物的坚忍、互相之间的慰藉，而非呼天抢地的悲哀。

五、艺术追求不同。如果说郁达夫的小说以“唯真”为表现宗旨，那么沈从文的小说则可以说是“唯美”的。郁达夫的小说中不乏对丑陋甚至隐私的暴露，也因此为人所诟病。沈从文描写湘西的小说中，即便揭示了落后的制度或愚昧的观念，覆盖其上的也是温情，如《萧萧》。

郁达夫和沈从文以各具风格的小说创作，共同丰富了现代文学史上的抒情小说一脉，也对后来的小说创作产生了重要影响。

87. 巴金前后期小说创作有何变化?

答：巴金创作了大量小说作品，在中国现代文学史上具有重要地位。由于时代思潮的影响及个人经历、观念的变化，其前后期作品又有不同特点。前期代表作品有《灭亡》、“爱情三部曲”、《家》，后期代表作品则有《憩园》《第四病室》《寒夜》。其变化主要体现在：

一、描写对象上，从写理想英雄转为写“小人小事”。作为一个理想主义者，巴金用文学来展现其对历史和现实的思考，表达自己对黑暗现实的反抗和参与社会变革的热情。巴金的处女作中篇小说《灭亡》塑造了一个悲剧英雄杜大心的形象，在“爱情三部曲”中则展现了一群性格各异的青年形象。与前期小说中故事的轰轰烈烈相比，后期小说的故事多普通平淡，更加关注社会重压之下司空见惯的委顿的生命。这类作品对现实社会解剖得更加深刻，对人物内心世界发掘得更加细腻。长篇小说《寒夜》以一个普通的四口之家为关注对象，描写了人物的情感纠葛和琐屑生活，对到底是什么造成了人物的悲剧命运展开了多层面的思考。

二、情感基调上，由热情宣泄到含蓄蕴藉。巴金早期小说可以说是一曲青春的赞歌，充满浪漫的激情。主宰整篇小说的常是赤裸裸的情感，作品不伪装巧饰，用感情的瀑布直接冲击读者的心灵，激起读者强烈的共鸣，以发挥小说鼓舞、激励、劝诫的作用。这类小说常选用易于抒发感情的第一人称、日记体、书信体。巴金后期的小说情感走向内敛，感情蕴含在冷静客观的描写之中。采用现实主义的创作方法，深刻地描绘人物的性格、心理、命运，把情感评价消融在血肉丰满的形象里。基调深沉，但具有一种内在的推动力，启发人对社会做出评判，对生活做出思考。

88. 巴金的小说《家》有何文学史价值?

答：巴金的长篇小说《家》是现代家族小说的重要代表，展现了特定时代的新旧冲突，结构宏大，感情浓烈，具有重要价值。

一、具有时代意义的主题。作者抓住了那个变革时代的焦点以及一连串的典型冲突事件，主要通过一个大家庭的没落和分化来写封建宗法制度的崩溃和革命潮流在青年一代中的激荡。小说不仅仅局限于自由恋爱和反抗封建礼教的范畴，最重要的是写出了“五四”新思潮所唤醒的一代青年的历史特征，表现了他们的觉醒与反抗，感召一代代人投入社会革命的洪流，走向希望与光明。

二、塑造了大量鲜活的人物形象。《家》当中的人物形象众多而性格鲜明，如高老太爷、觉新、觉民、觉慧以及鸣凤、瑞珏等。尤其是觉新，堪称现代文学史上的“这一个”。觉新是一个典型的“长子形象”，是认识到自己悲剧命运但是却怯于行动的“多余人”：他既是封建制度与封建礼教的受害者，又是封建势力的帮凶；既是一个有正义感的青年，又是一个在与落后势力的对立中缺乏行动勇气的懦夫。

三、角色、情节搭配上的匀称、和谐。《家》人物形象众多，但是主次分配得当，性格各异。如觉新与觉民、觉慧，琴与梅芬，鸣凤与婉儿，即便是同一阶层的人物也各有其特点。整部作品事件繁复，却始终围绕主要线索展开，故事发展紧凑而周密。

四、《家》被认为是巴金小说中人情味最纯、生活味最浓的小说。巴金深切地洞察了中国一代知识分子的精神痛苦，《家》是巴金为青年人所创作的一曲“青春之歌”。巴金对青年故事的书写，坦率而真诚，显示出纯洁的青春气息。小说中同时描写了大量的生活场景，一些场面不禁让人联想到《红楼梦》，具有社会风俗史的意义。

近年来，也有学者对《家》的经典性提出了质疑[①]，指出小说存在着时间叙事和主题游移方面的问题。的确，在中国现代文学经典中，巴金的长篇小说《家》，恐怕是修改次数最多的一部作品了。这些问题的出现，或许正显示了作者所要反映的问题之复杂，从另一个角度体现了作品的时代意义。

---

① 参见宋剑华.巴金为什么要反复地修改《家》？——由“开明本”与“全集本”的对读说起［J］.南方文坛，2018（02）：94-104.

89. 巴金“家族小说”的创作特色是什么？

答：巴金的“家族小说”创作始于20世纪30年代，《家》《春》《秋》为其家族小说的代表。在小说的构思上，巴金最初受到了法国作家左拉的影响，也希望创作出《卢贡—马卡尔家族》那样的长篇小说，描写一个家族的命运以及人性的堕落。不过，巴金的书写显然不仅仅局限于对于家族血缘影响的书写，而是力求在更广阔的空间展示更丰富的内容。其“家庭小说”创作特色有：

一、巴金的家族小说披露旧的家族制度和伦理道德观念对于年轻一代的束缚和限制，揭开了家族温情面纱下的丑陋现实。他在小说中塑造了一批个性鲜明的人物形象，高老太爷、觉慧、觉新和觉民等大家族中的人物及其故事，显示出大家族中生活的窒息和黑暗，以及不同个性的青年的命运。

二、巴金的家族小说书写大家族的罪恶，但是同样关注在大家族中成长的青年力量，以及成长的新生生命。充满叛逆精神的觉慧成为觉醒的青年一代的代表，他的出走显示出大家族的裂隙和终将衰败的命运。

三、遵从现实主义的创作原则，显示出以生活基础为底本的特色。《家》的写作即体现出此原则。巴金挚爱的兄长自杀也对其《家》的写作产生了影响，显示出现实生活对于写作的介入。

90. 老舍笔下营造了怎样的市民社会？

答：老舍笔下的市民主要有四种类型：老派市民、新派市民、理想市民以及属于底层的城市贫民。不同类型的市民体现着老舍对文化不同层面的分析与批判。

一、底层贫民形象。老舍笔下的底层贫民形象非常丰富，这显示出老舍和现实生活之间的深刻关系。老舍对底层贫民非常了解，对他们的悲惨命运寄寓着深刻的同情，同时也对他们自身的弱点有着清醒的认知。《骆驼祥子》是老舍描写底层市民的代表作，塑造了祥子这一人力车夫的典型形象，展现了中国农民离开土地，市民化并最终流入流氓无产者的过程。作品把握住祥子与社会生活的联系，揭示了造成祥子悲剧的主客观原因。这类形象展示出底层生活的苦难，呈现出一种悲剧美学。

二、老派市民形象。老舍笔下的老派市民虽生活在都市中，但身上肩负着的是中国传统中代代相因的封建思想包袱。老舍借对老派市民的塑造批判中国传统社会中的精神病态，以实现对传统文化或者说北京文化当中的糟粕的清理。这类人不能正对现实，也无法把握时代的脉搏，对老理儿的固守使得他们更加落后于时代，甚至不免为人所嗤笑。《二马》中的老马、《四世同堂》中的祁老人均为老派市民的代表。通常认为，老派市民是老舍写得最好的，同时也是感情最为复杂的。

三、新派市民形象或曰洋派市民形象。老舍笔下的这类人物一味追逐新潮，且往往流于表面，实际上丧失了自我人格，乃至精神沦落。如《离婚》中的张天真，《四世同堂》中的祁瑞丰。这类市民充满了老舍对于资本主义文化的反思，但在一定程度上也具有简单化、漫画化的倾向。

四、理想市民形象。理想市民的特质在于关键时刻能够挺身而出，扶危济困，甚至是行侠仗义。这类市民形象身上有中国古典文化的濡染，也是老舍道德理想的体现。如《老张的哲学》中的赵四、《赵子曰》中的赵景纯等。

老舍的小说展现了现代化转型期城市居民的复杂景观，关注新旧交替时代传统文化与西方观念交流碰撞下市民的生存困境和心理特征。虽然部分形象限于作者的立场和视野存在不够深刻和真实的问题，但其对国民性格、民族命运的思考，对特定时代历史背景和社会文化内涵的概括，仍然具有独特的历史意义。

91. 老舍作品是如何体现“京味儿”的?

答：老舍作品当中具有浓厚的“京味儿”色彩，这成为老舍作品的一种独特风格。

一、对市民文化的思考。首先，老舍揭示了北京文化心理结构。老舍用“官样”一词来概括北京的文化特征，包括讲究体面、排场、气派，追求精巧的“生活艺术”，讲究礼仪，固守老“规矩”，生活态度的懒散、苟安、谦和、温厚，等等。如《离婚》《二马》《四世同堂》中所体现出的礼仪文化，以及对于中国传统规矩的遵守，均显示出了京味文化的气韵。《四世同堂》写到当台儿庄大捷的消息传到北京后，祁瑞宣作为一个“当代中国人”，他十分振奋，但他没有“高呼狂喊”，因为，“即使有机会，他也不会高呼狂喊，他是北平人。他的声音似乎是去为吟咏用的，北平的庄严肃穆不允许狂喊乱闹，所以他的声音必须温柔和善，好去配合北平的静穆与雍容”。其次，老舍也注意到了北京市民的幽默文化。《离婚》当中，老舍对于北京市民幽默文化的书写呈现出一种返璞归真，幽默真正地生发于故事之中，而不是生搬硬造地建构。幽默由此成为一种带有温情性的批判。整体而言，老舍对北京文化的情感是复杂的：既充满了对北京文化特有的高雅、舒展、含蓄、精致的欣赏和陶醉，以及因这种文化的毁灭而生的感伤、悲哀、怅惘，同时也为“文化过熟”导致的民族的世故、柔弱、衰败而感叹。

二、展现地域文化的特色。老舍的作品在取材上充分体现了北京地域文化的特色，出色地再现了北京市民生活和风俗人情，为读者提供了丰富多彩的北京画卷。自小在北京长大、对北京的熟悉使老舍在现代作家中以擅写市民生活而著称，尤以对北京风俗人情的描绘见长。如《骆驼祥子》中详细叙述了北京车夫众多派别的分类与特点，描写了北京贫民住的大杂院；第二十四章写北京人的朝顶进香和婚丧仪式，充满了浓郁的地方色彩和生活气息。透过这种风俗画，读者可以看到北京市民的历史和社会关系。

三、凸显鲜明的语言风格。老舍称得上是“语言大师”，在现代白话文语言的创造与发展上有突出的贡献。他使用的是一种真正艺术化的活的语言，成功地把语言的通俗性与文学性统一起来，做到了干净利落，鲜活纯熟，精致而不雕琢。对于人物语言，老舍注意使其符合人物的身份和性格，比如下层劳动者，说话俗、白、粗、直，而又富有个性。如虎妞的语言：“你让狼叼了去，还是上非洲挖金矿去了？”“一块儿吃吧……毒不死你。”明明对祥子充满爱恋和思念，说出话来却透着蛮横和抱怨。老舍在通俗当中提炼出京味儿的特色，还用北京方言写作，注意去掉生僻表述，选取富有表现力、容易理解的词语。如不说什么时候，而说“多咱”；不说系住腰，而说“杀好了腰”；写祥子抽烟，“专为要个飘儿”。不用注释，提炼得纯净、传神。

老舍的这类小说堪称新旧北京的百科全书，是形象化的北京人民生活史，具有重要的社会学、民俗学价值。

92. 鲁迅的《故事新编》有何特点?

答：鲁迅的《故事新编》旨在以一种新的形式表达对现实问题的关怀，完成了一次历史与现实的对话。其主要特点有：

一、发掘“古”“今”之间的深刻联系。在改写神话、传说、典故的过程中，鲁迅借传统的套子填入现代的内容，表达对现实问题的思考与批判。他力求将古人写活，从而完成“古”与“今”的对话交流。如《奔月》中，嫦娥因整日吃乌鸦肉炸酱面而满腹怨言，后羿偶然获得一只小母鸡，心想这次可以跟太太一起喝鸡汤了，待发现嫦娥奔月而去自己又拿月亮无可奈何时，转而决定自己吃一顿辣子鸡，第二天再讨服仙药追太太去。作品中的人物不再是不食人间烟火的英雄、仙人，而是同样有面对种种问题的沧桑无奈。在故事情节的设置和语言的运用上，都使读者对神话传说或历史中的人物倍感亲切，同时也看到了现实生活的影子。鲁迅刻意破除了人物的神性，解构了美好的爱情等主题，将虚无缥缈的古代英雄拉回人间，应和了“五四”时期中国古典性的终结和现代性的发生。

二、运用“油滑”手段为“借古讽今”服务。鲁迅别出心裁地赋予穿插性的喜剧人物一些现代化的细节，还设置了一些具有现代性特征的次要喜剧性人物。《理水》中，众多以古人身份出现的学者却开口“OK”、闭口“莎士比亚”。《采薇》中，华山大王小穷奇抢劫伯夷却号称“想请您老留下一点纪念品”。人物突然跳出故事情节以“油滑”的姿态出现，实际上体现了作者对现实的揭露和嘲讽。

三、“庄严”与“荒诞”互相补充。《故事新编》中的许多篇章显示出庄严性与荒诞性的并存。如《补天》中，女娲创造了人类，实现了一个意义重大的创举。最初人类与女娲一样一丝不挂，然而女娲一觉醒来发现先前造出的人类“怪模怪样的用什么包住了身子”，“顶长方板”者更反过来称女娲“裸裎淫佚”，要求女娲和他们一样穿上衣服；女娲死后，自称“女娲嫡派”的后人则在死尸的肚皮上安营扎寨。与女娲作为上古之神的庄严感相比，人类的举动显示出强烈的荒诞色彩，表面文明实则愚蠢。这样的写法将先前的伟大、崇高化为虚无，渗透着对现实的失望，也流淌着鲁迅深入骨髓的悲凉。

93. 鲁迅和老舍的底层书写有何异同？

答：鲁迅和老舍都是爱国主义者，强烈的民族忧患意识使他们以文化批判的视野，创作了大量表现底层民众的作品，并以国民性为其关注点。他们都塑造了现代文学史上的“这一个”形象，其作品无论在思想性还是艺术性上均有无法跨越的重要意义。鲁迅的代表作有《阿Q正传》《风波》《祝福》等，老舍的代表作有《骆驼祥子》《月牙儿》《微神》等。二者的不同之处在于：

一、对底层的关注方面，鲁迅主要书写农民形象，如阿Q、闰土；老舍则主要致力于市民阶层，包括进入城市的农民，比如小警察、车夫。

二、文化批判视野上，鲁迅主要对中国传统文化的狭隘处进行批判，深入挖掘其对人的桎梏与迫害，痛击其“吃人”本质；老舍则以中西文化相融通的视角，反思两种文化的意义以及弊病，既有对传统文化尾大不掉的反思，也有对城市文明病与人性关系的探讨。

三、对于国民性的反思，鲁迅和老舍都写出了国人的愚昧、麻木、保守，在此基础上，鲁迅以启蒙的视角提炼了国民性中的“精神胜利法”；老舍在发掘美好品质的同时不掩盖人物身上的弱点，如祥子是“个人主义的末路鬼”。

四、艺术特色方面，鲁迅的幽默中透着冷峻，老舍的幽默则温婉细腻；鲁迅的语言简约、凝练、深刻，老舍的语言平易、亲切、俗白；鲁迅勾勒了乡土中国的现实图景，开创了“乡土文学”创作潮流，老舍则描绘了一幅北京风俗画，是京味小说的代表作家。

94. 什么是“新感觉派”？其创作有何特点?

答:“新感觉派”主要活动于20世纪20年代末期至30年代前半期的上海，被认为是中国最完整的一个现代小说流派，代表作家有刘呐鸥、穆时英、施蛰存等。中国的新感觉派是在日本新感觉派和法国都市主义文学的影响下发展起来的，所以又被称为“都会主义小说”。1932年施蛰存主编的大型文学期刊《现代》创刊，标志着中国新感觉派作为一个小说流派形成。他们第一次用现代人的眼光打量上海，用一种新异的现代的形式来表达这个东方大都会的城与人的神韵。其创作特点有:

一、从题材上看，新感觉派小说表现半殖民地大都市形形色色的日常现象和世态人情，并侧重展示都市生活的畸形与病态，从而提供了另一类型的都市文学。许多作品客观上暴露了有闲阶级的堕落、空虚和人生烦闷，而作家主观上对这一种弥漫性的颓废倾向似乎又不无欣赏，所以表现出比较特殊的写作姿态，如刘呐鸥《两个时间的不感症者》《热情之骨》《礼仪与卫生》《流》等。作家们以自我的眼光去反映半殖民地半封建社会的现代都市的黑暗现实，描写都市人的迷失和焦虑，展示都市人生的“心理荒原”。

二、在艺术表现上，引进多种现代派手法，在小说结构、形式、创作方法和技巧等方面有所创新。新感觉派一反传统小说的模式，探索现代派的表现手法，如蒙太奇、意识流、象征主义、印象主义等，刻意追求艺术技巧的新，如穆时英《夜总会里的五个人》五个声部的多重叙事、《上海的狐步舞（一个断片）》传达出的电影画面感等等。

三、在人物刻画上，新感觉派注重人物的心理分析。善于采用人物的“内心独白”，把思想与情绪、回忆与印象、想象与幻觉、梦境与现实奇妙地糅合在一起。他们运用弗洛伊德精神分析学说，注重开掘和表现潜意识及变态心理，如刘呐鸥《白金的女体塑像》，施蛰存的《鸠摩罗什》《梅雨之夕》等。

新感觉派小说是20世纪30年代海派文学中的重要一支。它促进了现代都市文学的发展，在现代文学上第一次使都市成为独立的审美对象；同时，用外国的现代派文学技法来调适中国小说，丰富了现代小说的表现方法。但新感觉派小说也存在弊病，如 1935 年沈从文在《论穆时英》中对这派文学就有所批评，认为新感觉派“所长在创新句、新腔、新境，短处在做作，时时见出装模作样的做作。作品于人生隔一层”。可以说，都市成就了作者，同时也就限制了作者。

95. 施蛰存的心理分析小说有何特点？

答：施蛰存的心理分析小说在 20 世纪 30 年代堪称独步。他既接受了弗洛伊德的理论，受到显尼志勒的影响，又注意对中国故事和中国意境的书写，展现了中国现代心理分析小说的成熟。其创作的主要特点有：

一、对潜意识的探索。施蛰存注重人物心理描写，尤其是对精神分析学说中潜意识学说的运用。《将军的头》中的将军在梦中惊见自己奸淫女性，这样的梦境正体现了主人公潜意识中难以扼制的情欲。《梅雨之夕》则以诗意的笔触深入人物内心，人物思想的独白、不自觉的举动以及各种幻觉，潜在地表露了主人公对妻子的厌倦和对青年女子强烈的情欲。

二、对人物复杂性的挖掘。施蛰存在创作中十分热衷对“二重人格”的塑造，他笔下人物的内心往往承受着“现实原则”与“快乐原则”的对立冲突，伦理道德和本能欲望构成了剧烈的矛盾冲突。《鸠摩罗什》中的主人公鸠摩罗什是一位参透经典妙谛的高僧，他从小立志献身佛法，但却无法摆脱色欲的诱惑，由此产生了极度的痛苦和矛盾。小说结尾高僧死后，唯一化为舍利的居然是标志着情欲的舌头，这无疑是一个巨大的反讽。《石秀之恋》则展示了石秀在对兄弟的道义和对潘巧云的欲望斗争中形成的“二重人格”，细腻地描写了这种冲突最终导致人物心理变态的过程。

三、对中国风的营造。虽然施蛰存是在接受外来文学的影响中开始创作心理分析小说的，但他也深受中国传统文学与文化的濡染。作家自身对传统道德尺度的把握影响着其对人物心理动态和行动路径的书写，如《梅雨之夕》《春阳》等小说，人物的情欲只是停留在精神层面而没有实际行动，符合“发乎情止乎礼”的传统。其许多作品直接取材于中国古代历史故事，即使描写现代人生活的作品中，景物描写、人物情绪等也常常渗透着古典的意境与情味。他的部分作品体现出一种“聊斋风”，在古典意境所要求的“虚实相生”与现代主义象征、幻想等手法之间找到了内在的契合。

96. 张恨水的小说创作在雅俗融合方面做了哪些努力？

答：张恨水是鸳鸯蝴蝶派“五虎将”之一，他的小说既具有一定的文化含量，又融汇了中国传统小说的优点，同时满足了普通读者的阅读需求，因而受到了大众的喜爱。他在雅俗融合方面的努力主要有以下几个方面：

一、拓宽章回小说的表现功能。张恨水在通俗文学的形式中融入新文学的内容，既尝试多种题材的有机融合，也注意关注社会现实问题，从而提升了通俗文学创作的严肃性。《大江东去》书写抗战历史，采取的是“抗战＋言情”的模式，此种“社会为经，言情为纬”的方式显示了其在章回体小说内部进行革新的努力。《啼笑因缘》的“武侠＋言情”，《八十一梦》的“科幻＋政治”都体现了张恨水在题材与内容上的有意识的拓展。越到后期，其现实主义倾向越明显，对社会生活的关注越密切。

二、多种艺术手法的综合运用。他注意章回体回目格式的变化，在写作之初就注意结构的完整划一，展示了一种严肃的文学创作理念。《金粉世家》运用倒叙的方式，结尾的半开放状态，都超出了一般章回体小说的格局。同时他逐渐抛弃“有诗为证”等俗套，而以白描叙事状物，注意学习现代小说技法。此外，张恨水在现代章回体小说中融入心理描写，突破传统章回体小说的限制，体现出了现代生活和传统道德的冲突。如《啼笑因缘》中细致描摹了沈凤喜的心理状态，对于刻画其虚荣和软弱的性格作用巨大。

三、浓郁的地方色彩和市井气息。张恨水善于通过典型的风土民情来创造一种特殊的氛围，注重风景、风俗和环境的描写。如《啼笑因缘》中的天桥街，《春明外史》中的北京八大胡同和外省会馆，作者将风土人情的描摹与人物行动、故事情节的发展相结合，使之有机地融为一体。张恨水笔下对于种种景象的描摹已经带有很深的西方小说的味道，但是其中的文化韵味和小说氛围仍旧是中国传统式的。《八十一梦》《丹凤街》也是其中的代表。

经过一系列的努力，张恨水创立了富有现代意味的章回小说体式，使作品具有很强的艺术生命力，也为我国小说民族化、大众化的发展方向蹚出了一条道路。

97. 鲁迅的杂文创作有何特点?

答：鲁迅一生在杂文创作上倾注了大量心血，其杂文集包括《热风》《坟》《华盖集》《且介亭杂文》《而已集》《三闲集》《二心集》。鲁迅的杂文规模庞大，内容丰富，思想深邃，与此同时，引起的讨论或曰争议也最大。

鲁迅杂文在创作上有以下特点：

一、从写作态度看，鲁迅以战士的姿态出现在中国文坛，实践了知识分子批评的责任。其杂文直面历史、现实当中的种种问题，辐射面广阔，具有不屈不挠的批判精神，这种精神的底色是强烈的反叛性与异质性。敢于批评，既是鲁迅与传统恕文化的决裂，更是作为现代知识分子的鲁迅与历史、现实之间产生联系的纽带。《热风》批判封建礼教和旧传统;《坟》关乎中国历史并批判国民性;《而已集》批判国民党对于青年的屠杀;《且介亭杂文》对中国传统思想文化进行了重新审视。需要注意的是，鲁迅追求的终极目的在于“立人”，其杂文中隐含着对社会在批判中走向进步的期待。

二、思维方式上，鲁迅杂文呈现出“‘反常规’的‘多疑’思维烛照下批判的犀利与刻毒”。鲁迅具有独特的视角和敏锐的眼光，往往另辟思路，善于从常人司空见惯的现象中发掘出隐含的深意，显示出一种非规范化的批判姿态。他毫不留情地撕下温情的面纱，批判的锋芒指向历史文化根源，致力于揭露人的隐秘的心理情态。《论“他妈的！”》由中国人习以为常的“国骂”入手，剖析了隐藏在话语之后的家族礼教和门第等级下的心理扭曲。《小品文的危机》将文人雅士的小品文和烟花女子相联系，其违反常态的想象力显示出犀利与刻毒。

三、行文逻辑上，鲁迅特别注意杂文思维中的“个”与“类”的运用。鲁迅的杂文往往从个别的事物入手，延展到时代、社会和历史等广阔时空中进行分析和解剖，并进一步上升到哲理范畴，切入本质思考。如《论“费厄泼赖”应该缓行》即从“叭儿狗”的形象延伸至探究某一类人的精神内涵。有时是从不同层面进行思考，一系列散文共同构成一个完整的体系。虽然鲁迅这种“攻其一点，不及其余”的方法也容易引起争议，但就其讨论的核心问题而言，确实具有很强的攻击力。

四、就艺术形式而言，鲁迅杂文堪称是诗与政论的结合。它们往往由某一外在的客观的人或事引发，但关注与表现的则是作家的主体情感。行文注重逻辑性与生动性的统一，善于做形象化的议论，并且蕴含了很强的情感，体现出强烈的爱憎。鲁迅杂文融主观抒情、诗性表达于一体，冯雪峰称其为“是匕首，是投枪，然而又是独特形式的诗！”

五、语言风格方面，是一种无拘无束而极富创造力的语言。鲁迅杂文将汉语的表意、抒情功能发挥到了极致。他在文章中自由灵活地使用口语与文言句交杂、排比与重复句交叉、长短句交错等各种汉语句式，使其杂文呈现出声情并茂的特点。此外，他还善于打破语言对思想的束缚，突破语言常规用法，制造一种不和谐的“拗体”，取得荒诞、奇峻的美学效果。[①]

鲁迅杂文的思想性和艺术性在中国现代文坛具有重要意义，在他的影响下，一批新的杂文作者涌现出来，他们所创作的杂文因具有共同风格而被称为“鲁迅风”杂文。

98.“左翼”作家的杂文创作有何特点？

答：20 世纪 30 年代，左翼作家杂文创作处于丰裕期，这与当时的现实情况关系密切。这一时期，左翼作家处于国民党的文化围剿之中，

---

① 参见钱理群，温儒敏，吴福辉 . 中国现代文学三十年（修订本）[M]. 北京：北京大学出版社 .1998：324-332.《中国现代文学三十年》初版于 1987 年 8 月，在 2016 年 2 月重印时做了较多修改，其在书前“重印说明”有介绍，但版权页中版次未变。本书主要参考了该书 2019 年 10 月版。

因而充分利用散文的现实批判性予以反击和宣传。代表作家有瞿秋白、茅盾、唐弢、聂绀弩、徐懋庸等。其创作呈现出以下特点：

一、内容上，注重社会批评。左翼作家的杂文揭露腐败现象，具有鲜明的政论色彩。瞿秋白的《民族的灵魂》《流氓尼德》等关注社会腐朽面，批判不觉悟的庸众，并由此延伸至国家现状，显示出深切的现实关怀。唐弢的《谈礼教》《东南琐谈》则直面昏暗社会，揭露旧社会的污浊，显示出一定的批判意识。

二、文体上，注重大众化。左翼作家在写作过程中融合杂剧、诗词、寓言乃至方言等，使杂文贴近民众而不至于曲高和寡，从而在国民党的文化围剿中，很好地发挥了“匕首”和“投枪”的战斗作用。瞿秋白的《乱弹及其他》、徐懋庸的《苍蝇之灭亡》皆显示了杂文文体的新创造。

三、手法上，犀利老辣。左翼散文家承袭鲁迅的杂文笔法，借历史和现实一点因由散发开去，针砭现实，笔力老辣。唐弢的《看到想到》、徐懋庸的《神奇的四川》是其中代表。

99. 林语堂及其所代表的“论语派”关于散文创作有何主张？

答：在“语丝”时期，林语堂介绍过许多西方幽默理论，主张以幽默的艺术去揭示生活矛盾、针砭社会弊病。20 世纪 30 年代，林语堂创办了《论语》《人间世》《宇宙风》，鼓吹性灵文学，继续提倡幽默闲适，这一派别被称为“论语派”。其创作主张有：

一、将幽默视为一种美学追求和一种生活态度。尽管王国维曾经注意到西方的“humour”这一风格，但将“humour”译为“幽默”并大加张扬乃至在中国产生影响的则是林语堂。幽默在林语堂前后期散文创作中是一以贯之的，或者说是其努力的重要方向。他并非完全不顾现实，而是采用一种与现实保持距离的“看客”姿态，不介入现实而做超远的旁观；同时注意摒弃讽刺批评的酸辣，以冲淡的人生襟怀求得文章的淡然之味，从而获得一种心理上的启发和思悟。

二、闲适是林语堂所代表的“论语派”所追求的文体特征。具体到散文创作中，林语堂主张小品文应当“以自我为中心，以闲适为格调”。林语堂与周作人一样，都渴望无拘无束的创作境界，注重自我情感的抒发，这决定了“论语派”散文近似于私房话似的娓娓道来。这种风格可见其散文《言志篇》(又名《余所欲者》)，文章如聊天般对读者袒露了对“一间自己的书房”的设想。

三、林语堂所代表的“论语派”最终追求的境界为“解脱性灵”。林语堂的性灵说来自明末公安派，同时也引进了意大利美学家克罗齐“艺术即直觉，直觉即表现”的观点，结合自己的喜好加以糅合，从而把“性灵”界定为自我表现。他倡导作家创作不必追求文以载道的使命，而是要注重自我心灵的满足，即“独抒性灵，不拘格套”。

林语堂所倡导的幽默，体现了对“道学”与“正统”的反叛，也是对政治干预所带来的概念化、宣传味文风的反拨，拓展了现代散文的审美领域。不过，林语堂的生活理想在严酷的现实面前是不可能实现的，他也写有不少介入现实、颇多讽刺的文章。其美学倡导与社会实践或许可以用他总结自己人生经历的一句话来概括:“只是一团矛盾。”①

100.“京派”散文的特征是什么?

答:20世纪30年代，以北平为中心，活跃着京派散文作家群，主要成员包括沈从文、芦焚、何其芳、李广田、废名、萧乾等。这一时期，由于政治中心南移，北平处于斗争的中心漩涡之外，为京派散文作家的自由创作提供了相对较好的语境。“京派”散文的主要特征是:

一、追求纯正的散文艺术趣味。作家们在历史的洪流中，力求保持自身的独立性，注重抒发主体情感，用心去品味人生的丰富意味。何其芳注重书写内心的矛盾与冲突，表达叙述者的孤独与寂寞；李广田则流连于乡野的花花草草，浑厚的文笔中蕴含着素淡的情思。沈从文的散文集《湘行散记》是现代散文史上的重要佳作，记录了湘西特异的山水景致和风土人情，渗透着作家对人的命运与生命形式的独特思考。

二、抒情散文的文体追求。京派散文作家有着独到的文体视野，

---

① 林语堂著，工爻，张振玉译.林语堂自传[M]，西安：陕西师范大学出版社，2005：33.

他们摒弃前一时期散文叙事和说理的机械形式，注重情感和情绪等的丰富表达形式，努力为抒情的散文发现一个新的园地。何其芳的《画梦录》以独语式的文体，探索人的内心波动，并经由想象、暗示、拼贴等营造出一种感情结构；吴伯箫的《羽书》中大量散文融合了诗歌语言等，均可以体现出京派散文在文体创新上的努力。

京派作家的散文风格不尽相同，但整体而言，他们秉承着纯文学的散文趣味，注重散文文体建构，为现代抒情散文的发展作出了诸多贡献。

101. 什么是“开明派同人”？他们的散文创作有何特点？

答:20世纪30年代，以上海开明书店为中心活跃着一批散文作家，他们的生活态度积极，同时又与政治保持一定距离，将散文作为一种思考社会与人生的方式，可以说是不激越的爱国者。丰子恺、夏丏尊、叶绍钧是其中的突出代表，后起的还有曹聚仁等仿效者。这批作家被称为“开明派”，亦称“开明派同人”。其散文创作的特点有：

一、“开明派同人”善于运用朴素的语言开掘人生哲理。他们的散文平淡明白，多写身边的平凡琐事，却又发见出容易被忽略的深刻意蕴。丰子恺的散文对人情事物体察入微，在稚拙琐屑中呈现深刻的体味，文风明亮质朴，《缘缘堂随笔》是其杰作。

二、“开明派同人”的散文在结构上追求叙事与议论相结合，让读者自然而然跟随作者一起感悟、一起思考，如夏丏尊《白马湖之冬》《猫》等因事而起，以议论终。他们的散文情境高远，行文严谨而有韵致。

三、“开明派同人”往往自觉地把文学教育作为写作的目的之一。他们很多作品的拟想读者就是青少年学生，上述特点的呈现其实也与这种创作目的有密切的关系。“开明派同人”还提倡科学小品文，使科学与文学达成互渗，体现出文体意识的创新。曹聚仁的历史小品、刘薰宇的数学小品、贾祖璋的生物小品，都很受读者欢迎。

102. 早期的报告文学有哪些代表性作品？

答：早在“五四”时期，国内的一些报刊上就出现了旅游通讯或通信，以及对重要事件进行报道的文章，这些作品初步显示出报告文学的特征。瞿秋白的《饿乡纪程》和《赤都心史》被认为是最早反映俄国十月革命后状况的文学作品。不过，正式由外国传入“报告文学”这个名称，并有意识地提倡这种文体，则与“左联”的介绍、倡导工作分不开。

“九·一八事变”和“一·二八事变”后，中国文坛上出现了报告文学的第一股热潮。较早的报告文学集有1932年出版、阿英编的《上海事变与报告文学》。1936年，茅盾主编的《中国的一日》以5月21日这一天发生在全国的事件为题，收录了近500篇文章。这一年形成了报告文学的热流，继而引发了20世纪40年代报告文学创作的热潮。

夏衍的《包身工》被公认为早期报告文学的代表作，并对此后的文学与政治产生了深远影响。《包身工》以作家的亲身调查为素材，细致地描写了以“芦柴棒”为代表的一群纱厂女工的劳动生活，揭露了阶级压迫下包身工的悲惨遭遇。

许多新闻界和报界人士也注意到报告文学的新闻性、纪实性特点，开始撰写报告通讯一类的文章。邹韬奋将访问苏联和欧美的诸多见闻写成《萍踪寄语》《萍踪忆语》，萧乾将北方难民与塞外风光写入《人生采访》，范长江把对西北数省的考察汇成《中国的西北角》《塞上行》等。这些作品虽然风格不同，但都关注国际或国内的敏感问题，与时代同呼吸、共命运，从而产生了强烈的社会反响。

103. 20世纪30年代戏剧“走向广场”有何表现?

答：随着20世纪30年代革命与救亡的时代需求，戏剧出现大众化的趋向，即话剧“走向广场”，这表现在：

一、以上海为中心的“无产阶级戏剧”的兴起。20世纪20年代后期，上海一些戏剧剧社已经出现了“左倾”的转变。1930年8月，以上海艺术剧社为基础，集合了辛酉、南国、摩登等进步戏剧团体，成立了中国左翼剧团联盟，之后又改组为中国左翼戏剧家联盟，在“演剧大众化”的口号下，努力把戏剧这种形式向大众普及，初步突破了话剧只能在都市剧院演出的狭小圈子，开始走向工厂、农村。

二、中国共产党领导下的“红色戏剧”运动。这一运动是为“巩固红军，巩固红色政权”服务的。所谓“红色戏剧”，开始是红军中的宣传工具，带有自我娱乐与自我教育的性质。之后成立了专业性的八一剧团，又扩建为工农剧社，并在中央苏区各县、区，各红军部队建立分社、支社，并开办了高尔基戏剧学校，形成专业与业余结合，部队、农村、机关结合的演出系统，除节日庆祝演出带有较强的娱乐性外，着重于对党的方针政策的宣传与现场鼓动，是政府（与军队）政治工作的一个部分。在演出形式上常与歌舞结合，强调现场的即兴发挥，并重视观众的参与，演出地点、布置都以简便、灵活为原则，具有鲜明的“广场戏剧”的特色。

三、“九·一八”事变后，适应建立抗日统一战线的需要，又有“国防戏剧”运动的提倡与发动。所谓“国防戏剧”，除了强调“反帝抗日反汉奸，争取中华民族的解放”的主题外，还有充分发挥戏剧的宣传（以至现场鼓动）功能的要求。这同样也是向着“广场戏剧”的方向发展的。

四、河北定县（今定州市）“农民戏剧实验”。1932—1937 年间，熊佛西主持下河北定县开展了“农民戏剧实验”（又称“戏剧大众化实验”）。熊佛西的农民戏剧实验是中华平民教育促进会总干事晏阳初所领导的“定县乡村建设实验”的一个有机组成部分。熊佛西“农民戏剧实验”主要包括以下几个方面：首先是提供农民能够接受与欣赏的剧本。其次是培养农民演员，之后又发展为“农民自己演剧给自己看”。再次是建立适应农民戏剧要求的“剧场”。最后，是探讨“观众与演员混合”的新式演出方式。“农民戏剧”也是对“广场戏剧”的完备与发展。

104. 中国左翼戏剧家联盟的成立和发展情况是怎样的？

答：中国左翼戏剧家联盟简称“剧联”，是 20 世纪 30 年代中国共产党领导的戏剧工作者团体。

20 世纪 20 年代后期大革命失败以后，大量追求革命的知识分子倾向于在文艺中寄托期望、发泄苦闷。于是，以上海为中心，再一次掀起了话剧运动的热潮。当时在上海同时活跃着五大剧社：田汉领导的南国社，洪深领导的复旦剧社，应云卫领导的上海戏剧协社，朱襄丞、罗鸣凤领导的辛酉剧社，以及陈白尘等领导的摩登剧社。这些剧社不满于社会现状，又找不到出路，而表现出较浓厚的感伤情调。正是在这样的政治与文化背景下，夏衍、郑伯奇、冯乃超等于 1929 年共同发起组织了上海艺术剧社，出版《艺术月刊》和《沙仑月刊》等戏剧刊物及《戏剧论文集》，旗帜鲜明地提出了发展新兴戏剧即“无产阶级戏剧”的口号，并先后组织了两次公演，介绍了外国左翼剧作家一些具有革命倾向的剧目。1930 年，田汉在《南国月刊》上发表《我们的自己批判》，宣布了南国社“左倾”的转变。

1930 年 8 月，以上海艺术剧社为基础，集合了辛酉、南国、摩登等进步戏剧团体，中国左翼剧团联盟在上海成立，之后又改组为中国左翼戏剧家联盟，并在北平、南京、武汉、南通、广州、青岛、天津等地成立分盟或小组。“剧联”领导人有夏衍、田汉、华汉、阿英、洪深等，它在 1931 年 9 月通过《中国左翼戏剧家联盟最近行动纲领》，先后创办《戏剧新闻》《艺术信号》《艺术新闻》等刊物。“剧联”下设电影小组，具体负责电影工作。

“剧联”在“演剧大众化”的口号下，努力把戏剧这种形式向大众普及。“剧联”成立后以各种方式在学校和工厂积极开展群众性戏剧活动，发动和团结各地的戏剧工作者，除了主要剧团大道剧社的演出外，在“九・一八”以后，还在工厂建立了许多工人剧团，如蓝衣剧团；之后又提出“戏剧走向农村”，在上海郊区组织流动演出。在加强戏剧与实际革命运动和工农群众的密切联系的要求下，这一时期左翼剧作家创作的作品大都以工人、农民为主人公，着重表现他们的革命斗争，及时、直接地反映现实生活中重大政治事件。例如反映人民困苦生活的田汉的《洪水》，表现人民抗日反帝斗争的楼适夷的《活路》等。

1935 年冬“剧联”解散。其存在片面理解文艺与政治、社会关系，忽视艺术特殊规律的问题，但它在开展无产阶级戏剧运动、宣传无产阶级文艺思想、粉碎国民党文化“围剿”、反映这时期国民党统治区人民反帝反封建的革命斗争等方面，起到了积极作用。[①]

105. 什么是“国防戏剧”？

答：从 1936 年开始的“国防戏剧”，是 20 世纪 30 年代戏剧运动的又一转折。为了建立抗日民族统一战线，1936 年春“左联”解散，在这之前左翼“剧联”已于 1935 年冬自动解散，戏剧工作者配合“国防文学”提出“国防戏剧”口号，以代替“无产阶级戏剧”口号。1936 年初，上海剧作者协会成立，制定了《国防剧作纲领》。

所谓“国防戏剧”，除了强调“反帝抗日反汉奸，争取中华民族的解放”的主题外，还有充分发挥戏剧的宣传以至现场鼓动功能的要求，在艺术形式上则提倡通俗化、大众化和方言话剧，有鲜明的向“广场戏剧”发展的特色。

这一时期“国防戏剧”的代表作，大多为集体创作，如《走私》《咸鱼主义》（洪深执笔）、《汉奸的子孙》（于伶执笔）、《我们的故乡》（章泯执笔）、《放下你的鞭子》（崔嵬等改编）等，都曾是演遍各大中城市（上海、汉口、广州、桂林、长沙、南昌等），以及工厂、农村、前线战地的力作。夏衍创作的历史讽喻剧《赛金花》影响很大，被认为是国防戏剧的力作。

106. 为什么说曹禺的《雷雨》是中国现代话剧成熟的标志？

答：《雷雨》是曹禺创作的第一部话剧，发表于 1934 年的《文学季刊》。这是一部杰出的现实主义的家庭悲剧，戏剧集中于一天时间（上午到午夜两点钟）、周鲁两个家庭、八个人物（周朴园、蘩漪、周萍、周冲、鲁侍萍，四凤、鲁大海、鲁贵），写到了这些人物之间前后三十年的恩怨。它的出现标志着现代话剧的成熟，这具体表现在：

一、《雷雨》在主题上达到了很高的高度，而且和一切经典性的作品一样，它是说不尽的。《雷雨》是对社会问题的揭露和批判，写出了封建家庭不合理关系所造成的罪恶和悲剧，它的现实主义成就为中

---

① 参见于金女 . 介绍中国左翼戏剧家联盟［J］. 河北学刊，1998（02）：65.

国话剧的现实主义传统奠定了一块有力的基石。剧作中还有对宇宙神秘性的探索和对人类命运的思考，带有一种辽阔、深远、悠长的诗意和诗性。“在《雷雨》里，宇宙正像一口残酷的井，落在里面，怎样呼号也难逃脱这黑暗的坑。”①

二、《雷雨》的结构、人物形象、语言都体现出艺术的成熟。它的结构安排紧凑、精巧，戏剧冲突紧张激烈，环环相扣，高潮迭起。人物形象塑造生动丰满，主次人物都具有复杂的性格和丰富的情感，且随着戏剧的进程不断得到加强和突出。人物命运充实生动，让人信服。其中蘩漪被认为有着“最‘雷雨’的性格”，曹禺挖掘出她身上人的非理性的情欲和“魔性”，写出了她生命力的郁结和精神痛苦，由此产生她近乎疯狂的情绪和行为。《雷雨》的语言浓烈、精确传神，人物语言富有个性化，还有充满暗示性的潜台词来渲染舞台氛围。

三、《雷雨》在话剧民族化、群众化上有大的突破。从作为舶来品的话剧引入到《雷雨》的诞生时，中国话剧运动已经有 20 多年的历史，但是话剧的民族化、群众化，始终是个不得解决的问题。《雷雨》在话剧的民族化、群众化上做了一次初步，但却成功的尝试。曹禺对传统戏剧有深刻理解，也对西方戏剧有本源的把握。他把中西戏剧融化为自己的东西，并进行了创造性的发挥，这样就形成了《雷雨》的民族特色和个人风格。《雷雨》的情节和结构具有中国观众爱看的故事的传奇性、冲突场面的紧张性和结构上的明了性。在描写环境、塑造人物上，《雷雨》吸取了中国戏曲和古典诗词的抒情艺术，寓情于景，情景交融，创造出一个富于诗意的戏剧境界。此外，戏剧语言的锤炼，是《雷雨》民族化的突出成就。②

---

① 曹禺.《雷雨》序［M］// 曹禺文集（第一卷）. 北京：中国戏剧出版社，1988：213.

② 参见田本相 . 曹禺剧作论［M］. 桂林：广西师范大学出版社，2010：50-53；李扬 . 仪式、原型与曹禺早期剧作的主题呈现［J］. 南开学报（哲学社会科学版），2020（02）：183-192.

107. 曹禺《日出》的主题是什么?

答：曹禺的《日出》1936年发表在《文季月刊》上，作者在剧本前引录了老子《道德经》中的一段话：“天之道，损有余而补不足；人之道则不然，损不足以奉有余。”剧作揭露了实际操纵社会生活的黑暗势力，暴露了整个社会制度的罪恶，并表现出对光明未来的某种理解和向往，其主题具体表现在以下三个方面：

一、对“损不足以奉有余”的社会的揭露。剧中出现了现代大都市的两个典型环境，即高级大旅馆和三等妓院，写到了出入其间的众生相，他们大致可分为“有余者”和“不足者”。“不足者”位于社会底层，黄省三、翠喜、小东西命运悲惨，他们的不幸让人感慨。“有余者”自认为有钱有势，有本事，有手腕，在社会上混得不错，就自我感觉良好，顾八奶奶、胡四、潘月亭、乔治张，都是此类人物。金八爷是社会恶势力的代表，他未出场，却似乎无处不在。李石清则是想从“不足者”爬到“有余者”的复杂人物，他在短暂幻想中“得势”，最终失败，更强化了社会对人的异化和吞噬。作为现代大都市的产物与象征的陈白露是戏剧的中心人物，她怀着“飞”的欲望来到大都市，却成为高级交际花，再也“回不去”了。剧作是对人吃人的社会的揭露，蕴含着对剥削人的制度的批判。

二、对光明的追寻。《日出》中有一股光明的力量在潜滋暗长。方达生可以被认为是光明的探求者。他善良真诚，想帮助小东西、带走陈白露，他代表着人们对“日出”——光明、自由的寻找与向往。他最后决心做点事，同“金八们”拼一拼，并朦胧地看到希望在劳动者身上，迎着“日出”走去。陈白露自杀前说的话也反复提到“太阳”。在剧作第二幕的开头与全剧结束时，都有打夯的工人和他们的歌声，这是剧作家精心设计的“日出”的象征——劳动者身上有“日出”的希望和力量。全剧也为“日出”的意象所笼罩。

三、对人生存困境的表现。“不足者”无力掌控自己的命运，“有余者”看似洋洋得意，但他们也被一种更大的、连自己都弄不清楚的力量支配着，剧中以金八爷作为这种冥冥中力量的代表。曹禺开掘出

“人的被捉弄”的困境，这也是一种“宇宙的残酷”，而且连类似《雷雨》中“挣扎”的悲壮之美都不配拥有，只剩下人的愚蠢与卑琐的喜剧性。陈白露被“自己所习惯的种种生活方式”“桎梏”，“倦怠”于飞翔，这是人的自由生命的自我剥夺，是生活的“自来的残忍”[①]。《日出》中存在着对人生存困境的揭示，蕴含着剧作家对命运的认识和对人世的悲悯。

108. 为什么说《北京人》意味着曹禺向“生活化（散文化）”戏剧的转变？

答：1940 年，曹禺创作了《北京人》。此时剧作家已经走出了生命的“郁热期”，进入了生命的“沉静”状态。曹禺此前创作的戏剧是“戏剧化的戏剧”，他说《雷雨》“太像戏”[②]了,《日出》是他对戏剧“散点”结构的探寻,《原野》结构紧凑，将“生命的蛮性”与“复仇”的命题发挥到极致。《北京人》则是“生活化（散文化）”的戏剧，这表现在：

一、生活化的戏剧结构。《北京人》以一个典型的没落士大夫家庭曾家的经济衰落为故事发生的具体背景，写出了曾家三代人各自的人生遭际和思想性格。戏剧采用了生活还原的手法，虽然家庭中矛盾丛生，翁媳钩心斗角，夫妻性情不和，姑嫂互相倾轧，儿子离家出走，第三代人对家庭深怀不满，但这些冲突并不尖锐激烈，而是通过日常的琐事、对话加以展现，整个剧情就像生活流在推进，没有太明显的高潮起伏。

二、对人的日常生活的内在神韵与诗意的开掘。《北京人》写的是人的日常生活，这部作品实现了剧作家“走向契诃夫”的夙愿，呈现出契诃夫式的平淡幽远的抒情意蕴。在这个大家庭中，剧作家发现了人的“孤独”，表现出人与人之间“不相通”的悲哀。愫芳、曾文清相爱却又自觉于心灵的隔绝，他们是两个不同的灵魂。曾文清受过度

---

① 曹禺 . 日出［M］// 曹禺文集（第一卷）. 北京：中国戏剧出版社，1988：234.

② 同上，第 456 页。

的腐烂的北平士大夫文化的熏染，既清俊温厚又懒散无能。他身上体现着曹禺对传统文化的历史观照，代表着精致又走向没落的封建文化。愫芳是旧时代的优秀女性，她沉默忧伤，处处忍让，拥有博大深厚的爱与坚韧的精神，体现着普通人精神世界的升华。愫芳对生活的认识和感受是既悲凉又能给人以温馨的，她说“我们活着就是这么一大段又凄凉又甜蜜的日子啊”，表达着对日常生活中真正诗意的深切体验。

三、抒情诗化的氛围。《北京人》中的语言受到中国古典诗词的影响，具有简约含蓄、委婉深长的抒情诗意。环境描写生活化又富有诗意：“秋风吹下一片泠泠的鸽哨响”“随着风在空中寂寞的振抖”……人物语言简洁凝练，在对愫芳、曾文清形象的塑造上，剧作有时就是一两个词、一句简短的话，甚至几个语气词，来表现人物的复杂心情。标题“北京人”寓意丰富，既指袁氏父女代表的理想中的“北京人”，又指曾家父子代表的现实中的“北京人”，双重的象征引人深思。

109. 夏衍《上海屋檐下》的思想内容和艺术特色是什么？

答：1937 年春，夏衍创作了三幕剧《上海屋檐下》。他把剧本创作的焦点集中于“人物性格的刻画”、“内心活动”的描绘，“将当时的时代特征反映到剧中人物的身上”[①]。剧作通过描写一群生活在上海弄堂中小人物的悲惨遭遇和他们的喜怒哀乐，揭露了国民党统治下的黑暗现实，暗示出雷雨将至的前景。《上海屋檐下》塑造了底层小市民和小知识分子的形象，以不同家庭的遭遇映射彼时现实，显示出浓厚的“为人生”的现实主义倾向，正如作者所言：“我在写作上有了一种痛切的反省，我要改变那种‘戏作’的态度，而更沉潜地学习更写实的方法。”[②] 抗战前夕的上海在几家的生活遭遇中缓缓展开，受压迫的

---

① 夏衍 .《上海屋檐下》后记、谈《上海屋檐下》的创作［M］// 夏衍剧作集（第一卷）. 北京：中国戏剧出版社，1984：257、360–361.

② 会林，陈坚，绍武 . 夏衍研究资料［M］. 北京：知识产权出版社，2010：139.

施小宝成为风尘女，无法逃出生活织成的网；老报贩李陵碑的独子在战争中阵亡，他也从此疯癫；从洋行失业且贫病交加的黄家楣，安贫乐道的教员赵振宇，以及陷入三角恋情的林志成、杨彩玉和匡复，这些生活于底层的小人物的生活遭际折射出社会的黑暗以及作者对此的批评和控诉。

该剧的艺术特色是：

一、取材的平凡性与内在的深刻性。夏衍善于书写普通知识分子与小市民平凡的人生，从“几乎无事”的日常生活中去发掘内在的悲剧性与喜剧性。剧作家长期生活在上海市民社会，熟悉和了解上海的小市民，了解他们的痛苦和渴望，他从小人物身上反映出激荡的时代特征。剧作展示的是上海弄堂里普通的两层楼房里琐碎平凡的人生世界，剧作家从这市民家庭司空见惯的感情摩擦和人事纠纷中发现黄梅天气里不仅生活发着霉，似乎人们的灵魂深处也长着霉。剧作传达出冲破阴霾、走向光明的热望，有着深刻的寓意。

二、主副线交织的结构。《上海屋檐下》在同一舞台空间里，同时展开五户人家的悲喜剧，写出命运、性格各不相同的十几个人物，显示了夏衍简约、谨严、含蓄的艺术风格。他匠心独具地正确处理了结构主线与副线的关系。剧作主线是林志成、匡复、杨彩玉三人之间的家庭悲剧：小职员林志成住在客堂间，他的好友匡复因投身革命被捕入狱，他承担起照顾匡复妻女的责任。一段时间后，林志成与匡复的妻子杨彩玉同居了，但他们始终有种沉重的负罪感。匡复出狱后，三人面临着尴尬的处境。剧作副线是楼里其余四户人家的故事，即赵振宇夫妇、黄家楣夫妇、施小宝、李陵碑等人的悲喜剧。全剧主线突出，结构单纯，副线涉及人物和事件虽多但抓住了主要特征，保持了生活本身的复杂性与丰富性。

三、象征手法的巧妙运用。剧作家赋予“黄梅天气”以多层的象征意义。阴晴不定、沉闷压抑的黄梅天气既是五户人家置身的自然环境，又隐喻着他们的处境和心理，也影射了当时的政治环境。剧情从郁闷烦躁的黄梅天开始，其间出现雨声、雷声和阳光，蕴含着天阴要下雨、雨后要天晴的深层寓意。剧本结尾时用孩子们的歌声象征着光明的未来，带有人道主义的色彩，也显示出变革的时代气息。

110. 田汉从20世纪20年代到30年代创作的“转向”是怎样的?

答：田汉1920年完成《梵峨璘与蔷薇》，写一歌女与琴师的爱情，这个剧本并不成熟，但其追求的艺术与爱情的完美结合，贯穿了他的戏剧创作，成为他一生的“Violin and Rose”（小提琴与蔷薇、艺术与爱情）情结。田汉20世纪20年代创作的优秀剧作还有:《咖啡店之一夜》（1922）、《获虎之夜》（1924）、《名优之死》（1927）、《苏州夜话》（1928）、《湖上的悲剧》（1928）、《古潭的声音》（1928）、《南归》（1929）等。这些剧作“保存一些青年期可贵的真诚和纯情”[①]，是田汉戏剧创作中极具个人气质之作。

田汉这些浪漫主义抒情剧受“新浪漫主义”（即现代主义）影响，有较为浓厚的唯美主义倾向和忧郁感伤的情调。《获虎之夜》写莲姑和黄大傻的爱情悲剧，开掘出人物心灵深处的美，黄大傻临死前大段大段的对心上人的心曲倾吐，具有强烈的感染力。《湖上的悲剧》《古潭的声音》《南归》等剧则在浓郁的抒情与神秘的气氛中显示出象征主义的深刻影响。田汉早期剧作中，还引人注目地出现了“艺术家”形象系列，并赋予他们精神流浪汉的气质，传达出追求理想但人生漂泊不定的感伤情绪。《名优之死》是田汉前期创作的一个总结，也是这时期他艺术上最为完整、相对成熟的剧作。京剧艺人刘振声是有着铮铮铁骨、敢于反抗恶势力的一代名优，但在多重打击下他最后心力交瘁，死于舞台。他为艺术献身的人生充满了悲壮的色彩。这部剧也显示出田汉戏剧现实主义成分的明显加强。

1930年5月，田汉发表著名长文《我们的自己批判》，宣告“转向”，应和着中国新文学在1928年之后的革命转型。1931年1月中国左翼戏剧家联盟成立，田汉当选为主席，他积极从事普罗戏剧运动。转向后的田汉不再像20年代那样从个性解放的角度，以新浪漫主义的

---

① 田汉．后记［M］// 田汉剧作选．北京：人民文学出版社，1955：428.

色调与视角描写艺术家、知识分子的灵与肉的冲突，抒发他们的苦闷、彷徨之情，他开始注重表现工农群众所遭受的压迫和剥削，揭示阶级矛盾和阶级斗争，表现时代的变革，如《梅雨》《乱钟》《扫射》《暴风雨中的七个女性》《一九三二年的月光曲》《洪水》等左翼戏剧。这一时期田汉成就较高的剧作是《回春之曲》（1935），剧本以恋爱悲喜剧的形式描写了一个抗日救国的动人故事。高维汉在“一·二八”激战中被大炮震坏了脑子，失去了记忆，在恋人梅娘的精心护理下，高维汉奇迹般地恢复了记忆。这部剧将高维汉健康的“回春”、爱情的“回春”和热望祖国在抗日中的“回春”统一了起来，在抒情性和写实性上达到了高度的统一，使现实的主题充满了诗情画意。

第三章　第三个十年的文学（1937—1949）

111. 现代文学第三个十年的文学创作主潮是什么?

答：现代文学第三个十年的发展根植于战争制约下的现实环境。随着社会“救亡”主题促生的现实需要，这一时期的文学创作呈现为战争形势之下不同地域文学的并列共存样貌，最突出的特征是文学与救亡、战争之间产生了密切的关联，在题材、姿态、风格等方面都打上了战时状态的烙印。彼时，中国按照地理和政权区域划分为国统区（国民党统治区）、解放区（共产党领导的抗日根据地）、沦陷区（日本侵略者占领地区）以及上海“孤岛”四个区域。几个地区的文学创作既承继“五四”新文学传统，有着同属于20世纪40年代战争语境下文学的共性特点，又因为不同地区的政治和现实环境的差异，呈现出不同的样貌。

彼时国统区面积最大，拥有的作家和文学流派最多且思潮活跃。国统区文学分为不同的创作阶段，且呈现出不同的创作特色。抗战初期，国统区文学呈现为乐观与向上的英雄主义面貌，“救亡”成为此时的主旋律，“五四”时期的启蒙主义渐次居于边缘。此前有分歧的各派作家也在“民族解放”的旗帜下达成了思想共识。1938年中华全国文艺界抗敌协会成立，提出“文章下乡，文章入伍”的口号，提出要深入战争现实生活的号召，并被不同派别的作家所接受。这一时期的文学着重表现在战争当中新人的诞生、新的民族性格的形成，英雄的调子贯穿一切，呈现出鲜明而单纯的统一色彩。鼓词、唱本、墙头诗、传单诗、壁报文学等全部通俗易懂。

1938年武汉失守之后，抗日战争进入相持阶段。文学创作初期乐观激昂的基调受战争现实的影响转为沉郁苦闷，并逐渐正视因战争带来的多种问题。民族命运仍然处于作家关心的中心地位，创作既转向历史寻找力量，也面向当下关切现实，披露黑暗痼疾，同时出现了对于知识分子的关注热潮。这一时期的代表作有郭沫若的《屈原》，萧红的《呼兰河传》，老舍的《四世同堂》，曹禺的《家》《北京人》，路翎的《财主底儿女们》，夏衍的《春寒》，陈白尘的《岁寒图》等。

1944 年之后，随着“废止国民党一党专政，成立民主联合政府”的时势之变，国统区出现民主运动的热潮。知识分子对新时代进行总结和反思，对黑暗的诅咒和对腐朽现实政治的批判成为这一时期国统区文学的主题。代表作品有丁西林的《三块钱国币》、陈白尘的《乱世男女》、宋之的《群猴》、钱锺书的《围城》、袁水拍的《马凡陀山歌》等。

112. 什么是“孤岛文学”？它呈现出怎样的艺术风貌？

答：1937 年上海沦陷后，一批滞留于上海租界的作家仍在坚持写作并以实际行动配合民族抗日活动。因上海彼时的处境形同“孤岛”，故而创作于上海此种语境下的文学被称为“孤岛文学”。1941 年太平洋战争爆发后，随着日本进入上海租界，“孤岛文学”随之结束。

由于战争年代的特殊环境，“孤岛文学”当中戏剧、杂文、报告文学等文学类型较为繁荣，以上海剧艺社为代表的各种社团最多时达到百余个。阿英的《碧血花》、于伶的《夜上海》、师陀的《恶梦集》、梅益《上海一日》为“孤岛文学”的代表性作品。“孤岛文学”呈现出的艺术风貌有：

一、“孤岛文学”坚持现实主义的创作原则。孤岛文学所延续的是中国现代文学当中“现实主义”的传统，这一时期深陷于“孤岛”的作家选择以贴近现实的方式记录时代黑暗，侵略者的暴虐与民众卑微的生存状态展现于他们的笔下。钟望阳的《籽》、李同愈的《复仇的火》书写底层民众在战火当中的遭遇，前者呈现底层女性被蹂躏和失去生命尊严的苦难，后者则从幼童的双眼观察侵略者的虚伪并暴露其灵魂的丑陋。师陀的《恶梦集》虽呈现苦痛与丑陋的“孤岛”现实，但是具有暗示性的结尾——革命者在失望后必将奋起，他们带着希望，为“孤岛”点上了光亮。

二、“孤岛文学”显示出鲜明的战争时代的特征。在“孤岛”特殊的现实环境中，一批反映时代抗战、展现国族危亡局势的作品相继问世。“孤岛文学”密切配合现实形势，巧妙披露敌人的暴虐行径，具有爱国主义的基调。如《上海一日》记录下了“孤岛”在战争年代的历史事件，包括四行仓库的英勇抗战、南京路的炸弹惨象、抗日的青年的行为，以及南市的撤退等，一一被书写记录。

113. 毛泽东《在延安文艺座谈会上的讲话》的主要内容和意义是什么？

答:《在延安文艺座谈会上的讲话》(以下简称《讲话》)，是1942年毛泽东在延安文艺座谈会上的讲话，分为“引言”和“结论”两部分。毛泽东的发言提及了延安整风当中所涉及的诸多现实，以及革命文艺所急需厘清的理论问题。《讲话》是马克思主义文艺理论中国化的成果。

《讲话》的引言部分率先对“文武两个战线”以及“两支军队”展开分析，其主要内容为“文学为谁服务”以及“如何服务”，涉及文艺与生活、文艺与政治、普及和提高、内容与形式、世界观和创作方法、文学批评标准，以及对于统一战线的要求等问题。

《讲话》确立了文艺的工农兵方向，文艺为工农兵服务被作为一个重要方向加以肯定。《讲话》明确提出作家必须进行思想的改造，和工农兵相结合则是进行思想转变的关键。

《讲话》强调文艺从属于政治，在文艺与政治的关系上，《讲话》明确提出了文艺从属于政治并且要为无产阶级的政治诉求服务，即永远保持“政治标准第一，艺术标准第二”的提法，艺术性的要求是为了政治性服务。

《讲话》的发表规范了左翼文学的发展方向，标志着新文学和工农兵相结合的新开始，带来文艺观念的新调整。同时，《讲话》奠定了中国当代文学的发展基础，成为日后当代文学发展的参照方向。

114. 什么是“中国人民文艺丛书”？

答：“中国人民文艺丛书”主编为周扬，1948年由新华书店陆续推出，是毛泽东文艺方向的实践成果。“中国人民文艺丛书”的编辑和出版并非简单的文学事件，而是在意识形态调控下配合现实所需的举措，丛书的作家、篇目、数量经过严格甄选，并成为新中国文学面貌的样板。在新中国成立之后，根据政策的需要，“中国人民文艺丛书”适当增加了解放区作家和作品，并在1951年重新印刷。据记载，自1949年5月到1953年2月出版的“中国人民文艺丛书”有80余种。[①]

“中国人民文艺丛书”所编选和收录的丛书时间限定为1942年“延安文艺座谈会”召开之后的创作，区域限定为解放区，作品须体现艺术性和政治性。代表性作品有《王贵与李香香》《李有才板话》《白毛女》《逼上梁山》《洋铁桶的故事》等。

“中国人民文艺丛书”承担了中国现代文学经典重塑的任务。丛书编辑过程中所体现出的编辑理念、选择标准等充分显示了借由丛书重新规定文学秩序、重构文学史叙事的目的，以及对中国新文学传统的重新阐释和定位，并对此后的文学创作和文学生态加以规范。“中国人民文艺丛书”作为20世纪40年代“延安文艺”精神的重要实践成果，不仅记载了延安文艺在20世纪40年代的风貌，亦具有十分重要的史料和版本学意义，对于理解和研究当代文学的发展典律和建构策略意义重大。

115. 如何认识七月派小说?

答：七月派是20世纪40年代重要的小说流派之一，主要作家包括丘东平、路翎等，他们因作品多被编入《七月文丛》而得名。

七月派小说视文学为改造人精神的有力武器，认为作家应当发挥“主观战斗精神”，将自身的情感倾注于人物身上，并由此呈现出人物和现实的复杂。路翎《饥饿的郭素娥》即探究人物的精神苦痛，并由此突入现实生活，由个人的生活矛盾切入社会的总体现实情况，显示出作家的社会关注。

七月派小说注重文学的社会性功效，探究人民的“精神奴役的创

---

① 洪子诚.中国当代文学史·史料选（上）[M].武汉：长江文艺出版社，2002：184.

伤”。七月派小说渴求从精神上唤醒民众，显示出对于鲁迅等人启蒙思想的延续，在揭示社会问题的同时，不忘关注民众的精神长期被束缚的现实。《平原》当中的农民仅剩下的一点粮食被保长强行拿走，他却并未反抗，转头在妻子身上发泄不满，显示出农民身上根深蒂固的国民劣根性。

七月派小说书写“反抗者”的故事，在揭露民众身上劣根性的同时，也发掘出他们身上的精神强力，是对“五四”启蒙文学当中“立人”传统的呼应。路翎《燃烧的荒地》、吴奚如《刘长林》中的人物均有着强烈的反叛特性。他们面对现实的挤压转而以精神上的力量予以抵抗，显示出民众精神的觉醒和解放。小说结局的光明和希望正是对于“反抗者”精神强力的赞颂。

116. 20世纪40年代解放区文学的走向是怎样的？如何评价？

答：1937年卢沟桥事变爆发，全面抗战由此开始。限于政治与社会的变动，这一时期的文学显示出明确的救亡倾向，在文学的审美品格、作家创作心理、作品主题和风格方面，显示出明显的战时痕迹。由于彼时战争制约下的现实，中国不同的地区形成了各异的政治区域，产生了不同的文学形态。解放区文学即是20世纪40年代中国在战争的特殊情势下产生的文学形态之一。

抗战时期，解放区主要以陕甘宁为中心，这一地区的文学基调呈现出明朗积极和朴素向上的特点，这与此时共产党在此建立红色政权后，民众在政治、经济上的翻身以及文化上翻天覆地的变化密切相关。作家奔赴解放区，《文艺战线》《战地》《草叶》《谷雨》等刊物的创立，以及诸多文艺社团的成立，对解放区的文学创作和发展起到推动作用。

在人物形象上，解放区文学舍弃自“五四”时期以来文学书写中对知识分子的关注，转而书写底层的农民、干部以及士兵等的故事。尤其是在新政权建立后，翻身的“新人”成为解放区文学书写的主要对象。

在作品的文体上，解放区文学自觉地追求文学的民族化和大众化，将文学读者定位于农民，并在吸收和借鉴中国传统民间艺术形式的基础上，形成了新的文体样式如“新评书体”“新章回体小说”“民歌体叙事诗”以及“新歌剧”等。如阮章竞的《漳河水》在新诗的基本模式下吸收了民间小调的句式；贺敬之、丁毅执笔的《白毛女》则在西洋歌剧的基本表现模式下吸收了秧歌和戏曲的唱法，是西方歌剧和中国戏曲结合的新型品类。

解放区文学所带有的现代文明意识、民主科学的新思想对农民的启蒙起到极大的促进作用，新的文学样式也丰富了中国新文学的发展脉络。但解放区文学也存在着一定的问题：因为时势所迫，其负载了配合政治和时事的重责大任，这在一定程度上压抑了文学按照自身艺术规律发展的自由；解放区文学在推崇工农兵文艺的同时，又忽视了对知识分子的关注；力求通俗易懂，但有时又忽视了文学的美感。

117. 20 世纪 40 年代国统区文学的走向是怎样的？如何评价？

答：全面抗战时期，国民党统治下的国统区所产生的文学被称为国统区文学，是 20 世纪 40 年代中国在战争的特殊情势下产生的文学形态之一。

抗战初期，国统区文学呈现出昂扬乐观的基调，即“昂扬激奋的英雄主义”①。战争使得救亡成为这一时期的主调，启蒙暂时退出中心。1938 年 3 月 27 日，中华全国文艺界抗敌协会在武汉成立，标志着革命文学、自由主义和国民党的民族主义文学在这一时期的联合。受战争现实影响，报告文学和通讯等因能够在短时间内捕捉到时事的体裁特点，而成为国统区文学创作的热点。这一时期文学的精神风貌是强调文学的宣传性和时代性，并统摄于“救亡”这一核心。

抗战相持阶段，国统区文学在国内政治形势的影响下，初期的昂扬激奋转变为面对战争残酷而生出的“沉郁苦闷”②。作家们在心灵的苦闷中将目光伸向了对于民族命运的思考，这使得这一时期的文学既

① 钱理群，温儒敏，吴福辉．中国现代文学三十年（修订本）［M］．北京：北京大学出版社，1998：382.

② 同上，第 384 页。

面对彼时的现实，亦深入历史深处寻找民族振兴的答案，并对知识分子的心灵史进行解剖。这一时期的主要文学体裁为长篇小说、多幕剧以及抒情诗等，产生的具有代表性的作品有郭沫若的《屈原》、萧红的《呼兰河传》、曹禺的《北京人》、沙汀的《困兽记》、路翎的《财主底儿女们》、陈白尘的《岁寒图》等。

抗战后期，随着国统区民主运动的展开，这一时期的文学既承续前一时期的书写脉络，又进一步地深入显示和讽刺腐朽政治，并对知识分子的身份、责任进行深入的反思和拷问。文学主调呈现为复调式的多种声音混杂——“紧张、激愤、嘲谑、痛苦、希望、期待、焦躁与不安”①。讽刺喜剧成为这一时期突出的文学类型，产生了丁西林《三块钱国币》、陈白尘《升官图》、钱锺书《围城》、张恨水《八十一梦》等作品。这一时期的国统区文学处于黎明来临前、新中国即将诞生的特殊时期，因而喜剧的讽刺之中充满着期待。

118. 20世纪40年代沦陷区文学的走向是怎样的？如何评价？

答：沦陷区文学即指20世纪40年代中国在战争的特殊情势下产生的文学形态之一。彼时的沦陷区文学包括东北沦陷区文学、华北沦陷区文学以及1941年太平洋战争爆发后被纳入的上海孤岛文学。

沦陷区文学坚持“五四”文学传统，关怀中国乡土与现实生活，因此出现了一批富有现实主义气息的乡土文学。如山丁《绿色的谷》、秋萤《河流的底层》、袁犀《森林的寂寞》等。这批文学关怀乡土大地，却不仅止于艺术性的呈现，而是在写作背后深蕴着感时忧国的现实情怀，揭示沦陷区人民的生存困境，呈现他们不屈服的坚强意志。对于乡土现实生活加以书写和披露，显示出作者对于“五四”文学关怀现实传统的继承和发扬。

在战争的巨大威胁之下，沦陷区文学开始发掘平凡的生活，转向书写日常生活并且探究永久的人性问题，从个人的小我出发，挖掘战

① 钱理群，温儒敏，吴福辉．中国现代文学三十年（修订本）[M].北京：北京大学出版社，1998：386.

争生活之下的细枝末节，书写平凡人的生活。沦陷区文学对于日常生活的发现，体现出“反英雄”和“反浪漫”的基本基调，因此和前述的乡土文学创作形成了呼应和互补。周作人的小品文《药堂语录》反映了在动荡年代的心灵挣扎，为沦陷区文学的代表性作品。

在这一时期的沦陷区文学语境中，雅文学与俗文学在各自轨道上不断趋近。战争背景之下的救亡压倒启蒙的现实情况，促使沦陷区文学关注文学市场的需求，这成为作家精神追求之外的另一个关注点。沦陷区文学的重要景观之一便是通俗文学的繁荣，出现了还珠楼主、刘云若等通俗文学作家；以及以上海为中心的职业化和商业化剧场戏剧的繁荣，涌现了李健吾、周贻白等剧作家。钱锺书《围城》、师陀《果园城记》这样的雅文学也创作于这一时期。还有兼及雅俗的张爱玲的小说，使此时期沦陷区文学呈现出雅俗共赏的特点。

119. 胡风文艺思想的主要内容是什么？

答：胡风是著名的马克思主义文艺理论家，七月派的核心人物。他的文艺思想形成于 20 世纪 30 年代左联时期，以“主观战斗精神”为核心，并以“到处都有生活”“精神奴役的创伤”“世界进步文艺支流”说作为支柱。胡风文艺思想继承了五四的个性解放精神和鲁迅批判国民性的传统。

所谓“主观战斗精神”，即在胡风看来存有两个世界，一个为“感受世界”，一个为“观念世界”，前者为作家在日常生活中所感受到和体验过的世界，后者则是作家心目中理想的世界。在现实的创作过程中，“感受世界”和“观念世界”互相颉颃，并在互相参照当中得到改造和重构，这个互动的过程便是新的艺术世界产生的过程。

与此相关的，“到处都有生活”即认为在具体的写作题材上，作家应该具有充分的自我选择的自由而不应为其设置限制。作家可以从自己熟知的生活当中提取题材。“哪里有人民，哪里就有历史。哪里有生活，哪里就有斗争。有生活有斗争的地方，就应该也能够有诗。”[①]

---

① 胡风 . 胡风评论集（下）[M]. 北京：人民文学出版社，1984：237.

这成为“到处都有生活”的核心表达。

“精神奴役的创伤”即胡风认为，人民群众虽然精神上趋近于解放，但是在精神的内部仍然存留着几千年精神奴役的创伤，应当继续坚持“五四”时期所提倡的“改造国民性”的主题。

“世界进步文艺支流说”即胡风认为，中国新文学应该属于世界进步文艺的一脉。“五四”文学革命是“市民社会突起了以后的、累积了几百年的、世界进步文艺传统底一个新拓的支流”[①]。

120. 如何看待 20 世纪 40 年代关于“民族形式”问题的论争及意义?

答：20 世纪 40 年代处于抗日战争的中期阶段，对于重大问题的讨论络绎不绝，关于“民族形式”问题的讨论便发生于这一时期。此讨论实际是对左联时期便存在的关于“大众文艺”讨论的承续。在抗战的历史语境下，“民族形式”再次跃出地表成为这一时期的重要问题之一。

“民族形式”这一概念出自 1938 年毛泽东《中国共产党在民族战争中的地位》的报告。这一时期，将马列主义中国化，即将马克思主义和中国实际相结合成为关注重点，左翼阵营批判对于共产国际指示全盘接受的做法。在此语境之下，左翼人士将此扩展到整个文艺界，主张以“民族形式”表现彼时的革命内容。1940 年《新民主主义论》的发表直接促进了关于“民族形式”问题的讨论。在解放区围绕“民族形式”问题的讨论没有产生想法的分歧，但在 1940 年的国统区讨论中分歧逐步显现。向林冰在《论“民族形式”的中心源泉》中认为，坚持“民间性”才能够创造新的“民族形式”。此观点否定了自“五四”新文学发展以来对于外国文学的吸收，显示出立论的偏驳。葛一虹在《民族形式的中心源泉是在所谓“民间形式”吗？》则对于“民间形式”进行不加分辨地全盘否定，全面肯定新文学而将旧形式视为糟粕。

胡风、郭沫若等人的观点对于“民族形式”问题加以本质性地触

① 胡风 . 胡风评论集（中）[M]. 北京：人民文学出版社，1984：234、258.

碰。郭沫若认为“民族形式”的中心源泉是现实的生活；胡风也认为势必要从生活和内容中去把握形式，显示出对问题的辩证看待。关于“民族形式”问题的论争接续了中国现代文学当中“感时忧国”的传统，并显示出在特定的战争年代经由文学介入现实的深切思考。

121. 如何看待 20 世纪 40 年代关于文艺与政治、文艺与生活关系的论争及意义？

答：20 世纪 40 年代在战争的特殊语境下，文学承担了过多的现实重负，以致有“救亡”压倒“启蒙”之说。在彼时关于文艺与政治、文艺与生活关系的论争共发生了两次，虽然两次论争的具体语境和关注重点存在不同，但都显示出了对于文学和政治如何进行认识和定位等敏感性问题的关注。

第一次论争发生在 1942 年延安整风运动之初的解放区。这一时期延安出现了强调文学的真实性和独立性的“革命现实主义”思潮，强调文学要发挥其认识生活和干预生活的积极作用。周扬《文学与生活漫谈》提倡在正视和理解生活中重视文学的创作规律。丁玲的小说《在医院中》、杂文《三八节有感》《我们需要杂文》等批评了延安当时存在的问题。艾青的文章《了解作家，尊重作家》则要求给予艺术创作以独立自由，意在通过文艺创作推动社会改革事业发展。王实味的文章《野百合花》批评了延安队伍当中存在的等级问题。

第二次论争则发生于国统区重庆，围绕茅盾话剧《清明前后》和夏衍话剧《芳草天涯》而展开。前者在主题和思想上具有现实意义但是文艺价值欠缺，后者则文艺价值突出但与政治需求保有距离。

文艺与政治、文艺与生活的论争是在战争语境中，对于文艺作用的一次争论，并且此争论在日后的文学中不断地多次复现，显示出对于文学效用的持续性思考。

122. 艾青诗歌的艺术特色和诗学意义是什么？

答：艾青的诗歌书写中国苦难大地以及多灾多难的人民。他早期的诗歌便显示出对世界潮流、民族传统和个人气质的融合，《大堰河——我的保姆》即是代表。抗日战争爆发之后，艾青“思索着民族的命运，探索新诗通向民族心灵深处的道路”[①]，并深刻地影响了七月派诗人的创作。艾青诗歌的艺术特色表现在：

一、艾青诗歌意象独特，富有感染力。诗歌意象是诗人进行自我表达的重要符号。在艾青的诗歌当中，“土地”和“太阳”为两个重要的意象。他借土地表达对宽厚大地母亲深刻的爱，如《我爱这土地》中，即便“我死了”，“羽毛也腐烂在土地里面”。“土地”意象显示出对于劳动者的深切关爱。在《大堰河——我的保姆》中，艾青将土地与大堰河的形象结合在一起，显示出他对中国农民生存现状、命运的深切关注。“太阳”则寄寓着诗人对“光明、理想”美好事物的执着追求。《向太阳》中借“太阳”传递出作者充满光明的新理想。

二、艾青的诗歌呈现出忧郁的情绪。他的诗歌当中始终贯穿着忧郁回荡的诗歌调子，这种忧郁中浸透着诗人对祖国、土地深沉的爱，对时代现状的观察与思考，以及对民族命运的关注。“艾青式的忧郁”是时代、民族乃至西方游学经历等多种因素耦合而成的。《雪落在中国的土地上》便是发现了日常生活中的真理，发现了生活的艰辛和困苦，因而全诗回荡着忧郁的调子。但是艾青的忧郁并非走向幻灭，而是始终拥有面对苦难和战胜苦难的坚韧信念。

三、艾青的诗歌形式独特多变。他自觉地进行诗歌形式的探索，开启了“新诗散文化”的进程，在诗歌有限的审美空间当中融入了深广的社会内容。在诗歌形式上多变而不注意诗歌的韵脚、字数乃至行数，但是排比和复沓的使用又形成变动中的和谐。在诗歌艺术上，他注重对于感觉的使用，强调对于一瞬间的情绪的捕捉，重视印象对于诗歌创作中的作用。如在表现土地意象时使用灰黄色色调，在表现太阳时又使用光明的色调，显示出艾青式的光与色。

诗学意义：艾青的诗歌传递出艾青式的生命哲学。他将个体的生存感悟和民族的苦难相比照和融会，形成了深沉、壮丽的生命哲学，

---

① 钱理群，温儒敏，吴福辉．中国现代文学三十年（修订本）[M]．北京：北京大学出版社，1998：475-476.

创作出了融合时代、民族和传统为一体的诗歌。

123. 七月诗派的诗歌特色和诗学意义是什么?

答：七月诗派的诗歌创作始于20世纪30年代，因围绕在胡风所创办的杂志《七月》周边而得名，是抗战时期和解放战争时期国统区具有代表性的现实主义诗歌流派，主要代表诗人有阿垅、鲁藜、冀汸、曾卓、绿原、牛汉、化铁、罗洛等。另外，非“七月诗派”诗人艾青和田间在美学特质上与其趋同，因而具有艺术特质上的亲缘性。在20世纪40年代的抗日烽火当中，七月诗派的诗歌艺术走向成熟。其诗歌特色表现在：

一、七月诗派遵奉现实主义的创作原则，意在使诗歌与战斗达成精神上的互动。七月派诗人秉承胡风曾提出的“现实主义者的第一义的任务是参加战斗，用他的文艺活动，也用他的行动全部”[①]的理念，坚持现实主义创作宗旨。牛汉《鄂尔多斯草原》在对草原的歌唱中，展露社会状貌的变化：过去，“草原 / 被太阳摈弃在 / 寒冷的北回归线上”；现在，“鄂尔多斯草原上的 / 牧民的血，/ 像解冻的热流”；明天，“明天的太阳 / 沿着夜的黑色的 / 腐烂的边沿 / 滚来了”。在时间的流逝中诉说艰辛以及民众身上顽强的生命力，既呈现了社会的客观现实，同时也融入了诗人浓厚的主观感情。

二、七月诗派诗歌追求感性和理性、主观情感和客观现实的统一，具有浓烈的主体性特征，主张以“主观战斗精神”突入客观现实。阿垅的《萤》中写道：“一星的火曾经有燎原之势，一点的光将燃烧这个世界。啊，萤！牺牲和放光是我们可有的强处。”“我们”一词显示出对于主体性的确认，在困苦当中仍旧追寻真理，显示出作者将自己主体性的强力投射于客观物体，并融合二者的诗学取向。

三、七月诗派诗歌追求“力与美”的统一。身处于异族的压迫之下，七月诗派的诗人以诗歌进行隐晦的反抗，诗歌当中充满了强健的声调。化铁《暴雷雨岸然轰轰而至》、牛汉《鄂尔多斯草原》都是兼

---

① 胡风. 续论战争期间的一个战斗的文艺形式［J］. 七月，1938（06）：162-164.

顾了力与美的代表作。

七月诗派的诗学意义体现为，诗歌创作“以提倡革命现实主义与自由体诗为主要旗帜”[①]，既继承了20世纪30年代中国诗歌会诗歌传统，又带有自己鲜明的诗歌特色，对于主观精神、个性的强调丰富了中国现代新诗的面貌。

124．九叶诗派的诗歌特色和诗学意义是什么？

答：九叶诗派又称“中国新诗派”，是抗战后期和解放战争时期一个具有现代主义倾向的诗歌流派，因1981年结集出版的诗集《九叶集》而得名。九叶诗派深受艾略特、瓦雷里、奥登等为代表的西方现代诗学流派的影响，主张以“智性思辨”的方式，将外在的客观现实生活转化为个人内在情绪的主观体验，以达到对复杂世界的感知和升华。主要成员包括辛笛、穆旦、陈敬容、郑敏、袁可嘉、唐湜、唐祈、杜运燮、杭约赫。九叶诗派的诗歌特色表现在：

一、在诗歌观念上，九叶诗派追求“诗性哲学”，认为“诗是经验的传达而非单纯的热情的宣泄”[②]，即强调诗歌的“感性”基础上的“知性”追求，在二者融合下，达成诗歌自身“诗”与“思”的交融，进而在个体人生经验的基础上，升华为对整个人类生活的形而上的思考。郑敏《金黄的稻束》中写道：“收获日的满月在/高耸的树巅上，/暮色里，远山/围绕着我们的心边，/没有一个雕像能比这更静默。”诗歌从母亲的肉体衰老和雕像的永恒之间获得了对于“生”与“死”的启悟，死亡具有了存在主义意味上的伟大辉煌内涵。

二、九叶诗派追求现实、象征和玄学的综合。九叶诗派所追求的现实为客观生活和主观心灵现实的统一，既包括外在的现实又囊括内在的现实。象征指诗歌的语言清晰准确，但是意象朦胧含蓄。玄学则是对于诗歌的思维和语言进行现代性意味的改造，诗歌不再是情感的

---

① 钱理群，温儒敏，吴福辉．中国现代文学三十年（修订本）［M］．北京：北京大学出版社，1998：491.

② 袁可嘉．论新诗现代化［M］．北京：生活·读书·新知三联书店，1988：47.

宣泄而是情感的感性呈现。在现实、象征和玄学的基础上实现诗歌的语言、思维及情感走向复杂化和线团化，具有形而上意味的哲学性思辨与思考。穆旦《打出去》“我们由幻觉渐渐往里缩小 / 直到立定在现实的冷刺上显现”则是穿透了社会现实的厚障壁，抒发内心对于现代生活的情感流露，带有中国新诗派冷静逼视生活的况味。

三、在诗歌语言上，九叶诗派追求日常口语的使用，利用口语弹性大的特点，适应其诗歌表达上的非直线性思维，进而开拓表达空间。但不对民间性的口语过分崇拜，而是借此完成对于诗歌特殊结构的表达。穆旦《鼠穴》“当我们乞求自己的生活，在形成我们的一把灰尘里”，这些诗句使用日常口语却进行变形化的处理，使诗歌意涵跃出诗歌字词。

九叶诗派的诗学意义体现为，既吸收了西方现代派的理性因素，同时坚持现实主义的艺术追求，又对中国新诗加以综合地创新，形成了智性、现实等相融合的诗性哲学。这对于中国诗歌传统的继承与发扬以及中国新诗走向现代化意义重大。

125. 如何看待冯至《十四行集》的特色和文学史意义?

答:《十四行集》为冯至创作于 1942 年的诗歌集。这一时期诗人身处昆明大后方，相对安静的环境为他提供了思考的空间。《十四行集》虽创作于抗战期间，却不书写时代大事，而是将笔触伸向日常事物，在对于平凡生活的关照之中传达诗人的哲思。该集共收入二十七首诗歌，可以作为一个诗歌整体看待。《十四行集》肯定人的生命意义和价值，体现出不断“扬弃”和进步的思想色调。其特色有:

一、《十四行集》注重个人的敏锐感触，在日常事物的书写中传递人生哲理，在对于平凡事物的呈现中关照民族的命运、个人的存在，思考穿透了广阔而繁杂的社会现实。“我们准备着深深地领受 / 那些意想不到的奇迹，/ 在漫长的岁月里忽然有 / 彗星的出现，狂风乍起”，这些诗句表现出诗人对于个人生命变化的思考，以及对行将就木之刻到来的宁静接受。

二、在情感抒发上，冯至避免了诗歌喷涌式的感情表达，并未全然地进行抽象的思考，而是遵循其所信奉的里尔克的原则，依靠对于经验的提炼和升华。“我时常看见在原野里 / 一个村童，或一个农妇 / 向着无语的晴空啼哭，/……为了一个绝望的宇宙”，由个人的痛哭而联系至对于生命的思考。

三、冯至的《十四行集》遵循情绪的冷静处理原则，“一个寂寞是一座岛，一座座都结成朋友”。冷静化的情绪处理蕴含着深刻的哲学思辨。

冯至《十四行集》的文学史意义：《十四行集》中充满了感性思索和哲学思辨，它既是对 20 世纪 30 年代以戴望舒为代表的现代派诗歌的超越，又启发了穆旦、郑敏等年轻一代诗人，并对 20 世纪 40 年代的现代派诗歌产生了重要的影响。

126. 穆旦诗歌的艺术特色和诗学意义是什么？

答：穆旦是中国新诗派的重要诗人之一。他的诗歌拷问历史亦思考现实，充满着主体的自我剖析和自我质询，带有强烈的异质性和反叛性因素，对于中国传统诗学的条框加以超越和改造，显示出中国新诗发展到 20 世纪 40 年代后的新风貌。穆旦诗歌的艺术特色表现为：

一、穆旦诗歌打破“圆满”，建立起“残缺”的诗学世界。诗人笔下充满着站立在矛盾关节点上的主体存在物，在充满着各种张力的诗学场域中互相拉扯，打破了中国传统哲学乃至诗学中所寻求的平衡和圆满美学，而使各种力量相互撞击。如其《被围者》中写道：“一个圈，多少年的人工，/ 我们的绝望将使它完整。/ 毁坏它，朋友！让我们自己 / 就是它的残缺……”

二、穆旦诗歌体现了现代人的思维和情感方式。他的诗歌思维和情感打破了线性逻辑顺序，呈现出矛盾的互相对立和纠结，如郑敏所言“思维的复杂化。情感的线团化”[①]。这正是属于现代人的思维和表达情感的方式。在穆旦的诗歌中，自早期白话诗人开始思考的现代思

① 杜运燮，袁可嘉．一个民族已经起来［M］．南京：江苏人民出版社，1987：39.

维和情感表达方式得以落实。

三、穆旦的诗歌选取隐喻和抽象式的抒情方式。他的抒情方式和传统诗学相异，因而被称为“非诗意”。穆旦的诗歌中采用充满现代生活色彩的意象并进行抒情，或采用理智化的叙述表达形而上的哲思，诗歌语词之间跳跃极大，造成一种带有陌生化的生涩、奇异的美，以此实践其“抽象的抒情”的理念。如《还原作用》中充满了“污泥”“跳蚤”“耗子”等传统诗学中规避的意象，但是却是诗人在现实生活中的真实体验。

四、在诗歌语言上，穆旦坚持“五四”新文学的“现代白话”传统。他坚持以明朗清晰的语词表达深刻的思想内容，以介于口语和书面语之间的文字突破了语词的承载限制，因而其诗歌可以传递出深厚的思想内容，故被评价为：“他的诗歌语言最无旧诗词味道，同过去一样是当代口语而去其芜杂，是平常白话而又有形象的色彩和韵律的乐音。”[①]

穆旦诗歌的诗学意义体现为，他的诗歌创作是对中国新诗现代化道路的实践。在20世纪40年代的抗战语境中，他的诗歌创作并未被时代的集体话语大潮淹没，而始终保持着个人特色，在诗歌中思考个人命运和历史走向，充满形而上的哲学思辨，为中国新诗发展提供了另一种可能。

127. 如何评价解放区的新诗歌谣化运动?

答：新诗歌谣化作为20世纪40年代的重要诗歌运动，为一种带有意识形态性的诗歌形态尝试。其服务于“无产阶级革命运动”的现实要求，尤其是在彼时的革命根据地，新诗歌谣化因为“文艺为工农兵服务”的政策需要而得到淋漓尽致的贯彻。

新诗歌谣化要求在民间流传的传统歌谣当中输入革命性的内容，经过改造而达到宣传与教化的目的，基本的指向为歌颂政权、歌颂领袖、歌颂军队以及歌颂革命等。其中代表作有李有源、李增正用白马

---

① 杜运燮，袁可嘉．一个民族已经起来［M］．南京：江苏人民出版社，1987：7.

调编写的《移民歌》，毕革飞的“快板诗”等。这类改造使民间资源成为诗歌表达的主要资源，并使其成为诗歌发展的一个主要方向。李季《王贵与李香香》、张志民《王九诉苦》、艾青《雪里钻》为新诗歌谣化的代表作。

在战争的特殊年代，新诗歌谣化的提倡起到了宣传的作用，在此创作原则之下的诗歌作品语言平实而质朴，具有口语化和民间化的特点，因而容易被广大群众所接受。在此基础上，利用民间文化对革命进行宣传，利对民众进行启蒙，对中国新诗歌发展产生了重要的影响。

新诗歌谣化在 20 世纪 40 年代敌后根据地起到重要的组织动员作用，但此种语境下创作的新诗歌也伴有一些问题：对于民间资源的过度吸收，使得“五四”以来早期白话诗歌所提倡的平民化的诗歌理念走向了极端；诗人的自我主体性弱化，个人的小我存在被集体的大我性所取代；在诗歌的具体呈现上，鲜明的政治功利性占据主导，叙事压倒了诗歌的抒情，一定程度上影响了诗歌的审美价值。

128. 阮章竞的《漳河水》在文学史上有何意义？

答：阮章竞的《漳河水》写作于 1949 年 3 月，5 月发表于《太行文艺》第 1 期，此后有所修改。9 月，作为“中国人民文艺丛书”一种由上海的新华书店发行。此诗写于新中国成立的酝酿时期，以三个女性的觉醒与翻身的故事显示出了新的汰变，诗歌文本之中显示出迎接新时代与告别旧时代的精神气质。在同时期的诗歌创作中，《漳河水》以人为中心，注重表现内在之变的特质，具有一定的史诗性特征。

首先，《漳河水》书写三个饱受封建婚姻制度之苦的女性，在时代之变中的挣扎和反抗。诗歌书写时代变化为女性带来的翻身的可能，显示出对于人本身的关注，深入人物内心，关怀个人的情感波动，并非简单的歌颂革命的胜利，而是观照人如何在革命胜利之下“翻身”和“翻心”。诗歌第一部写道：“断线风筝女儿命，/ 事事都由爹娘定。/ 媒婆张老嫂过河来，/ 从脚看到天灵盖。// 爹娘盘算的是银和金，/ 闺女盘算的是人和心。”呈现出旧时代的包办婚姻给女性所带来的束缚。第二部，以荷荷等女性个人视角叙述，深入人物内心，"'封建把俺苦了一生，/ 可是俺心儿还年青。' //'干革命，把身翻，/ 以后要积极做模范。/ 明天要调我下江南，/ 动身不等吃罢早饭。'"呈现出人在时代之变中开始自我转变。《漳河水》表现革命胜利所带来的内在变化，不采取主流的宏大叙事，而是真正体现出对于人本身的关注。

其次，《漳河水》的写作与 20 世纪 40 年代对于"民族形式"命题论争的大语境契合，显示出了诗人对于民族形式问题的思考和实践。作品以抒情的语调叙事，使长篇叙事诗和歌谣体抒情达成融合平衡，将中国新诗的民族化推向了经典的高度。"自主婚，不靠爹娘，/ 媒人的饭碗打他娘！ / 坏男人瞪眼，恶婆婆头昏，/ 反倒了封建荷荷离了婚。"在荷荷的翻身故事的叙事中融汇饱满的抒情。《漳河水》融会了漳河小曲以及中国古典诗歌的艺术传统进行再创造，"被认为是一个新的突破。这是用民歌体反映更为复杂的现实生活的一个新的尝试……在艺术表现上，也因为同时借用了漳河地区流行的多种民歌、小曲（如《开花》《割青菜》《四大恨》等），杂采成章，比之《王贵与李香香》单用信天游格式，更自由灵活，富于变化"①。《漳河水》既是对于民族形式问题的思考和实践，也是诗人的一次超越。

最后，《漳河水》跨越新旧两个时代，它以艺术底色的坚持和人文关怀，体现出了在时代潮流之内的自我思考，呈现出时代裂变给人带来的变化。诗歌集写景、抒情和叙事为一体，自然优美，又富于变化，语言清新朴素，朗朗上口，是一首优秀的现代长篇叙事诗。作者继承传统又富有个人特色的探索之路也给予后世诗人以启迪。

129. 什么是新秧歌运动？

答：新秧歌运动是 20 世纪 40 年代中后期出现在解放区的一场群众性的革命戏剧运动，新秧歌剧是延安戏剧界贯彻毛泽东《在延安文艺座谈会上的讲话》精神的具体表现。它的产生有着 20 世纪 40 年代

---

① 钱理群，温儒敏，吴福辉．中国现代文学三十年（修订本）[M]．北京：北京大学出版社，1998：508-509.

的特殊语境与背景。1940 年初，延安戏剧舞台上演出的剧目多为中外名剧，这一现象在延安文艺整风中被视为犯了“演大戏”和“关门办学”的错误，被认为是脱离了实际去谈技术。当时发出了“话剧民族化”的号召，认为需要“把方向转变到接受中国旧剧和民间遗产这上面来”[①]，要求以“民间形式”改造话剧和话剧工作者，并以戏剧作为媒介推动“文艺为工农兵”服务的文艺方向。

1943 年鲁艺文工团演出新秧歌剧《兄妹开荒》获得成功，并由此在延安掀起了新秧歌剧的演出热潮。所谓新秧歌剧指的是采用民间的秧歌、花鼓、高跷、小车、旱船等艺术形式，去除了秧歌中存在的不健康内容，以明朗活泼且欢快的曲调，表现解放区的新风貌和新气象的剧。作为新秧歌剧代表的《兄妹开荒》融入了“自力更生大生产”的时代内容，人物和简单的情节故事又带有戏剧的形态，因而易被接受，适应了“文艺为工农兵”服务的诉求。从 1943 年春节到 1944 年春节，仅延安地区演出的新秧歌剧就有三百多个，显示出新秧歌剧在当时的受欢迎程度。

新秧歌剧运动是广场戏剧第二个高潮中的产物，它实践了“文艺为工农兵”服务的方向，贯彻了话剧民族化的号召，实现了新文艺在农村的普及，在发展群众文艺的新方向和新方法上，提供了诸多宝贵的历史经验。

130. 赵树理创作的文学史意义是什么?

答：赵树理为解放区的代表作家，他的创作始于 20 世纪 40 年代。在《在延安文艺座谈会上的讲话》发表的大语境下，赵树理的创作旨在呈现新的社会政治背景下农民翻身的现实情形，被认为体现了毛泽东文艺思想，他的创作被确立为具有示范性的“赵树理方向”。彼时，他创作了《小二黑结婚》《李有才板话》《邪不压正》《传家宝》等作品，并被认为代表了 20 世纪 40 年代解放区文学的最高成就。赵树理创作的文学史意义为：

---

① 张庚 . 话剧民族化与旧剧现代化［J］. 理论与现实，1939（3）：92-123.

一、作为中国新文学史上的重要一环，赵树理的创作接续“五四”文学的启蒙主义传统，但又结合具体的为农民写作的现实需要，使创作呈现出通俗化和大众化的美学品质。他的创作真正达成了对农民生活的真实书写，契合于农民的审美要求并为他们所接受。

二、赵树理的创作坚持民族化和大众化的趋向，创造了雅俗共赏的新文体。他的小说接续了中国古代的评书传统，摆脱了章回体小说固定化框架的束缚而汲取了其讲述故事有头有尾的特点，形成独具特色的“评书体小说”。《登记》《灵泉洞》《小二黑结婚》是其中代表，《小二黑结婚》从介绍三仙姑和二诸葛开始，又逐渐牵扯出小芹、小二黑、金旺兄弟，将人物放在情节开展的矛盾冲突中进行描摹。

三、赵树理的小说语言通俗幽默，明白如话，富有艺术表现力并具有很强的可读性。他通过日常的语言传达丰富的内容，显示出高超的语言表达能力。《小二黑结婚》中，对于三仙姑外表的描摹，将三仙姑遍布皱纹却要搽粉的脸形容为“好像驴粪蛋上下了霜”，语言生动形象并富有民间意味。

四、赵树理的创作一改“五四”时代的“新文艺腔”，风格质朴清新，简洁单纯，开创了另外一种融合了纯文学和通俗文学的新风格。

131. 赵树理笔下有哪几类农民形象?

答：赵树理的小说展现了解放区农村社会的变革，呈现出农民在挣脱束缚过程中的心路历程以及打破枷锁后的精神风貌和心理变迁。与此主题相关，赵树理笔下的农民大致可分为以下几类形象：

老一代农民，思想上仍受到封建制度的束缚，身上背着传统的重负。如《李有才板话》中生活于底层而被封建思想荼毒的老秦，畏惧权力，当认为老杨是官时便畏惧有加，当发现老杨是长工出身时，态度便马上变为不屑，显示出思维中固有的封建余毒。《传家宝》中的金桂的婆婆始终想将自己一生所坚持的小生产者的生活方式传递给下一代，显示出历史包袱对于老一代农民的重压。

年轻一代农民，虽然生活的语境发生改变，但是仍身背历史的重负，思想没有发生蜕变。《李有才板话》中的小元当上干部后便摇身一变对其他弱者施加压迫，靠着权势奴役他人。《邪不压正》中的小昌担任农会主任后便分了地主的房子和土地，斗争雇农，逼迫软英嫁给他儿子。

赵树理所塑造的农村新人形象，则属于肃清了封建余毒，具有平等意识，敢于打破封建束缚的新一代。赵树理倾尽笔墨塑造了一批农村新人形象，同时勾连出新人出现下的社会新变动。《小二黑结婚》中的小二黑和小芹便是赵树理笔下典型的农村新人，他们追求婚姻自由，具有平等意识和法治观念，敢于突破封建传统的陈陈相因。赵树理以他们对于自由爱情的坚持和抗争的事件，勾勒和反照出爱情自由所根植的社会环境的变革，具有以小见大的意义。《李有才板话》中的李有才同样反抗封建势力，表现出作者在他身上所寄托的美好理想。

132. 巴金后期创作了哪些重要作品？对此如何评价？

答：巴金写作于 20 世纪 40 年代的后期小说，主要书写小人物的普通生活，呈现世事沧桑下的委顿生命，风格走向冷静观察的沉潜和沉稳。他后期创作在题材上可以分为两类：既包括《春》《秋》《憩园》等接续前期《家》的思想主调、书写大家族没落之作，也包括《第四病室》《寒夜》等反映抗战时期现实生活的作品。

巴金的后期创作一改前期将笔力集中于对封建家族和专制制度的批判，而意识到人性之中复杂的面向，并对此中所体现出的人性的怯弱点予以“同情的理解”。《憩园》虽延续其前期对于封建家族的书写主题，但小说中对于杨老三这一人物形象的处理显示出巴金思想的改变——在批判封建社会福荫子孙观念的同时，又对杨老三这个封建家庭中的堕落者予以理解的同情，并且表露出悲天悯人的关怀。风格沉潜忧郁，有着作者的追怀之思。

巴金的后期创作表现出艺术手法上的成熟和博采众长。外国文学、古典文学，以及满溢着抒情式的文法结构，使文本表达细腻并走向成熟。《憩园》当中属于追述性质的历史片段各说各话，使文本呈现出“复调化”的色彩。小说的叙述人与此家族毫无瓜葛，因而保持了一定的间隔距离，拉长了小说的时空幅度，显示出苍凉的美学色彩。

《寒夜》中则注重分析和挖掘曾树生的潜意识的心理波动，使其性格发展符合人性的真实感受，并围绕“寒夜”这一意象做文章，烘托出悲剧性的情感氛围。

尖锐的社会批判力量。此种批判性始于其前期的小说创作，在后期创作当中因结合了20世纪40年代的社会现实而更具有现实感和介入性。对于人性和家庭伦理复杂面的展现使小说的批判性中多了人性复杂面的加持，因而小说的意蕴更为丰富。《寒夜》中既以知识分子的走投无路批判黑暗时代，又借助汪家婆媳之间长久的嫌隙和隔阂牵涉出人性潜意识中的幽微面，使小说在对知识分子命运思考之下更进一步，发展到对于人性困境的思考。

133. 张天翼讽刺小说的文学史意义是什么?

答：张天翼是中国现代文学史上著名的讽刺小说作家。他的小说呈现出成熟且精湛的讽刺艺术，不仅承接了中国现代文学史上的“讽刺文学”的传统，而且形成了具有个体特色的讽刺文学类型。其文学史意义在于：

一、张天翼的讽刺小说注重情绪而不重故事，显示出一种“戏剧化”的讽刺小说结构，在情绪流动中暗含讽刺。《华威先生》作为其讽刺文学当中具有代表性的佳作，全篇尽是无意义的忙碌，主要书写了华威先生一个接续一个的会议，并无完整的故事情节，却在一种忙碌情绪的流动当中，显示出作者对于如华威先生一般的、战争中的投机者的极强的讽刺。

二、张天翼的讽刺小说呈现出一种“笑中带泪”的讽刺美学。他的讽刺小说揭露社会大众可笑的众生相，滑稽样貌常常使人发笑，但是在笑声的背后则带着深切的悲伤“泪”，正是笑中有泪的讽刺美学。在《知己》当中，外强中干的郑退庵在相对和平的环境大骂他人是亡国奴，但是在得知要打仗的消息后反被吓到魂不附体，待到确认无战事则又再次高呼打仗。在这样的一个投机分子的滑稽样貌中，可以窥见战争所带给人们的精神压力和恐惧感，以及在大时代面前小知识分子的软弱和无用。

三、张天翼的讽刺小说接续了中国现代文学史上由鲁迅所开创的讽刺文学的传统，并结合具体的历史语境，将此种讽刺融入现实的因子，因而提供了一个时代的特殊镜像。《华威先生》《谭九先生的工作》《金鸭帝国》等均体现了张天翼在讽刺小说当中对于时代问题的关注。

134. 如何看待沙汀讽刺小说的艺术特色和文学史意义？

答：沙汀是 20 世纪 40 年代杰出的讽刺小说家之一，他的讽刺小说属于鲁迅一脉，具有沉郁的讽刺美学风格。他的小说呈现彼时农村的黑暗现实，讽刺当中暗含批判，代表作有《防空——在“勘察加”的一角》《在其香居茶馆里》，以及著名的“三记”（《淘金记》《困兽记》《还乡记》）等。沙汀讽刺小说的艺术特色有：

一、沙汀的小说选材严谨，注重细节描写，故事往往以夸张手法和戏剧化的场景刻画出农村基层“酷吏”的丑陋和人们钩心斗角的虚伪现实，呈现下层官僚的颟顸嘴脸。《在其香居茶馆里》围绕国统区兵役的弄虚作假，揭示了征兵的黑幕，以颇具喜剧化的手法讽刺所谓小镇上的“头面人物”。《淘金记》则以开采金矿事件为线索，揭露农村地主、恶霸和乡绅在发国难财中引起的内讧，对于他们的虚伪加以讽刺。

二、沙汀的小说语言多用富于地方色彩的词汇，呈现出口语化的色彩又不失严谨精练，呈现出朴实且幽默的语言风格。《在其香居茶馆里》中的人物对话便充满了“川味”，浓烈火爆，川味十足。

三、沙汀的讽刺小说所承续的是中国文学客观写实的一脉，但又并非是纯粹的客观主义，而是在事件的发生时伴有作者主观感受流露的客观主义，在不动声色中进行客观描画并融入自身看法。

沙汀讽刺小说的文学史意义体现在，他的创作既继承了中国古典文学中的讽刺小说传统，又结合了外国文学尤其是以果戈理和契诃夫为代表的俄苏文学经验，且吸收了“五四”乡土文学对于现实的关注，拓展了讽刺小说的文学表现幅度并使其走上“民族化”之路。

135. 如何评价钱锺书《围城》的思想意蕴？

答：钱锺书的创作始于 20 世纪 40 年代的抗战时期。其代表作

《围城》属于学者讽刺小说一脉，以入木三分的手法刻画了抗战时期知识群体中的众生滑稽相，也透视了在婚姻和爱情、家庭和亲情之下的蝇营狗苟，并呈现了中国知识分子在中西文化挤压之下的精神委顿，具有《儒林外史》式的风格气度。

《围城》刻画了抗战时期中国上层知识分子的众生相，以及他们的虚伪与空虚、彷徨与懦弱。小说的主人公方鸿渐在爱情面前毫无招架之力，看透现实却怯于行动，思维敏捷但内心懦弱，不会反抗而成为一个陷于“围城”中的落败者形象。李梅亭作为一个大学教师实则为学术骗子，他由上海奔赴三间大学路上所带的药品和卡片具有绝佳的讽刺效果，将一个贪财又俗气的知识分子形象展现得淋漓尽致。机敏却软弱的方鸿渐、表面温顺却富有心机的孙柔嘉，都陷落于生活所给予的大陷阱和大围城中。人性的复杂被作者以具有哲理化的思考予以呈现。

《围城》是对于人类存在状态的一种摹写，即人类无时无刻不处在一种围城的状态中，“围城”二字既是对人类精神状态的指涉，也是对无法逃脱的琐碎现实的世界的隐喻。小说中的方鸿渐、苏文纨、孙柔嘉等人均无法逃脱世俗现实的束缚，生活即为一个围城。钱锺书借“围城”的隐喻探讨人性的复杂。《围城》中的每一个人物都立体而复杂，显示出作者塑造人物的老辣和成熟。

136. 路翎对于现代心理小说进行了怎样的探索?

答：路翎为七月派小说的代表作家，他在 20 世纪 40 年代所创作的“现代心理小说”执着于对人的心理现实的探索、对人的复杂而幽微的内心加以分析，曾引起了广泛的关注。路翎对于现代心理小说的探索，正是“以锐角式的心理倾跌去考验着他（人物）的生命强度”[①]。关注现实并将对于灵魂的探索放置于中心位置，以此透视人物的内心世界。

路翎对于现代心理小说的探索表现为对于“梦境”的持续关注。在路翎的小说中，“梦”常被作为一种推动故事发展的文本线索，以及

---

① 杨义 . 中国现代小说史［M］. 北京：人民文学出版社，1998：187.

丰富小说内容的故事素材，并在对于梦境的呈现和揭示中将小说推向高潮。《天堂地狱之间》中贫困的小公务员王静能便常常在梦中梦到金钱、自己发财或是做了大官，或是自己贪污受贿被人追杀。在梦境当中，王静能的另一面被激发和呈现出来，人性的复杂、丰富和立体在梦境当中得到了淋漓尽致的展示。梦境也成为王静能命运转折的重要触发点。

路翎对于现代心理小说的探索表现为对于“幻觉”的高度重视。路翎在小说当中擅长书写幻觉，并通过幻觉揭秘人物内心的潜意识和生活的复杂性。《财主底儿女们》中未婚先孕的新女性王桂英，在走投无路和众叛亲离的情境下，于幻想中看到了蒋少祖朝自己走来。幻想的场景和现实的情况形成了鲜明的反差，而这种幻想正是其心底期待场景的投射。作者通过幻想折射出王桂英的悲惨命运，并对时代予以批判和控诉。

路翎对于现代心理小说的探索表现为对于“灵魂”的不断拷问。路翎发现了人的灵魂的复杂性与善恶共存的现实，故他在小说当中总是不遗余力地对于人的灵魂进行抽丝破茧般的探究，发掘灵魂的多层面向。《财主底儿女们》当中立体的人物形象深处是一颗颗复杂的灵魂，蒋慰祖对于妻子不健康的爱，金素痕灵魂深处的善恶两分，蒋纯祖对于时代风暴的呼唤等，均表现出路翎对于人物灵魂的拷问。

137. 如何评价丁玲的小说《在医院中》？

答:《在医院中》是丁玲创作于 1940 年的一篇小说，1941 年发表于刊物《谷雨》上。彼时小说名为《在医院中时》，1942 年《文艺战地》转载并改名为《在医院中》。

小说主要讲述年轻医生陆萍在一座医院中的所见所闻所感，披露了“具有现代科学民主思想和高度责任感的革命知识分子与农民小生产思想习气、官僚主义的矛盾”[1]。《在医院中》自诞生之日起，便不断

① 钱理群，温儒敏，吴福辉 . 中国现代文学三十年（修订本）［M］. 北京：北京大学出版社，1998：453.

被各方话语加以阐释，形成了具有张力性的话语场域。尽管存有争议，研究者大多认同小说触及了知识分子和周围环境的冲突，表现出丁玲敏锐的观察视角，并由创作触及彼时社会的现实问题。

《在医院中》承接了“五四”新文学的启蒙传统，表现出对于现实的深切关注。小说中具备现代科学知识的医生陆萍因为革命需要成为一名产科的医生，但是在医院当中，她亲眼见到了边区医院医学技术落后、不卫生和不科学、医护人员懈怠懒散的现实。作为现代知识分子的陆萍所抱持的民主、平等、科学等思想，和医院充满官僚主义习气的环境格格不入。丁玲对于边区医院问题的披露，显示出一种现实主义的关怀。知识分子和医院中小生产思想的矛盾，表现出《在医院中》对于“五四”新文学启蒙思想的承续。

《在医院中》再次触碰了知识分子的困境问题，记录了特殊年代里中国知识分子的矛盾心灵史。小说当中陆萍的复杂内心波动，正是以丁玲为代表的延安知识分子的心灵遭遇。丁玲一方面写出了怀抱科学思想的知识分子力图改变周围环境的愿望；另一方面，又写出了在改造中的碰壁，这也是投身于革命事业的丁玲一代知识分子所面临的共同问题，体现出了个人与集体、启蒙与革命等的二元对立，呈现出了 20 世纪 40 年代的特殊现实以及那个时代知识分子的困惑与困境。

138. 如何评价师陀的《果园城记》？

答:《果园城记》是师陀创作于抗战时期的小说合集。1946 年由上海出版公司出版的《果园城记》收录《果园城》《葛天民》《塔》《邮差先生》等小说共计 18 篇，各篇独立却又可以勾连成一长篇。小说的故事取材于作者故乡河南杞县，作者以“返乡者”的回忆性叙事重返那座中原小城，写出小城中小人物的命运，充满追怀的姿态和感伤的色彩。

在抗战时期的沦陷区上海，师陀以小说书写的方式返回并重塑了乡土中国。《果园城记》以叙述者马叔敖这一游子的返乡视角，观看和书写乡土中国的恒久不变。如作者所言:“我有意把这小城写成中国一切小城的代表，它在我心目中有生命、有性格、有思想、有见解、有情感、有寿命，像一个活的人。”[1]《桃红》书写等待出嫁的29岁的素姑，无希望地绣着她足够使用30年的嫁衣；《颜料盒》书写曾经勇敢独立的女性油三妹的服毒自杀。人物的命运也喻指着传统小城的未来走向，充满着忧伤和悲悯的感情基调。

《果园城记》继承了中国古典小说的“史传”传统，具有以“人”为中心的“纪传”色彩。小说多以人物作为标题，如《城主》《刘爷列传》《三个小人物》《孟安卿的堂兄弟》等，已体现出作者书写人事之时对于唐人传奇和宋人笔记等古典小说传统路数的自觉承袭。小说中形式上的返回“传统”和内容上的人物“返乡”达成一致。

《果园城记》显示出作者对于文体问题的思考。小说的散文笔法以及数篇连缀成一个系列的结构、对于小城忧郁荒凉的地方风俗画面的呈现，显示出师陀在“五四”小说文体基础之上的有意识的思考和新变，丰富和完善了现代文学的文体形式。

139. 汪曾祺的“抒情体小说”的具体表现是什么?

答：汪曾祺的创作起始于西南联大时期，并延续至20世纪80年代的新时期，因而成为中国现代文学传统在当代的延续。他的创作继承废名、沈从文等的“抒情小说”传统，并显示出浓郁的文化韵味。他的“抒情体小说”代表作有《复仇》《异秉》《大淖记事》《受戒》等。

汪曾祺的“抒情体小说”首先表现为风俗描写、人物性格、小说风格上深厚的文化韵味，体现出对于京派传统的自觉继承。《云致秋行状》书写云致秋随遇而安的一生，人物看透世事的背后是乐天知命的文化性格。《鸡鸭名家》书写高邮乡村的养鸡养鸭习俗，显现出民间社会的文化风情。

汪曾祺的“抒情体小说”亦无法离开散文化的结构。他的小说结构看似散漫，实则涌动着深厚的气韵。《复仇》不重故事，偏向营造气氛和塑造人物，体现出中国笔记体小说的浓厚意味，散文化的结构之下暗藏着青年为父复仇的故事。《大淖记事》书写大淖的风景风情、锡匠生

---

① 师陀．果园城记·序言［M］．上海：上海出版公司，1946：5.

活、生意人的日常，之后才进入故事的主干：巧云和十一子的爱情。

140．如何看待张爱玲小说的文学史价值？

答：张爱玲是现代文学史上的重要作家，她书写新旧交替时代的日常生活，小说语言华美而风格苍凉，独特魅力辐射海内外，引得诸多作家纷纷效仿，众多作家被视为“张派传人”。她将彼时的生活形态和语言形态浓缩进她的文学创作中，显示出独特的文学史意义：

一、张爱玲笔下的小说显示出对于新文学传统和现代都市通俗文学的融合，扭转了“五四”以来新文学和民间相隔离的局面。她的作品《沉香屑·第一炉香》探讨青年女性面对都市文明诱惑的病态心理，神韵仍得自于新文学。《沉香屑·第二炉香》中罗杰教授隐私被窥伺而走向绝路，已近于鲁迅小说对社会舆论的控诉。

二、张爱玲小说接续“鸳鸯蝴蝶派”的文学传统，对现代都市通俗文学的品质加以提升。张爱玲喜欢张恨水等通俗小说作家，喜爱沪剧、京剧、社会小报等世俗文化。她的《倾城之恋》《金锁记》《沉香屑·第一炉香》等将衰败的旧家族和没落的贵族女人、小市民的日常生活和新文学作家对人性的深切关注，以及时代变动下的道德精神成功结合，再现了都市文化的精神，在接续鸳鸯蝴蝶派传统之时又加以超越。

三、她的小说体现了浓厚的“现代性”特征。小说手法融合古典与现代，使用传统的词汇和语法，但又有人物意识的流动，并擅用充分感觉化的意象，带有明显的现代性特征。如《金锁记》当中以蒙太奇的手法表现时间的迅速流逝，《倾城之恋》中借用不同的月亮意象渲染氛围。意象化的叙述体现出强烈的现代感，为转型中的社会提供了景观，使社会生活的样态具有文本可读性。

她的作品开创了知识分子参与民间的另一种方式。她以现代知识分子对都市民间的参与方式，提升了传统都市通俗文学的品格。她的小说呈现出了“通俗”与“先锋”、“传统”与“现代”的融合，因此提升了通俗文学的品质。张爱玲的小说创作以通俗文学的笔法关怀社会现实，语言华丽苍凉，意象使用炉火纯青，在以感时忧国为叙事主潮的中国现代文学中发出了不一样的声音，呈现了现代文学在启蒙现代性主调之外的另一种现代性即审美现代性。

141. 如何看待张爱玲小说的现代性特征？

答：现代性代表着一种汰旧换新的发展趋势。自晚清以来，文学中的“现代性”便被不断地阐释和介绍，而对于现代文学而言，其所追求的目标始终在远处和未来，这便导致现代文学的主流为所谓“感时忧国”的现实主义的宏大叙事。张爱玲的小说的“现代性”特征正在于，她走出了现代文学主导潮流的影响，书写中国新旧交替时期半新不旧的生活乃至语言形态，并将此转化为一种全新的文学书写样态。具体表现在：

一、张爱玲的小说发现了普通的日常生活，并将时间纳入空间当中，在街道和公寓的世俗生活场景中，借由对于“物”也即意象如服饰、家居、器皿等的描摹，呈现中国社会的物质存留和具体的生活场景。《连环套》当中对于霓喜家里的描绘，《倾城之恋》写白流苏在范柳原离开后独自搬进香港公寓的心理自白等，充满着“现代感”。“张爱玲的日常现代性，建立在对人的欲望与要求的满足上，充分尊重个人生活。”[①] 这种日常现代性与“五四”时期形成的启蒙现代性达成了互补，并且共同推动着文学向前发展。

二、张爱玲小说的“现代性”还表现在叙事视角相较于旧文学的改变，游刃有余的“传奇叙事者”的视角自由地出入各种空间。如《金锁记》的开头：“三十年前的上海，一个有月亮的晚上……我们也许没赶上看见三十年前的月亮。年轻的人想着三十年前的月亮该是铜钱大的一个红黄的湿晕，像朵云轩信笺上落了一滴泪珠，陈旧而迷糊。老年人回忆中的三十年前的月亮是欢愉的，比眼前的月亮大，圆，白；然而隔着三十年的辛苦路往回看，再好的月色也不免带点凄凉。”[②] 传

---

① 刘锋杰．论张爱玲的现代性及其生成方式［J］. 文学评论，2004（06）：118-124.

② 张爱玲．张爱玲作品集［M］. 北京：作家出版社，2005：366.

奇叙事者的视角犹如中国古代小说中的说书人，出入小说讲述故事，这种叙事视角的自由化使得小说书写的内容不受时空限制，可以自由地触及多方。

三、张爱玲小说的现代性还体现在蒙太奇或是意识流的叙事方式，直接呈现人物内心的状态。如《金锁记》中曹七巧的内心活动描摹："七巧低着头，沐浴在光辉里，细细的音乐，细细的喜悦……她微微抬起脸来，季泽立在她跟前，两手合在她扇子上，面颊贴在她扇子上。他也老了十年了，然而人究竟还是那个人呵！他难道是哄她么？他想她的钱——她卖掉她的一生换来的几个钱？仅仅这一转念便使她暴怒起来。……"即为典型的以意识流手法直接呈现曹七巧的内心活动。而曹七巧回忆未出嫁时的场景，则借用了电影蒙太奇的手法，使小说呈现出浓厚的现代性特征。

142. 梅娘"水族系列小说"的内容和艺术特色是什么？

答：梅娘本名孙嘉瑞，为华北沦陷区受瞩目的女作家之一，当时人们将她与上海的张爱玲并称为"南玲北梅"。她的代表作品为中篇《蚌》、短篇《鱼》、中篇《蟹》，也被称为"水族系列小说"。

梅娘的"水族系列小说"书写大家庭中的女性命运，三篇小说的故事虽然各自独立，但是却构成了连贯性的精神脉络，小说题目已经映射出不同女性的命运走向。《蚌》中的女性梅丽勇敢追求所爱之人和自己的幸福，但是社会和家庭却犹如牢笼，使她身心受困而无法摆脱束缚，只能如同蚌一样任人宰割。《鱼》中女性的反抗性进一步增强，她追求自己身体的自由，以此对抗并无爱情的婚姻，但是所爱之人却极为软弱，所以她命运如鱼一般难以逃脱网罗。《蟹》中的孙玲出身于大户人家，在这部小说中，女性终于离家出走。蟹的行动力更强，这也象征着女性行动力的最终增强。

梅娘的"水族系列小说"擅长使用象征，充满象征性的标题和正文的小说故事相互呼应，并在象征手法的使用下揭示人物尤其是女性的生存困境。她的小说采用抒情性和故事性相结合的方式，注重用环境的描写烘托故事。小说善于探究和刻画人物的心理，细节处理十分细致，显示出女性作家讲述故事所具有的敏感与敏锐。小说文法流畅，行文舒展，具有较强的可读性。

143. 老舍《四世同堂》的主要内容是什么？有何文学史意义？

答：老舍的《四世同堂》是创作于抗战时期的一部长篇小说，创作始于1944年抗战进入战略相持阶段的黑暗期，历时四年完成，分为《惶惑》《偷生》《饥荒》三部分。作者将目光投向抗战时期沦陷的北平，以小羊圈胡同的几个家庭为中心，借小人物的命运切入中国抗战的大历史，既反思和批判国民的劣根性，又思考民族的兴亡，显示出深切的现实关注。其文学史意义在于：

一、《四世同堂》承续中国新文学当中的现实主义传统，复现了抗日战争时期北平市民所经历的困苦与屈辱。日本侵略者对中国步步紧逼，小说写到保定、太原、南京渐次沦陷，而北平小人物的精神则由麻木一步步走向清醒。钱默吟从一个书生到一个反抗者的转变，是因为日军侵略使得他家破人亡，但作者并未突兀地使其性格完全转变，而是暴露了一些矛盾和纠结，因而使这个人物形象立体饱满。老舍的现实主义关注并未仅仅停留于表面的事件呈现，而是进一步发掘出了在现实紧逼下民众内心的愤懑与痛苦。

二、《四世同堂》塑造了一系列人物形象，丰富了中国现代文学的人物画廊。作为北京老派市民的典型，礼教的守卫者祁老人回避一切政治和纷争，坚持其保守苟安的生存哲学。纠结矛盾的中学教员祁瑞宣，祁家长孙的身份和现代教育的意识相互纠缠，使其身上充满了尖锐的矛盾和对立。也有诚实正派的祁天佑、觉醒的青年祁瑞全、由书生到反抗者的钱默吟等。作者将人物置身于广阔的历史现实中，使人物的性格发展带有了必然性。

三、《四世同堂》的文学史意义还在于，小说虽写作于战争年代，但未被时代大潮吞没，仍保留了作家的创作个性。小说对北京风俗的呈现具有浓厚的民俗学价值，对中国传统文化性格亦有深刻的剖析。祁瑞宣的温和守礼，祁老人在战争中仍不忘过生日，均是受到中国传统礼文化的影响。因此，老舍对衰老的北京文化的批判以及对现代意识的思索，使其作品呈现出复杂的审美张力。

144. 如何评价 20 世纪 40 年代的“后期浪漫派”？

答：后期浪漫派是指 20 世纪 40 年代，上海“孤岛”和国统区内的一些介乎雅俗之间的新的文学类型，主要代表为徐訏和无名氏。后浪漫主义思潮的命名既强调他们作品带有深厚的浪漫主义色彩，又强调其中融入的深厚的“现代主义精神”，因而不同于“五四”时期的浪漫抒情小说，而呈现出崭新的美学品格。

后期浪漫派小说热衷于捕捉奇幻诡秘的传奇故事，并对此进行形而上的思考。后浪漫主义小说中那些梦幻的故事充满着猎奇的大众化色彩，但是作者却在这些貌似简单的故事中融入了抽象的哲理思辨，因而提升了小说的品格。徐訏的《鬼恋》书写奇幻的爱情故事，充满了虚无缥缈感。《风萧萧》书写间谍故事并融入通俗的爱情元素，既可借此思考人生，同时也可提供消遣。在猎奇故事之下，作者始终对孤独心灵和心理加以体味，关注的是人的情感和存在状态。

后期浪漫派小说创作采用复调叙事的文本策略，提供了独特的小说观感和美学体验。人物可以互相对话，情节充满了隐喻，并提供了复调性的思考辩驳。如《鬼恋》当中“我”和“女鬼”分别代表着此岸和彼岸两种生存状态，小说所要思考的深层内容是人的存在问题，充满了形而上意味的思考。《塔里的女人》当中即采用多层次的结构和变换的视角，写出美与善、福与祸的变幻无常，将对于旧式婚姻的反省和对于人物心灵的拷问结合起来。

后期浪漫派小说以超越现实的冷静审视，在 20 世纪 40 年代的战争环境中，提供了一种不同于时代主流文学的形式，承袭的是中国现代文学中浪漫主义的传统，但是又在此基础上结合了 20 世纪 40 年代的历史语境，在浪漫的书写中思索着民族的未来，所关怀的终极命题是人的存在和生命的救赎。《北极风情画》以两个被压迫民族男女的爱情故事，传达出对于强权压迫的反抗，同时也呈现了奇异的西伯利亚风光，显示出对于自然、爱情、战争和生命等命题的系统化思考。

145. 徐訏小说的主要内容和艺术特色是什么？

答：徐訏是上海“孤岛”时期后期浪漫派思潮的代表作家，他的创作始于20世纪30年代，代表作有《鬼恋》《荒谬的英法海峡》《吉卜赛的诱惑》《精神病患者的悲歌》《风萧萧》等。

徐訏的小说善于书写充满神秘奇异色彩的传奇故事，尤其以爱情故事为代表，有着超现实的浪漫主义想象。《风萧萧》充满了多角恋爱的纠葛并锻接了谍战的故事元素，既可以从中思索人生的意义，又可以借故事消遣闲情。《鬼恋》之中人鬼难辨，书写奇幻的爱情故事，又充满神秘未知的玄幻色彩。

徐訏的小说在看似玄奇的故事中内置着对于人性和生存问题的永恒思考。《风萧萧》表面的间谍与罗曼蒂克式的故事之下，蕴藏着作者对于生命和存在的终极命题的反思。白苹、梅瀛子、海伦三位女性各自代表着不同的人生选择，并由此折射出人生之中难以解决的关于选择的命题。

在艺术手法上，徐訏擅长使用心理分析洞察人物幽微的心理面向，并在叙述人称上选择第一人称的人物视点，时时议论并借此披露人物内心，显示出艺术手法上的独特性。《风萧萧》中借由梦境对人物的潜意识进行挖掘。《精神病患者的悲歌》则是全文使用心理分析式的演绎方法。

146. 如何看待孙犁小说的文学史意义？

答：孙犁成长于解放区，为典型的工农兵作家，然而其创作却不仅仅只限于工农兵文学，显示出一种跨越艺术诉求和政治坚守的姿态。他的小说多以家乡冀中平原农村为背景，描写在抗日和解放战争中，此地区人民的生活和抵抗故事。在文学的艺术性和政治性的罅隙中正可见孙犁小说的文学史意义。

一、孙犁的小说坚守人道主义的文学传统。孙犁的人道主义思想来自于“五四”以来由鲁迅所开启的人道主义传统，他对底层农民的苦难给予深切的同情，追求平等与人的尊严。《秋千》虽是书写土改的题材，但是重点却在于对一个家庭出身富农的女子的深切关怀，显示出孙犁对于个人人性和美德的推重。《春歌》当中出身为中农的双眉，其充满个性的自我意识被作家所称赞，同样是一个被灌注了“五四”启蒙意识和人道主义思想的人物。

二、孙犁的小说延续知识分子书写传统。1942 年《在延安文艺座谈会上的讲话》发表之后确定了文学服务于政治的要求，要求文学书写阶级斗争，服务于现实的政治需要。孙犁的作品既遵从主流文坛的要求，书写现实和歌颂工农兵，又在文学的审美等方面显示出了对于人性、人情和诗意等知识分子书写传统的延续。作家在书写的工农兵身上投注了知识分子的文学情怀。

三、孙犁的小说表现出对于美感的自觉追求，并直接体现在小说中所塑造的女性形象身上。他笔下的女性即便在充满着战争的苦难年代仍旧秉承着开朗和乐观的品性，直面苦难而不退缩。孙犁以此类充满美感的形象投射出了对于美好未来和社会的期待。

四、在艺术特色上，孙犁的小说追求抒情性和语言的艺术美。他的小说呈现人物情感的自然流动而不设限制，在情感与景象的融合中塑造人物，语言清纯明净并具有诗意美，显示出中国古代文学传统文法和当代文学民间传统等特质的交融。

147. 赵树理和孙犁的小说创作有何异同?

答：赵树理和孙犁作为 20 世纪 40 年代的重要作家，在小说创作上同中有异。

一、相同点：

（一）赵树理和孙犁小说关注脚下土地，反映乡土风貌。在赵树理笔下，晋东南农村的生活场景跃动于字里行间，孙犁笔下则尽情书写冀中平原即白洋淀地区的土地风貌。这使得他们在行文落笔之时不仅是局限于文学书写，更多了诸多感性的因素。在赵树理《小二黑结婚》和孙犁《荷花淀》等一系列作品当中，乡土的风貌与人情有着突出的体现。

（二）遵循“真实”的创作准则。赵树理和孙犁都强调要书写作家身边所见所感之事，作家对于“真实”的要求体现在一系列作品当中。赵树理的《三里湾》对于彼时农村两条路线斗争的书写显示出了对于真实理念的追求，在一个家庭之中尚存在不同的道路，而并非泾渭分明，显示出生活的复杂性。

（三）在人物塑造上，遵循现实生活的逻辑，趋于真实而并非全盘要求高大全和理想化。赵树理《三里湾》当中的王金生等人物并没有常有理等人物形象突出，显示出其在真实性要求之下的书写偏向。孙犁也不突出笔下人物的大智大勇，而是偏于呈现他们在现实生活中的富有个性的日常一面。

二、不同点：赵树理的小说中，叙述人很少直接现身，而是以冷静和客观的姿态对事件进行讲述，情感内敛。孙犁的小说则延续诗化小说的传统，情感趋于外显，多直接的感情抒发。赵树理的小说注重情节线索的完整即有头有尾，而孙犁则注重小说氛围的营造，并不注重故事完整而是紧抓意境营造。赵树理的语言质朴平白，孙犁的语言则细腻轻柔。两人都重视对于人情风俗与伦理道德的书写，暗含作者褒贬：赵树理书写农村的伦理风俗，如阴阳八卦、封建迷信等遗存，并在此当中表现农村的落后，显示出长期斗争的艰巨性；孙犁则书写农村的美好传统，互助与自尊自爱。

148. 丁玲《太阳照在桑干河上》的创作源起、主要内容是什么？对其如何评价？

答：丁玲的《太阳照在桑干河上》创作于 20 世纪 40 年代，创作源起可追溯到 1946 年丁玲参加晋察冀土改工作队的现实经历。1946 年，中共中央在解放区进行土地改革，并以“五四指示”作为纲领性文件。在当时的村庄温泉屯，丁玲亲身且完整地参与了土改运动的实行，对此有着深刻的体会。她在工作中感受到了中国村庄所经历的巨大变化，因而结合自己的工作经历和自我的真实感受，从 1946 年 11 月份开始动笔至 1948 年 6 月，历时一年半的时间完成此小说。

《太阳照在桑干河上》以华北地区一个名为暖水屯的小村庄作为书写落脚点，呈现出在“土改斗争”当中不同阶级之间的复杂样貌，塑造了恶霸地主、八路军战士、富裕中农、贫农等人物形象。丁玲写出了人物的复杂性以及不同阶级人物之间的纠缠和关联，如恶霸地主钱文贵的儿子是八路军战士。书中既有醒悟的贫农刘满，也有懦弱退缩的贫农侯忠全，呈现出了感性生活的复杂性。

丁玲的《太阳照在桑干河上》的价值体现在，小说全方位且生动地呈现出土改时期农村生活的复杂性和阶级生活的复杂性。作者以亲身经历经验，加之对于阶级分析手法的熟练应用，记录下了特殊时期中国农村的状态。丁玲并未完全遵循阶级分析的手法，在小说当中对于人性的复杂议题也多有呈现，显示出超越于政策与现实的意义。

《太阳照在桑干河上》也存在着图解政治以及过分遵从文学反映论的弊病，对于生活的复杂性把握并非十分深刻。在语言上，丁玲一贯的细腻的语言表达充溢于字里行间，但是过于千篇一律，失却了特色走向了沉闷。

149. 周立波的《暴风骤雨》是在怎样的背景下产生的？对其内容如何评价？

答：周立波的《暴风骤雨》获得 1951 年斯大林文学奖。作为毛泽东《在延安文艺座谈会上的讲话》影响下的作品，《暴风骤雨》不仅呈现出土地改革推翻地主封建统治的过程，也呈现出土地改革之下，农村各阶层农民生活的变化和阶级觉悟的苏醒。小说写于解放区大规模进行“土地改革”的时代背景中，对于这个大变化之下的社会变革、人物心理和农村农民等有着深入的反映。

《暴风骤雨》的主要内容是：土改工作队进驻元茂屯之后，给这个偏僻的乡村带来了暴风骤雨般的变化。在元茂屯这一众多姓氏聚居的村庄，恶霸地主韩老六长期恃强凌弱，欺压大众。萧祥为队长的土改工作队进驻元茂屯后，处决了韩老六，由此遭到韩老六弟弟的报复。韩老六的弟弟勾结土匪，企图推翻土改工作队，最终被镇压。共产党员赵玉林和青年农民郭全海斗垮地主杜善人，新的世界和蓝图由此展开。

《暴风骤雨》作为反映“土地改革”的小说，复现了那个时代的整体生活画面。全书生活气息浓郁而深厚，语言简洁且明白易懂，口语方言的使用使小说富有地方特色。小说既有激昂的生活画面，又有家庭内部的温馨图景，细节丰富，结构严谨。在人物形象塑造上，《暴风骤雨》稍显单薄而形象不够立体，三个地主韩老六、唐抓子和杜善人的人物形象过于扁平化而没有波动，未体现出人物的复杂面。赵玉林、郭全海、白玉山等正面的人物形象同样稍显概念化。小说的故事情节也存在模式化的弊病，围绕工作队进村、遇到困难、解除危机展开，显示出程式化的问题。

150. 艾芜的“南行小说”有何艺术价值?

答：艾芜作为20世纪30年代崛起于文坛的左翼作家，曾有过六年的南方漂泊经验。在南方的行走与漂泊给予了艾芜深切而难忘的边地生活记忆，他的“南行小说”便是结合其自身生活经验和所见所闻而写。在以《南行记》为代表的“南行小说”中，艾芜既书写边地的现实生存图景和地域特质，也关照边地的精神面貌。其艺术价值在于：

一、艾芜的“南行小说”书写边地底层人的生活，歌颂他们面对苦难生活的坚韧与顽强、不屈服于苦难的强劲生命力。《山峡中》虽书写强盗魏老头与野猫子父女的生活，但仍不乏对于生命强力的赞颂。《山中送客记》书写为生活所迫而进行偷盗的偷马贼，《寸大哥》则写因环境恶劣而导致烂脚的寸大哥。生活于社会底层的他们生活困苦，但是却有着直面苦难的顽强生命力。一如《人生哲学的一课》当中所言明的那种挣扎下去的声音。他们始终不屈服于外在的强力而以抗争的姿态直面苦难。

二、艾芜的“南行小说”注重对于边地自然景色的描绘，在对自然风光的描摹中连缀情节故事，自然景色承担了作者抒情和叙事的重要功能。如《山峡中》开篇便描绘横跨的铁索桥、奔涌的大江以及陡峭的悬崖等，集中于对江水的描写烘托出荒凉的氛围，为下文野猫子等人物的出场做了铺垫。

三、艾芜的“南行小说”既显示出现实主义的关怀，又融入了深厚的浪漫主义气息，在彼时拓宽了左翼文学的表现面，为中国现代文学的人物画廊留下了野猫子、寸大哥等经典人物形象。

151. 20世纪40年代的杂文创作对“鲁迅传统”有着怎样的继承?

答：20世纪40年代的杂文继承鲁迅的杂文传统。彼时的杂文创作以国统区为代表，聂绀弩、秦似以及夏衍等人围绕1940年创刊的《野草》杂志而形成了一个坚持鲁迅杂文传统的杂文作家群，并各自对于鲁迅所开创的杂文传统有所继承。表现在：

一、20世纪40年代杂文继承鲁迅关心国民性、批驳黑暗现实和封建伦理道德的杂文传统，力求为彼时社会注入新鲜血液。聂绀弩的《我若为王》批判“我”设想自己为王之后所生出的种种贪婪想法，以此批判封建专制对于社会的统治，并进一步提出使民众意识启蒙的重要性。唐弢的《从奴隶到奴隶》则对于中国社会长久以来存在的奴性性格加以批判，并从历史的角度去寻找生成这种奴化、健忘、无主体意识的重要原因。

二、深厚的知识性和文化气息。秦似的杂文《随谈两则》继承了鲁迅杂文当中深厚的知识性内容，从时间观念谈起，并以此为线索以小见大地批判了中国传统当中“浮生如梦”的时间观念，颇有鲁迅杂文神韵。

三、侧重形象塑造，以此勾勒世相并深蕴感情。唐弢的《丑》《逃于趋》对于奴才、流氓和汉奸的形象勾勒极其生动，巴人《窄木集》中的一些篇章同样在泼辣间勾勒出各色人物脸谱。

152. 梁实秋的《雅舍小品》透露出作者怎样的文学观念?

答：散文集《雅舍小品》为梁实秋创作于1939年至1947年散文的合集，1949年初版时共收入三十四篇散文。这些散文原载于《星期评论》与《世纪评论》的“雅舍小品”栏目。那个时期中国处于抗战的民族救亡宏大叙事之中，此集为退居边缘的知识分子的心灵书写，从其中内容笔法可见梁实秋的文学观念。

一、梁实秋提倡以人为本的“人本”主义观念。他认为文学应该探讨人性，这在《雅舍小品》当中有着突出的体现。《雅舍小品》写人记事始终以“人本”作为出发点，《忆沈从文》《胡适先生二三事》选取与沈从文和胡适等交往过程中的几件事情进行论述，《男人》和《女人》等篇目探讨男女的性别，实则是对于人的深切观照，字里行间透露出对现实生活和人性修养的关注和重视。

二、梁实秋的《雅舍小品》体现出对文学独立性的强调。在20世纪40年代全民族的抗日救亡之中，梁实秋因为坚持“抗战无关论”而招致多方的批评，但也经由此看出梁实秋对于文学独立主张的坚持。《雅舍小品》中所收入的文章涉及话题包括男性、女性、孩子、家庭、音乐、美术，乃至日常生活中的为人处世和中国自古以来的谦逊礼让的品德，从中可以看出梁实秋在坚持文学独立性之下对于与抗战有关事件的有意回避，关注点始终聚焦于对人性和人的精神的透视。

三、梁实秋坚持理性节制情感，推崇理性的抒情方式。梁实秋曾师从新人文主义学者白璧德，主张以理性对于漫漶感情加以约束，表现在文本当中便是崇尚理性色彩。在《中年》当中梁实秋书写中年心境，颇多随遇而安的理性感悟而非不加节制的情感抒发；《北平年景》书写北平春节时的习俗，感情醇厚节制。

153. 沈从文《湘西》的主旨思想是什么？

答：《湘西》是沈从文重要的散文集，包括《常德的船》《沅陵的人》《白河流域几个码头》《泸溪·浦市·箱子岩》《辰溪的煤》《沅水上游几个县份》《凤凰》《苗民》，加上“引子”共计9篇。1939年8月，由长沙文史丛书编辑部出版。《湘西》主要介绍沅水流域的景观、物产和风情，由此澄清了对于湘西世界的诸多刻板认知，也是沈从文对于故乡湘西自然、文化、生命以及历史等的再思考。

《湘西》写景、状物，既描写了湘西秀丽的山川和民情风俗，也书写了湘西社会的黑暗现实以及人民的悲惨命运，充满着对于乡土中国的观照和对于现代文明的反思，显示出作者的现实关怀。《沅陵的人》叙述湘西官、兵和匪徒的横行；《凤凰》揭示湘西百姓在封建专制下遭受到的精神摧残。

《湘西》书写作者眼中的湘西，充满作者对于个体生命和人生的反思。行文落笔显示出作者对于底层苦难的体认，充满了人道主义的关怀。他书写卑微地活着的妓女和水手，他们即便逝去也无人关注，但是却始终充满对于生命和生活的原始强力和坚持。《辰溪的煤》写向大成及其悲惨命运，七个孩子中五个惨死，另外两个女儿为生活成为妓女，体现出沈从文悲天悯人的情怀，以及他对于生命和苦难的冷静思索，显示出其终极的关怀。

154. 萧红散文的主要内容和艺术特色是什么?

答：萧红的散文创作多取材于自己的生活经历，童年和成长的人生经历是她散文的重要创作来源，也是她散文的书写内容，《商市街》《蹲在洋车上》《祖父死了的时候》《回忆鲁迅先生》《欧罗巴旅馆》等是其散文的代表作。艺术特色有：

一、萧红散文善用叙事写景，注重细节描写。萧红的散文以叙事见长，她的散文书写日常生活，笔触真实可感，注重细节描写和过程书写，显示出女作家的敏锐感觉。这以《商市街》《回忆鲁迅先生》等为代表。《回忆鲁迅先生》书写鲁迅日常的生活片段，注重挖掘其中的细节且结构条理清晰，呈现出生活化和立体化的鲁迅形象。

二、萧红散文多从一点出发，通过叙事传递内心的情感，或是以小见大抽丝剥茧般地揭示出深刻的道理。《回忆鲁迅先生》即是在讲述和鲁迅先生交往的日常点滴中，传递自己对于他的敬意和永久的怀念。《祖父死了的时候》亦是其中的代表。《小黑狗》则是通过新生的十三只小黑狗的故事，以它们冻死、饿死、被送走的命运，探讨人生的无常。

三、萧红散文叙事视角灵活多样，交叉转换，因而对于事物描摹细致并且细节丰富。《回忆鲁迅先生》即呈现了许多鲁迅的日常生活细节，第一人称和第三人称的交替视角呈现出一个全面和立体的鲁迅形象。

四、萧红散文语言清新雅致，自然直率。萧红的散文创作充分地调动了人物的感官和直觉，为其散文注入了一种生命的灵动与流动，如《春意挂上了树梢》对于春天的描绘充满了对于云彩和杨树、春风和蓝天的感知。

155. 何其芳的散文代表作是什么？如何评价？

答：何其芳是中国现代文学史上著名的散文家，散文集《画梦录》为其代表作，共收入散文17篇，包括《梦后》《黄昏》《独语》等。他以象征、独白等手法抒发个人内心感情，显示出其散文中的深厚的“诗性”传统。《刻意集》则走出前期对于个人心灵的痛感抒发，表现出精神上的忧郁和犹疑。《还乡杂记》则抛去了小我的关注，走向了对于大世界的现实关怀。

何其芳的散文表现出诗化散文的写作方式。何其芳的散文以抒情作为立足点，通过比喻、象征等手法建立起一个不被现实所沾染的世界，以独白的方式书写本人的内心真切感悟。《黄昏》由马蹄声中感受到了孤独，《独语》则为一个人的心灵自白。他的诗化散文创作以诗意的手法传递对于生命的感悟与感受、个人内心的情感波动，以及对于命运的感喟。诗化散文的写作方式确定了其散文独具特色的美文情调。

何其芳的散文善用意象营造情调。《画梦录》当中采用叠加的意象并对语词进行合理的调遣，显示出意象运用上的独具心意。《秋海棠》当中使用了“小蛇”“素手”“栏杆”“梧桐叶子”“思妇的肩膀”等意象，并形成了意象的系统化和重叠化，并以此书写妇人内心的思念和对于现实社会的束缚无法挣脱的绝望。

何其芳的散文呈现出“独语体”的散文样式。独语体写作为何其芳面对内心和自我抒发的重要方式，使其在自我的世界和精神场域进行情感的抒发而不受外物的干扰。这种独语的方式使其散文成为完全的自我的创作，如《独语》当中写道：“设想独步在荒凉的夜街上，一种枯寂的声响固执地追随着你。”①

156. 如何看待20世纪40年代“广场戏剧”的兴起？

答：20世纪40年代，广场戏剧伴随着抗日救亡运动而兴起。彼时的演剧队、抗宣队和孩子剧团的演出将原本在城市中的话剧带到山村

---

① 何其芳．何其芳文集（第2卷）［M］．北京：人民文学出版社，1982：13.

和农村，可视为中国广场戏剧的最初萌芽。从抗战初期的街头剧、广场剧和游行剧到敌后根据地的秧歌剧和新歌剧再到学潮当中的广场活报剧，20 世纪 40 年代的广场戏剧产生了三次高潮，在演出内容、形式和表现手法等方面对于话剧的推广意义重大，并在战争年代对于抗日思想的宣传起到重要的载体作用。

广场戏剧的出现促进了戏剧形式的变革。广场戏剧的演出形式伴随着戏剧从“剧场”走向“广场”，发生了深刻的变化。抗战初期，演剧队便创造了多种演出形式如街头剧、茶馆剧、活报剧，敌后根据地则有秧歌剧和新歌剧，40 年代末则有活报剧等。街头剧《各界抗日锄奸大游行》以整个城区作为演出的舞台，并且在演出过程中广泛动员群众参与，达到了很好的宣传作用。秧歌剧《兄妹开荒》宣传自力更生的时代内容，并注入民间秧歌这一传统的小调，吸引农民的注意力。活报剧《“社会贤达”》则对于政客进行了辛辣的讽刺。形式的变革使得“广场戏剧”可以吸引各自的受众，起到了宣传思想、建立认同的重要意义。

在艺术特色上，广场戏剧促进了话剧走向民族化。广场戏剧兴起的初期为满足底层受众的需求，大量地吸收了杂耍、曲艺和锣鼓以及地方方言等，《赶汽车》便充满着民族气息。在新秧歌剧中更是自觉地实践“文艺为工农兵”服务的方向，自觉地对戏剧进行民间性的改造，以使“百姓喜闻乐见”。《白毛女》《刘胡兰》等便是话剧民族化的尝试。

广场戏剧具有强烈的时代精神。广场戏剧服务于彼时抗战的时代需要，在宣传和思想动员等方面意义重大。其将当时的社会新闻、重大事件糅进剧作之中，呈现出真实且忠实的报道。独幕剧《控诉》呈现 1948 年北平各界的教师罢教与学生罢课事件，《大江日夜流》则呈现军警枪杀东北流亡学生的惨案，表现出对于军警的控诉，因而具有极强的时代感。

157. 20 世纪 40 年代历史剧兴起的文学史意义是什么？

答：在 20 世纪 40 年代的特殊战争年代，历史剧成为文坛中最为繁荣的文学形式之一。抗战的时代语境成为历史剧兴起的重要背景。

历史剧本身所具有的借古讽今的现实功能，也成为其兴起的促进因素。在抗战的重要关节点上，剧作家将目光投向历史，借助古人的故事和古代的历史作为当下时代的参照，以达到借助历史干预现实的目的。欧阳予倩《忠王李秀成》，郭沫若《屈原》《棠棣之花》，姚克《清宫怨》，于伶《大明英烈传》等历史剧为彼时具有代表性的巨作。历史剧兴起的文学史意义在于：

一、20 世纪 40 年代的历史剧创作将目光集中于家国裂变的易代之际、内忧外患的民族危机之时，历史剧作家的选择背后有着现实的政治考量，即借用古代历史当中的民族团结、抵抗外辱等精神团结广大群众，进行精神动员，为建立一个统一的民族国家而奋斗。

二、20 世纪 40 年代的历史剧创作有着深厚的现实政治诉求，在抗战的烽火硝烟中起到了凝聚民族共同体和宣传正确价值的作用。这样的历史剧写作紧紧贴合民族的实际情况，显示出中国现代文学浓厚的“感时忧国”的精神。

三、20 世纪 40 年代的历史剧创作从大时代和大历史出发，显示出对于宏大时代命题的关注，但又从时代的大语境切入个体的小我关怀，从历史剧切入关于个体生命的反思，显示出对于个人心灵史的关注。这一时期的历史剧虽有着实际的政治诉求，但是却并未失去对于戏剧艺术美学的把持，显示出了成熟的艺术美学。

158. 郭沫若历史剧创作的特点和意义是什么？

答:20世纪40年代，在战争的阴影之下民族救亡成为时代的主基调。在历史剧繁荣的大潮中，郭沫若同样创作了一批具备现实关怀的历史剧作，包括《棠棣之花》《屈原》《虎符》《高渐离》《孔雀胆》《南冠草》等，在战争的背景之下以昂扬的爱国主义精神鼓舞了大批的群众。郭沫若独辟蹊径打破束缚，采取“失事求似”的历史剧创作原则，使历史剧走出时代限制并获得了旺盛的生命力。郭沫若历史剧的创作特点在于：

一、郭沫若的历史剧在“实事求是”和“失事求似”的原则之下，将历史和现实进行有机结合。在 20 世纪 40 年代的历史剧创作的特定战争语境，作者借历史剧创作对抗战时期的现实加以关照。《屈原》的书写即是将屈原生活的战国时代合纵抗秦，与彼时的战争时代下的抗日战争做相互的参照，借屈原的命运对当下人的心灵进行撞击和启发，将屈原对于时代的气愤重现在20世纪40年代的战争语境之下。郭沫若还对相关的历史事实进行了有意地虚构，虽然不完全符合历史事实但是有助于人物形象和心灵的呈现，如《虎符》当中如姬的一些故事情节、《屈原》当中对于屈原个性和命运的改造等。

二、对于现实介入之下的强烈时代精神和时代感。20世纪40年代处于战争的特殊时期，作家无法直接地自然发出内心的声音，他借助于历史剧这一形式，以古人的故事切入当下的生活成为其历史剧创作的一个迂回的路线。借助于历史剧创作，郭沫若可以表达对于现实的关切并具有鲜明的时代感。《屈原》的创作虽然书写屈原悲愤的内心，但是却和彼时皖南事变有着千丝万缕的关联，屈原的悲愤也是作者对于自己所处的时代的愤怒。

三、郭沫若的历史剧具有主次得当的戏剧结构。郭沫若的历史剧结构严谨、主次得当，他始终追求历史剧的最佳布局，追求情节的曲折迂回，并穿插抒情诗，力求达到最佳的艺术效果。《棠棣之花》的五幕剧结构完整，前后呼应，充满了浪漫主义的英雄故事情节和传奇性故事，迂回跌宕。《屈原》当中插入《橘颂》和《雷电颂》等，呈现出浓厚的抒情色彩。

郭沫若历史剧创作的意义为：在特殊的战争年代，郭沫若所创作的一系列历史剧显示出他对于现实的深切关怀，通过血肉饱满的历史剧唤起了中国人的爱国主义精神，使戏剧的宣传和动员作用发挥得淋漓尽致。郭沫若历史剧结尾处带有光明的期待，传递出抗战必胜的信念，起到凝聚民族共同体的作用。

159. 陈白尘“讽刺喜剧”的文学史意义是什么？

答：陈白尘的戏剧创作在20世纪40年代的抗战期间走向了高峰，这一时期他创作了《岁寒图》《升官图》《结婚进行曲》等一系列戏剧作品，丰富了中国现代讽刺喜剧的内容，使中国现代文学史上的“讽刺喜剧”走向了成熟。正如董健所言，陈白尘是“带着自己的特产进入文学史的"[①]。陈白尘"讽刺喜剧"的文学史意义在于：

一、陈白尘的讽刺喜剧提供了一套完整而成熟的讽刺喜剧的类型，并折射出20世纪40年代中国社会的历史现实，因而具有独特的标志性价值。《升官图》书写两个强盗的美梦，通过强盗的梦境讽刺现实；两个强盗在梦中升官发财，充满了喜剧性的滑稽，又在讽刺喜剧的呈现中贴近时代现实，对于社会现实进行艺术化的浓缩，显示出陈白尘讽刺喜剧与社会现实的深刻联系。

二、陈白尘的讽刺喜剧提供了一种新的思维观念与方法。他的讽刺喜剧具有强烈的自我主体意识，剧中故事的处理始终灵活机动不刻板，多了许多从容流畅。《恭喜发财》书写官场的腐败，陈白尘将腐败问题在此中进行了系统的思考，原因为何，表现为何，如何避免，在提供问题和解决问题中又不失喜剧的笑料，显示出陈白尘对讽刺喜剧的新开拓。

三、陈白尘的讽刺喜剧提供了一种深刻的社会批判、道德批判和文化批判范式，提供了一种经过审慎的理性思考的讽刺喜剧类型。他的讽刺喜剧具有良好的本体意识，并不就事论事，而是在对于事件的讽刺中超越事件，提供一种哲理化的思考方式，为中国现代文学的讽刺喜剧发展提供了良好的资源和借鉴。

160. 新歌剧《白毛女》之"新"体现在哪里？有何文学史意义？

答：20世纪40年代的敌后根据地出现了群众性的秧歌剧，以及以此为基础的"新歌剧"创作。新歌剧吸收了西洋歌剧的抒情形式，又保留了中国戏曲中的人物道白，成为一种有音乐、舞蹈、歌曲等多种因素的音乐戏剧。如1945年延安鲁迅艺术学院集体创作，贺敬之、丁毅执笔的《白毛女》，以及阮章竞的《赤叶河》等便为20世纪40年代新歌剧的代表。其中，《白毛女》更是"现代民族歌剧的奠基之作"[②]。

---

① 董健．陈白尘创作历程论［M］．北京：中国戏剧出版社，1985：13.

② 钱理群，温儒敏，吴福辉．中国现代文学三十年（修订本）［M］．北京：北京大学出版社，1998：529.

《白毛女》之“新”首先体现在它的全新的主题，即“旧社会把人变成鬼，新社会把鬼变成人”。《白毛女》当中融合了“五四”话语、革命意识形态话语以及民间文学的元素，呈现出的强烈的意识形态特征显示出新歌剧创作所负载的功用性价值。黄世仁为地主阶级恶霸的典型化身，杨白劳则是未开化的老一辈农民的缩影，喜儿身上则有“五四”时代追求个人解放的反抗者的影子。《白毛女》中所传递出的阶级矛盾，表现出 1945 年前后历史转折期的中国社会现实，即彼时阶级矛盾成为社会主要矛盾的时代语境。

《白毛女》之“新”又体现为，在表现“阶级矛盾”之时，通过新旧社会的对比，体现出旧社会被埋葬而新社会场景展开的光明景象。《白毛女》当中对于杨白劳和黄世仁两家的对比呈现出阶级的差距，除夕逼债的情节呈现出农民的困苦生活，这种惨痛生活为旧社会的隐喻。新社会的开端始于身为共产党员的大春对于喜儿的拯救。并且，执笔者化用了民间文化中的“白毛仙姑”的故事，显示出新歌剧对于民间资源的吸收和合理化改造。新社会的期待亦是其中之“新”。

《白毛女》之“新”还体现在其全新的歌剧形式。《白毛女》既吸收了中国传统戏曲的歌唱和道白，又吸收了西洋戏剧的戏剧场景，唱词押韵朗朗上口，代表着富有民族性的新歌剧形式的诞生。

《白毛女》的文学史意义在于，作为话剧民族化的重要代表，它广泛吸收了秧歌剧和其他地方戏曲以及西洋歌剧，将民族特色和西方戏剧资源加以整合利用，促进了中国话剧走向民族化，表明中国新歌剧的诞生和新道路的开辟。

中国现当代文学三百题

下编　中国当代文学

第一章　20 世纪 50—70 年代的文学

161. 什么叫中国当代文学？

答：中国当代文学指 1949 年中华人民共和国成立后的文学。在中国大陆，“当代文学”的提法最早出现在 20 世纪 50 年代后期。这时期的文章、报告如 1959 年邵荃麟的《文学十年历程》、茅盾的《新中国社会主义文化艺术的辉煌成就》中，已经出现与“当代文学”互相取代的用语，确立了为“当代文学”这一概念所内涵的分期方法，如“新中国文学”“社会主义文学”等。最早使用“当代文学”这个概念的，是 50 年代后期文学研究机构和大学编写的文学史著作。[①]

这时期“当代文学”的所指有三：一是文学的时段性，指 1949 年以来的文学；二是文学的政治性，指中国共产党所领导的“新中国文学”，又叫“社会主义文学”；三是文学的地域性，仅限于大陆的文学。70 年代末以后，这个概念得到更广泛的运用，并在教育部文学学科设定中取得制度性的保证。但随着 80 年代“重写文学史”等思潮，“当代文学”的概念有所变化，其主要被认为是 1949 年后中国的文学，有“当前的”“当下的”“同时代的”“同属一个时代的”文学的含义，港台文学通常也被纳入其中。

162. 中国当代文学的阶段性划分是怎样的？

答：不同的文学史著作对这时期文学的阶段性划分有所差异：

一、洪子诚著《中国当代文学史（修订版）》（北京大学出版社，2007 年第 2 版）的分期是：上编 50—70 年代的文学（其中“文革文学”单列）；下编 80—90 年代的文学（80 年代和 90 年代以章做了区分）。

---

① 参见山东大学中文系中国当代文学史编写组 . 中国当代文学史［M］. 山东人民出版社，1960 年；华中师范学院中国语言文学系 . 中国当代文学史稿［M］. 科学出版社，1962 年。

二、陈思和主编《中国当代文学史教程》(复旦大学出版社，2008年第2版)的分期是：第一阶段：1949—1978年；第二阶段：1978—1989年；第三阶段：90年代。

三、朱栋霖、丁帆、朱晓进主编《中国现代文学史(1917—1997)》(上)(高等教育出版社，1999年版)的分期是：新中国成立后前期十七年(1949—1966)、“文革”十年(1966—1976)和新时期(1976—)三个历史时期。

四、陈晓明著《中国当代文学主潮》(北京大学出版社，2009年版)的分期是：第一时期：1942—1956年，这是社会主义现实主义的起源与基础建构阶段；第二时期：1957—1976年，这是社会主义现实主义文学不断激进化阶段；第三时期：1977—1989年，这是“新时期”文学阶段，也是社会主义现实主义修复与重建阶段；第四时期：1990年到21世纪初，这是中国当代文学由社会主义现实主义的一体化转向多元格局的时期。如果要做更加截然的划分，可以将1942—1992年，看成一个时期。这50年的当代文学都处于社会主义现实主义的审美领导权统治下，进行的是现代性激进化的文学建构。1992年到现在以及再往后，由于多元化格局的形成，当代文学进入了现代性解体和后现代性建构的时期。

五、董健、丁帆、王彬彬主编《中国当代文学史新稿》(人民文学出版社，2005年版)中当代文学的五个阶段是以1962、1971、1978、1989这四个年头为标志划分的。

概括而言，“当代文学”按阶段性大致可划分为：(一)1949—1966年，这时期被称为“十七年文学”；(二)1966—1976年，这时期被称为“文革文学”；(三)1976年(或1978年，或1979年)至今，这时期被称为“新时期文学”。此阶段还可再细分为：1.1976(或1978年，或1979年[①])—1989年(或1990年)，这时期被称为“新时期文

① 1976年“文化大革命”结束，1978年中国共产党第十一届中央委员会第三次全体会议召开，1979年中国文学艺术工作者第四次代表大会召开，均是对文学史具有标志性影响的事件。

学”，或“20 世纪 80 年代文学”；2. 1990—1999 年（或 2000 年），这时期被称为“后新时期文学”，或“20 世纪 90 年代文学”；3. 2000 年至今，这时期被称为“新世纪文学”。

163. 毛泽东文艺思想的主要观点是什么？

答：毛泽东将马克思主义文学经典作家的文学理论遗产以及中国左翼文学运动的理论和实践，加以选择、改造，在 20 世纪 30 年代末到 40 年代初，形成了体系性的关于文学问题的观点。这体现在《中国共产党在民族战争中的地位》《新民主主义论》，特别是《在延安文艺座谈会上的讲话》的论著中。毛泽东文艺思想的主要观点有：

一、毛泽东文艺思想带有强烈的“实践性”的特征。他在文学领域所提出的问题，以及对这些问题的回答，在很大程度上都是对现实紧迫问题的回应。《讲话》中指出，“我们讨论问题，应当从实际出发，不是从定义出发”，要从分析“客观现实”中“找出方针、政策、办法来”。[①] 随着中国出现新的经济基础和新的政治制度，他认为，也必然要建立、出现新的文化、新的文学艺术。从 30 年代开始，他以“革命的民族文化”“民族的形式，新民主主义的内容”“新鲜活泼的，为中国老百姓所喜闻乐见的中国作风和中国气派”“为工农兵的文艺”等描述，来标示它的性质。

二、文学的社会政治效用（功能），是毛泽东文艺思想的核心问题。毛泽东认为“在现在世界上，一切文化和文学艺术都是属于一定的阶级，属于一定的政治路线的。为艺术的艺术，超阶级的艺术，和政治并行或互相对立的艺术，实际上是不存在的”。现实政治是文学的目的，而文学则是政治力量为实现其目标必须选择的手段之一。毛泽东在延安文艺座谈会上鲜明地提出文艺“为人民大众首先为工农兵服务”，从根本上指明了党领导的文学工作的政治方向。

三、指出了文学作品的来源和创作者。毛泽东称“生活”为艺

① 毛泽东 . 毛泽东选集［M］. 北京：人民出版社，1966:854-855. 下面引用《讲话》不另加注释。

术创造的“惟一源泉”。为了让文学更好地服务于政治，并让工农群众对文艺有更直接的参与，他倾向于将创作视为对“生活”的加工。主张使文学作品“比普通的实际生活更高，更强烈，更有集中性，更典型，更理想，因此就更带普遍性”的“浪漫主义”。毛泽东认为新文化的建设不能与人类历史上的精神产品割断联系，在文化遗产的继承与变革、断裂的关系上，他更强调后者。他认为作家应进行思想改造，长期深入工农兵生活；他也看重从工人、农民中发现、培养作家。

164. 中华全国文学艺术工作者代表大会的召开情况是怎样的？有何历史意义？

答：1949 年初，由于北平（今北京）已被确定为新中国的首都，大批作家进入这座城市，由郭沫若提议发起，随后产生了郭沫若、茅盾、周扬等 42 人组成的筹备委员会，酝酿召开全国性的文艺工作者的会议。1949 年 7 月 2 日至 19 日在北平召开中华全国文学艺术工作者代表大会（以后通称第一次全国文代会）。

大会共有正式代表和邀请代表 824 人，分别组成平津（一、二团）、华北、西北、华中、东北、部队、南方（一、二团）等代表团。毛泽东到会讲话，朱德代表中国共产党中央委员会致贺词，周恩来向大会作了政治报告。郭沫若作了题为《为建设新中国的人民文艺而奋斗》的总报告，茅盾作了题为《在反动派压迫下斗争和发展的革命文艺》的关于国统区文艺运动的报告，周扬作了题为《新的人民的文艺》的关于解放区文艺运动的报告。大会总结了“五四”以来新文艺工作的成绩与经验，确定了毛泽东《在延安文艺座谈会上的讲话》为新中国文艺事业的总方针，指出了新中国成立以后文艺必须为人民服务、首先为工农兵服务的总方向，提出了社会主义时期文艺的新任务。大会对当代文学的创作、理论批评、文艺运动的展开方式和方针政策，制定了规范性的纲要和具体的细则。

大会成立了全国性的文艺界组织即中华全国文学艺术界联合会（1953 年改名为中国文学艺术界联合会）。它是国家和执政党对作家、艺术家进行组织领导和管理的机构。该机构选举郭沫若为主席，茅盾、周扬为副主席。中华全国文学艺术界联合会下属的各协会，也都相继成立。这些协会中，最重要的是中华全国文学艺术工作者协会（1953年改名为中国作家协会），协会选举茅盾为主席，丁玲、柯仲平为副主席。

第一次全国文代会是来自解放区和国统区的两支文艺队伍大会师的盛会，标志着中国新文学以此为起点，进入了当代文学的阶段。它预示了当代文学将以解放区的文艺传统为发展基础和方向，同时也在思想斗争和思想改造的基础上有条件地吸收其他地区的文艺传统。

165. 什么是“十七年文学”？这个阶段的文学创作整体上有何特点?

答:“十七年文学”是指从 1949 年 10 月 1 日中华人民共和国成立（或者从 1949 年 7 月中华全国文学艺术工作者代表大会召开）到 1966 年 5 月“文化大革命”开始这一阶段的中国文学。

这时期文学有几个特别值得注意的重要节点，一是 1953 年提出过渡时期总路线，二是 1956 年社会主义改造的基本完成和“双百方针”的提出，三是 1957 年开始的“反右运动”，四是 1962 年中共中央在北京召开扩大的中央工作会议（“七千人大会”）。

最初的“十七年”仅为时间所指，而不是明确的文学分期概念。至二十世纪六七十年代，频频提及的“十七年文学”说法取代了此前“新中国文学”和“社会主义文学”表述，“十七年”被描述为“文艺黑线专政”阶段。70 年代末开始，“十七年文学”负面形象得以扭转。虽然如何评价这时期的文学存在争议，但这一概念逐渐被文学史接受。

“十七年文学”服务于政治，作家须站在无产阶级立场进行创作，作品刻画以工农兵为代表的新人物，尤其是英雄人物；取材范围主要是农村和革命历史，也有部分作品书写城市和个人生活；多采用现实主义手法，也有浪漫主义手法的运用；文学形式上采用接近中国大众审美趣味并为他们喜闻乐见的民族形式。这种较单一的文学性创作模式导致了此时期部分文学创作的僵化，二十世纪六七十年代这种僵化的创作格局被推到了巅峰。

“十七年文学”的代表作品有柳青的《创业史》、梁斌的《红旗谱》、杨沫的《青春之歌》、罗广斌和杨益言的《红岩》、曲波的《林海雪原》等。[①]

166. 新中国成立之初几次大的批判运动的情况是怎样的?

答：一、关于电影《武训传》的批判（1950—1951）

1950年底，历史传记影片《武训传》[②] 开始在全国公映。武训是清末民初一位行乞兴学的历史人物。电影编导孙瑜将武训事迹改编成电影，反映旧社会贫苦农民文化翻身的要求，歌颂武训为劳动人民忘我服务的精神。公演后一段时间，大多是赞扬之声。毛泽东认为这反映了思想文化界严重的思想“混乱”，而参与修改、撰写了《应当重视电影〈武训传〉的讨论》的《人民日报》社论。

《人民日报》社论发表以后，在全国范围内立即掀起了一场对于电影《武训传》的批判运动。批判者以社论的精神为基调，着重从三个方面对《武训传》进行了批判：一是认为《武训传》宣扬历史唯心主义和资产阶级改良主义；二是认为作品美化阶级投降主义和个人苦行主义；三是认为作品贬低农民革命的作用，歪曲历史发展的面貌。

二、对俞平伯《红楼梦》研究的批判（1954—1955）

俞平伯致力于《红楼梦》研究，是胡适以后“新红学派”的代表人物。1952年俞平伯将他出版于1923年的著作《红楼梦辨》加以增删、修改，改名《红楼梦研究》出版，在此期间他还写了一些评介、研究红楼梦的文章。对于俞平伯的观点和研究方法，青年批评家李希凡、蓝翎在《关于〈红楼梦简论〉及其他》(《文史哲》1954年第9期）等文章中提出批评。

---

① 参见罗长青．“十七年文学”概念源起及其研究的合理性问题［J］．南方文坛，2018（04）：84-90.

②《武训传》由孙瑜导演、编剧。1948年在上海的中国制片厂开拍，因故中断未完成。1949年初上海昆仑公司收购已拍成的胶片和继续摄制权。1950年，在对剧本做了全面修改后重新开拍，同年底在全国公演。

文章引起了毛泽东的重视，他从意识形态领域阶级斗争的角度出发，于 1954 年 10 月 16 日给中央政治局的同志撰写了《关于红楼梦研究问题的信》，称“这是三十多年以来向所谓《红楼梦》研究权威作家的错误观点的第一次认真的开火”，提出要开展反对“胡适派资产阶级唯心论的斗争”。这场运动，从对俞平伯的批判深入到对“五四”以来整个哲学社会科学中胡适思想及其影响的批判。

三、对胡风文艺思想的批判（1955）

胡风是现代文学史上著名的诗人、文艺理论家。他的文艺思想一直极为复杂，独具特色，其核心在于强调作家的“主观战斗精神”，表现描写对象的“精神奴役的创伤”。胡风等与左翼文学内部的主流派别的矛盾由来已久。他的思想体现了“五四”启蒙传统特征，其与毛泽东要求知识分子自觉改造思想感情、无条件地到工农兵群众中去的思想，实质上也存在着较大的差异。

1954 年胡风向党中央递交了长达三十万言的《关于解放以来的文艺实践情况的报告》，全面系统地阐释了自己的文艺观点，反驳了林默涵、何其芳等人对他的批评，提出了改进文艺组织领导方式的意见和改革文艺工作的建议。结果非但没有缓解矛盾，反而受到了更为严厉的批判。很快一场全国性的胡风文艺思想批评运动全面展开，最后升级为政治问题。这个冤案直到 20 世纪 80 年代才逐渐平反。

167. “十七年文学”的“中心作家”有哪些？他们的文化性格是什么？

答：“十七年文学”中有一批切合并体现文学主潮的作家，主要是来自解放区的作家（包括进入解放区和在解放区成长的两部分）和新中国成立初开始写作的青年作家，他们代表了新中国文学的新方向，成为这一时期文学的中心力量。根据这一时期文学批评，中国文联、中国作协对创作的评述，以及之后当代文学史的论述，可以确认这个时期“中心作家”有：小说家柳青、赵树理、杜鹏程、梁斌、吴强、杨沫、周立波、曲波、罗广斌、杨益言、欧阳山、冯德英、周而复、陈登科、浩然、王汶石、马烽、峻青、李准、王愿坚、茹志鹃、胡万春、姚雪垠；诗人郭小川、贺敬之、李季、闻捷、李瑛、严阵、梁上泉、张永枚、顾工；散文家杨朔、刘白羽、秦牧、魏巍；剧作家老舍、曹禺、郭沫若、田汉、胡可、陈其通、沈西蒙、丛深。因这一时期有以“新文学方向”为标尺的“筛选”，“中心作家”的人员构成和他们各自的地位也会发生变化。

除老舍、曹禺、郭沫若、田汉等新中国成立前成名的老作家外，这些“中心作家”的文化性格具有新的特征。首先，这些作家出身、生活和取材的地域集中于解放区（包括之前的革命根据地），即山西、陕西、河北、山东等地，他们多依据在这些区域生活和工作的经历写作。其次，他们的学历大多不高，在文学写作上的准备普遍不足，思想和艺术借鉴的范围较窄，在写出成名作之后，持续写作存在难题。最后，他们的创作与政治关系密切，重视书写工农兵，作品多洋溢着乐观主义和理想主义激情。

168. 什么是“双百方针”？

答：“双百方针”是“百花齐放，百家争鸣”方针的简称，最早酝酿于 1956 年 4 月下旬中共中央政治局扩大会议上。5 月 2 日，毛泽东在最高国务会议上提出了“百花齐放，百家争鸣”的方针。5 月 26 日，中共中央宣传部部长陆定一向文艺界、科学界人士作了题为《百花齐放，百家争鸣》的报告，对这一方针作了较为系统的阐释，要求艺术上不同的形式和风格可以自由发展，科学上不同的学派可以自由争论。报告指出艺术和科学中的是非问题，应当通过艺术界、科学界的自由讨论去解决，通过艺术和科学的实践去解决。

这一方针的提出，与当时苏联和东欧发生系列重大政治事件的国际形势有关，更与中国面临的经济和文化建设的历史性任务有关。1956 年随着国内对农业、手工业和资本主义工商业社会主义改造的基本完成，以及社会主义制度的基本确立，全国工作的重心开始由阶级斗争转向经济建设；在思想文化领域，需要发扬民主，调动广大知识分子的积极性。贯彻“双百方针”，有利于促进文艺发展、科学进步，繁荣社会主义文化事业。但由于一些原因，“双百方针”在中共十一届三中全会之前没有得到认真贯彻。但1956年下半年到1957年上半年，文艺界贯彻“双百方针”，还是取得了一些成果：第一，它鼓舞了一大批来自“五四”新文学传统下的老作家的创作，许多跨时代的作家都相继发表文章或作品；第二，在理论方面提出了反对教条主义，提倡现实主义的“广阔道路论”，提倡文学写人性，恢复人道主义传统；第三，出现了一批直面现实矛盾的创作以及爱情生活题材的作品，显示出这时期文学创作的多样化。

169.“文革文学”的特征是什么?

答:“文革”期间公开发表的文学作品，基本上遵循着文学激进派所确立的创作原则和方法。它们和二十世纪五六十年代的“主流创作”在文学观念和艺术方法上，并不存在清晰的界限，但也出现了重要变化，主要特征表现在如下方面：

一、文学创作的思维模式。在“真实性”问题上，中国当代作家从在“十七年”期间创作时的对“感觉怎样”“应该怎样”和“实际怎样”之间的矛盾的困惑，变成了对“应该怎样”（政治意识形态要求）的不容置疑的认定。创作和阅读过程中的“形象思维”、直觉、体验等，被看成是“神秘主义”的东西而遭到拒绝和清除。

二、对“革命浪漫主义”创作方法的强调。由对生活细节具体描述的“现实主义”创作，转变为以象征为主要表现方法的“革命浪漫主义”创作，由个人化的体验指向“公共”（非个人）象征，表现由“革命”所激发的浪漫想象，以此表达政治意图。

三、“三突出”的创作原则。一方面，所有的作品必须主要表现英雄人物，英雄人物在作品中又必须居于中心的、绝对支配的地位；另一方面，塑造的英雄人物必须高大完美，不允许有什么思想性格的弱点。这一原则要求是在所有人物中突出正面人物；在正面人物中突出英雄人物；在英雄人物中突出主要英雄人物。

四、戏剧在文艺诸样式中居于中心地位。戏剧既是被选择来进行政治斗争的“突破口”，也是用来开创“无产阶级文艺新纪元”的“样板”的主要样式。处于“中心”的戏剧对文学其他样式产生重要的影响，主要表现为诗、小说和散文的“场景化”，以及这时期文学创作的通用构思方式多是按照戏剧冲突来设置和结构的。

170. 什么是政治抒情诗？“十七年”的代表诗人及作品有哪些？

答：政治抒情诗这个概念大约出现在二十世纪五六十年代之交，但其典型样态在20世纪50年代初甚至更早时间就已存在。从艺术渊源上说，政治抒情诗接受的影响来自两个方面。一是中国诗歌的传统。中国有“文以载道”的文学观念，《诗经》《离骚》等作品中都可以看到政治和文学“联姻”的传统。到了近代，有梁启超发起的与政治密切相关的“诗界革命”，随后新诗中有着浪漫风格的崇尚力、宏伟的一脉，如郭沫若的诗。对这一传统更直接的承继是30年代的“左联”诗歌，以及抗战时期的鼓动性作品，如蒋光慈、殷夫、艾青、田间和“七月”诗人的诗。二是接受西方十九世纪浪漫派诗人、当代苏联诗人特别是马雅可夫斯基的诗歌遗产。马雅可夫斯基的“楼梯体”对中国诗人影响很大，后又被融入中国古典诗歌的对偶、排比等技巧，增强了民族特色。

在这种诗体中，诗人以“阶级”或“人民”、社会集团的代言人身份，表达对当代重要政治事件、社会运动及思潮的评说与情感反应，以“诗”作为武器介入现实政治。在诗体形态上，是强烈的革命情感宣泄和政论式的观念叙说相结合。采用大量的排比句式加以渲染、铺陈，讲求节奏分明、声韵铿锵，以增强政治动员的感染力量。政治抒情诗具有“广场诗歌”的特质，它的欣赏和接受往往和公众场合的朗诵这种集体性参与相连。

代表诗人及作品有：郭小川的《致青年公民》《向困难进军》《祝酒歌》，贺敬之的《放声歌唱》《十年颂歌》《雷锋之歌》，胡风的《时间开始了》，石方禹的《和平的最强音》，邵燕祥的《我们爱我们的土地》，以及李瑛、闻捷、严阵、阮章竞、张志民等人的作品。[1]

---

① 参见张立群，李阳，郑志杰 .“政治抒情诗”的考辨及其域外资源问题［J］. 石家庄学院学报，2017（02）：119-124.

171. 郭小川与贺敬之的诗歌有何异同?

答：郭小川和贺敬之常被诗评家并举，他们同为“十七年”的大诗人，同有着对祖国、人民和社会主义事业的激情，他们同热衷于处理重大题材，表现一种宏伟的抒情姿态。他们的诗歌多是政治抒情诗，在表现方式上也颇多相似。首先，在构思上，他们都采用了“大中见大”“小中见大”的方式，眼光都对准祖国的命运和前途。其次，他们的诗都是内心情感的宣泄，都是年轻时高昂而豪迈，中年之后殷切而深沉。最后，风格和韵味上，二者一样的开阔和大气。他们的趋同化有时代的原因，需要共同遵守那个时代工农兵文学的创作规则，诗人的“小我”服从于阶级、人民的“大我”。

二人之间也存在较明显的差别。主要体现在处理个人—群体、个体—历史、感性个体—历史本质之间的关系上。贺敬之从不或极少表现其间的裂痕、冲突。他不会承认这种裂痕、冲突的思想和审美价值。在他的诗中，“抒情主体”已将有限生命的个体融入了整体中，“小我”和“大我”是统一的，故他的诗中洋溢着自信和乐观的精神，如《放声歌唱》《雷锋之歌》。部分诗作中有较明显的“小我”，如《回延安》有“我”这一老兵的视角，显得亲切动人，但代表的还是一类人的情绪和情结。

在郭小川的一些重要作品中，涉及“小我”融入“大我”实现过程，二者并不完全是统一的，会存在矛盾和不协调，诗歌中也包含着复杂的对立、冲突、转化、欢欣、困惑、坚定等状态和情绪。心灵与革命、创作的主观性与客观性、真诚的政治信仰与同样真诚的艺术信仰等之间的矛盾，形成了他两重性的创作世界，如“爱情三部曲”（《白雪的赞歌》《深深的山谷》《严厉的爱》），以及《致大海》《望星空》《一个和八个》等。他的诗情感丰富，也具有一定的哲理色彩，这也成为他独特的审美价值。[①]

① 参见唐文斌．当代政治抒情诗的两面旗帜——谈郭小川和贺敬之诗歌的风格［J］．河北师范大学学报（哲学社会科学版），1980（03）：49-57；刘江．何其相似两巨星——谈郭小川贺敬之政治抒情诗的趋同现象及文学史的评价［J］．南华大学学报（社会科学版），2014（03）：109-114.

172. 李季为什么被称为“石油诗人”？

答：中国现代诗人李季曾以《王贵与李香香》蜚声文坛。在20世纪50年代，他被称作“诗与劳动人民相结合的榜样”。1952年冬，李季举家到甘肃玉门油矿“落户”，走上长达三十年以石油工业、油矿劳动者为表现对象的创作道路，他也因此被称为“石油诗人”。

在玉门期间，李季一直担任油矿党委宣传部部长的职务，有一段时间还兼任《石油工人报》社长。玉门一带的自然风貌与他熟悉的陕北三边相近，而矿山的一些建设者，又曾是当年战争时期他在陕北和太行山的伙伴，这有助于他连接起之前的生活和艺术积累，实现了从三边到玉门、从战争到建设的转换。随着我国石油工业的快速发展，李季的视线从玉门、柴达木、克拉玛依……，扩展到大庆，又扩展到胜利、大港、辽河、任丘等石油矿区。

有关这一题材他出版了《玉门诗抄》《致以石油工人的敬礼》等五部短诗集和《生活之歌》《杨高传》《向昆仑》等八部长叙事诗。代表作《杨高传》分《五月端阳》《当红军的哥哥回来了》《玉门儿女出征记》三部，描写了杨高从一个普通的战士成长为石油战线上一个优秀的基层领导干部的过程。长诗《钻井队长的故事》《石油大哥》塑造了王进喜式的石油工业英雄人物。

李季对现实生活深入挖掘，对民间艺术积极借鉴，他的诗歌生动、富有活力，较少空泛和浮华，不过也存在视角较单一、狭窄，想象力欠缺的问题。几十年来李季的足迹几乎踏遍了祖国所有的石油矿区，为石油战线献出了自己的劳动和热情。他的石油诗体现了中国石油工业的发展进程，是社会主义文艺创作中的重要成果。[①]

173. 闻捷诗歌的艺术特色是什么？

答：闻捷的诗集主要有《天山牧歌》（1956），《祖国，光辉的十月》（1958），《东风催动黄河浪》（1958），《河西走廊行》（1959），

① 参见张景德，宫苏艺．论李季的石油诗［J］．社会科学战线，1980（03）：278.

《生活的赞歌》（1959），《复仇的火焰》第一、二部（1959、1962）等。他的诗歌的艺术特色是：

一、闻捷诗歌充满火一般的激情。他的诗篇大部分内容是写新时代、新人物、新生活，能陶冶人们的情操，给人以美的享受和健康的教育。他的诗歌具有那一年代的颂歌格调，情感基调高昂欢快，体现出诗人的热情。

二、闻捷是新时代歌唱劳动和爱情的歌手。《天山牧歌》是闻捷最有代表性的生活抒情诗总辑，这部诗集中爱情诗占有很大分量。这些爱情诗揭示了爱情和劳动，与创造新生活紧密相连，如《苹果树下》《夜莺飞去了》《葡萄成熟了》《舞会结束以后》《赛马》等。

三、闻捷是一位兼有小说家才能的诗人。他善于以独特的艺术手法铺叙故事、刻画人物，极为细腻、动人地描绘人物的内心世界，如他创作的长篇叙事诗《复仇的火焰》，讲述了1950—1951年发生于新疆东部巴里坤草原的叛乱和叛乱平息的过程。他的一些抒情短诗也富有情节性，如《舞会结束以后》。

四、诗篇具有浓厚的地方色彩和民族特色。闻捷1949年以随军记者身份到新疆，曾任新华社新疆分社社长。他对生活在新疆的哈萨克、维吾尔、蒙古等民族的生活风情和民间传说等也较为熟悉。这些生活和艺术经验的积累，基本确立了他此后诗歌的风貌。他大部分作品都表现新疆兄弟人民新的生活，具有民族和地域特色。

174. 什么是“新民歌运动”？

答：“新民歌运动”是以“大跃进”为背景，由毛泽东提倡，各级党委政府组织、发动的一场群众性诗歌运动。1958年3月22日，毛泽东在成都会议讲话中指出：“中国诗的出路，第一条民歌，第二条古典，在这个基础上产生出新诗来，形式是民歌的，内容是现实主义和浪漫主义的对立统一。”接着，周扬作了《新民歌开拓了诗歌的新道路》的发言，“新民歌”以及“两结合”的创作方法由此推展开来。

从1958年春天开始，出现了全国范围的、声势浩大的“新民歌”运动，它是当时政治、经济形势的产物，有别于“五四”以来的新诗。

"新民歌"具有以下特点：首先，它主要不是文人知识分子的写作，工农大众是这种新诗歌的创作主体，它更能表达大众集体的意志、情感，并更能容纳政治运动、国家政策等内容。其次，在语言、格式和表达上，它具有明朗、口语化、大体整齐和易诵易记的特点，有助于大众接受和承担政治动员的功用。最后在写作和传播方式上，它主要采用公众参与的方式。

"新民歌"的性质、形态及运动展开过程为政治、文学"精英"所决定，知识分子、诗人也参与其中。这场运动还发现、扶植了一批民间歌手和工农诗人，这被看作工农兵走向诗坛的创举，受到突出推荐的有王老九、霍满生、殷光兰等。1959年，郭沫若、周扬署名编选的选本《红旗歌谣》精选了这一时期的"新民歌"三百首出版，该书将入选的"新民歌"按当代通常使用的题材分类方法，区分为四大类："党的颂歌""农业大跃进之歌""工业大跃进之歌"和"保卫祖国之歌"。

"新民歌运动"一定程度上反映了当时人民群众战天斗地的精神风貌，但由于受到"左倾"思潮的影响，导致诗歌背离创作规律、背离生活，"浪漫"浮夸、粉饰生活的作品较多。这场运动虽产出了大量诗歌，但整体质量不高。[①]

175. 七月派诗人潜在写作的情况如何？

答：1955年，七月派诗人因"胡风反革命集团案"获罪，但他们并未中断写作，在监狱囚禁、下放干校时，仍写下了大量诗歌作品。20世纪80年代他们得到平反，陆续重返诗界，七月派的名誉也得到恢复。1981年，人民文学出版社出版了由绿原、牛汉编选的这一诗人群体的诗合集《白色花》。"复出"后他们的部分作品，标明写在50到70年代。

这些诗的写作，主要是"迫于一种沉重的激情，不是为了发表，而且完全没有想到可能发表"（绿原《白色花》序）。作品的情感色调

① 参见于宁志.文艺大跃进研究述评[J].科学·经济·社会，2011(03)：179-183.

偏于冷峻，经常出现苦难与伤残的主题，但困苦中并不绝望，仍有一种坚守的精神。诗歌多带现实的或精神的自传的性质，表达对时代和社会的认识。诗体形式上采用自由诗体，追求感情表达和语言运用上的朴素、自然、流畅。这些诗人中，胡风、牛汉、曾卓、绿原、鲁藜、罗洛、冀汸等写得较多，也较有成绩。

胡风在失去自由的日子里，写了为数不少的旧体诗，很多是他囚禁时默吟默记，后来找时机抄录留存的。这些诗有不少忧愤深广之作，诗艺也颇为成熟；也有大量诗作显得直白浅露，但都显示出诗人独立的精神面貌。①

在七月派诗人中，牛汉成绩显著。他属于那种坚持诗和人生一体的诗人。他的代表作很多写于湖北咸宁“五七干校”劳动期间。他在《〈蚯蚓和羽毛〉代序》中说在古云梦泽劳动了整整5年，“大自然的创伤与痛苦触动了我的心灵”。他多采用物我对应的诗意构成方式，写下了被雷电劈去半边仍挺立的半棵树（《半棵树》）、默默耕耘的蚯蚓（《蚯蚓的血》）、美丽却已陷于枪口下的麂子（《麂子，不要朝这里奔跑》）、被囚禁但仍要反抗的华南虎（《华南虎》）等。其他作品还有曾卓的《悬崖边的树》《有赠》、绿原的《又一名哥伦布》《重读〈圣经〉》等。②

176. 穆旦后期的诗歌创作有什么艺术特色？

答：二十世纪三四十年代是穆旦诗歌创作的前期，70年代中后期是其诗歌创作的后期。50年代至70年代中期是穆旦创作的一个漫长的停歇阶段，1953年穆旦回国后，几乎将全部经历都投入诗歌翻译，创作很少，只在1956、1957年发表过《葬歌》《我的叔父死了》等不到10首作品。

从50年代开始，穆旦政治上不断受到打击，不能自由抒发诗情。

---

① 参见刘志荣．潜在写作1949—1976［M］．上海：复旦大学出版社，2007：149-151.

② 参见雷斌．潜在写作：中国当代文学的一个关键词［J］．襄樊学报，2010（06）：68-71.

在中断写作近 20 年后，在他生命临近终点的 1975、1976 年，他重又提笔写诗，留下了《智慧之歌》《演出》《冥想》《自己》《停电之后》《秋》《冬》等近 30 首作品。这是诗人走过曲折的生命之路，在临近尽头时的回望和沉思。其中有一些直接触及社会情势，但更多的是对现代生存境遇中的个体生命的智性思考，蕴含着诗人对命运的慨叹。其中《冬》达到穆旦诗艺的极高境界。诗歌以自然时序为中心意象，将人与自然的季象融为一体，其中内蕴着人生的况味，以及对时代和世界的关注。《冬》有两个版本，它们各有千秋，体现着这时期穆旦复杂矛盾的心态。

穆旦后期诗歌延续和发展了前期的某些主题，如对现代人生存处境的思考、对知识分子主体精神的探讨等，怀疑、反讽的基调依然存在。但这时期的作品多了对人生况味的感悟，减少了前期作品中有的尖锐、紧张，显得通透、明朗。这时期他更执着地思考一些抽象的人生命题，如智慧、理想、爱情、友谊、劳作和衰老等主题，以及个体生命的存在意义和价值。这些后期诗歌用语朴素、冷静，在形式上显得更整饬，格律也更谨严。[①]

177. 什么是“白洋淀诗群”？

答：1969 年以后，一批北京的中学生先后到河北安新县境内的白洋淀地区插队，他们秘密进行诗歌写作，形成了“白洋淀诗群”。这些学生中许多人出身于中共高级干部或“高级知识分子”家庭，他们与北京等地的地下文学沙龙的成员，形成了当时潜在写作中较有规模的现代主义诗歌运动。其主要成员有根子（岳重）、多多（栗世征）、芒克（姜士伟）、方含（孙康）等人。在河北、山西的一些知青如北岛（赵振开）、江河（于友泽）、严力、郑义、甘铁生、陈凯歌等，也与他们建立了不同程度的联系。这一诗歌群体与同时或稍后的北京带有“先锋”性质的地下文学艺术小团体也有紧密的联系。

---

① 参见龙泉明，汪云霞. 论穆旦诗歌翻译对其后期创作的影响［J］. 中山大学学报（社会科学版），2003（04）:18-24；易彬.“自己的历史问题在重新审查中”——坊间新见穆旦交待材料评述［J］. 南方文坛，2019（04）：150-162.

他们的诗作，与他们这一时期的阅读紧密相连——涉猎当时属于“禁书”的中外文学、政治、哲学等方面书籍。诗歌的情绪、思想除了根源于当时经验，还与他们当时的阅读发生互文。由于生活处境与心理上普遍存在的被放逐的感觉，这一诗群诗人的作品着重对现实社会秩序和暴力专制进行批判，表现生命中迷惑、孤独和痛苦的体验，摆脱了主流意识形态话语的束缚，而回到了自己的内心世界。他们诗歌的这种纯粹的现代主义特征，直接预示和影响了“文革”后诗歌领域的现代主义探索。“白洋淀诗群”的代表作品有芒克的《天空》《十月的献诗》、根子的《白洋淀》等。

178. 什么是“天安门诗歌运动”？它的文学史意义是什么？

答：“天安门诗歌运动”是1976年4月5日前后，在首都北京天安门广场爆发的一场纪念周恩来总理的群众性诗歌运动。1976年1月8日，周恩来总理逝世，执政党内部各派力量的斗争更加激化，二、三月间，在北京、上海、南京等城市，发生了有大批民众参与的大规模政治抗议行动。这一浪潮在4月初的天安门广场发展到高潮。许多民众到天安门广场追悼周总理，谴责、批判祸国殃民的群体和行为。这一政治行动中，诗歌是被广泛运用的方式。民众创作或抄录的诗词，在广场到处张贴，有的诗被当众朗读。这些诗词在当时被广泛抄录。这一悼念和抗议的活动，在清明节后达到高潮。不久，天安门广场发生的事件被当时的掌权者宣布为“反革命政治事件”，在广场张贴、传抄的诗词被指控为“反动诗词”。在此后的几个月里，写作、传抄、保存这些诗词的行为，受到追查，一些人为此受到迫害。

1976年底，童怀周（当时北京第二外国语学院汉语教研室十六位教师的集体笔名）将他们搜集、保存的部分诗词誊录、张贴于天安门广场，并发出征集散失作品的倡议书。倡议得到广泛响应。在征集到的数以万计的诗词中，他们选出一千五百多篇，编成《天安门诗抄》，1978年由人民文学出版社出版。诗抄所收录的主要是并不严格遵循格律规则的旧体诗、词、曲，新诗只有一小部分。旧体诗词有现成的格式可循，也能精练隐晦地传达观点和情绪，这应该是创作者更多选择这种形式的原因。代表性的作品有《扬眉剑出鞘》：“欲悲闻鬼叫，我哭豺狼笑。洒泪祭雄杰，扬眉剑出鞘。”

天安门诗歌运动主要是一种政治表达。它属于当代重大政治事件的组成部分，是诗歌政治化的体现。在中国现代诗歌的艺术创造方面，这些诗并不能提供多少值得重视的经验。但在文学史上，它具有重要的启示意义，标志着诗歌的现实主义战斗精神的恢复和发扬，拉开了新时期文学复苏的序幕。

179. 什么是“十七年”农村题材小说？代表作家有哪些？

答：二十世纪五六十年代，以农村生活为题材的小说创作占了主导地位，这既是对“五四”以来新文学传统特别是解放区传统的延续，也与当时文学界对这一题材重要性的强调有关。这时期农村小说面貌发生了许多变化：一是对表现现实斗争的强调，要求作家关注显示中国社会面貌深刻变化的事件、运动。在农村进行的政治运动和中心事件成为表现的重心。二是作家在立场、观点、情感上，要与表现对象农民相一致。

“十七年”农村题材小说的代表作家大致可以分为几个派别：一是赵树理、马烽、西戎、李束为等有“山药蛋派”之称的山西作家。他们和表现对象农民较为“合一”，追求按照生活的“本来面貌”来写，代表作如赵树理的《三里湾》、马烽的《赖大嫂》。二是柳青、王汶石等陕西作家。他们更重视农村中的先进人物的塑造，更富于浪漫理想色彩，具有更大的概括时代精神和历史本质的雄心，代表作如柳青的《创业史》。三是孙犁、刘绍棠、从维熙、韩映山等有“荷花淀派”之称的华北作家。他们风格清新秀丽，善于从日常生活叙述中表现美的意蕴，代表作如孙犁的《铁木前传》。

还有一些作家各有特色，难以归类，如梁斌、周立波、李准、骆宾基、刘澍德、浩然等。

180. 什么是“十七年”革命历史题材小说？

答：革命历史题材在这一时期的小说创作中，占有很大的分量和极重要的位置。20世纪50年代开始，就有“革命历史题材小说”的概念出现。在50至70年代，说到现代中国的“历史”，指的大致是“革命历史”；而“革命”，在大多数情况下是指中共领导的革命斗争。这些小说主要讲述“革命”起源的故事，讲述“革命”在经历了曲折的过程之后，如何最终走向胜利。

革命历史小说的主要作品，长篇有柳青的《铜墙铁壁》、孙犁的《风云初记》、杜鹏程的《保卫延安》、知侠的《铁道游击队》、高云览的《小城春秋》、吴强的《红日》、曲波的《林海雪原》、梁斌的《红旗谱》、杨沫的《青春之歌》、李英儒的《野火春风斗古城》、刘流的《烈火金钢》、冯志的《敌后武工队》、冯德英的《苦菜花》、欧阳山的《三家巷》、罗广斌和杨益言的《红岩》等。短篇小说有孙犁的《山地回忆》、茹志鹃的《百合花》、王愿坚的《党费》等。

这一类型小说的作者，大都是他们所讲述的事件、情境的“亲历者”。邵荃麟指出：这些斗争，“在反动统治时期的国民党统治区域，几乎是不可能被反映到文学作品中间来的。现在我们却需要去补足文学史上这段空白，使我们人民能够历史地去认识革命过程和当前现实的联系，从那些可歌可泣的斗争的感召中获得对社会主义建设的更大信心和热情”①。

革命历史小说大致可以分为三类：一是在长篇小说中追求对于历史的“史诗性”把握，如罗广斌、杨益言的《红岩》；二是多以传统小说的手法来表现“革命”主题，语言通俗，具有很强的故事性，如曲波的《林海雪原》；三是有较强的主观和个人色彩，凸显历史和现实处境下的心理、情绪，带有一定的抒情性，多是中短篇作品，如茹志鹃的《百合花》。

181. 如何理解“十七年”长篇小说作家的“史诗性”追求？

答：“史诗性”是“十七年”不少长篇小说作家的追求，这也是当时评价作品达到思想艺术高度的重要标尺。这种创作追求与19世纪

---

① 邵荃麟．文学十年历程［M］// 文学十年．北京：作家出版社，1960：37.

俄、法等国的现实主义小说，以及20世纪苏联表现革命运动和战争的长篇相关，也符合革命导师马克思、列宁等对作家（巴尔扎克、托尔斯泰等）的评价。“史诗性”意味着表现时代生活、重大矛盾的各个方面，描写时代最重要的典型，揭示社会发展的方向，把握时代的精神，同时，在艺术上追求宏大叙事和崇高品格。

中国现代小说这种“宏大叙事”的艺术趋向在20世纪30年代就已存在。茅盾《子夜》等作品就是大规模地描写中国社会现象、反映时代面貌的小说。到了50年代，作家的时代意识更加强烈，反映伟大的时代，写出史诗性质的作品，成为最有抱负的作家的崇高责任。这在表现现实生活的创作中也得到体现，如柳青的《创业史》，他说：“这部小说要向读者回答的是：中国农村为什么会发生社会主义革命和这次革命是怎样进行的。”[①]

“史诗性”最主要的体现是在革命历史题材的创作中，主要表现为揭示“历史本质”的目标，结构上的宏阔时空跨度与规模，以重大历史事实为背景，加入艺术虚构的成分，以及英雄典型的创造和英雄主义的基调。这种“史诗”情结催生了众多长篇。当代中国最早被称为史诗作品的，应是1954年出版的杜鹏程的《保卫延安》，冯雪峰指出“够得上称为它所描写的这一次具有伟大历史意义的有名的英雄战争的一部史诗的。或者，从更高的要求说，从这部作品还可以加工的意义上说，也总可以是这样的英雄史诗的一部初稿”[②]。其他还有《红日》《红旗谱》《红岩》《三家巷》《苦斗》等。

这些小说不少是多卷本，但很多后期难以为继，如《创业史》只完成了一部，第二部未完成。这一时期的“史诗性”写作，由于作家史诗意识（体现为对历史、现实的主体独立思考与批判意识）不足，现实也没有提供真正史诗意识生长的空间，这些作品还没有完全达到“史诗性”应有的高度。[③]

---

① 柳青．提出几个问题来讨论［J］．延河，1963年8月号．

② 冯雪峰．论《保卫延安》的成就及其重要性［N］．文艺报，1954：11-14．

③ 参见王本朝．史诗性与当代文学的美学迷思［J］．求是学刊，2014（05）：134-140．

182. 什么是“革命英雄传奇小说”？“十七年”有哪些代表作？

答：“十七年”时期，以言情、侠义等为主要类型的通俗小说发展受阻，但一些作家在创作中加入了“传奇”因素，从而接近现代“通俗小说”的模式。“革命英雄传奇小说”（或“革命通俗小说”）是20世纪50年代中前期出现于中国文坛的一种文学类型，主要包括知侠的《铁道游击队》、曲波的《林海雪原》、冯志的《敌后武工队》、刘流的《烈火金钢》等作品，由于多以传统小说的手法来表现“革命”主题，语言通俗，具有很强的故事性，因此深受读者欢迎。但此类小说也存在部分情节过于传奇，思想深刻性不足，人物性格有些单薄、不成熟的问题。

曲波1957年出版的《林海雪原》是“革命英雄传奇小说”中影响最大的作品，出版后不到一年就销售了50万册。它讲述解放战争初期，解放军一支小分队在东北地区的剿匪战斗。小说采用全知全能的叙事角度，以情节为中心的结构方式；塑造了类型化的人物形象；有着明显的章回小说手法的运用，如“花开两朵，各表一枝”“大故事套小故事”，以及使用大量“巧合”，这都可以看出它与中国传统小说的关联。小说还借用和改造了传统小说的母题：一是“英雄”，对应传统的侠义小说，故事核心是血债与报恩复仇，塑造了智勇双全的“儒将”少剑波、具有草莽气概的杨子荣这样的英雄形象。二是“儿女情长”，对应才子佳人小说，少剑波和白茹的爱情纠葛让读者挂心。三是“鬼神”，对应神魔小说，故事核心是“神魔斗法”，小说中有“神化”的解放军战士、“妖魔化”的许大马棒、座山雕、蝴蝶迷等国民党土匪形象。

知侠的《铁道游击队》、冯志的《敌后武工队》、刘流的《烈火金钢》也借鉴了传统武侠小说的因素。《烈火金钢》还采用了章回体的评书形式。这些小说情节引人入胜，塑造了具有侠义色彩的英雄人物，具有较强的传奇性。

183.“十七年”工业题材小说创作情况如何？

答：“十七年”中与大规模的工业建设相适应，工业题材创作受到国家以及作协的重视和强调。出于对新中国的热爱和对党的信仰，有感于生机勃勃的建设形势，作家们创作热情高涨，推出大量表现作为“领导阶级”的工人的劳动和生活，发生于工厂、矿山、建设工地的矛盾斗争的作品。

工业题材小说的创作队伍大致由四部分组成，一是新中国成立前就开始了文学创作的解放区老作家，如草明、周立波、艾芜、杜鹏程、萧军。他们以自己丰富的创作经验和真诚的创作态度，向新中国文坛献上了一批表现工人形象的巨著。二是曾经从事与文学有关的工作的文学工作者，如负责文化工作的周而复、新闻工作者陆文夫。三是从工厂走上文坛的新兴工人作家。在这时期工业题材短篇小说中，这支生力军的创作占有一个特殊的位置。从 20 世纪 50 年代中期到 60 年代初期，钢铁工人出身的胡万春、纺织机修工人出身的唐克新、机械工人出身的费礼文、染织工人出身的万国儒、海员出身的陆俊超等一批工人作家活跃在这个舞台上，写出了他们眼中形形色色的工人形象。四是部分国统区的文艺工作者也投身到这一热潮之中，如路翎。尽管路翎也在努力适应新的要求，但其笔下的工人形象仍然带有很强的个体特色，屡屡受到“左倾”文艺批评的指责。新中国文艺界在这一领域拥有大规模、多层次的创作队伍，产生了不可小觑的创作成果。在各地的文学创作中，描写工人的作品的比重逐渐增加，在上海甚至出现了占据绝对优势的情况。[①]

这时期的代表作品长篇如《上海的早晨》(周而复)、《铁水奔流》(周立波)、《五月的矿山》(萧军)、《潜力》三部曲(雷加)、《风雨的黎明》(罗丹)、《百炼成钢》(艾芜)、《乘风破浪》(草明)。另外，有杜鹏程、陆文夫、胡万春、唐克新、万国儒、费礼文等的中短篇小说。尽管这时期许多作家创作出了一些颇有特色的人物形象，也写出了当时的工业情况，但由于特定的时代氛围，他们的思想有时也不免沾染了一些“左倾”观点，大量小说存在描述范围狭窄，人物、情节设置公式化的问题。

---

① 参见俞春玲 . 当代文学与工人的命运——当代文化的承载与媒介研究［M］. 天津：南开大学出版社，2014：31-32.

184. 如何认识《李双双小传》中民间艺术的隐形结构？

答:《李双双小传》是李准创作的短篇小说，1960 年发表于《人民文学》3 月号。小说以 1958 年“大跃进”与随后的人民公社运动为背景，讲述了农村妇女李双双冲破丈夫的阻挠，为集体办食堂，提高劳动效率，并在这一过程中帮助丈夫提高政治思想水平的故事。此后，根据中国社会政治形势的转变，1960 年 8 月，李准对小说进行了改写，淡化原初刊本中大跃进的故事背景和情节中的阶级斗争色彩，同时提升了喜旺形象的高度（该版本收录于 1961 年由作家出版社出版的同名小说集中）。

这部小说中男女主角特别是李双双这一人物刻画生动鲜活，情节富有趣味，这与来自民间艺术的滋养有关。《李双双小传》中存在着一个民间艺术的隐形结构，其所表现出来的形式，类似于民间传统曲艺中较常见的“二人”对戏的模式，即一个心直口快、泼辣大胆、纯洁乐观的旦角和一个自私胆小、好心善良、趣味横生的丑角所展开的性格冲突的轻喜剧。《李双双小传》中夫妻二人存在性格和地位的差异，丈夫喜旺（丑）低而妻子李双双（旦）高，喜旺围着李双双转，喜旺尽管在每一场冲突中都输于李双双，还是不断夸耀李双双的好处，直到最后亮出“先结婚，后恋爱”的包袱底，暗示了剧情所推动的二人冲突，其实是一种男女相恋爱的过程。

后来该小说被改编成电影《李双双》（1962 年上映），作品的故事情节与思想内涵都有很大的改变。准备拍摄电影时，农村办食堂的政策已经破产，电影的中心事件改写成农村如何发挥妇女劳动力、正确开展评工记分问题。其依托的民间隐形结构没变。从小说到电影改编的成功也说明了民间艺术在“十七年”文学中的价值和意义。

185. 什么是“百花文学”？

答：毛泽东在 1956 年 5 月提出“百花齐放，百家争鸣”的方针。1956 年下半年到 1957 年上半年，文艺界贯彻这一方针，出现了活跃的局面。文学思想和创作发生了一些重要的变革，出现了一批具有批评性、讽刺性、敢于探索现实生活问题的作品。

比较重要的作品有：短篇小说《办公厅主任》（李易）、《田野落霞》《西苑草》（刘绍棠）、《芦花放白的时候》（李准）、《沉默》（何又化，即秦兆阳）、《入党》（耿龙祥）、《美丽》（丰村）、《红豆》（宗璞）、《改选》（李国文）、《小巷深处》（陆文夫），特写《被围困的农庄主席》（白危）、《爬在旗杆上的人》（耿简，即柳溪）、《马端的堕落》（荔青），诗《一个和八个》（郭小川，未公开发表）、《草木篇》（流沙河）、《贾桂香》（邵燕祥），以及话剧《同甘共苦》（岳野）和此时相当繁荣的讽刺性杂文等。

“百花文学”很大部分是短篇小说，其作者主要是在二十世纪四五十年代之交走上文学道路的青年。这些创作表现出两种趋向：一是大胆干预生活，揭示工作中的“阴暗面”，负起揭发时弊、关切社会缺陷的责任；二是要求文学向“艺术”回归，清理加在它身上过多的社会政治负累，更多展示人的感情生活复杂性。这两个方面在作家的精神意向上互为关联，都蕴含着对个人价值的重新发现。

1979 年，上海文艺出版社编辑出版《重放的鲜花》，辑录了 1956 年 1 月到 1957 年 7 月 17 位作家的 20 篇作品，其中绝大多数是短篇小说，很能代表这一时期的文学风貌。

186. 如何认识《组织部来了个年轻人》中的林震和刘世吾以及他们的关系？

答：王蒙的《组织部来了个年轻人》发表于《人民文学》1956 年 9 月号（发表时名为“组织部新来的青年人”），发表时编辑部对其有所改动。这部短篇小说讲述了一个对新中国和革命事业抱着单纯而真诚的信仰的青年人林震，来到中共北京市某区委会组织部工作后所遭遇的矛盾和困惑。小说以处理麻袋厂党支部的问题为中心情节展开叙述，是较早反映社会主义制度下人民内部矛盾、揭露官僚主义的文学作品。

小说中青年人林震和区委组织部第一副部长刘世吾的形象塑造得较为突出。林震是一个正在成长的青年共产党员的形象，他原在小学当教师，因工作积极、成绩突出被调到区委组织部。他是怀着一种成长的渴望和焦虑来到组织部的，组织部是他走向成熟、实现人生理想的新的环境。小说以林震的心理体验为视角，展开对理想与现实之冲突的叙述。他敢于大胆地指出一些领导干部工作中的问题，和官僚主义进行斗争。虽然在这个过程中他遇到了重重困难，有时也感到迷茫，但他并没有退缩。

刘世吾是一个颇有深度的官僚主义的典型。他有一定的革命经历，也有相当的工作能力和魄力，富有经验，懂得“领导艺术”。但他对工作缺乏积极主动的热情，对那些有损于党和人民利益的错误和缺点，有一种职业性的平静甚至漠然。他的口头禅是“就那么回事”。很多事情他只要下决心去做，就能处理好，但他就是放任不管，最后在上级的过问下才处理了麻袋厂厂长王清泉的问题。

刘世吾身上，能看到人的异化。以前的刘世吾也曾和林震一样，但是后来他变得世故圆滑、明哲保身。刘世吾象征了现实对理想的冲击，或者是理想对现实的妥协。林震对刘世吾的态度是十分复杂的，其中既有疑惑、质疑和批判，也包含了理解、同情甚至钦佩的成分。虽然林震和刘世吾之间有很深入的思想和情感交流，但青年人林震始终对官僚刘世吾的处世态度、工作作风抱有审视和批判的意识。林震对于刘世吾这种回避矛盾的消极人生态度的不认同以及超越，正是这个青年走向成熟的开始，也寄托了作家王蒙对社会发展的期望。

187. 柳青的《创业史》中写得最成功的人物是谁，为什么？

答：1959年柳青的《创业史》（第一部）问世，这是一部探索中国农民历史命运和生活道路的多卷本长篇小说。原计划分为四部，但因故只完成一部多。《创业史》第一部面世以后，在热烈的反响之中不乏激烈的争论。争论的焦点主要集中在：小说中是以梁生宝为代表的“社会主义新人”形象，还是以梁生宝的继父梁三老汉为代表的“旧人”形象更加真实、突出？

冯牧指出：“如何创造农村中的社会主义新人和描绘新事物的萌芽成长，仍然是一个亟待解决的重要课题。”《创业史》作者成功地塑造了以“梁生宝为首的几个体现了时代的光辉思想品质的先进人物形象”[①]。

1960年，邵荃麟在《文艺报》一次会议上说：“《创业史》中梁三老汉比梁生宝写得好，概括了中国几千年来个体农民的精神负担。”“我觉得梁生宝不是最成功的，作为典型人物，在很多作品中都可以找到。梁三老汉是不是典型人物呢？我看是很高的典型人物。”[②]严家炎于20世纪60年代初期就此问题发表了系列文章，也表达了相近的观点。

但在作者柳青眼中，梁生宝不仅是小说结构的重要因素，是作者苦心孤诣的艺术探索的核心，而且还是作者的政治和审美的中心，是作者的历史观和世界观的重要载体。所以如果抬高小说中梁三老汉的地位，那不仅否定了梁生宝乃至《创业史》的艺术价值，而且还否定了作者通过梁生宝这一历史审美主体所传达的历史观和世界观。

这个讨论没有答案，但小说的中心人物是梁生宝，在他身上体现了作家的社会政治理想和美学观念。梁生宝是创业的英雄，是“党的忠实儿子”，是一个完全摆脱了小生产者私有观念羁绊的新人形象，但他的形象也带有明显英雄化、理想化的倾向。

188. 梁斌《红旗谱》的民族风格表现在什么方面？

答：梁斌1958年出版的《红旗谱》是一部具有民族风格的反映农民革命斗争的史诗式作品。小说以冀中平原朱、严两家三代农民同地主冯老兰父子的矛盾斗争为主要线索，重点描写了“反割头税”的斗争和保定二师的学潮，对大革命时期中国北方农村和城市的革命形势做了艺术概括。小说的民族风格表现在以下几个方面：

一、主题思想方面。作者说：“想完成一部具有民族气魄的小说，首先是小说的主题思想问题。在我来说，主题思想又是和小说的内容同时形成的。”“我想如果深刻地反映中国的革命斗争生活，这个革命

---

① 冯牧.初读《创业史》[N].文艺报，1960年1月号.

② 《文艺报》编辑部.关于“写中间人物”的材料[N].文艺报，1964年第8、9期合刊.

是在马列主义的普遍真理指导之下的，就会透露出中国的历史特点和民族特点来的。”[①] 小说反映的冀中平原上的革命斗争生活，表现了中国农民在共产党领导下获得解放的过程。

二、人物形象方面。燕赵多慷慨悲歌之士，小说中英雄人物有浓重的侠义色彩。第一代朱老巩是旧时代具有侠义性格的农民英雄，小说开场朱老巩“大闹柳树林”，便是忤逆权势、对于“理”的信仰和维护。他的抗争虽然失败了，但却将复仇和急公好义的精神在村民和他儿子心中留了下来。第二代朱老忠是新旧交替时代的农民英雄，他的性格具有中国农民英雄的传统特点，主要体现在反抗性、侠义性、坚韧性三个方面。他身上既有旧时代豪侠的特征，又融入了新时代英雄的精神，是小说的中心人物。

三、地域、风俗、语言方面。小说中描写了冀中平原的地域风光，如千里堤的景象、春兰家的园子；还着重写了当地的风俗习惯，如运涛出生后挂红布的习俗，朱、严两家过除夕的描写，“赶鸟风俗”等。小说注意语言的口语化和生活化，通俗易懂，充满浓厚的乡土气息。

四、对古典小说的借鉴。作者有意借鉴了中国古典小说的布局技巧。《红旗谱》每部分六七千字，相对独立，各部分环环相扣，引人入胜。刻画人物形象，主要采用古典小说常见的通过人物的行动，特别是通过人物的对话，以粗线条勾勒人物的性格。对不同性格的人物进行了对比性设计（朱老忠和严志和，春兰和严萍等），也有古典文学的特点。[②]

189. 如何理解杨沫《青春之歌》中的“成长”内涵？

答：杨沫 1958 年出版了代表作《青春之歌》。从取材上说，《青春之歌》带有自传的性质；从文体上说，这是一部典型的成长小说。

---

① 梁斌．漫谈《红旗谱》的创作［J］．人民文学，1959（06）：14-25.

② 参见徐文斗，任孚先．漫谈《红旗谱》的民族风格［J］．山东大学学报，1960（3-4）：44-56；耿传明．植根乡土的“革命叙事”——《红旗谱》与 20 世纪乡土中国的革命［J］．北方论丛，2004（06）：49-53.

小说以 1931 年“九・一八事变”到 1935 年“一二・九运动”的爱国学生运动为背景，通过女主人公林道静的成长故事，构筑了革命历史的经典叙事，也揭示出知识分子成长道路的历史必然性。这部小说的“成长”内涵，可从以下三个方面解读：

一、林道静的“成长”。小说开篇是林道静抗婚出走，描写了她在火车上的场景。叙事中以全知视角插入林道静的家世：她虽然出身于地主家庭，但她的生母秀妮却是个贫苦佃户的女儿。林道静成长道路艰难曲折，她一出场，从装束到行为，被赋予的是一个“五四式”的青年女性形象，但离家出走、个人奋斗这在“五四”时已被证明是一条很难走通的道路，林道静对未来的人生必须做出新的抉择。

林道静与余永泽的结合和分手，是她由个性解放走向社会解放的转折。受精神导师卢嘉川的影响，林道静踏上了精神解放之路，在这条路上遇见了林红、江华等优秀的人物，逐渐克服幻想、狂热，成为献身于民族解放事业的无产阶级人物。

二、中国现代知识分子的“成长”。《青春之歌》将知识分子作为叙述主体，同时也塑造了这一叙述的基本范型。它的具体过程就是离家出走以反抗旧家庭的包办婚姻，个人奋斗之途受阻，继而投身党和人民，参加革命，经受种种考验后成为共产党员。

作为寓言式的文本，《青春之歌》的意义并不仅在于如何使林道静获得了精神的解放。“它呈现了一个个人主义、民主主义、自由主义的知识分子改造成长为一个共产主义者的过程，它负荷着特殊的权威话语：资产阶级、小资产阶级知识分子只有在共产党的领导下，历经追求、痛苦、改造和考验，投身于党、献身于人民，才有真正的自我的生存与出路（真正的解放）。”[①]

三、女性的“成长”。小说中女性的成长与爱情相关。林道静和余永泽、卢嘉川、江华这三个男子的关系构成一种象征。《青春之歌》这个女性成长故事中，女性美和隐秘心理趋附在革命的主题之下，趋

① 戴锦华.《青春之歌》——历史视域中的重读［M］// 唐小兵 . 再解读：大众文艺与意识形态 . 北京：北京大学出版社，2007：195.

附在对革命者的崇拜之下，形成新的“革命＋恋爱”的范式。但其中女性精神的独立性不足，“成长”一定程度上是存疑的。

190. 为什么说《红岩》是一部“共产主义教科书”？

答:《红岩》出版于1961年12月，出版后在不到两年的时间里，就多次重印，累计达四百万册。到20世纪80年代，共印行20多次，发行800多万册，可以说是当代发行量最大的小说。《红岩》被文艺评论家称为“黎明时刻的一首悲壮史诗”，“一部震撼人心的共产主义教科书”，“一本教育青年怎样生活、斗争、怎样认识和对待敌人的教科书”[①]。《红岩》被称作“共产主义教科书”，其原因为：

一、革命教育的目的。《红岩》的署名作者是罗广斌、杨益言。他们并非专业作家，他们和刘德彬等，是书中所描写的事件的亲历者。1956年底，他们出版了“革命回忆录”——《在烈火中永生》。1958年，共青团中央和中国青年出版社建议罗广斌等将这一题材用长篇小说的形式加以表现，从一开始，任务就比较明确：注意作品的教育意义和战斗性，要对广大青少年进行革命历史传统教育。在各方人士的帮助之下，作家找到了高昂的基调、明朗的色彩和小说的主导思想，这有助于他们塑造出更崇高、更伟大的人物。在多次重写和大改后，他们最终完成了《红岩》的写作。这本书约十年的成书过程，是当代文学“组织生产”获得成功的一次实践。从某种意义上说，《红岩》的创作者是肩负着对人民群众特别是青少年进行革命教育重任的一群人。

二、时代风云的呈现。《红岩》全书共30章，主要描写在新中国成立前夕重庆严酷的地下斗争。小说的主要篇幅放在狱中斗争上，但同时也涉及中共在城市的地下组织所领导的革命运动，并组织了表现四川华蓥山根据地的武装斗争和农民运动的另一条线索。小说中清晰

① 参见王朝闻，罗荪，王子野，李希凡，侯金镜《〈红岩〉五人谈》(《文艺报》1962年第2期)；罗荪，晓立《黎明时刻的一首悲壮史诗——评〈红岩〉》(《文学评论》1962年第3期)；姚文元《黑牢中的雄鹰》(《四川文学》1962年第5期)；黄沫《革命的教科书——〈红岩〉读后》(《人民日报》1962年5月6日)等文。

地展现了时代风云，揭示了复杂的矛盾冲突，对社会生活进行了高度概括，这使小说具有了极强的意识形态宣传功能，使读者能通过阅读感受到广阔的社会背景，了解当时国民党统治行将覆灭，解放战争走向全国胜利的斗争形势和时代风貌。

三、革命英雄形象的塑造。《红岩》中最具感染力的是许云峰、江姐等这样一批有着坚定信仰的革命者形象。他们在光明和黑暗的殊死搏斗中所展现出来的高昂、悲壮的红岩精神，在肉体摧残和心理折磨下的坚定、从容，让人震撼。许云峰是中共重庆地下党组织的高层领导人，他身上集中了党的地下工作领导干部的优秀品质。女革命家江姐以各种方式和敌人进行不懈的斗争，严刑拷打无法动摇她的革命意志，最后她为共产主义理想献出了生命。圣洁、高大的英雄形象的塑造，让读者受感染的同时产生追随感，《红岩》起到了共产主义教育的作用。[①]

191. “文革”时期“手抄本小说”的发展情况如何?

答：“文革”时期除了公开发表的作品外，还有另一种文学的“写作”和“发表”处于秘密、半秘密的状态。作品常见的传播方式，是以手抄本的形式在一定范围传播，也有的以手稿形式保存，当时没有任何形式的“发表”。

“手抄本小说”中，张扬的长篇《第二次握手》最为出名。该书的大致情节是：大学生苏冠兰与丁洁琼相爱，遭苏父反对。丁洁琼赴美留学，成为著名的原子物理学家。留在国内的苏冠兰成了医学教授并与父亲故友之女叶玉菡日久生情成婚。远在美国的丁洁琼拒绝所有男士的追求，履行着与苏冠兰的爱情约定，后来她在周总理的帮助下回国，始知爱情的悲剧已无可挽回。最终她抛开了个人的不幸，振作精神，献身于祖国的科研事业。“文革”时期这部小说一方面受到读者热烈欢迎，秘密地广泛流传，另一方面又被当时的政权看作是“流毒全国”的“反

① 参见赵淑芳.传统与现代交融的典范——《红岩》叙事策略再解读［J］.河南大学学报（社会科学版），2010（06）：114-120.

动”小说。其被视为“反动”的原因，与它描述知识分子曲折的事业、生活和爱情有关，也与它对周恩来等政治人物的歌颂性叙述有关。当这些政治语境因素变化之后，小说曾有的魅力也大为减弱。

“文革”后期代表性的“手抄本小说”还有：一、靳凡的《公开的情书》，初稿完成于1972年，曾以手抄和打印本形式流传。这部中篇由几个“文革”中从大学毕业到山区、农村劳动的青年之间的通信组成。二、礼平的《晚霞消失的时候》，讲述两个出身对立阶级家庭的人物“我”（李淮平）和南珊的故事，在四次巧遇中，书写他们的情感和对历史及命运的认识。三、赵振开的《波动》，写于1974年，也曾以手抄本形式传阅。它由多层的第一人称叙述构成多层的独白，讲述“文革”中一对青年的爱情和几个人物的故事。小说表达了悲观又试图反抗悲观，书中也有对人性理想的坚持。除此之外，还有一些侦破、反特等故事在地下流传。

192. 如何评价浩然《艳阳天》的艺术价值?

答：浩然的《艳阳天》第一卷出版于1964年9月，第二、三卷出版于1966年。故事发生于1957年夏天，写北京郊区东山坞农业社围绕“土地分红”和粮食问题所发生的冲突。农业社党支部书记、社主任萧长春，是作者着力塑造的英雄人物，他带领贫下中农和反对势力作斗争，坚定地走社会主义道路。小说与其他“十七年”间的农村小说相比，对立的阶级力量更加清晰，“阵线”更加分明，矛盾冲突更加激烈，“阶级斗争”成为书中重要的内容。小说符合激进派所描绘的社会和文学结构模式，1974年的一篇评论称这部小说是“深刻地反映了我国社会主义农村尖锐激烈的阶级斗争，成功地塑造了‘坚持社会主义方向的领头人’”的“优秀的文学作品”。[①]

《艳阳天》有作家个人的生活体验在其中，生活气息浓厚，人物形象生动，语言富有特色。在形式上它既继承了“五四”新文学现实

① 初澜.在矛盾冲突中塑造无产阶级英雄典型——评长篇小说《艳阳天》[N].人民日报，1974-05-05.

主义与欧洲十九世纪文学的传统，也融合了中国古典小说如“世情小说”的一些元素。小说的结构完整紧凑，内容纷纭复杂，故事情节曲折动人，具有一定的魅力和丰富性，在当时有大量的读者和听众（小说曾在国家广播电台连播），至今来看也有较高的可读性。

《艳阳天》实现了政治性和文学可读性的结合，其在表达主流政治思想的有效性上极为突出。对其的评价随时代的变迁而变化。浩然及《艳阳天》在二十世纪六七十年代在政治上和审美上都是被肯定和推崇的。80 年代以后，特别是“重写文学史”以来的文学史对浩然及《艳阳天》的评价渐变为以否定为主。2008 年 2 月 20 日，浩然去世，社会上又掀起关于他功过是非的讨论，但逐渐趋于客观，趋向于历史地去看他的作品。①

193.“十七年”通讯、报告、特写的发展情况如何？

答：20 世纪 50 年代初，纪实性的通讯、报告、特写在散文创作中占有绝对的分量。当时创作有两大主题：

一是对“新时代”的歌颂，对当时展开的“社会主义建设”的描述。《祖国在前进》《经济建设通讯报告选（二集）》《散文特写选（1953.9—1955.12）》《特写选》（1956）等，是这方面的选集。这时期靳以写佛子岭水库工地的劳动，李若冰、华山写大西北如柴达木盆地、祁连山等地的工业基地的建设，柳青、秦兆阳有关 50 年代农村合作化的特写，都产生了一定的影响。

一是表现反映抗美援朝战争。很多作家奔赴朝鲜战场，写下了大量的战地通讯。结集的有巴金的《生活在英雄们中间》、魏巍的《谁是最可爱的人》、刘白羽的《朝鲜在战火中前进》、杨朔的《鸭绿江南北》等等。《朝鲜通讯报告选》（三集）、《志愿军一日》（1—4）、《志愿军英雄传》（三集），则是战地通讯报告的大型选集。其中，魏巍的

---

① 参见李杰俊．浩然的尴尬文学史地位［J］．文艺争鸣，2014（03）：23-35；李云雷．艺术中的“真实”、时间与风景——《艳阳天》再解读［J］．当代作家评论，2020（04）：57-67.

《谁是最可爱的人》影响很大，“最可爱的人”成为赴朝鲜作战的“志愿军”士兵的代称。

通讯、报告、特写在五六十年代，还有多次的创作“高潮”，如1958年间，又如1963年到“文革”前夕。60年代前期，《中国青年报》集体采写的《为了六十一个阶级弟兄》、郭小川的《旱天不旱地》、魏钢焰的《红桃是怎么开的？》、黄宗英的《小丫扛大旗》《特别的姑娘》、孙谦的《大寨英雄谱》、穆青等的《县委书记的榜样——焦裕禄》等，影响广泛，参与了对当时“时代精神”的创造。

194.“十七年”抒情散文有两次“复兴”，具体情况是怎样的？

答：“十七年”时期抒情散文先后经历了两次“复兴”，主要发生在1956到1957年，以及20世纪60年代初期。

一、抒情散文的第一次“复兴”。50年代中期实行“百花齐放，百家争鸣”方针的时间里，文学写作题材、风格的限制有所减弱，有利于作家个体精神和创造力的施展。因而，在1956年到1957年，散文出现了最初的“复兴”现象。老舍的《养花》、丰子恺的《南颖访问记》《庐山面目》、钦文的《鉴湖风景如画》、方令孺的《在山阴道上》、姚雪垠的《惠泉吃茶记》、叶圣陶的《游了三个湖》、万全的《搪瓷茶缸》、徐开垒的《竞赛》、秦牧的《社稷坛抒情》、杨朔的《香山红叶》、魏巍的《我的老师》、端木蕻良的《传说》、川岛的《记重印游仙窟》等作品的出现显示这一时期散文“复兴”的迹象。这些作品题材较为开阔，多表现作家个人的生活体验，思想、文笔也相当洒脱，带有个性化的语言和表达方式，不少当代散文名家都在这一年奠定了他们创作的基本格调。但由于政策的变动，这一短暂的“复兴”进程很快遭遇挫折。

二、抒情散文的第二次“复兴”。60年代初期，文学界调整了文学与政治的关系，在题材、风格上提倡有限度的多样化，更加注重展现作家自身性情和文体意识的抒情散文再一次得到“解放”，1961年因此被称为“散文年”。一部分在50年代主要写小说、通讯的作家也在这一时期转为写散文，如杨牧、刘白羽等。散文作家的壮大成为这一时期的特点之一，如秦牧、碧野、菡子、柯蓝、郭风、何为、陈残云、林遐、杨石等，老作家如巴金、冰心、吴伯箫、曹靖华，以及吴晗、邓拓、翦伯赞等学者，创作成果较为丰富。这时期散文的主体意识有所增强。散文的艺术水准有明显提高，散文作家风格各异，如杨朔的“以诗为文”的追求，刘白羽的“以情牵论”的努力，秦牧的“知识小品”的色彩，巴金的“促膝絮谈”的情味，吴伯箫的“状物成赋”的特点，曹靖华的“诗乐合一”的探索等。这时期开始了散文“理论建设”的工作，并对创作产生了有益的影响。在创作艺术上，这时期的散文作家大都重视借鉴我国古典散文和“五四”散文的艺术经验，特别是明清散文小品，对现代散文体式的建立起到了重要作用。散文作家在这一时期普遍的“诗化”追求，以及在技巧上的打磨，提升了散文的艺术质量，但也存在以“精致化”掩盖精神创造上苍白缺陷的问题。

195. 如何评价杨朔散文?

答：20 世纪 50 年代中期以后，杨朔将主要力量转向散文。出版的散文集有《海市》《东风第一枝》《生命泉》《亚洲日出》等。代表作品有《荔枝蜜》《雪浪花》《泰山极顶》《画山绣水》《蓬莱仙境》《海市》。

杨朔的散文创作特色是：一是对火红年代和普通劳动者的赞颂。如《香山红叶》中的老向导、《荔枝蜜》中的老梁、《茶花赋》中的普之仁、《雪浪花》中的老泰山。代表作《荔枝蜜》的结尾，以蜜蜂喻勤劳耕耘的农民，最后作者“梦见自己变成一只小蜜蜂”，完成对时代和人民的歌颂。

二是独创的诗体散文风格。杨朔有意识将散文当诗一样写，他说：“我向来爱诗，特别是那些久经岁月磨炼的古典诗章。这些诗差不多每篇都有自己新鲜的意境、思想、情感，耐人寻味，而结构的严密、选词用字的精练，也不容忽视。我就想：写小说散文不能也这样么？于是就往这方面学，常常在寻求诗的意境。”[1] 他所讲究的“诗意”，包

① 杨朔 .《东风第一枝》小跋［M］. 北京：作家出版社，1961：151–152.

括谋篇布局的精巧、锤词炼字的用心，以及“诗的意境”的营造。其中最重要的，其实是“从一些东鳞西爪的侧影，烘托出当前人类历史的特征”[①]的那种思维和感情方式。

三是布局精巧，语言凝练，意境深沉含蓄。他的文章讲究“起笔”，起势不凡；中间行文跌宕起伏、往复三折，见“曲径通幽”之妙；最后“卒章显志”，骤然翻出新意，含蓄止笔；但同时又力求变化多姿，讲究修饰文辞，注重锤炼语言。

杨朔强调了散文的抒情性，恢复强化了散文的审美价值。他的散文单篇来看不失为精品，但整体来看却存在结构和主题雷同、单一的问题。杨朔散文借用古典诗歌中的借景抒情、托物言志等手法，营造诗的意境，形成了先写景物，再借物喻人，最后点明哲理、抒发情感的“物—人—理”的三段式结构。杨朔散文构思模式趋同，有“散文新八股”之嫌，一定程度上造成了散文创作模式化、僵硬化的流弊。[②]

196. 如何认识秦牧散文的创作特色和价值?

答：新中国成立后，秦牧把主要精力集中在散文的写作上，他的代表散文集有《星下集》《贝壳集》《潮汐和船》《花城》《长河浪花集》。秦牧的散文创作特色是：

一、题材广阔，知识丰富。秦牧散文的题材可谓海阔天空，历史掌故、神话传说、风土人情、逸闻趣事、自然风光等各种知识，都能构成内容丰富、内蕴深厚的创作题材。如《菱角的喜剧》涉及植物、动物、化学、物理以至人体学等多方面的知识;《潮汐和船》把读者引到潮涨潮落的海滩，去了解自古至今航船发展演变的历史;《社稷坛抒情》中，有文学、史学、哲学、自然科学，还有民俗学、建筑学、绘画学等。

二、趣味盎然，思想深邃。他的散文寓深刻的思想于丰富的知识

① 杨朔.《东风第一枝》小跋［M］. 北京：作家出版社，1961：151.

② 参见李婷. 杨朔散文重提［N］. 文艺报，2015-4-27（07）；李兆忠. 令人叹息的杨朔［J］. 文学自由谈，2020（01）：45-51.

性中，妙趣横生。如《花城》由千姿百态的奇花异卉说到各种花卉的产地故乡，还谈及如何品味水仙的清雅、红桃的艳丽。他重视散文的思想性，其作品有的抒发政治情感，如《土地》；有的论说道理，如《古战场春晓》。

三、形式多样而又统一，语言表达亲切而活泼。无论是说理、抒情、叙事，他的散文表现方式多种多样。他喜欢用一种"林中散步""灯下谈心"式的亲切的文笔，善于运用成语、谚语、比喻、格言，以及适当的对偶句、排比句，显得新鲜活泼、自然贴切。

在同时期的散文作家中，秦牧对散文艺术的探索比较专注，作品有一定学者化的倾向。他的散文有较稳定的创作范式，他多选择一种看似平凡的事物，如土地、花、灯、船、菱角、古战场、社稷坛等，然后将与之相关的古今中外的材料尽可能罗列出来，再理出头绪，"用一根思想的红线串起生活的珍珠"[①]。这固然使秦牧形成了某种特色，但也存在作品风格较趋同的问题。

197. 刘白羽的散文有何特色？

答：刘白羽的散文集有《火炬与太阳》《早晨的太阳》《红玛瑙集》等。他是一位战士型的作家。他亲身经历的战争和战斗，是他感受、描绘和想象的"资源"，也是他评价社会和生活的尺度。其散文的总体风格是：侧重于情思的抒发，注重构思和意境，语言的文学色彩强烈。具体而言，其散文有以下特色：

一、刘白羽的散文充满革命激情，注重感情与体验的直接倾吐。他的散文常以描述亲身的经历以及由此产生的联想作为全文的内容，以感情作为贯穿全文的线索，借助鲜明的形象进行哲理的议论，从而使感情升华，把作品推向一种伟大而崇高的境界。其散文中常有抒情性的议论。如《日出》中"我们是早上六点钟的太阳"，《长江三日》中"就是这样战斗、航进，穿过黑夜走向黎明"。

---

① 秦牧．散文创作谈［M］// 王效天．散文创作艺术谈．南京：江苏文艺出版社，1984：6-7.

二、刘白羽的文笔气势恢宏，语言华美明丽，形成了一种壮美的风格。他的散文一般都篇幅较大，多用长句，善用铺陈、排比来造成磅礴的气势。同时注意炼字炼句，富有音乐美和绘画美。他常从古今中外的作品中旁征博引，为文章添色增辉。如《长江三日》中引用古代诗人的名句、民间的谚语，以及革命家的文字。他不依赖于辞藻堆砌，而是注重语言的准确、生动与华丽。

刘白羽的散文也存在一些问题：自觉秉承某种既定理念而缺少主体独特的精神探索；使用语汇较贫乏，大多是那一时代通行一时的豪言壮语；再现现实所组织、搜罗的艺术形象也显单调，常用日出、炮火、灯火、启明星、急流等当时语境里习见的意象。

198.“十七年”杂文发展的情况是怎样的？

答：杂文是作家用来表现其“社会承担”的重要文体，与作家的批判精神紧密相连，但其在“十七年”时期的生存和发展也面临问题。1956—1957年间，文学界提出发展各种文艺形式和风格，容许对“人民内部”的缺点，以及对社会生活的“黑暗面”进行揭露和批评，杂文也引起关注。1956年7月《人民日报》改版后，副刊版的杂文受到重视，各地报刊也将振兴杂文作为文学和新闻媒体改革的重要一项。这期间，徐懋庸在杂文的振兴上，出力最多，写有杂文上百篇。其他的代表杂文还有：巴人的《论人情》《况钟的笔》、严秀的《九斤老太论》、夏衍的《“废名论”存疑》、江有生的《行行有禁忌，事事得罪人》、金绣龙的《何必曰利》、秦似的《比大和比小》、唐弢的《“言论老生”》、闻璧的《八股文种种》等。

60年代初杂文创作也一度活跃，如邓拓的《燕山夜话》、吴南星（吴晗、邓拓、廖沫沙的笔名）的《三家村札记》、《人民日报》的“长短录”短文等。但这些杂文其实多为知识小品、札记、随笔，在批判性上锋芒大减。

邓拓是这时期影响较大的杂文作者，他的《燕山夜话》《三家村札记》及其他一些杂文，以渊博的知识谈古论今，其文章具有相当的趣味性和可读性。他对那些不着边际、好大喜功、没有丝毫的实际效果的高谈阔论也采取了嘲讽批评的态度。对浮夸风的批评，他写有《一个鸡蛋的家当》《说大话的故事》《两则外国寓言》《伟大的空话》《专治"健忘症"》等篇；对官僚主义的讽喻，他写有《陈绛和王耿的案件》。他还有一些正面的主张，如《堵塞不如开导》与《"批判"正解》等。邓拓有强烈的历史责任感，有对集体理想的忠诚，也有书生气质，这使他在说话空间很小的时期，仍保持了知识分子的操守，一定程度上保持了杂文的传统。

199."十七年"的戏曲改革情况是怎样的?

答:"十七年"全面展开了"改人、改戏、改制"的戏曲改革运动。"改戏"，即清除戏曲剧本和戏曲舞台上旧的有害因素;"改人"，是帮助艺人改造思想，提高政治觉悟和文化业务水平;"改制"，即改革旧戏班社中的不合理制度。戏曲的改革有两个时期特别值得注意:

一、1949—1957年间，戏曲改革的主要任务是根据新的时代要求，进行戏曲的推陈出新。改革的成果主要有:(一)在剧目方面进行了去芜存菁的筛选。(二)对上演剧目思想内容的抑浊扬清。(三)展开对传统剧目的挖掘工作。(四)大批话剧工作者加盟戏曲队伍。(五)现代戏剧理论在戏曲界进一步传播。这些改革使传统剧目的整体艺术水平获得较大程度的提高。京剧《白蛇传》、越剧《梁山伯与祝英台》、昆曲《十五贯》等精品剧目便是这个时期传统剧目推陈出新的典范。《十五贯》被誉为"一出戏救活一个剧种"，其原作又名《双熊梦》，改编删去了其中巧合的情节与神明托梦破冤狱的思想，从而成了一出较纯粹的"公案戏"。

二、1958—1966年间，戏曲改革的使命是进行京剧现代戏的"革命"。这一改革促使现代戏作为戏曲的一种新样式而得到观众的承认。戏曲由传统戏而现代戏的关键障碍是传统演艺形式与现代生活的矛盾。20世纪60年代的"京剧革命"之所以获得成功，是在增强内容的革命性的同时，对戏曲的传统形式进行了大胆谨慎的全面革新，其中也有政治干预的力量影响。但后来京剧现代戏走向"文革"时期的革命样板戏，为激进化的政治理念服务，发展出现偏差。

200. 什么是“第四种剧本”？

答：1956—1957年间，出现了一批与20世纪50年代前期表现现实政治运动、工厂农村的斗争和生活情景以及侧重“革命历史”叙述不同的剧本，它们在题材和风格上都有所开拓，被称作“第四种剧本”。这一名称源于剧作家刘川在1957年《南京日报》上发表的署名为黎弘的评论文章《第四种剧本——评〈布谷鸟又叫了〉》。这些作品除了非概念化地表现工农兵生活，还描写了工农干部、知识分子等的家庭生活和感情生活。

这些剧作有两个特征：一、勇敢地突破了“人性”“人道主义”的禁区，大胆描写人的道德、情操和爱情生活，深入剖析人的丰富复杂的内心世界，塑造出一批真实典型的人物形象。二、勇敢地突破了只准歌颂不准暴露的禁区，大胆地干预生活，尖锐地揭露现实生活中存在的严重矛盾和冲突。

代表作如海默的《洞箫横吹》，该作品反映了20世纪50年代中期农业合作化进程中的种种阻碍，赞扬了以刘杰为代表的民众艰苦奋斗的精神，大胆批判了某些党员干部的腐败行为和官僚作风。其他作品还有杨履方的《布谷鸟又叫了》、何求的《新局长到来之前》、岳野的《同甘共苦》、苏一萍的《如兄如弟》、赵寻的《人约黄昏后》、鲁彦周的《归来》等。

201. 什么是“社会主义教育剧”？

答：1962年9月毛泽东在党的八届十中全会上发出“千万不要忘记阶级斗争”的号召，这一时期话剧也随之出现“社会主义教育剧”的兴盛。这些剧“向全体国民宣传和强化阶级斗争理论，同时也进行革命传统教育，鼓励发扬自力更生、艰苦奋斗的作风。教育的对象是全体国民，但从巩固无产阶级专政出发，教育的重点主要是年轻的一代”[①]。

“社会主义教育剧”大致可分为两类：一是完全不顾生活真实，

① 王新民．中国当代戏剧史纲［M］．北京：社会科学文献出版社，1997：193.

一味图解阶级斗争理论的，如《夺印》；二是创作者从生活出发，剧中的冲突、人物有一定的生活基础，但由于错误思潮的影响，严重损害了作品的本质真实性，如《千万不要忘记》《年青的一代》，这些剧涉及的是“革命传统”的延续、坚持的问题。其中也有个别好的，如沈西蒙、漠雁、吕兴臣集体创作的《霓虹灯下的哨兵》，讲述“南京路上好八连”不为香风所动，不为糖衣炮弹所击，保持坚定的革命意志和艰苦朴素的优良作风的故事。该剧不仅敢于描写军队内部的思想分歧以及英雄人物复杂的精神世界和感情世界，而且在“写意戏剧观”的基础上探索话剧的民族化道路。

202.“十七年”中郭沫若在历史剧上有哪些成就？

答：新中国成立后，郭沫若创作了历史剧《蔡文姬》(1959)和《武则天》(1960)。这两个剧本的写作动机与为历史人物“翻案”有关。郭沫若的历史剧构思与现实有关，即从现实政治问题出发到历史中去寻找事件和人物，作为对现实发言的依据。作者充溢着浪漫激情的“改写”，是对推崇开辟历史“新纪元”“风流人物”时代精神的呼应。

《蔡文姬》重新书写了“文姬归汉”的历史题材，其有三方面的特点：一是作者以“蔡文姬就是我”为创作基点，投入了很深的感情。蔡文姬离夫别子，回到中原，剧中她“归汉”前后的内心波澜得到细致动人的刻画，表现出大的责任与个人感情的冲突。二是剧作家根据时代需要对曹操做了“翻案”。他在《蔡文姬·序》中指出：“曹操对我们民族的发展、文化的发展，确实是有过贡献的人。在封建时代他是一位了不起的历史人物。”三是全剧有着“剧诗”的色彩。剧中的人物对话，大多是诗一般的抒情语言。诗篇《胡笳十八拍》《重睹芳华》的融入剧情，也增加了诗意。

《武则天》写一代女皇如何面对裴炎、骆宾王串通徐敬业谋反的历史事件，剧作在尖锐复杂的政治斗争中正面表现武则天。武则天在历史上是有争议的人物，但剧中塑造出一位雄才大略、志于强国富民，而又从谏如流、知人善任、富于人情味的君主，实现了“翻案”的目的。

203. 如何认识老舍《茶馆》的艺术价值?

答:《茶馆》是老舍写于1957年的三幕话剧，借北京城里一个名为裕泰的茶馆在三个时期（清末1898年初秋；袁世凯死后军阀混战的民国初年；20世纪40年代抗战结束、内战爆发前夕）的变化，来表现十九世纪末以后半个世纪中国的历史变迁。该剧有很高的艺术价值，这主要表现在:

一、人物塑造生动鲜活。老舍的《茶馆》中人物多，年代长，不易找到中心故事。他采用的办法是:（一）主要人物自壮到老，贯穿全剧。（二）次要人物父子相承，父子都由同一演员扮演。（三）设法使每个角色都说他们自己的事，可是又与时代发生关系。（四）无关紧要的人物一律招之即来，挥之即去，毫不客气。《茶馆》中主要人物常四爷、秦仲义和王利发贯串全剧。“旗人”常四爷耿直，“一辈子不服软”；秦仲义办工厂，开银号，雄心勃勃；掌柜王利发则“见谁都请安、鞠躬、作揖”，但他们最终都走投无路，为自己祭奠送葬。

二、独特的艺术构思。（一）“反描法”：描写了三个黑暗压抑的时代，让观众在反面否定的感受中，自然趋向正面的主题。（二）“侧面透露法”：老舍说:“我不熟悉政治舞台上的高官大人……我只认识一些小人物。”[①] 作者将故事发生地点选在了裕泰茶馆，描写这里的小人物。（三）“人像展览式”：涉及市民社会的“三教九流”。（四）“坐标式结构”:“史”（三个时代）与“面”（茶馆）的交叉。（五）每幕都要穿插描写一件非常怪异的事件：第一幕的太监娶老婆，第二幕的两汉娶一妇，第三幕的三位老人自撒纸钱。

《茶馆》的结构艺术在中国话剧史上显得非常特别，它不以戏剧冲突见长，主要是通过人物性格即命运来推动剧情的发展，所谓“人物带动故事”；它的情节零散、不集中，达到“间离效果”，让接受者在片段中思考。

三、双层主题寓意深刻。《茶馆》显在的主题是“埋葬三个时

---

① 老舍.答复有关《茶馆》的几个问题［J］.剧本，1958（05）：93.

代”，但它还有一个潜在的主题，即对一种逝去的文化的挽悼，奏响了对传统文化特别是京味文化的一曲挽歌。《茶馆》“埋葬三个时代”的政治主题与萦绕剧中的作者的“低回凭吊之情”紧密相连。当年老舍一再强调要演出文化来，作者借这些生活在社会底层的“小人物”的哀乐与命运，演绎了一个巨大的历史主题和一种已逝去的文化。①

204. 田汉《关汉卿》中的关汉卿是怎样的形象？

答：话剧《关汉卿》是1958年田汉为纪念“世界文化名人关汉卿创作活动七百周年”而作。剧作以《窦娥冤》的写作和上演为线索来展开矛盾冲突，塑造了元代戏剧家关汉卿的艺术形象。

关汉卿传世的史料甚少。田汉从关汉卿流传下来的剧作和散曲中去体察他的性格，挖掘他的精神，设想他的生平和为人。某种意义上说，田汉把自己投射到了关汉卿的身上。关汉卿是元代的大戏剧家，田汉外号“田老大”，他们都是戏剧界的领袖，有许多相通之处。他们都有不伏老的“铜豌豆”精神，同为才情天纵的戏剧家，同有不平则鸣之心，同有疾恶如仇之愤，同有为民请命之志，同有爱家爱国和反抗民族压迫之情……这些特质在剧作中得到强化。

关汉卿还有风流的另一面，历来对关汉卿的评价，是一个才高八斗的风流人士。从关汉卿的一些散曲看，香艳，缠绵，风流蕴藉，说他情种，是有依据的。但田汉心目中的关汉卿不是情种，而是情侠：关汉卿与烟花粉黛往来，是同情她们的疾苦，帮助她们的生活；与关汉卿相往还的烟花粉黛，是像朱帘秀这样重情重义、有胆有识的红粉知己。在剧中他浓墨重彩书写了关汉卿与朱帘秀忠贞的爱情。两人相知相随的美好爱情，是田汉早年就开始苦苦追求的“灵、肉和谐统一”的理想爱情的实现。其实关汉卿与朱帘秀的爱情关系并无多少史料可考，仅仅是根据关汉卿一支散曲《南吕·一枝花·赠朱帘秀》设想、虚构出来的。剧中，关汉卿与朱帘秀是以创、演

---

① 参见曾令存.《茶馆》文本深层结构的再解读［J］. 中国现代文学研究丛刊，2009（05）：90-99.

《窦娥冤》的中心事件为驱动力，进入相濡以沫的爱情境界。他们从谈市井的民女朱小兰被枉杀的冤案，到一个敢写、一个敢演的相互激励，再到顶住压力演出《窦娥冤》为人民鸣不平，最后拒不改词，直到被双双投入大狱，最后以两人“蝶双飞”或“蝶分飞”为结局（两个结局并存）。

正是经过这番发掘、翻转和重铸，田汉终于将一个史料极少、言行复杂的关汉卿，匠心独运地塑造成了一个形象丰满、具有浩然正气、“为民请命”的英雄形象。[①]

205. 什么是“革命样板戏”？

答：自 1966 年“文革”开始到 20 世纪 70 年代初，“革命样板戏”是官方提倡最力、影响最大的文艺作品。京剧现代戏的提倡开始于 50 年代中期，60 年代初起更多地与所谓“阶级斗争”的政治现实相关联，在江青的直接干预下开始了样板化的过程。1964 年，文化部在北京举办全国京剧现代戏观摩演出大会，汇集了全国 9 个省、市、自治区的 28 个剧团的 38 台“现代戏”（指表现现代生活的戏曲剧目），其中有很多就是后来“革命样板戏”依据改编的原本。

1966 年 12 月 26 日《人民日报》发表了一篇题为《贯彻毛主席文艺路线的光辉样板》的文章，它将京剧《沙家浜》《红灯记》等并称为“革命现代样板作品”。1967 年《红旗》杂志在第 6 期上，刊出了社论《欢呼京剧革命的伟大胜利》，也使用了“样板戏”的说法。1967 年 5 月 31 日，“革命样板戏”一词在《人民日报》社论《革命文艺的优秀样板》一文中被正式命名，并开列了“八个革命样板戏”的名单，即京剧《智取威虎山》《海港》《红灯记》《沙家浜》《奇袭白虎团》，芭蕾舞剧《红色娘子军》《白毛女》和交响音乐《沙家浜》。

之后又出现了京剧《龙江颂》《红色娘子军》《平原作战》等第二批“样板戏”，到 1975 年，“样板戏”的数量增加到 18 个，其中京剧 11 个。在这个打倒了所有中外文化传统的时代里，它们便是数量不多

① 参见宋宝珍．论《关汉卿》[J]．戏剧文学，1998（09）：46-50.

的公开文学作品中的“样板”，通过舞台表演、电影播放、电台广播和语言文字等传播渠道，被大力在全民中推行，成为那一时代精神生活的象征。在样板戏的推行过程中，还形成了“三突出”“三结合”等一系列模式化的文学创作观念，这些“理论”的推行给“文革”期间的文学创作造成了消极影响。

第二章 20世纪80—90年代的文学

206. 何为“新时期文学”？它的转折有哪些表现？

答：“新时期文学”这一名称，来自于1977年召开的中共第十一次全国代表大会提出的“新时期”的说法。这次会议不仅宣布了历时十年的“文化大革命”的结束，而且把“文革”结束后的中国社会，称为社会主义革命和建设的“新时期”。因此可以说，“新时期文学”的命名，再次体现了当代文学界与社会政治关联密切这一特征。作为一个分期概念，“新时期文学”一般指的是“文革”后的文学。

社会政治意义上的“新时期”，不仅停用了“以阶级斗争为纲”和“无产阶级专政下继续革命”的路线，而且确立了“实践是检验真理的唯一标准”，开始把工作重心转移到“社会主义现代化建设”上。因此，当时的中国社会各界普遍把新时期视为“第二次解放”，认为“文革”结束对国家、社会、个人和文化等各个方面具有转折性意义。同样地，从文学史的角度而言，“新时期文学”的发生，被看作中国现当代文学继“五四”文学革命后的又一次“文学革命”[①]，即又一次意义深远的重大转折。

“新时期文学”的转折主要有两个表现：

一是表现为文艺激进派开展的“文化大革命”被政治体制的“暴力”中断。“文革”期间使用的《部队文艺工作座谈会纪要》以及“文艺黑线专政论”受到批判，“文革”中被破坏的当代文学体制逐步得到修复，从中央到地方的各级文联、作协重新开始正常工作，曾经被批判的文学观念如“文学是人学”得到正名，受到迫害的作家如老舍、丁玲、艾青等，以及受到错误批判的作品如《组织部来了个年轻人》等获得平反；在文学创作上，展开了一系列否定“文革”和对“十七

① 许觉民．开幕词［J］．文学评论，1986（06）：3-5.

年”的历史改写，这构成了“伤痕文学”与“反思文学”的主流。

二是表现在如何重构文学的“新时期”上。有些人试图回到“十七年”文学的主流，即回到毛泽东提出的“工农兵文学”的道路；而另一些人则表现出强烈的告别现代中国“左翼”文学和“工农兵文学”的倾向，他们向往“五四”那种异常活跃的、多元共生的状态，开始寻找新的思想资源和文学资源。在这个意义上，转折意味着一次相对于“文革”文学的断裂，它主要体现为不同思潮、派别、力量的地位变化和关系重组，也因此带来了不同的文学规划与文学形态的共存，使新时期文学在一开始就展现出生机勃勃又相对复杂的样态，如新时期早期的社会主义现实主义与现代派文学的共存等现象。

207. 怎样看待“新时期”文学评奖制度?

答：不同于“十七年”时期规模较小且没有制度性的文学评奖，“新时期”文学开始重视并确立奖励制度。从实质上而言，这是国家意识形态以制度化的形式确立了评奖的权威性。“任何奖项的设立，本身就具有意识形态性，它除了举荐和维护文学艺术自身的生产规则外，还要考虑它们在多大程度上体现了评奖标准的要求。”[①] 通过制度性的评奖，国家对文学创作进行了有效的引导与召唤。

1978 年，受中国作协委托，《人民文学》编辑部举办全国优秀短篇小说评选活动，这是当代首次举办的文学评奖。这次评奖不仅肯定了当时还存在争论的“伤痕文学”的价值（刘心武的《班主任》、卢新华的《伤痕》均榜上有名），而且也使一批作家确立了其在当代文坛上的地位，如张承志以处女作《骑手为什么歌唱母亲》获奖，贾平凹以《满月儿》获奖，此外，孔捷生、李陀等人也在获奖者名单之中。获奖不仅使他们受到文坛的重视，也使他们获得了全国性声誉。这次文学评奖的力量由此可见一斑。此后，又连续举办了 1979—1981 年的全国优秀短篇小说评奖，《诗刊》社举办了 1979—1980 年全国优秀新诗奖。从 1982 年到 1986 年，文学奖项的范围不断扩大，中篇小说、

① 孟繁华 .1978 激情岁月［M］. 济南：山东教育出版社，1998：240.

报告文学、儿童文学都设立了奖项，且改由中国作协主办。

20世纪80年代以后，各省、市、自治区的各种刊物、机构设立的文学奖项数量很多。这个时期，中国作协主办的全国性的重要奖项有两个，一是1981年设立的茅盾文学奖，二是1996年设立的鲁迅文学奖。这些奖项的宗旨、规则和评选人选由中国作协确定。在具体的评选中，有三方面因素在同时起作用，一是文学评奖对意识形态功能的考虑，二是不同文学集团的利益，三是评委构成的复杂。评选结果因此出现了标准混杂的状况：或者是得奖者良莠不齐，或者是开列了长串清单而削弱了奖项的价值；获奖作品缺乏基本的说服力，而一些优秀之作却被遗漏。因此，90年代以后的每一届茅盾文学奖、鲁迅文学奖都会引发各种非议和争论。不过，获得国家级的文学奖项，必将取得可观的经济收益和象征资本。因此，尽管其权威性不断受到质疑，许多人仍然渴望获得奖项。

208. 20世纪80年代有哪两大作家群？他们思想与创作有何不同？

答：20世纪80年代的两大作家群，一是50年代因政治或艺术原因遭受挫折，被称为“复出作家”或“归来作家”的一群，包括艾青、汪曾祺、牛汉、郑敏、王蒙、张贤亮、昌耀、高晓声、陆文夫、刘绍棠、李国文等；二是知青作家群，包括韩少功、张承志、史铁生、贾平凹、王安忆、郑义、张欣欣、梁晓声、陈建功、张抗抗、何立伟、叶辛、铁凝、李晓等。

他们虽然都写当代历史的曲折变化，并共同参与了伤痕文学等文学潮流，但是，他们的思想与创作有明显的不同。在思想上，“复出作家”中的大多数在50年代已经确立了其知识结构和精神气质，而知青的知识结构虽然与“十七年”作家有相近之处，但他们通过阅读打破了这一局限，从而获得了认识世界的新方法和新视角。在人生经历上，“复出作家”进入新时期，就意味着从边缘回归中心，成为新时期的文化英雄，如王蒙从流放地新疆回到北京后不久当上了文化部部长；而知青作家们，经历了从革命者到接受贫下中农再教育的身份转变，以及从经济较为发达的城镇到贫困落后的乡村的生活下降，返城后，其社会位置暧昧不明，他们需要寻求、证明自己的身份。不同的人生经历对两个作家群的创作产生了影响，使得他们创作的作品在结构和情绪上均不相同，复出作家的作品在结局上大多是封闭而圆满的，且情绪积极乐观；而不少知青作家的作品，却采用了开放式结局，情绪表达上也显得迷惘而焦虑。

209. 如何认识20世纪80年代的“重写文学史”？

答：20世纪80年代的“重写文学史”思潮，有狭义和广义之分。狭义的“重写文学史”，指的是1988—1989年间陈思和、王晓明在《上海文论》主持“重写文学史”专栏，学者们在此期间发表了一批相关文章。陈思和与王晓明提出“重写文学史”的初衷，是致力于“中国新文学的重要作家、作品和文学思潮、现象的重新研究、评估”，希望以此“冲击那些似乎已成定论的文学史结论”，“探讨文学史研究多元化的可能性”。[①] 事实上，陈思和与王晓明提出的“重写文学史”这一主张，是80年代初的“重评”、80年代中期的“二十世纪中国文学”与“新文学整体观”的延续，是它们的进一步深化，三者合起来就是广义意义上的“重写文学史”。

80年代初的“重评”是在“拨乱反正”的旗帜下出现的，它包括对20世纪中国文学与现代作家的重新评价。继“文革”中受到批判的作家得到公正评价之后，原本在以往的现代文学史中不曾被提及或边缘化的作家如胡适、沈从文、张爱玲、钱锺书、戴望舒、废名、李金发等，以及文学流派如鸳鸯蝴蝶派、新月派等重新进入人们的视野，另一些作家如鲁迅、茅盾、曹禺、丁玲等及其作品也受到与此前的文学史不同的评价。

80年代中期，黄子平、陈平原、钱理群提出“二十世纪中国文学”的说法，指出“二十世纪中国文学”纵向上是“从古代中国文学向现代中国文学转变、过渡并最终完成的一个进程”，横向上则是

① 陈思和，王晓明．主持人的话［J］．上海文论，1988（04）：4.

“中国文学走向并汇入‘世界文学’”。[①] 陈思和提出了“新文学整体观”，他反对“以政治的标准对待文学”，反对从政治史的角度把新文学史划分为“现代文学”与“当代文学”，希望从文学史的角度将二者视为一个整体。

1988—1989年，“重写文学史”专栏共推出9期，陈思和与王晓明的主张在学者们发表的论文中得到了呼应。这些论文或者选择被以往文学史树为经典的作家作品，如茅盾的《子夜》、柳青的《创业史》、杨沫的《青春之歌》等，或者选择重要的理论思潮如“赵树理方向”等。他们试图用文学的现代化与审美特性，对抗20世纪50—70年代文学史的政治性与阶级性评价标准。茅盾的《子夜》因此被视为“一份高级形式的社会文件”；丁玲的《莎菲女士的日记》因“敢于自我审视”而得到肯定，而她的《韦护》《水》则因牺牲了“自己独特的生命体验”而受到批评；柳青的《创业史》与“赵树理方向”也受到不同程度的质疑与批评。

这次“重写文学史”的浪潮，用文学的审美标准冲击文学的政治标准，再次制造了审美与政治的对立，因而，它是80年代一整套有关文学主体性、现代性的想象的再度重申[②]，客观上有利于使文学从原来的工具性地位中摆脱出来，确立文学自身的自为地位。但是，重评也存在一些问题，一方面是放大了文学的审美性，并引发了90年代文学回避处理与现实关系的问题，另一方面对研究对象也存在简单、粗暴的指认。

210. 什么是“伤痕文学”？有哪些重要作家和作品？

答：“伤痕文学”出现于20世纪70年代末到80年代中期，也被称为“伤痕小说”，得名于卢新华的小说《伤痕》。伤痕文学的主要内

① 黄子平，陈平原，钱理群.论“二十世纪中国文学”[J].文学评论，1985(05)：3-14.

② 温儒敏，李宪瑜，贺桂梅，姜涛.中国现当代文学学科概要[M].北京：北京大学出版社，2005：125.

容，是“文革”亲历者讲述的“文革”中的创伤性记忆，或以“文革”创伤性记忆为背景的故事，其共同的主题是表现“文革”对个人、社会和国家的伤害，批判“四人帮”，暴露“极左”路线的危害。在这一意义上，伤痕文学回归了现实主义传统。但是，由于不少小说在表现“文革”悲剧时伴随着低沉、压抑的情绪，引发了一些批评家基于社会主义现实主义原则的批评。与此同时，王蒙、刘宾雁、秦兆阳等人则为伤痕文学辩护。由此展开的关于文学应该批判还是歌颂、是否应该表现“阴暗面”等问题的争论，既表征着新时期初期人们思想认识上的差距，也表征着文学进入了一个迥异于“文革”的新时期的大胆探索与艰难步伐的阶段。

伤痕文学的作品很多。1977 年，刘心武发表被称为伤痕文学代表作的《班主任》，小说从班主任张老师的视角，表现了“四人帮”在青少年的心灵上留下的创伤，小流氓宋宝琦愚昧无知，公认的“好学生”团支书谢慧敏思想僵化，小说结尾，张老师站在启蒙立场上发出了“救救孩子”的呼声。卢新华的《伤痕》发表于 1978 年，小说讲述女知青王晓华在“文革”中受到“极左”路线影响与母亲划清界限，以致未能赶上和母亲见最后一面的悲剧。此后，出现了更多的伤痕小说，它们有的表现国家干部和知识分子在“文革”中受到的残酷迫害，如从维熙的《大墙下的红玉兰》、鲁彦周的《天云山传奇》、莫应丰的《将军吟》、冯骥才的《啊！》、宗璞的《我是谁》等；有的以“文革”创伤为背景，表现知识青年的不幸命运，如陈国凯的《我应该怎么办》、郑义的《枫》、遇罗锦的《一个冬天的童话》、竹林的《生活的路》、老鬼的《血色黄昏》等；另有一部分作品表现了“文革”造成的普通人的悲剧，如周克芹的《许茂和他的女儿们》、张贤亮的《邢老汉和狗的故事》、张洁的《从森林里来的孩子》等。其中,《许茂和他的女儿们》虽然也表现正直的村干部在“文革”中被迫靠边站，但更多地表现了许茂和他的女儿们在“文革”中遭遇到的痛苦。

伤痕文学对“文革”灾难的揭露，很快得到了读者和权力阶层的认可，伤痕文学也因此确立了其合法地位。

211. 什么是“反思文学”？它反思了哪些问题？

答：“反思文学”是伤痕文学的延伸和深化，形成于 1978 年 5 月开始的“实践是检验真理的唯一标准”的讨论之后，是伤痕文学发展的必然结果。当其成为创作潮流时，就代替了伤痕文学。它把反思的历史幅度拓展了一大步：相对于伤痕文学，反思文学把时间继续往回推，一直推前到了 20 世纪 50 年代；在内容上“反思文学”不再停留于伤痕的悲剧性展示，而是更具有理性思考的穿透力，这体现在作家开始表现特定时期的经济与社会状况，也深入挖掘人物的思想和心理状态。

“反思文学”反思的问题有这样几个方面：一是反思“极左”政策，如高晓声的《李顺大造屋》写李顺大在“极左”政策的危害下，20 年不能盖起属于自己的房屋；张一弓的《犯人李铜钟的故事》反思浮夸风和共产风；古华的《芙蓉镇》通过美丽善良的胡玉音的遭遇，反思“极左”政策给人民生活带来的灾难。二是反思干群关系，如茹志鹃的《剪辑错了的故事》对比了战争年代和“大跃进”时期的干群关系，从普通人的角度反思为什么曾经和群众打成一片的干部变成了脱离群众的干部；王蒙的《蝴蝶》巧用庄周梦蝶的典故，让张思远把当年的张书记、现在的张部长和文革中老张头的处境，以及他和人民的关系并置在一起，反省自己到底是谁。三是反思国民性，高晓声的《李顺大造屋》和《“漏斗户”主》等反思了农民身上存在的愚昧和狭隘，作者认为他们的血液里流淌着奴性的基因，不敢也不会独立思考。

212. 如何认识“改革文学”思潮及其局限？

答：“改革文学”几乎是与伤痕文学和反思文学同时出现的，不同之处在于，相对于伤痕文学和反思文学的面向过去，“改革文学”是面向未来的，它着眼于正在进行的城市和农村改革，表现作家对改革的思考和想象，以文学的方式参与当时的改革进程。

“改革文学”塑造了一批锐意改革的改革者形象，其中影响最大的是蒋子龙的《乔厂长上任记》，小说既把主人公乔光朴设计成久经考验的、曾经受到打击的老干部，还把他塑造为具有先进的现代意识、重视效率、敢想敢干的改革者。此外，蒋子龙的《机电局长的一天》中的霍大道、《开拓者》中的车篷宽、《赤橙黄绿青蓝紫》中的解净，张洁的长篇小说《沉重的翅膀》中的工业部副部长郑子云、曙光汽车制造厂厂长陈咏明，柯云路的《新星》中的李向南，贾平凹的《小月前本》中的门门、《鸡窝洼的人家》中的禾禾、《浮躁》中的金狗等，都是当时的改革者形象。“改革文学”在塑造改革者的同时，也塑造了阻碍改革的保守派，这就形成了改革文学二元对立的人物关系：改革派和保守派。改革派往往思想先进，保守派则处处阻挠改革。改革文学的情节围绕着改革派与保守派的斗争展开，在小说的结尾处，往往设置改革派对保守派的胜利。

“改革文学”的局限，一是这些小说普遍存在的改革派与保守派的二元对立的人物关系，这是对“十七年文学”与“文革文学”的人物关系的延续。事实上，在改革进程中，各种力量及其持有的思想观念常常是彼此交叉互渗的，因此，“改革文学”的人物关系简化了改革的复杂性。二是“改革文学”中的改革的“最大特征就是对现状的颠覆，在这些颠覆背后并没有法律、制度、经济规律的有力支持，只有个别的领导干部支持、改革者的强权以及有棱有角的人格力量”[①]，改革的成败因此高度依赖于这些改革英雄而非科学规律，这就使得改革成为具有乌托邦性质的幻想。

213. 市场经济对 20 世纪 90 年代文学格局的影响有哪些?

答：20 世纪 90 年代，市场经济在中国全面展开，邓小平的“南方谈话”和第十四次全国代表大会确立的“以经济建设为中心”的国策是其重要推动力。市场经济对 90 年代文学的整体格局产生了深刻的影响。

其一是对文学生产与流通的影响。90 年代的文学生产不再是作

① 李扬．中国当代文学思潮史［M］．上海：上海社会科学院出版社，2005：145.

家个人的文学创作行为，而是受到商品意识的强烈影响。国家进行的文化与文学体制改革，开始将期刊和出版社推向市场。首先，为了赢得市场，获得经济效益，严肃文学刊物开始了市场化转向，开始进行文学策划，以吸引读者的眼球。如《文艺争鸣》与《钟山》联合打出了“新状态文学”的旗号,《北京文学》先后推出的“新体验小说”，韩东、朱文等青年作家集体签名的《问卷调查》,《上海文学》推出的“文化关怀小说”,《大家》《山花》等期刊对栏目的大幅度调整，以及“60后作家”“70年代出生作家作品”“小女人散文”等都表现出策划文学生产以占有更多市场份额的意图。其次，各出版社也开始着力打造“畅销书”，如1993年陕西的陈忠实、贾平凹等四位作家在北京几家不同的出版社出版了长篇小说，在记者使用“陕军东征”的报道后，这个名词迅速流行开来，不少报纸、书摊纷纷使用“陕军东征”进行营销，使得包括1992年底出版的高建群的《最后一个匈奴》在内的五部长篇小说出版数量激增。林白的《一个人的战争》原本是一本严肃的纯文学作品，但出版社为了吸引读者，给小说配了近乎春宫画的封面。而且，即便是原来的纯文学作家，也开始考虑作品的可读性问题，有意识地做出调整，如苏童小说开始注重故事的好看、陈忠实对《白鹿原》开头的设计。

其二是作家的生存方式开始发生变化。体制内专业作家的人数开始减少，一些作家选择成为自由撰稿人，一些作家成为出版社的签约作家，一些作家选择下海经商，如张贤亮开办了名声大噪的西部影视城。一些有经济头脑的作家在文学市场上获得巨大成功，如王朔就声称之前的经商使自己养成了商人的眼光，知道什么好卖。[①] 他在写作时就预设了自己的目标市场，如《顽主》是写给城市男青年看的,《过把瘾就死》是奔着大一大二女生去的，电视剧《渴望》是给中年妇女们看的,《编辑部的故事》是给小青年看的。而另一些作家面对市场化对纯文学的冲击，则表现出拒斥市场化的倾向，如张炜、张承志、韩少功等，他们坚守道德理想和人文精神，不认同文学作品是商品的观

---

① 参见张志忠.1993：世纪末的喧哗［M］.北京：人民文学出版社，2017：35.

念，拒绝和批判文学写作的商业化倾向。总之，90 年代的文学生产与市场构成了同谋与抵御的双重关系。

其三是雅俗文学的界限开始变得模糊。随着市场化的到来，人们开始追求时尚和休闲，通俗的大众文化迅速崛起，这使得拒斥市场的纯文学走向式微，如 80 年代风光无限的诗歌在 90 年代因为缺少读者开始边缘化，严肃小说也无法继续保持自己的高雅趣味，开始融入一些通俗元素。而通俗文学也很擅长吸收和挪用纯文学的技巧包装自己，如 90 年代的“小女人散文”描写风花雪月，文笔精致，成功地满足了都市白领的需求。

214. 如何认识 20 世纪 90 年代的“人文精神”大讨论?

答: 20 世纪 90 年代的“人文精神”大讨论是由多种原因促发的：一是在市场经济的冲击下，社会的世俗化和商品化程度加深，物欲主义盛行，社会道德水平滑坡；二是随着 90 年代知识分子的分化，坚守启蒙立场的知识分子锐减，学院知识分子退守书斋，知识界和学术界相对沉闷，人文科学研究陷入低谷；三是大量的文学创作或退守内心，或甘于平庸，或有意迎合商品化浪潮，丧失了现实关怀和终极关怀。这些问题引起了有识之士的忧思。

1993 年 6 月，《上海文学》在“批评家俱乐部”栏目发表王晓明等人的对话《旷野上的废墟——文学和人文精神的危机》，率先提出“人文精神的危机”问题：“今天的文学危机是一个触目的标志，不但标志了公众文化素养的普遍下降，更标志着整整几代人精神素质的持续恶化。文学的危机实际上也暴露了当代中国人人文精神的危机，整个社会对文学的冷漠，正从一个侧面证实了，我们已经对发展自己的精神生活丧失了兴趣。”[①] 面对这种危机，一批作家和学者试图重建人文精神，他们表示“我们必须正视危机，努力承担危机”[②]，呼吁知识分子“回到自

---

① 王晓明，张宏，徐麟，张柠，崔宜明．旷野上的废墟——文学和人文精神的危机［J］．上海文学，1993（06）：63-71.

② 崔宜明语，见王晓明，张宏，徐麟，张柠，崔宜明．旷野上的废墟——文学和人文精神的危机［J］．上海文学，1993（06）：63-71.

己的精神家园中去”[①]，指出人文精神“不仅要有高度的道德操守，也要有一种殉道精神”[②]。“人文精神”大讨论的序幕由此拉开。从1994年起，《读书》《文汇报》《作家报》《东方》《上海文化》《探索与争鸣》等报刊开始相对集中地刊发人文精神讨论的文章，一批作家和学者如王蒙、刘心武、张承志、张炜、陈思和、朱学勤、王彬彬、南帆、畅广元、张颐武等发表了自己的见解，形成了“人文精神”大讨论的热潮。

尽管参与“人文精神”大讨论的学者们各自的学术取向和思想资源不同，但是在人文精神已经陷入危机这一点上存在共识。如张汝伦等学者的讨论文章《人文精神：是否可能和如何可能》指出，讨论这一问题的前提是“我们大家都切身体会到，我们所从事的人文学术今天已不止是‘不景气’，而是陷入了根本危机”[③]；高瑞泉等学者的讨论文章《人文精神寻踪》也开宗明义：“我们治哲学史、文学史和思想史的学者确实应当反思一下，人文精神何以失落？”[④]不过，由于提出问题的一方对何为“人文精神”并无确切所指，“人文精神”大讨论也引发了质疑和反对的声音。曲卫国认为“实际上不存在什么‘人文精神的失落’”[⑤]；王蒙认为人文精神是一个外来语，并据此质疑“一个未曾拥有过的东西，怎么可能失落呢”？[⑥]

“人文精神”大讨论于1995年结束，期间发表了一百多篇讨论文章。在这场讨论中，作家和学者们一方面就市场化浪潮中文艺的“俗化”现象，探讨文艺的价值和功能，提出自己对90年代人文精神的忧

① 郜元宝语，见许纪霖，陈思和，蔡翔，郜元宝．人文精神寻思录之三——道统学统与政统［J］．读书，1994（05）：46-55.

② 张汝伦语，见高瑞泉，袁进，张汝伦，李天纲．人文精神寻踪［J］．读书，1994（04）：73-81.

③ 张汝伦，王晓明，朱学勤，陈思和．人文精神寻思录之一——人文精神：是否可能和如何可能［J］．读书，1994（03）：3-13.

④ 高瑞泉，袁进，张汝伦，李天纲．人文精神寻踪［J］．读书，1994（04）：73-81.

⑤ 曲卫国．危机？进步？［J］．读书，1994（08）：50-53.

⑥ 王蒙．人文精神问题偶感［A］．王晓明．人文精神寻思录［M］．上海：文汇出版社，1996：106-119.

思或质疑；另一方面，也深入讨论了何为人文精神，90 年代重建人文精神的必要性、思想资源与可能性等问题。

这场历时两年多的讨论的意义，恰如王晓明指出的，“它以相当集中的方式，向当代知识分子展示了他们身陷困境，而且一时还无力挣脱的孱弱状态”，能够“激发那些愿意自救者的勇气和理性，使他们能更深入地透视当前的文化现实，也更深入地透视自己”。[①]

215. 20 世纪 90 年代为什么会出现“长篇小说热”？

答：20 世纪 90 年代的长篇小说，无论从数量上还是质量上都取代了 80 年代中篇小说的位置，成为这一时期文学成就的标志。

90 年代长篇小说之所以格外繁荣，大概有以下几方面的原因：

其一，活跃在当代文坛上的作家，大都在新时期开始创作，如韩少功、张炜、史铁生、张承志、王安忆、铁凝、阿来、陈忠实、贾平凹、李锐、余华等，当然，也有更早开始创作的王蒙、刘心武等。他们已经积累了 10 年以上的中短篇小说创作经验与教训，且已经得到文坛的认可。人到中年之后，他们的创作心态更加沉稳从容，对现实、历史和文学的认识也更为成熟，也愿意花更多的时间和精力专注思考自己长期关心的一些问题，并把这种深入的思考注入作品的创作之中。

其二，改革开放以来中国社会发生了巨大变化，不仅现实生活变得日益复杂多元，且出现了很多作家们始料未及的现象；再加上作家们自身的处境也在不断变化，他们不再像 80 年代那样抱有基本相同的思想立场，而是开始出现思想的分化乃至冲突。作家们在面对这种急剧变化的现实之时，在处理现实题材和历史题材时视野也就相对广阔，角度也更加多元。[②]

其三，作家们进入文学史的愿望更加强烈。他们普遍意识到相对于中篇小说和短篇小说，标志自身文学成就的还是长篇小说。如陈

① 王晓明．人文精神寻思录［M］．上海：文汇出版社，1996：275.

② 参见孟繁华，程光炜．中国当代文学发展史［M］．北京：人民文学出版社，2004：335.

忠实用时六年创作《白鹿原》，意在写一部让自己死后可以当枕头的书[①]；王朔批评鲁迅没有写长篇小说，因此不能算大作家[②]。

其四，长篇小说在字数上远超中短篇小说，且更易流行，这两样都会为作家带来更高的经济收入。二月河的“帝王系列”小说就是如此，《康熙大帝》160多万字，《雍正皇帝》140多万字，《乾隆皇帝》130多万字，这个系列的小说在当时颇为流行，也为二月河带来了可观的收入。

其五，某些作家在创作长篇小说时，为了增强可读性，不仅追求故事的曲折离奇，且喜欢穿插奇闻轶事，以吸引读者的注意力，自觉为大众提供消遣性阅读的文本。事实上，这类小说改编成影视剧的可能性也更大，如二月河的“帝王系列”小说都被拍成了电视连续剧，不仅引发了观看热潮，对其后的“清宫戏”热也有不可小觑的影响。

216. 怎样认识王朔现象?

答：王朔是20世纪90年代作家中在市场上最成功的作家之一，他的写作与商业上的成功引发了意见相反的争议。

就小说创作而言，王朔小说中的主要人物及其朋友是顽主型的，他们没有所谓的正经职业，玩世不恭、痞气十足，以俗人自居，反对一本正经，不仅抗拒主流意识形态等权威，而且嘲笑知识分子及其代表的精英文化。

首先，王朔对主流意识形态权威的抵制，在小说中更多地表现为戏仿。如《千万别把我当人》中赵航宇在股东大会上的发言，内容空洞却滔滔不绝，再加以他的一本正经和慷慨激昂，就构成了对某些形式主义工作会议发言的挪用式戏仿。当会议租借的场地被设置为下一场要放映电影的舞台，而一些早到的电影观众看到赵航宇等在舞台上开会，误以为电影改成了话剧，开始把他们的会议当成话剧看，这就成功瓦解了股东大会和赵航宇发言的庄严感。

---

① 参见陈忠实．关于《白鹿原》的答问［J］．小说评论，1993（03）：4-13+1.

② 参见王朔．我看鲁迅［J］．收获，2000（02）：127-133.

其次，王朔常把讽刺的矛头指向知识分子及其代表的精英文化。他小说中出现的作家、教师等知识分子，常遭到无情的嘲弄，如《一半是火焰，一半是海水》中声称“作家就是那伙写东西的骗子”。《顽主》中宝康是自称作品精彩的作家，却一面表示自己淡泊名利，一面出资雇佣三 T 公司组织颁奖典礼以满足自己获得文学奖的虚荣心，这就无情地嘲弄了知识分子的假清高。讽刺的是，宝康在颁奖典礼上动情地发表获奖感言时，晚到的观众误以为他是失足青年。这就表明知识分子的话语只能感动自己，且和失足青年没什么两样。《动物凶猛》中的历史教师在讲课时也受到学生捣乱和逃学的“待遇”。王朔之所以不断在小说中嘲弄知识分子，是因为他反感知识分子“控制着全部社会价值系统”①，因此，他遵循“卑贱者最聪明，高贵者最愚蠢”的创作理念，彻底瓦解了知识分子的文化优越感。

在当代作家中，王朔的商品意识觉醒比较早，他的小说获得了市场的青睐，被大量改编成电视剧，1988 年因此被称为“王朔年”。作为体制外的“文化个体户”，王朔不仅在写作前为自己的作品预设目标读者、消费者，而且率先给自己的作品开价。他要求分享其作品给电视台带来的巨大经济效益，还组建了文学商业团体“海马影视创作中心”。他反对严肃文学，提出搞文学创作是“玩文学”，如“玩一部长篇”，而文学的功能则是娱乐和赚钱，所谓“哄读者笑笑”“骗几滴眼泪”。

“王朔热”引发了两极化的评价，褒之者如王蒙认为，王朔的“玩文学”既给读者带来了无伤大雅的笑声，也否定了“极左”路线，因此王朔的存在有益无害；贬之者则骂他是“毒蜘蛛”“痞子”“流氓”，指责他“玩文学”的实质是“嘲弄社会，丑化时代，宣泄对现实的极端不满，鼓吹醉生梦死的人生态度，这种思想和情绪，和我们当今的社会制度，也是格格不入的”②，对王朔的批判相当严厉。

---

① 王朔自白——摘自一篇未发表的王朔访谈录［J］. 文艺争鸣，1993（01）：65-67.

② 金圣，亦义 .“玩文学”的实质及其危害［J］. 文艺理论与批评，1990（06）：56.

相对于以上两种或褒或贬的评价，张志忠对王朔及其所代表的商业文化的解读较为公允："王朔充分地显示出商业文化具有的两面性——作为后来的第三者，它可以在某些时候，与知识分子文化取相近立场，嘲弄政治文化；在别一种场合，它又有与政治文化结盟，更刻薄地讥笑知识分子文化的无能和无用。同时，它又可以凭依自己的资本和实力，力图取知识分子文化而代之。"[①]

217. 怎样认识20世纪90年代的"现实主义冲击波"？

答："现实主义冲击波"出现于20世纪90年代中期，它最初指的是刘醒龙、谈歌、关仁山、何申等创作的一批表现经济和文化转型期工厂改革和基层农村现实的小说及其引起的效应。"现实主义冲击波"的得名，来自于张新颖1996年的文章《文坛涌动现实主义冲击波》，张新颖认为这是一批集中出现且表现了相似的矛盾和问题的小说，掀起了一股现实主义的冲击波。[②]被划入"现实主义冲击波"的小说有刘醒龙的《分享艰难》《挑担茶叶上北京》、谈歌的《大厂》《车间》、关仁山的《大雪无乡》《九月还乡》、何申的《年前年后》《信访办主任》、李佩甫的《学习微笑》等。

这些小说出现后，获得了两种截然相反的评价。赞美的一方认为这些作家具有"直面现实，正视现实和敢于将当今现实中的矛盾，不加粉饰地记录下来的勇气"[③]，赞美他们看重生活，关心时代，"心中不忘人民，笔下所写，全是老百姓关心的人和事"[④]。另有论者指出其表现了当前改革的两大正面战场：大中型企业和基层农村，并因此肯定了他们"从某种程度上说具有填补空白或断层的意义"[⑤]。可见，赞美者多是从其小说题材的角度对其加以肯定的。不过，这些小说也遭到

① 张志忠.1993：世纪末的喧哗［M］. 北京：人民文学出版社，2017：49.

② 参见张新颖. 文坛涌动现实主义冲击波［J］. 文汇报，1996（08）.

③ 陆建华. 关注现实：文学义不容辞的责任［J］. 钟山，1997（01）：196-197.

④ 何申. 年前年后［M］. 天津：百花文艺出版社，1997：3.

⑤ 肖复兴，朱向前.'96收获与'97展望——关于"现实主义小说回流"的对话［J］. 长城，1997（02）：180-184.

了严厉的批评：童庆炳指出这些小说的严重不足在于“对现实中的负面的一味妥协，他们对转型期的现实生活中丑恶现象采取某种认同的态度，缺少向善向美之心，人文关怀在他们心中没有地位”[①]；萧夏林指出“这些作品与现实主义文学背道而驰”，因为它们离弃了现实主义的批判使命。总之，批判者敏锐地抓住了这些作品存在的价值偏离与缺失，从现实主义和人文关怀的角度提出了自己的批评。

事实上，这些作品的出现及成功，原因在于新写实小说和个人化小说放弃了宏大关怀，把创作重心放在日常生活或个人经验、记忆与情绪的书写上，缺乏大众需要的故事性；再加以他们表现的是人们正在经历的工厂破产、乡镇改革以及工人、农民的苦难等时代问题，也就更容易吸引读者的目光。但有必要指出的是，虽然“现实主义冲击波”选择了重大的现实题材，但是，作家们在处理现实题材时的确出现了童庆炳和萧夏林指出的问题。比如刘醒龙的《分享艰难》中镇书记孔太平因为洪塔山的养殖场能给镇上带来经济效益，对洪塔山一再包庇纵容，不仅烧毁了举报他的材料，而且在自己的表妹被洪塔山强奸后劝说舅舅息事宁人。而李佩甫的《学习微笑》则让女工刘小水在历经艰难还被下岗之后，学习微笑着面对生活的困窘。官员们为了利益纵容恶行，损害弱者的选择，分明是放弃了对公平和正义的追求，却得到作者的高度认同。因此，恰如有论者指出的，这是写作姿态上的迷失，“他们所说的艰难是官僚们的艰难，而不是真正的人民的艰难，而他们也并不是要让这些官僚分享人民的艰难，相反是让人民分享这些有权者的艰难”[②]。而且，这些作家对小说叙述和语言都没有追求，使得这些小说的文学水平处于较低水平，且陷入机械重复的误区，也难怪有论者批评他们的小说存在着从思想主题、语言叙述、结构、故事、人物、题材等多方面的雷同，“不同作家的不同作品，从主题到

---

① 童庆炳，陶东风．人文关怀与历史理性的缺失——“新现实主义小说”再评价［J］．文学评论，1998（04）：43-53．

② 李扬．中国当代文学思潮史［M］．上海：上海社会科学院出版社，2005：225．

语言，从内容到形式全方位的雷同化”[1]。这一倾向大大降低了这些小说的文学性和可读性。

218. 作为“归来”诗人，艾青的诗歌发生了哪些变化?

答：1980年，艾青把自己恢复创作后的第一本诗集命名为《归来的歌》，他因此被看作是“归来”诗人中的代表。复出后，艾青的诗歌比起50年代前期的创作，有了显著的变化。

一方面，他的许多短诗都表现出饱经沧桑后对人生的洞察，他的抒情因而具有一定的哲理性，且诗歌句式简洁凝练。短诗《盼望》只有八句，诗歌中有两位海员，一位最喜欢出发，一位最喜欢到达，出海的“出发”和“到达”象征了人生道路的出发和到达，平易而具有哲理意味。《鱼化石》通过对鱼化石形象的刻画，写出了它虽栩栩如生，却已失去生命和自由，由此引出诗人的思索：“离开了运动，/就没有生命。/活着就要斗争，/在斗争中前进，/当死亡没有来临，/把能量发挥干净。”这种思索无疑是关于人生姿态的，而且相当积极向上。

另一方面，艾青复出后的另一些诗歌，则接续了他三四十年代对历史发言的宏大抱负，试图对民族的乃至人类的历史发展过程进行思考和概括。这些诗歌有《在浪尖上》《光的赞歌》《古罗马的大斗技场》《四海之内皆兄弟》等，通常篇幅较长。其中《光的赞歌》共有九节，诗歌从每个人都渴望并追寻光明开始，写出了光对每个人和世界的意义：“世界要是没有光/等于人没有眼睛。”他热情地歌颂光给大千世界带来的绚丽多姿，给人带来的智慧、想象和热情，他把光描绘成奇妙的“没有重量而色如黄金”的物质，指出光与美相伴相生，歌颂太阳、星光、篝火、灯塔、焰火发出的光的美；进而笔锋一转，指向人类历史，他斥责历史上的暴君、奸臣、贪得无厌的人对光的仇恨，他们的统治让人类陷入黑暗和苦难的深渊，他歌颂普罗米修斯盗来火种，歌颂工业革命之光，以及原子弹、X光、激光等，更歌颂了人类的智慧

---

① 萧夏林.泡沫的现实和文学——我看“现实主义冲击波”[J].北京文学，1997(06)：59-62.

之光对真理的永恒追求。他还概括了中华民族的历史，“从周口店到天安门”，整个民族从千万次的蒙蔽中觉醒，指出只要信念像光一样坚强，就必将穿过黑夜，走向光明，在光的召唤下不断前进。总之，这首诗在对光明的歌颂中表达着对未来的信念——“人类的前途无限光明、永远光明”。

219. 什么是“朦胧诗”？它的思想价值有哪些？

答：“朦胧诗”出现于20世纪70年代末80年代初。1978年12月，北岛、芒克等创办《今天》期刊，它是“新诗潮”兴起的重要标志。《今天》的主要撰稿者有北岛、芒克、食指、舒婷、江河、杨炼、顾城、严力等。从1979年起，《诗刊》等正式出版的期刊开始谨慎地发表这些青年诗人的诗歌，《诗刊》还专门为他们开辟了“青春诗会”专辑，发表他们的诗歌及诗歌观念，这在扩大了“新诗潮”影响的同时，也引发了围绕“新诗潮”而展开的争论。批评者中的章明发表《令人气闷的“朦胧”》一文，指责这些青年诗人们“有意无意地把诗写得十分晦涩、怪僻，叫人读了几遍也得不到一个明白的印象”[①]，并将之命名为“朦胧体”，“朦胧诗”由此得名。支持者们则先后发表了被称为“三个崛起”的文章，它们是谢冕的《在新的崛起面前》、孙绍振的《新的美学原则在崛起》和徐敬亚的《崛起的诗群》，呼吁评论界对他们多些宽容。

“朦胧诗”具有多方面的思想价值。首先，这些诗歌表达了个体生命意识的觉醒，强调了个体作为人的价值。如北岛在诗歌中写道：“我是人／我需要爱／我渴望在情人的眼睛里／度过每一个宁静的黄昏／在摇篮的晃动中／等待着儿子的第一声呼唤。”（《结局或开始——献给遇罗克》）其次，他们开始抒写自我的内心情感，他们的抒情不再是代人民立言，因此，他们诗中的“我”不再是大我，而是个体“自我”。如舒婷的《母亲》抒发的就是一己之“我”对母亲的深情怀念。再次，他们的诗歌表达了反叛和质疑的现代精神，具有启

---

① 章明.令人气闷的“朦胧”[J].诗刊，1980（08）：53-55.

蒙主义的激情和历史承担的崇高感。如顾城的《一代人》对黑暗时代的反叛，北岛的《回答》发出的“我不相信”的质疑。

220. 北岛与顾城的诗歌有何异同？

答：作为经历过“文革”的同代人，北岛和顾城在诗歌创作中具有一些相似之处。首先，他们的诗歌都表达了对“文革”的控诉和批判。北岛的《结局或开始——献给遇罗克》是其中的名篇，他质疑那个时代是“以太阳的名义，黑暗在公开地掠夺”。而顾城的《北方的孤独者之歌》则有“天变了颜色 / 变成可怖的铁色”和“一切都在骚乱 / 都将绝望、抛弃、争夺”的诗句。他的《歌乐山诗组》借史讽今，借杨虎城将军被暗杀这一历史事件，发出“民族，看看你的背后”的吁请。其次，他们都持有人道主义立场，在诗歌中表达对摧残人性的世界和时代的控诉，以及对“文革”的否定和批判。北岛在冷静的观察中，发现“那从蝇眼中分裂的世界”如何造成了人的价值的全面崩溃、人性的扭曲；顾城则在《一代人》中，表达了对黑暗的质疑与反叛。

虽然两位诗人都持有人道主义立场，且具有理想主义精神，但两位诗人的创作有着更多的不同。面对世界，北岛是冷峻而坚定的，他敢于直面世界的荒谬和不公，他没有“恶梦醒来是早晨”（顾城《北方的孤独者之歌》）的乐观。而顾城面对世界的残酷，更多地采取了逃避的姿态。顾城是不愿长大也长不大的孩子，他固执地返回自己的幻想世界，退守内心的梦境。二人迥异的人生姿态深刻地影响着他们诗歌创作。

首先，北岛的诗歌表达了一种坚决的质疑和否定的精神，像尼采一样要重估一切价值，发出“我不相信”（《回答》）的彻底质疑，希望以理性和人性为准绳，重新确定人的价值。其次，北岛执着地表现“文革”带来的创痛和人性的异化，前者如“一切欢乐都没有微笑，一切苦难都没有泪痕”（《一切》）；后者如他的《触电》中写道：“我曾和一个无形的人握手，一声惨叫，我的手被烫伤，留下了烙印。”“无形的人”作为诗中的关键意象，象征着一种强大的异己力量，一种不可亲近、难以理喻的专制权威。最后，北岛诗歌具有深刻的悖谬意识，这鲜明地体现在他的一字诗《生活》中，他用“网”来诠释生活，生活的网来自于约束，而约束又造就了希望的网孔。

而顾城更乐于以“一个任性的孩子”的身份，去描画一个纯净美好的幻象世界。“我希望 / 能在心爱的白纸上画画 / 画出笨拙的自由 / 画下一只永远不会流泪的眼睛”（《我是一个任性的孩子》），“我想用间银白的屋子 / 来贮藏阳光 / 想让窗台 / 铺满太阳花”（《不要说了，我不会屈服》），他执意“要用心中的纯银，铸一把钥匙，去开启那天国的门”。因此，顾城的诗歌中反复出现“孩子”和“梦”的意象，前者如《安慰》《感觉》等都用孩子象征童真和希望；后者如“我醒着，就梦见了一切”（《领取》）。“梦”甚至反复出现在顾城诗歌的标题中，如《梦》《梦痕》《梦鸟》《梦园》《风的梦》等。梦，实在是顾城心灵最后的栖居地。

221. 舒婷的诗歌具有怎样的抒情个性?

答：第一，舒婷的诗歌注重自我内心的感觉、情绪及心理过程的省察和表达。在她的诗歌里，外部世界中的人或物不是作为被描摹的对象出现，而是作为激发诗人的情感反应、经过了诗人内心的映照而出现，如“阳光薄薄地敷在短墙上，这个夏天依旧寒冷”（《黄昏剪辑》），就不单纯是对黄昏的描摹，而是黄昏引发了诗人内心的时代苦闷。而且，她的诗歌中经常出现“你”和“我”，其中的“你”可能是祖国、朋友或恋人。“你”总是激发着“我”的情感，“我”则抒发着对“你”的深切而复杂的情感，如《祖国啊，我亲爱的祖国》中的“你”是祖国，其中的“你以伤痕累累的乳房 / 喂养了 / 迷惘的我、深思的我、沸腾的我”，不仅写出了“我”与祖国的血肉联结，而且写出了“我”情感的复杂性。

第二，舒婷善于通过词语和意象的组合抒发情感。舒婷擅长将具有相近或相反内涵的意象组合在一起，这就构成了富有张力的和谐感。如《致橡树》中先是用“凌霄花”象征依附型爱情，接着用“痴情的鸟儿”“泉源”“险峰”“日光”“春雨”等一系列相近的意象象征付出型爱情，最后用“木棉”这一意象否定了以上意象及其所象征着的单方面付出的爱情，从而肯定了爱情中的两性平等，获得了“单纯而又丰富、复杂而又富于层次的艺术效果”[①]。

第三，舒婷擅长使用虚词构成转折、选择、假设等句式，标识曲折复杂的情感曲线[②]。首先，转折句式在舒婷的诗中最为常用，如“为了留住你渐渐隐去的身影／虽然晨曦已把梦剪成烟缕／我还是久久不敢睁开眼睛”（《啊，母亲》），对母亲的爱表达地相当真切、动人；再如“仿佛永远分离，却又终身相依”（《致橡树》）这一转折句，表达了爱情的理想境界乃是相互独立又彼此相伴。其次，相对于转折句式，舒婷诗歌中的选择句式和假设句式更擅长传达复杂而曲折的情感。同样是表达对母亲的挚爱，选择句“纵然呼喊能够穿透黄土／我怎敢惊动你的安眠”（《啊，母亲》）就比前面所引的转折句更能传达出女儿想大声呼喊母亲，却又担心惊醒母亲而放弃的体贴；而假设句“如果你是火／我愿是炭／想这样安慰你／然而，我不敢”这一句式，热情与犹豫两种情感在少女心中并存、交战，很好地写出了少女的欲说还羞。

第四，舒婷擅长使用修饰性词语。一方面，有些修饰性词语能够让诗歌情绪变得朦胧、浪漫。如“蓓蕾一般默默地等待，夕阳一般遥遥地注目”（《思念》），“等待”与“注目”原本已经含情，而“蓓蕾”与“默默”并用修饰“等待”，等待就具有了蓓蕾的尚未绽放的深情与羞涩，以及默默中的含蓄与思念。另一方面，意义相近或相反的修饰词语能够将意义或情感表达得更加丰富。如《土地情诗》第二小节中先是使用了“血运旺盛的热呼呼的”“汗水发酵的油浸浸的”两个意义相近的词组修饰土地，接下来分别用“冰封的、泥泞的、龟裂的”三个情感相近的词语和“忧愤的、宽厚的、严厉的”三个情感相反的词语来修饰土地，从而表现了诗人对土地的热爱与丰富理解。

222. 昌耀诗歌有什么样的价值？

答：昌耀诗歌的价值，是他从 20 世纪 50 年代就拒绝使用当代

---

① 王光明，唐晓渡．舒婷诗的抒情艺术［J］．诗探索，1984（01）：157-163.

② 参见洪子诚．诗的语言分析举例——之一：舒婷诗的句式［J］．名作欣赏，1989（06）：112-115.

“主流诗歌”的语言系统，开始创造属于自己的语汇、意象、想象和表述方式。如将月亮颠倒顺序且变成重叠词“亮月亮月”，在读者都能明白其所指的前提下，给人耳目一新之感。而“峻峭的崖岸”“瘦马”“夜游的种公牛”“荒坟”“银杉”“白须翁”等具有西部特征的意象，也迥异于当时主流诗歌中的“红旗”“青松”等意象。写于1957年的《月亮与少女》，采用《诗经》的四言体式，古意盎然。

这种和主流诗歌保持距离的努力，首先表现在他诗歌语言的散文化。一方面，他的诗歌不刻意追求句式的整齐或错落有致。这一点，在1994年的《地底如歌如哦三圣者》中达到了极致，全诗没有分行，而是如同散文一样按段落排列，且不像诗歌那样追求每段长短上的大略相当。另一方面，他拒绝格律，更注重内在的节奏。如《青藏高原的形体》之一《河床》开头的两句“我从白头的巴颜喀拉走下。/ 白头的雪豹默默卧在鹰的城堡，目送我走向远方”，虽然不用韵律，却奠定了全诗庄严而沉滞的节奏，同时也凸显出特殊的质感与力度。

其次，昌耀的诗歌有意采用奇崛的词汇、句式，并将现代汉语和文言文词汇、句式交错在一起，形成突兀、冲撞、紧张的美学效果。在用词上，他讲究炼字，如他的《邂逅》“癫醉的棍棒”一句，用“癫醉”形容“棍棒”，写出了特殊年代暴力的疯狂；而“庇身的门窦”不仅使用“门窦”这一文言词汇，且提炼了“庇身”一词替代“庇护身体”。类似的例子在他的诗歌中并不罕见。在句式上，他的诗歌中既有符合现代汉语逻辑的句子，如“你是风雨雷电合乎逻辑的选择 / 你只当再现在这特定时空相交的一点”（《爱的史书》），也会出现“古瑟古瑟当当 / 昂哀窕岛冈桑”（《象界》）这样为了模拟歌谣的声音而具有童趣、陌生而古奥的句子。

最后，昌耀诗歌的意象，一方面是高原的自然风物、历史传说与神话，如峨日朵雪峰、岩原、雄牛、雪豹、鹰、鹿、马驹、织锦、珠宝、黄金、铜色河、消逝了的黄河象、骨笛、铜矢、武士的呐喊、智慧的土伯特老人，藏传文化中的经幡、法号等，构造了一个雄浑、阔大而幽邃的诗歌世界；另一方面是实存的民族世俗生活和细节，如《哈拉库图》既写了“我”寻找哈拉库图古城堡时的幽思，也写了

“我”看到的世俗生活：坡底村巷中倚着墙边席地而坐的老人们沐浴着夕阳的余晖，也有“我”住在老乡的小木屋中，“子夜，一头狮子猫闯入我的枕席”，这种庄严的、怀古的景象与世俗生活细节的组接，使得诗歌的表意系统内部形成了特殊的张力。

223. 如何看待海子诗歌的意义？

答：海子的创作分为两部分，一部分是抒情短诗，一部分是史诗、大诗，这两种诗歌同时也是他诗歌创作的两个阶段。海子诗歌的意义表现在以下几个方面：

一、海子的许多抒情短诗，表达了一种精神上的乡愁。他“以农耕文化的衰亡，来隐喻‘精神家园’的丧失，并写出一个大地之子对千百年来生存真正根基的感念和缅怀”①。他诗歌中的大地系列意象（大地、土地、原野、河流、村庄、麦地、麦子等）既是实体，也是精神和文化的隐喻。如他的名篇《亚洲铜》中的亚洲铜不仅象征着大地，还是“祖父死在这里，父亲死在这里，我也将死在这里”的人们代代必归之所，大地这一空间因历史时间的久远而更显深厚。而且，海子诗歌中大地的文化内涵是复杂的，它既是人的心灵栖居之处，如“村庄，在五谷丰盛的村庄，我安顿下来”（《村庄》）；又具有令人下降的力量，人在这里沉睡或被埋葬，如“两座村庄隔河而睡 / 海子的村庄睡得更沉”（《两座村庄》），“看麦子时我睡在地里”（《麦地》），“背靠酒馆白墙的那个人 / 问起家乡的豆子地里埋葬的人”（《泪水》）。此外，海子诗中的大地还是荒凉的、被遗弃、被掠夺的，“丰收之后荒凉的大地 / 人们取走了一年的收成 / 取走了粮食骑走了马”（《黑夜的献诗——献给黑夜的女儿》）。这里的大地既是实体性的——被自己养育的人们夺走粮食是土地的悲哀，也是精神性的，当人们从依傍土地转为被欲望驱使，也就失去了自己的精神家园，“为了无尽的获取利润的欲望，人类不惜使大地超量地破碎、流血、耗尽，他们丧失了对土

① 陈超．海子论［J］. 文艺争鸣：当代文学版，2007（10）：116-127.

地对自然的慈护、恭谨、明智的感情，代之以贪婪、愚昧和残忍”[①]。大地因此陷入黑暗之中。

二、海子的诗歌表达了超越的渴望，这主要体现为海子诗歌中反复出现的太阳意象群（天空、太阳、月亮、大鸟、鹰、马等）和远方，与之相伴生的则是表达超越渴望的“飞翔”“飞行”“歌唱”等动词。如“我看见自己的面容 / 火焰像一片升上天空的大海 / 像静静的天马”（《黎明：一首小诗》），“你来人间一趟 / 你要看看太阳”（《夏天的太阳》），“我全身的黑暗因太阳升起而解除”（《日出》）。然而，海子浪漫主义的超越渴望并不能顺利实现，而是注定因此痛苦并走向幻灭。这是因为超越意味着脱离大地及其文化约束，大地与太阳这两种力量的撕扯会使诗人的精神受损，“受伤”“血肉横飞”“头颅”“头盖骨”“断头”“鸟骨”“鸟腿”“爪子”“肝脏”“尸体”等反复出现在他的诗歌中，因此，他的超越之旅“没有闪耀的星星。更谈不上光明”（《太阳》）。“远方”这一空间意象，在海子诗歌中象征着另一个不同于此在的世界，但他最终认识到的是“远方除了遥远一无所有”（《远方》）。

三、海子的诗歌语言气象宏大，变化多端。有雄奇瑰丽、热烈奔腾、慷慨激昂，也有清新自然；有朴实本真，也有繁复雕琢。海子对于诗歌语言的不同尝试，对诗歌语言的多样性探索作出了不容小觑的贡献。

224. 什么是“第三代诗”？

答：“第三代诗”出现于“朦胧诗”的新锐势头减弱的 80 年代中期前后。因诗人自称“第三代人”，其诗歌创作因此被称为“第三代诗”，其他的称谓还有“新生代”“后朦胧诗”“后新诗潮”“后崛起”等。诗人们采用了一种和“朦胧诗”对抗、反叛的写作姿态。1984 年以后，“第三代诗”的活动和写作达到一定的规模，实验性的诗歌社团、“自办”的诗歌刊物纷纷出现。至 1986 年 7 月，全国已出的非正

---

① 陈超. 海子论［J］. 文艺争鸣：当代文学版，2007（10）：116-127.

式打印诗集达905种，不定期的打印诗刊70种，非正式发行的铅印诗刊和诗报22种。1986年10月，《诗歌报》和《深圳青年报》联合举办的“中国诗坛1986，现代诗群体大展”是他们在诗坛的集体亮相。“第三代诗”采取组织诗歌社团、发表宣言的方式开展，其参与者的集结地主要在南京、上海和四川等地。

南京的“他们文学社”创立于1984年，核心成员有韩东、于坚、吕德安、陆忆敏、丁当、朱文等人。他们注重诗歌、语言和人本身，反对任何形式的理性观念的干预。上海的“新生代”诗社则有“海上”“大陆”“撒娇”等，其中最重要的是创立于1984年的“海上诗群”，其主要成员有默默、刘漫流、孟浪、陈东东、郁郁、张小波等。他们的诗歌关注城市人的生活和精神处境，表现个体生命与生存环境所发生的冲撞和矛盾，在诗歌艺术上有“古典主义”倾向。四川的“新生代”最为活跃，石光华、杨远宏、刘太亨、宋渠、宋炜等人倡导“整体主义”；廖亦武、欧阳江河倡导“新传统主义”，他们吸取南方的远古习俗和神话传说，构筑了一个想象的远古世界，一个作为他们精神形式的现代“神话”；周伦佑、蓝马等人于1986年发起了“非非主义”，提倡包括“感觉还原”“意识还原”“语言还原”三项内容的“创造还原”，要求对诗歌语言进行“非抽象化”“非确定化”等“非非”处理；万夏、胡冬、李亚伟、马松等倡导“莽汉主义”，他们自称“腰间挂着诗篇的豪猪”，致力于摧毁“优美”和“崇高”的美学标准，尝试调侃、嘲讽的诗风，诗歌语言十分随意。

225. 韩东诗歌的艺术追求是什么？

答：作为“第三代诗人”的代表性人物，韩东有意识地远离“朦胧诗”对自己的影响。首先，韩东在朦胧诗潮后的诗歌追求“反诗意”，强调生活的平庸的日常特性。这一追求在《有关大雁塔》《你见过大海》《山民》中有鲜明的体现。其中《有关大雁塔》写于朦胧诗人杨炼的《大雁塔》之后，但与杨炼追求崇高、壮美的诗意不同，韩东反其道而行之，他选取“大雁塔”这一充满历史意味的文化意象的目的，是剥除大雁塔被层层比附、渲染的历史文化色彩，将之还原为一座普通的建筑物。“有关大雁塔 / 我们又能知道些什么 / 我们爬上去 / 看看四周的风景 / 然后再下来”，当韩东将文人式的登大雁塔，叙述为一次爬上去再下来的日常行为，其中伪饰的诗意就荡然无存。当然，韩东并不是一味地反诗意，应该说，他反对的是虚饰的诗意，通过剥除预先被植入的诗意，他得以直接而具体地触及人的生活，并从中提炼出来自人的日常生活的诗意和真理。如《你的手》写“你的手”“搭在我的身上”睡去后“我”的感受与思考，“我”感受到“你的手”“轻微的重量 / 逐渐变成铅”，我思考着“你的手”的象征意义，吊诡的是，“等到我习惯并且喜欢”，“你在梦中又突然把手抽回 / 并对一切无从知晓”，由这一生活细节，韩东抵达了亲密关系中的轻与重、知与未知。

其次，韩东的诗歌语言追求平淡到近乎冷漠的陈述语调，清除修饰语和形容词，使用口语，尽量地剔除隐喻。如《你见过大海》选取大海这一被各种叙述涂抹的审美对象——在麦尔维尔的《白鲸》中，大海在亚哈船长眼中变幻莫测、阴险冷酷，在海明威的《老人与海》中，大海壮阔无边、充满力量，韩东却消解了人见到大海时的激动，以平淡的语调进行陈述，“你见过大海 / 你想象过 / 大海 / 你想象过大海 / 然后见到它 / 就是这样”，这些句子只有主谓宾这些必要的主干成分，尽可能地削减修饰语和形容词，也不使用比喻和象征，再加上“就是这样”的平淡语气，使得人与大海之间的联结，不再是预设的诗意的，而是日常的、平庸的。不过，韩东在语言使用中采取的还原与清除，并不是一味地解构，而是为了达到词语的具体、朴素和清晰。《你见过大海》语言使用的朴素与具体，使读者清晰地意识到人与大海的关系，且止于亲眼所见与未见或已见后的“想象”。如果说前者是真实的，后者则是虚构的，难免沾染读者自身的情感与文化。而且，“你见过大海 / 你想象过”“就是这样”都分别在诗歌开头、中间和结尾出现了三次，形成了韩东诗歌的节奏感。

总之，韩东的艺术追求是相对于“朦胧诗”的一种争辩，他质疑的是当代诗歌创作中那种过度使用象征和隐喻的想象方式。韩东的诗歌在当代诗歌史上具有独特价值，且对同代诗人产生了不小的影响。

226. 翟永明诗歌有哪些艺术特色?

答：翟永明是“第三代诗”潮流中具有强烈的女性意识的诗人，她的诗歌创作表现出强烈的个人特色。

首先，她以诗人的敏锐捕捉个人的也是女性的经验，这种个人经验中包含着女性的压抑、失败等多种痛苦，如“怀着从不开敞的脾气/活得像一个灰瓮”（《荒屋》）表现的是女性的幽闭与压抑，《静安庄》则直接取材于她的插队经验，诗歌从一个十九岁女孩的视角表现女性自我的身体和心灵经验，也观察和体验静安庄的世界。

其次，翟永明 80 年代的诗歌饱含激情，这激情有时表现为诗人的狂想，如“我，一个狂想，充满深渊的魅力”（《独白》）和“我在梦中目空一切”（《世界》）；有时候表现为强烈的渴望，如“渴望一个冬天，一个巨大的黑夜”；有时候又表现为自毁的激情，“活着为了活着，我自取灭亡，以对抗亘古已久的爱”（《母亲》）。但是，在翟永明这里，激情并不表现为浪漫的抒情，而是更多地采用现代派的不无阴郁的意象，如女人、血、伤口、尸骨、蝙蝠等，有时候是神秘的纠缠在一起的幻象，如“我来到这里，听见双鱼星的哞叫/又听见敏感的夜抖动不已”（《静安庄》）。

再次，翟永明的不少组诗如《女人》《静安庄》《人生在世》《死亡的图案》《莉莉和琼》等具有戏剧的结构。其中，《静安庄》从第一月到第十二月，对场景的设计与“我”的出场，如同十二场戏；《莉莉和琼》让琼和莉莉轮番出场，二人的境遇形成了多重对照；而且组诗中的单首诗歌的场景之间也存在对照关系，如《公园以北》中就先后出现了幽魂的歌唱、行人的张望、匆匆回家的莉莉等场景，这使得公园以北如同舞台。

最后，在诗歌语言上，80 年代中期至 90 年代中期，翟永明多采用自白语调表达内心的情绪与体验。90 年代中期以后，她的诗歌语言呈现出细微、平淡的叙说风格，且不乏调侃与嘲讽，如《给女诗人》中面对男人说“红颜最好不解诗”，女诗人们的回应是“两样都要：/苹果牌 雅诗兰黛/打字机和化妆品”，女诗人的回击幽默中带着嘲讽。

227. 王家新的诗歌有哪些基本特征?

答：20 世纪 80 年代末 90 年代初，王家新写出了《瓦雷金诺叙事曲》《帕斯捷尔纳克》等诗歌，建立了自己诗歌的个人风格。此外，他还创作了如《词语》《另一种风景》等“诗片段”，他的诗歌被认为是 90 年代诗歌的一面镜子——反映了时代“主要的诗歌倾向和诗歌精神”[①]。王家新的诗歌，主要呈现出以下特征：

一是他的诗歌创作建立在对时代、历史的关怀与反思、批判的基础上。命运、时代、灵魂、承担、承受等词语构成了他诗歌的情感和观念框架。如《守望》一诗就塑造了“守望者”这一带有自传性质的形象，表达了在“起风的时刻，黑暗而无助的 / 时刻！守望者 / 我们能否靠捶打岩石来承担命运”的思索与对人类精神价值的守望，他的诗歌因此呈现出一种沉郁、内敛与朴拙的风格。

二是他有意识地在诗歌创作中建立与其他诗人、作家的互文性关系。如他的《瓦雷金诺叙事曲》是对帕斯捷尔纳克《日瓦格医生》中的《重返瓦雷金诺》一章的重要片段的重组与改写，他通过这首诗向帕斯捷尔纳克致敬；他在《叶芝》中把叶芝理解为守望大地的“永不绝望的绝望”；在《伦敦随笔》中，出现了卡夫卡、莎士比亚、狄更斯等作家，并将奥德修斯、《离骚》中的马、查泰莱夫人等文学形象糅入自己的诗中。通过在创作中自觉地建立互文性，王家新尝试与古今中外他所欣赏的诗人、作家进行深刻的精神对话。

三是对北方性的体悟与表现。王家新从南方迁居北方，气候对他的创作存在不小的影响，北京的生活给他“带来了某种精神的东西”。北方在他这里的意味，是严峻的生存环境，秋天开阔的天空、严霜与美丽的枫叶，以及更严酷、更能给“灵魂带来莫名喜悦的冬天”(《回答四十个问题》)。他的诗歌中经常出现雪、雾、风、霜等与北方相关的意象，其中雪是他诗歌中频繁出现的意象，象征着纯洁、明亮或严寒，如他在《回答》中写道：“在我写完这首诗后，冬天就会沿着森林

① 臧棣，王家新 . 承受中的汉语［J］. 诗探索，1994（04）：103-110.

大道和花园小径向我走来，霜雪也会蒙上我的明亮的窗户；大雪封山之前，人们还会纷纷离去。”在这里，冬天、雪的寒冷既是自然意义上的，也是精神意义上的。

228. 于坚诗歌的艺术追求是什么?

答：首先，不同于朦胧诗人以知识分子精英自居的文化姿态，于坚在诗歌写作中经常使用“局外人”的视角。在他这里，局外人意味着一种生存位置，这是“习惯于被时代和有经历的人们所忽视”[①]的边缘位置，但他也因此保持了足够的清醒和怀疑。

其次，于坚主张让诗人和诗歌回到日常生活，因为“日常生活就是人生最基本的生活”[②]，恰如他在《我生活在人群中》所写，“我生活在人群中 / 穿普通的衣裳 / 吃普通的米饭”。对于坚而言，回到日常生活，就是回到人群中，以普通人的身份生存。但是，回到日常生活并不意味着在日常生活中沉沦，而是回到当下具体的、充满细节的生活现场，在日常生活中发掘不同于朦胧诗的别一种诗意。如他的《啤酒瓶盖》选取啤酒瓶盖这一被忽略的日常之物，在这不起眼的事物身上发现了反差极大的两种处境：“刚才它还位居宴会的高处 / 一瓶黑啤酒的守护者　不可或缺 / 它有它的身份”，但随着开启啤酒时“嘭地一声”，“它在一道奇怪的弧线中离开了这场合……它现在和烟蒂 脚印骨渣以及地板这些脏物在一起”，从高高在上、充满文化隐喻到混迹于废品之中，啤酒瓶盖的处境瞬间下降，并还原为它自身“它的白色只是它的白色它的形状只是它的形状 / 它在我们的形容词所能触及的一切之外”。日常生活中的啤酒瓶盖因为处境下降成为其自身。

再次，于坚主张“拒绝隐喻”，这意味着回到隐喻之前。如他的《对一只乌鸦的命名》，“当一只乌鸦 栖留在我内心的旷野 / 我要说的不是它的象征 它的隐喻或神话 / 我要说的 只是一只乌鸦…… / 它是一

① 温宗军．第三代诗歌反文化的两种表现形式［J］．学术研究，1996（08）：79-83.

② 于坚．何谓日常生活——以昆明为例［J］．散文，2002（02）：4-7.

只快乐的 大嘴巴的乌鸦”。于坚要做的是海德格尔式的“去蔽”，将乌鸦还原为其自身。其他篇章如《我梦想着看到一只老虎》《一枚穿过天空的钉子》等的追求也是如此。而且，拒绝隐喻，意味着“使诗再次回到语言本身。它不是某种意义的载体。它是一种流动的语感”[①]。于坚追求的“流动的语感”与他追求的用口语写作密切相关，不像北岛的诗歌那样庄严悲壮，适合朗诵，他的诗歌是朴素随意因而适合说出的。如《尚义街六号》中“茶水是老吴的电表是老吴的 / 地板是老吴的邻居是老吴的 / 媳妇是老吴的胃舒平是老吴的 / 口痰烟头空气朋友是老吴的”，朴素的口语中蕴含着幽默感。

最后，于坚将语言视为一种存在的现象，对既有的意义系统进行拆解和反叛，在诗歌形式上也多有创新。如他的《0 档案》是对档案的戏仿，它模仿档案的语言描述一个人的出生、成长与恋爱，凸显了千篇一律的公共书写对人的具体性与丰富性的删削。

229. 20 世纪 80 年代王蒙小说创作的基本主题与艺术探索有哪些?

答：王蒙在 80 年代创作了《布礼》《蝴蝶》《杂色》《春之声》《海的梦》《活动变人形》等小说。

这些小说的基本主题，是知识分子与其所献身的“理想社会”之间难解难分的复杂关系。小说的主人公最初都具有独特年代赋予的理想化信念，并热情参与创造一个与过去彻底划清界限的新世界。但“理想社会”不仅没有成为现实，反而让献身者身心受到伤害，陷入精神的危机而反复自审。如《布礼》中的钟亦成真诚地热爱理想却被打成“右派”，被批斗、下放，他与灰影的对话，体现了他内心两种思想的矛盾。

王蒙的可贵之处在于，他在探索这一历史现象时表现出一种辩证的观点，他没有把历史的责任归于特定的一个或几个人身上，也不用某种僵硬的伦理观来裁决人或事。如果考虑到这两种处理方式在当时

---

① 于坚．诗歌精神的重建一份提纲［J］// 陈旭光．快餐馆里的冷风景：诗歌诗论选［M］．北京：北京大学出版社，1994：262

的伤痕文学、反思文学中相当常见，则可以发现王蒙思考的着力点，是极力要从混乱中寻找重建秩序的可能，也因此超越了二元对立的思维方式：他从负有责任者那里寻找可谅解之处，也在被冤屈受损害者中挖掘弱点和劣根性。

王蒙这些小说主题的复杂性在于，在一些作品里，历史和个人的曲折命运会被归结为某一肤浅的政治命题，如《蝴蝶》中的干部与人民的鱼水关系；但在同一作品或另外的篇章中，又有一些深沉的人生感悟，并触及现代中国历史的一些基本主题，如启蒙者的悲剧命运等。对于历史和自身的反省态度，使他的小说避免了普遍性的感伤，不过，信仰有时也会被抽离具体的历史语境，成为他小说中不可分析、怀疑的教条，并转化为对人的压迫的力量，这一思想框架的封闭性限制了思想境域的拓展，这一点，在《布礼》中表现得尤其明显。

王蒙在小说艺术上做了多方面的探索。首先，他主动背离了依然居于主流的现实主义小说的写法，不再致力于典型情节的构思和典型人物性格的刻画，而是专注于对人物心理、情绪、意识、印象的追踪式描述，从而形成了流动倾泻的叙述方式。他在80年代初创作的《蝴蝶》《杂色》《春之声》《夜的眼》等小说主要写人物的意识流动，并运用人物意识的流动来组织情节。如《春之声》主要写的就是主人公坐在闷罐车上的所见所闻、所思所想，他并没有多少外部的身体动作，但思维、情绪却异常活跃，总是能从眼下的所见所闻生发出对过去的联想。这些小说在当时被称作“东方意识流”，它们的密集出现，被比喻为“集束手榴弹”，打破了现实主义一统天下的局面。不过，在王蒙的小说里，也常能见到鲜活的细节和场面刻画。

其次，王蒙在《名医梁有志传奇》《来劲》《球星奇遇记》和《坚硬的稀粥》等作品中，使用了戏谑、夸张、带有荒诞色彩的寓言风格。如《坚硬的稀粥》使用夸张手法，写一个家庭的早餐从中式的稀饭、馒头、咸菜改为西式的牛奶、咖啡、煎鸡蛋后，竟然带来了好几位家庭成员生病的严重后果，曾经提出全面西化的早餐方案的孙子，在进入合资企业可以吃西餐后转而开始想吃中式早餐。一个家庭的早餐之变，隐喻着改革中的种种问题与难度。

再次，在叙述语言上，王蒙一方面打破语言的固定组合方式，追求词语上的变化和多样组合。如《来劲》的开头“您可以将我们的小说的主人公叫做向明，或者项铭、响鸣、香茗、乡名、湘冥祥命或者向明向铭向鸣向茗向名向冥向命……以此类推。三天以前，也就是五天以前一年以前两个月以后，他也就是她它得了颈椎病也就是脊椎病、龋齿病、拉痢疾、白癜风、乳腺癌也就是身体健康益寿延年什么病也没有”。在这段文字中，声调相同或不同的字自由组合并置，有关身体状况的各种疾病的名称以及与之相反的“健康”也并置在一起，这就使得主人公的姓名与身体状况显示出强烈的不确定性。另一方面，王蒙还使用疑问句式表达其思想上的反思，运用反讽性语言实现其解构意图。[①]

230. 怎样认识张贤亮的“自叙传”色彩小说?

答：张贤亮的小说带有鲜明的自叙传色彩。他在 1957 年被划为“右派分子”，随后被押送到西北的劳改农场，劳动改造持续了二十二年。这段刻骨铭心的劳改经历反复出现在他的小说中。

在张贤亮的前期小说中，主人公通常是一个被流放到大西北劳改的“右派”，一个遭遇坎坷并坠入社会底层的男性知识分子，如《灵与肉》中的许灵均、《绿化树》和《男人的一半是女人》中的章永璘。他们在干旱贫瘠的荒漠里接受改造，不仅承受着肉体与性的双重饥渴，精神上也陷入了危机。在危难中，他们遇到了许多底层劳动者。这些底层劳动者虽然近乎原始，也难免粗俗，但正是他们拯救了知识分子的肉体与心灵。尤其是那些农村女性，如《灵与肉》中淳朴善良的秀芝与许灵均患难与共，抚慰着他的生命;《绿化树》中泼辣痴情的寡妇马缨花，拿用自己的身体换来的粮食喂饱章永璘的肚子，用爱情滋养了章永璘的精神;《男人的一半是女人》中的寡妇黄香久用自己的身体使阳痿的章永璘重新成为男人。她们生命的坚韧与无私的付出，使受

---

① 参见郭宝亮 . 王蒙小说文体研究［M］. 北京：北京大学出版社，2006：13-33.

难的知识分子获得了超越苦难的力量。不过，她们地母般的品格，虽然体现着张贤亮的原始崇拜倾向，但更烛照出落难知识分子极力掩藏却欲盖弥彰的优越感以及人格缺陷，比如章永璘懦弱、自私，在处境转好时，就无情地抛弃了曾经拯救过自己的女人们。

在张贤亮的后期小说中，政治与性爱的纠缠构成了小说的主体。《习惯死亡》中，知识分子曾经的苦难经历毁灭了他的精神，他变成了一个善于欺骗自己也善于欺骗别人的非人，转而在性爱的放纵中求得救赎，希望借此忘记苦难铭刻在内心的死亡恐惧，却终于无法获救。1993 年的长篇《我的菩提树》，在形式上采用日记和对日记的注释，以纪实笔法呈现了劳改生活的种种不堪。

总之，自 20 世纪 80 年代复出后，张贤亮的小说不断重述自己的苦难生活记忆，这种自叙传色彩使他迥异于自己同时代的其他作家。

231. 如何理解高晓声笔下的农民形象？

答：高晓声在 20 世纪 70 年代末创作了《李顺大造屋》，80 年代创作了包括《“漏斗户”主》《陈奂生上城》《陈奂生包产》《陈奂生出国》等在内的“陈奂生系列”小说，这些小说的主人公是处于历史变革中的农民。高晓声在塑造农民形象时，致力于表现他们普遍具有的文化性格和心理。

首先，高晓声写出了农民形象的复杂性，他笔下的农民不再是 20 世纪 50—70 年代文学中的扁平形象，而是既有勤劳、坚韧的美德，又有逆来顺受、愚昧顺从的惰性。无论是李顺大还是陈奂生，都极为勤劳，能吃苦，且为人忠厚，如陈奂生宁可自家人没有吃的也要还债，不肯失掉信用。但与此同时，他们又是谨慎、隐忍的，如陈奂生明明对干部的做法有疑问和不满却不敢说出来，对不合理的现象和制度逆来顺受。李顺大在集体化运动中也表现得相当盲从。

其次，高晓声笔下的农民形象不同于宏大叙事中的农民形象，他表现了农民在日常生活中的窘境。如《李顺大造屋》关心的是农民造房子的问题。李顺大想要造屋的梦想，就像老舍笔下祥子买车一样起起落落，充满了荒诞性和无力感，即便是拉回自己本应得到的造屋用的一万块方砖，也得给管事的好处才能顺利进行，这就写出了小人物的悲哀。《“漏斗户”主》关心的是农民的吃饭问题。作为一个关心农民的作家，高晓声在小说中为陈奂生算过工分和粮食，也替陈奂生算过卖油绳和住招待所的账。通过对农民日常生活窘境的表现，高晓声表现了农民长期以来的物质匮乏问题。

再次，高晓声在塑造农民形象时，善于从内部和外部两个方面来探讨农民生活和精神双重贫困的原因。一方面，他表现了农民身上的劣根性，他笔下的农民形象带有狭隘、自私、目光短浅、精神胜利等弱点，如当陈奂生听说不止自己一个人亏粮时，心里顿感欣慰，当他住了五块钱一晚的招待所后，因为心疼钱使劲糟蹋招待所里的设施，想到能借此让村里人高看自己时又洋洋得意。在某种程度上，高晓声笔下的农民形象和鲁迅笔下闰土、阿 Q 等农民形象有着某种呼应，继承了鲁迅借农民形象塑造批判国民劣根性的传统。另一方面，高晓声表现了国家政策等外部现实因素对农民的打击，写出了农民在历史潮流中身不由己的被动状态。

最后，高晓声笔下的农民形象也存在一些不足。一方面，在文化批判上，高晓声没有超越鲁迅的国民性批判，另一方面，则是高晓声为了表现并赞美改革，“一味地追求让主人公陈奂生身上留下现实改革的每一个痕迹，而忽视了人物性格本身的逻辑自洽性。许多现实中源于体制弊端的丑恶现象也常常被看作是传统文化基因的现代表现”[①]。

232.“知青文学”有哪些创作特征？

答：首先是带有浓厚的自传色彩。知青文学主要写知青在“文革”中的遭遇，以及“文革”后的生活道路和思想情感。他们小说中人物的命运，虽然与国家的社会政治紧密相关，但更多地表现了他们的个人记忆与情感态度。如张承志的《老桥》《北方的河》《金牧场》、王安忆的《本次列车终点》、李锐的《黑白》等小说都有他们当年插队生活的影子。

---

① 丁帆．中国乡土小说史［M］．北京：北京大学出版社，2007：248.

其次，知青文学对历史的体验和阐释具有多向性特征。早期，知青小说如卢新华的《伤痕》、孔捷生的《在小河那边》等侧重揭露“文革”造成的创伤，表达尊严被践踏以及信仰被愚弄的悲哀、愤怒和悔恨。后来，知青小说的旨归开始朝着多向性发展：一是继续表达对“上山下乡”运动的否定及对生活荒谬的批判，如李锐的《黑白》《北京有个金太阳》、陈凯歌的《龙血树》等；二是在知青经历中尽可能寻找值得珍视的因素，肯定他们的热忱、真诚和献身精神，表达青春无悔的信念，如梁晓声的《今夜有暴风雪》《这是一片神奇的土地》《雪城》等；三是从插队地区的民间文化中寻找自我和民族的精神资源，如张承志的《黑骏马》《金牧场》和史铁生的《我的遥远的清平湾》等；四是以冷静客观的态度叙述“上山下乡”运动，如王安忆的《六九届初中生》；五是侧重写知青返城后人性的挣扎与迷失，在追根溯源中指向对“文革”的反思，如李晓的《机关轶事》《继续操练》等；六是对知青生活做怀旧式叙述，如多人口述实录《劫后辉煌——在磨难中崛起的知青、老三届、共和国第三代人》等。

233. 如何理解路遥笔下的高加林与孙少平的命运？

答：高加林和孙少平分别是路遥的中篇小说《人生》与长篇小说《平凡的世界》的男主人公，二人都是高中毕业后返回乡村的知识分子，他们的个人命运深刻地嵌入并反映了80年代的城乡关系。

《人生》写的是高加林起起落落的个人命运。高加林的第一次遇挫，是他原本在小学做代课教师，却因家里无权无势被大队书记的儿子顶替了教职。高加林命运的转机，是在他的叔叔回到故乡当了市里的人事局长后，精于人情世故的干部们利用职权帮他借调到县委当通讯员。正是在县城，高加林的才华得到了最大限度的发挥，他写出的优秀稿件与球场上的出色球技，使他成为县城的文化明星。高加林的第二次遇挫，是他走后门进城工作的事被揭发，他只能再次回村当农民。从高加林的出色表现看，和城里人相比，高加林缺少的不是才华，而仅仅是一个户口。

除了个人命运，高加林的爱情命运也同样受到城乡关系的影响。

在被顶替教职后，他接受了美丽的农村姑娘巧珍纯真热烈的爱情。进城后，他与高中同学黄亚萍相恋而抛弃了巧珍，在被揭发后黄亚萍不可能陪他回到农村，巧珍也已另嫁他人。就他们之间的爱情悲剧看，巧珍的善良、美丽固然能够抚慰高加林的创伤，但二人之间的确没有也不可能产生多少共同语言。而高加林和黄亚萍却能在思想交流中不断迸发出精神火花，再加以黄亚萍优越的物质条件，高加林的抛弃行为势在必行。他和黄亚萍之间的分手，与其说是二人之间的爱情出现了问题，不如说表征着城乡之间那一道无法逾越的鸿沟。因此，高加林的人生命运，深刻地反映出路遥对城乡分割二元制度与权力网络的不满与批判。

在四年后的《平凡的世界》中，路遥显然调整了自己的写法。他没有为孙少平安排与农村姑娘的爱情，这就避免了二人之间的爱情无以为继的尴尬。而且，路遥也没有让孙少平在城市里迅速成为文化英雄。孙少平虽然和高加林一样有强烈的进城意愿，但在进城之初只是一个普通打工者，需要通过卖苦力所得维持自己的生存。孙少平能够进城打工，表征着 80 年代后期的城乡关系已经开始松动。不过，路遥保留了孙少平读书与谈论知识的权利，他谈话的对象同样是他的高中女同学，二人之间也同样因为读书和畅谈而产生了爱情。但路遥显然很警惕孙少平在城市里的迅速成功，尤其是借助女朋友田晓霞的力量——毕竟她的父亲是市委书记。为此，路遥设置了田晓霞因公殉职的情节。晓霞之死让孙少平失去了凭借权力上升的可能性，他必须在矿工的位置上辛勤劳动。他的婚姻，与任何浪漫爱情和阶层跨越无关，而是最终与矿上的寡妇结婚，这就把孙少平的命运彻底从天上降到了大地之上。在这个意义上，从高加林到孙少平，路遥完成了自己从浪漫主义到现实主义的转变。

234.“寻根”的主张对当代小说的艺术形态有哪些影响？

答：寻根文学是 20 世纪 80 年代有明确文学主张的小说流派。他们的主张也被称为寻根宣言，主要有韩少功的《文学的根》、郑万隆的《我的根》、阿城的《文化制约着人类》、郑义的《跨越文化断裂带》、李杭育的《理一理我们的“根”》《文化的尴尬》等文章。其中影响最大的是韩少功的《文学的根》，文章指出，“文学有根，文学之根应该深植于民族传统文化的土壤里，根不深，则叶难茂”，并表示“我们的责任是释放现代观念的热能，来重铸和镀亮这种‘民族的自我’”，即主张探寻现代观念与民族传统文化的结合之道。① 在寻根宣言中，传统文化被分成“规范文化”（官方文化）和“非规范文化”，前者是“地壳”，后者是“地壳下的岩浆”，后者比前者更富有活力，因此可以说，他们认同的民族文化之根是非主流的民间文化。作家们的寻根主张对当代小说的艺术形态产生了巨大影响，构成了当代小说发展的转折点，主要表现在以下几个方面：

一是题材上的文化性与地域性。首先，寻根文学突破了当代文学创作狭窄的社会政治视角，从文化的角度去观照历史与人生，不仅大大拓宽了作品的题材领域，而且文化的角度更为深入，从以往重在表现人物的外在行为冲突，向重在揭示人物内在价值观念的冲突转化。其次，由于民间传统文化自身的多元性，某一地区的民俗风情中往往存在着独异的民间文化形态，因而有评论家称早期“寻根”作品为地域小说、风俗小说或文化小说。寻根作家在寻找民间文化之根时，也的确找到了属于自己的文化意义上的地域，如韩少功的汨罗、张承志的内蒙古草原、莫言的高密东北乡、李锐的山西吕梁山、贾平凹的商州等。

二是题旨上对民族文化的审视或崇尚。寻根文学在寻找民族文化之根时，表现出审视与崇尚两种取向。一方面，有的作家从现代性立场出发，在审视民族文化时发现了民族文化的愚昧、僵化，如韩少功的《爸爸爸》《女女女》和郑义的《老井》等。另一方面，另一些作家表现出对民族文化之根的崇尚，这体现为小说中的寻父或崇祖倾向。如张承志《北方的河》中的“他”在寻找理想之父时找到了黄河父亲，认为黄河身上有着雄壮、朴实的气质；莫言的《红高粱家族》塑造了余占鳌这一充满了原始生命强力的祖父形象。

---

① 参见韩少功．文学的根［J］．作家，1985（04）：2-5.

三是对文学审美特性与小说技巧的多元追求。寻根作家重视小说的审美特性，他们或学习古典文学，或学习拉美魔幻现实主义手法。前者如张承志、史铁生、贾平凹、阿城等。张承志的《黑骏马》、史铁生的《我的遥远的清平湾》，都以散文结构淡化了情节和人物，具有或浓郁或优雅的抒情意味，他们对境界的追求使小说在不同程度上体现出诗歌的韵味。再如贾平凹的《商州又录》学习古人笔记体小说，情节和人物进一步退隐淡化，叙述时间几乎停止，仅仅是一种意境或气氛的呈现。后者则有韩少功、王安忆、郑义等，他们常用魔幻现实主义手法在小说中制造亦真亦幻的感觉，且喜欢写怪诞之事，如韩少功的《女女女》中的幺姑洗了个澡就完全变了个人，后来又变得类似猴或鱼。而且，他们还用整体象征手法书写民族生存寓言，以人物或意象做象征，如《老井》中的老井象征着民族传统文化，《小鲍庄》中的捞渣则是人类童年“人之初，性本善”的象征。

235.“先锋小说”怎样处理虚构与真实的关系？它的文学史意义是什么？

答：80 年代中后期出现的“先锋小说”创作潮流，在创作思想和形式技巧上都呈现出迥异于此前文学潮流的特征，它重视“文体的自觉”即小说的“虚构性”，以及叙述方式上的变革。“先锋小说”的形式实践就是在亦真亦幻的变形世界的建构中实现的。

首先，超离现实经验建构虚幻世界。虽然现实世界的经验能在“先锋小说”的创作过程中提供灵感和借鉴，但“先锋小说”的虚构不仅超越了现实世界的所有经验，而且其文本完全与现实世界切断了联系，指向的是在现实生活中无法成立的虚幻世界。如孙甘露的《访问梦境》、格非的《褐色鸟群》等都虚构了一个超离现实经验世界的虚幻世界。

其次，消除真实与虚构之间的界线。“先锋小说”作家常常使用“元小说”的技巧，在小说的叙述过程中讨论小说的文本是如何建构的，从而暴露小说的虚构性。如马原在《虚构》《冈底斯的诱惑》《叠纸鹞的三种方法》等小说中，就经常进入小说解释小说的文本构成及其虚构性，甚至直接宣布自己就是那个写小说的汉人马原。

再次，建立文本的交叉结构。“先锋小说”作家常采用“套中套”的结构构建文本，即以文本套文本的方式消解现实世界，并建构一个虚幻的世界。比如孙甘露的小说中就常有文本的交叉，在《请女人猜谜》中，叙述人同时讲述着《请女人猜谜》和《眺望时间消逝》两个文本。关于这两个文本的叙述，构成了呈现在读者面前的小说。

“先锋小说”对虚构的“非在”世界的探索的文学史意义，一是颠覆着读者关于现实世界的理解与想象，二是丰富和拓展着读者关于整个世界的思维和想象，暗含了一种重新把握世界的决心和努力。

236.“新写实小说”是怎样出现的？它与现实主义小说有何区别？

答:“新写实小说”的出现，有两方面的动因。其一，在外部环境方面，20世纪80年代后期，随着市场经济的推进，新的市民阶层逐渐生成，一种注重物质、注重日常生活的生存方式和价值范式开始出现。与此同时，持续多年的改革遇到挑战，曾经的理想被现实磨灭，因此导致了对原有的精英话语与宏大叙事的疏离，以及对新的叙事方式的需求。

其二，在文学内部，首先，“先锋小说”过强的精英色彩和先锋作家对西方后现代派的学习让人们感到不满，认为他们疏离了中国现实处境和读者大众。其次，在“先锋小说”兴盛之时，许多作家仍在进行现实主义小说的写作，读者们也表示需要故事性、写实性和可读性更强的小说。1986年，刘恒发表《狗日的粮食》，之后，池莉发表《烦恼人生》，方方发表《风景》，刘震云发表《单位》《一地鸡毛》等创作风格类似的作品。1989年，《钟山》杂志开设“新写实小说大联展”栏目，并在“卷首语”中对这一名称加以解释，促生了更多的“新写实小说”的出现，从而形成了一个迥异于“先锋小说”也不同于传统现实主义小说的新浪潮——新写实小说。

“新写实小说”虽然仍然划归为现实主义的大范畴，但它和传统的现实主义小说相比有很大不同。其一，在表现对象上，“新写实小说”侧重表现卑微的小人物的日常生活，而不再像传统现实主义那样表现英雄或干部的宏大的社会政治生活，也不试图把握历史的本质。如池莉的《烦恼人生》写的是工人印家厚平常的一天，刘震云的《一地鸡毛》讲述的是小林夫妇日常生活中豆腐馊了、孩子上幼儿园等日常生活的烦恼。其二，在叙述方法上，“新写实小说”不像现实主义小说那样对生活进行所谓“去粗取精”的提炼，而对普通人的人生不夸饰也不拔高，注重表现他们日常生活的琐碎与重复特性。因此，在“新写实小说”中，艺术不再像现实主义小说那样源于生活并高于生活，而是艺术等于生活本身。其三，在叙述态度上，“新写实小说”追求冷静客观。如果说传统现实主义作家具有鲜明的立场和情感态度，往往站在某种意识形态的立场上对人物和读者进行训导的话，“新写实小说”的作者则对自己的人物和故事持一种超脱的局外人的冷静态度，无所谓情感上的爱憎与道德评价上的高低，叙述者似乎只是生活事件的记录者而非参与者。其四，在叙事结构上，“新写实小说”采用生活流式的结构，不再像现实主义小说那样追求跌宕起伏的戏剧化的情节，而是注重生活细节的真实生动，是对细节的拼贴而非剪裁，如同一段未经加工的生活流。

237. 怎样认识韩少功《爸爸爸》中的文化批判?

答：韩少功是寻根文学思潮的主要倡导者之一，创作了寻根小说《爸爸爸》和《女女女》,《爸爸爸》被称为寻根小说的扛鼎之作。

韩少功创作这两篇小说的初衷，是寻找楚文化，更准确地说是对楚文化中断、干涸之因的探寻。《爸爸爸》这篇小说有意对时空进行了模糊处理，且对主要人物丙崽做了大幅度的夸张变形，因而，这篇小说可以看作民族寓言。

《爸爸爸》描写了几近与世隔绝的鸡头寨的村民们的生活，时间在这里是凝滞的，从远古以来事物就很少发生变化。贯穿始终的人物丙崽，天生痴呆，总也长不大。他只会说“爸爸爸”和“X妈妈”两句话，以不变应万变，象征了一种零文明状态，他是整个鸡头寨文明状态的缩影。鸡头寨充满了不确定性，在这个世界里，一个人是生还是死，甚至他是否存在，都是不确定的。这里的语言具有多义性，常令人摸不着头脑。人们的思维是含混的，这尤其表现在他们对待丙崽的态度上，在与鸡尾寨的械斗中，他们本来打算杀了丙崽当祭品，但在大难临头时忽然觉得丙崽那两句话很神秘，似乎是阴阳二卦，于是对他顶礼膜拜，称他为“丙仙”，用他的话预卜吉凶。这种思维方式因其毫无根据显得荒诞不经。

而且，鸡头寨人相信万物有灵，他们相信大蜘蛛是蜘蛛精，也相信打死蜘蛛精必遭报应。整个村寨的人都笼罩在神秘的巫文化氛围中，他们对人、事与世界的理解，有强烈的非理性色彩。但所谓的巫性-神话思维在这里也已失去了超越的浪漫想象，而是变质为消灾避祸的胡思乱想，因而显得愚昧可笑。

在鸡头寨的文化环境里，人只能退化得像丙崽一样愚昧。小说结尾处丙崽的老而不死，甚至毒药也毒不死，表明了这种愚昧具有令人绝望的生命力。

238. 阿城的《棋王》体现出怎样的思想取向和艺术价值?

答：在思想取向上，阿城的《棋王》虽然以“文革”为背景，但是政治批判或知青的不幸遭遇并不是他表现的重心，他更重视表现人的基本生存问题与生命存在的精神之维。

首先，在小说中，“吃”是人的基本生存问题。“我”的饥饿经历和“我”讲述的《热爱生命》的故事，表明了饥饿会导致精神恐慌。主人公王一生的“吃”表现了他对食物的珍惜和吃饱就是福的观念。脚卵讲述的吃燕窝要食不厌精，知青们的饥饿和吃蛇肉、在街上吃到肉醉等，无一不是在叙述“吃”，“吃”和“食物”因此在小说中获得了重要位置。这就有效地还原了被高昂的激情或痛心的泪水遮蔽的知青生活，从而表现了普遍意义上的人的生活。

其次，《棋王》写“吃”却并不止步于“吃”。毕竟吃是为了活着，但活着不仅是为了吃，所谓“人还要有点东西，这才叫活着”。这点东西，就是精神对生存的超越性。王一生热爱下棋，却不追求世俗意义上的成功，这种面对名利时的淡泊维护了精神追求的超越性，王一生对吃与下棋的态度因此具有了返璞归真的象征意义。

再次，小说中对棋道高下的表现，证明的是高手不在庙堂，而在民间。而民间高手——捡烂纸的老头阐述的象棋之道以柔克刚、造势需“无为而无不为”、相机而变等都阐述了道家哲学的博大精深。与此同时，王一生力战九人最终取胜的连环大战，又使小说表现出一定的儒家的进取精神。

《棋王》具有很高的艺术价值。一方面，小说写奇人奇事却反其道而行之，采用所谓“化神奇为腐朽”[①]的写法，结构上使用“顺时针”[②]即顺时序，以白描手法写人写事，越是激烈处越不事渲染，可谓以静写动。如小说写车轮大战中的王一生，并不写他如何激动、神采飞扬，而是写他如老僧入定般的安静。另一方面，《棋王》的语言平淡而古雅，讲究炼字。如写王一生遇见“我们”，“我们一齐大叫，他猛地站住，看见我们，就横街向我们跑来”，这段话语言省净，省去了诸如“起来”“了”等可有可无的词，且其中的“横”相当传神，这个本为形容词的字在这里用作动词，王一生过马路的样子如在目前。

239. 史铁生的小说具有哪些哲理意蕴？

答：史铁生的小说具有浓厚的哲理意蕴。史铁生原本身体健康，却在 21 岁时因病双腿瘫痪。突如其来的苦难碾碎了他对未来的美好憧憬，他的小说中因此蕴含着他对自我生存困境乃至人类生存困境的不断思索。史铁生小说的哲理意味包含以下几个方面：

一是关于苦难以及对苦难的超越。苦难在史铁生的小说中，并不表现为自我的怨叹与他人的哀怜，而是被追问的对象，就像《命若琴弦》中小瞎子的提问“干嘛咱们是瞎子”，这一追问在史铁生后来的小说中，拓展为对普遍意义上的人的困境的追问。人超越苦难的方式，是对追求与目的之间的过程的体悟，换言之，最重要的不是目的本身，而是目的能够拉紧生命的琴弦，让生命的过程因此变得富有生机和价

① 冯骥才 . 三寸金莲：与阿城说小说［J］. 中篇小说选刊，1986（04）：11.

② 阿城语，见施叔青 . 与《棋王》作者阿城的对话［J］. 文艺理论研究，1987（02）：49-55.

值。这一过程，在《山顶上的传说》中，表现为瘸腿青年对象征爱情、自由与平等的鸽子的追寻。这就是史铁生的过程诗学。

二是关于命运的思考。命运在史铁生的小说中，首先是神秘的因而无法勘破的，因为人的认识能力是有限的，而宇宙间的事物与规律却是无限的。其次，命运是一种来自于人的外部的非理性的力量，它制造人与人之间的高贵与卑贱、美丽与丑陋、智慧与呆傻、健康与残疾的种种差别，因而也制造了人间的不平等。问题在于，人人都希望拥有那些好的，且因为自己拥有好的而歧视他人，差别因此不可避免地会制造苦难。最后，命运具有偶然性，人的命运总是因为某些细微之事而改变，就如同《务虚笔记》中画家Z那原本恩爱异常的父母因为临别前的一次口角，造成了旷日持久的分离、Z的母亲无尽的等待以及Z在“文革”中的厄运，对于Z而言，这是先于他的存在而存在的厄运。

三是对人的存在与欲望、梦想与现实的思索。首先，史铁生认为欲望是人存在的动力，因此他不同意佛教的灭欲说——如果人人泯灭欲望，世界将陷入寂灭，丧失生机。而欲望，乃是一种弗洛伊德意义上的匮乏或缺憾，如《务虚笔记》中，画家Z因为童年被一个高贵的家庭歧视，一生都在画他在那个家庭里看到的象征高贵的硕大洁白的羽毛；医生F因为父母顾忌恋人的出身放弃了爱情，他的一生都在试图弥合爱的创伤。其次，史铁生认为，人更多地存在于自己的梦想之中，但人因陷落于现实而无法获得最终的梦想中的满足。恰如张柠所言，“现实不能拯救现实，甚至也不能指望梦境”[①]，因为梦想意味着创造，是承认人的自由，而梦境意味着逃脱，是承认自己的无能。

240. 张炜的《九月寓言》具有怎样的主题意蕴与艺术追求?

答:《九月寓言》是张炜20世纪90年代的重要长篇小说，主题意蕴丰富。首先，它是关于跑与停的寓言。奔跑象征着人对生活中美好

---

① 张柠.史铁生的文字般若——论《务虚笔记》[J].当代作家评论,1997(03):18-26.

事物的寻找和追求，如安宁的生活、爱情、神物等，如小村的起源是一群厌倦了奔跑的流浪汉在见到小村后不约而同地说“停吧，停吧”，于是停下来过起了定居生活，而金祥找到神物鏊子后也不再奔跑；在流浪者群体那里，奔跑是一种生存方式，他们居无定所，哪能活命就到哪去；同时，奔跑还是生命的狂欢，小村的年轻人每到晚上，就在长腿姑娘赶鹦的带领下在野地里奔跑。但奔跑的生活无根无定，只有停下来，人才能获得安居。而停既是人在大地上的诗意栖居，也会让人们心里滋长出毒素，人性会因此变得邪恶：或因渴望权力而嗜血，小村中的权力争夺充满血腥；或充满虐待他人的欲望，男人们总是打老婆，恶婆婆大脚肥肩则把儿媳折磨至死。因此，小村人只有重新奔跑，才能获得生命的活力，但在奔跑中，人又会渴望安居。其次，《九月寓言》还是一部农业文明和工业文明关系的寓言。小说写了两个村庄，一个是地上的村庄——小村，一个是地下的村庄——工区。小村是农业文明空间，这里的人和自然关系密切，大地是他们生命的滋养者、藏匿者和承载者。工区则是工业文明空间，人们的名字、工作环境和生活用品都是非自然的，他们在黑暗的巷道中工作，有令小村人羡慕的黑面肉馅饼和洗澡的大热水池子。工区的一切都构成对小村的威胁和争夺。工区的人偷村里的鸡，还利用相对优越的条件诱惑村里的姑娘，更严重的是，工区在小村地下不停钻探，钻塌了地面，消灭了小村。因此，《九月寓言》表达了工业文明对农业文明的掠夺和破坏，这也是 90 年代张炜小说一再表现的主题。

《九月寓言》显示了张炜独特的艺术追求。首先，小说中的故事时间不再受制于历史时间，小说中的情节除第四章的忆苦发生在冬天外，其他六章的情节均发生在九月，给读者一种永远是九月的阅读体验，时间的循环往复，使得小说的七章组成了一首共时性交响乐。其次，《九月寓言》的叙述者身份发生了革命性转换。一如张炜在《九月寓言》的代后记中所言，“我的声音混同于草响虫鸣，与原野的喧声整齐划一。这儿不需要一位独立于世的歌手……我隐于这浑然一片……谁能从中分析我的嗓音？我化为了自然之声……我可以做一棵树了，扎下根须，化为了故地上的一个器官。从此我的吟哦不是一己之事，也非我能左右。一个人消逝了，一株树诞生了。生命仍在，性质却得到了转换”[①]。张炜不再以现代知识分子的身份做独立于世的歌者，而是把自己还原为大地上的器官，以树的身份进行叙述。这是从文化外部的观察者向文化内部的记录者的叙述立场的转换。

241. 怎样认识张承志小说的浪漫主义风格？

答：张承志的小说具有鲜明而强烈的浪漫主义风格。浪漫主义在张承志的小说中，表现在以下几个方面：

一、壮美的事物和场面的描写。他崇尚高山大川、辽阔的草原等崇高的事物。如《大坂》中的大坂,《金牧场》中的汗腾格里峰和奔腾的马群,《北方的河》中的黄河,《胡涂乱抹》中的草原，经由他的描写，显露出了人格化的极致美感。

二、对理想的追求和坚守。首先，张承志小说中年轻的男主人公，在某种意义上可以理解为他的理想自我，他们坚决不肯向浅薄世俗的社会低头，执着地寻找自己的理想:《北方的河》中的“他”坚持报考人文地理学的研究生,《金牧场》中的“我”在额吉的带领下在困境中踏上寻找金牧场之路。并且，他们在寻找理想的道路上表现出了英勇、顽强的英雄气概:《大坂》中的“他”悲壮地走向男子汉的战场冰大坂，战胜困难登顶成功;《九座宫殿》中的蓬头发，仅凭着一张地图和一股韧性十足的心劲就闯进了大沙漠;《春天》中的乔玛在白毛风肆虐的夜晚，克服了心中的恐惧成为护住马群的英雄。其次，张承志笔下的人物还表现出对理想的坚守，如果说坚守在上述小说中表现为克服艰难险阻的不屈不挠的信心的话，在另一些小说中则表现为对某种理想的道德品质的坚守。如《老桥》要坚守的是“永远热情和纯真的童心”,《金牧场》中的“他”在日本要坚守的是道德上的纯净。

三、浪漫主义风格表现为对小说人物的浪漫化处理。一方面，张承志小说中的人事物往往成为理想品质的承载者，比如他草原题材小说中的额吉，常被赋予善良、宽厚、博爱的母性品质；有时候，大自

① 张炜．九月寓言［M］. 北京：人民文学出版社，2005：305-306.

然在他的笔下，常被赋予英勇、崇高的父性品质。另一方面，则表现为对人物的浪漫化理解，如《绿夜》中的奥云娜曾是“他”记忆中“黑眼睛的小天使”和“快乐的小河”，然而，当他回到草原寻找诗意时，却发现长成少女的奥云娜在生活的磨砺下已经变得皮肤粗糙、眼神冷淡。“他”理解奥云娜的方式，依然是浪漫主义地为她重新赋魅：“她更累、更苦、更艰难，冲刷她的风沙污流更黑更脏、更粗暴和难以躲避。然而，她却给人们以热茶和食物，给小青羊羔以生命，给夕阳西下的草原以美丽的红衣少女。”在给予与爱的意义上，少女奥云娜具备了理想的母性品质。

四、强烈的抒情性。张承志小说中有大量的抒情，它们或是表现叙述者关于世界和人生的热情思索，如《金牧场》开头表达的就是张承志的生命崇拜意识，“生命，也许是宇宙之间唯一应该受到崇拜的因素，生命的孕育、诞生和显示本质是一种无比激动人心的过程”，这种抒情虽不无夸张却异常真挚；或是人物的情感宣泄，如《黑骏马》结尾处白音宝力格抒发的对草原的挚爱以及告别往昔的情绪。总之，张承志小说中的抒情，既溢出了小说的叙事，也不断把叙事推向情感表达的高潮或哲思高度。

242. 20世纪80年代，汪曾祺小说创作有哪些独特之处？

答：20世纪80年代初，汪曾祺得以重返小说创作，他的小说创作自此表现出一些迥异于主流小说的特征。

首先，汪曾祺的小说注重对民间风俗的“深描”。一方面，在他的小说里，民间风俗不是被审视或反思的对象，而是一种生活方式。如《受戒》中，明海去当和尚就是当地的一种生活方式——孩子多的人家很自然地选择其中一个去做和尚；更重要的是，做和尚不需要过禁欲的生活，因为当地的风俗就是如此。事实上，这篇小说把这种风俗“风景化”了，小说中明海去做和尚的路上以及他之后的做和尚都以风景画的方式呈现出来。另一方面，民间风俗在他的小说中已经转化为人生活在其中的一种人文环境。如《大淖记事》中的大淖这个民间世界里的婚姻风俗，是“媳妇，多是自己跑来的；姑娘，一般是自己找人"，这种民俗文化对待男女关系上的"随便"，使人们对失贞的女性相当宽容，对两情相悦的男女住在一起也不会说三道四，正是这种宽容的民俗成就了巧云和十一子的爱情。

其次，汪曾祺的小说不讲究刻意为之的结构，而是多采用散文化的结构。一方面，他不追求故事的离奇曲折，因而也很少用倒叙、插叙等叙述技巧，而是更多使用顺叙娓娓道来，其效果是故事仿佛在自然发生。如《受戒》中的叙述顺序是明海出家、在寺院的日常生活、小英子家的农家生活、明海和小英子玩耍、小英子送明海去受戒、小英子与明海相爱。另一方面，汪曾祺推崇古代散文对"文气"的讲究，他认为文气是一种"内在的节奏"。这种"内在的节奏"在汪曾祺的小说中表现为"'日常生活情致化'叙述"。具体而言，汪曾祺擅长借助叙述视角从叙述者向人物的转换调节叙述的节奏，如果叙述人的叙述节奏是平淡朴素的，人物的视角则显示出一定的跌宕起伏，这就使他的小说能够有效避免节奏上的单调。而且，人物视角下自己的生活世界是有着自己的声、光、色、味的，因而富有情致和滋味。[①]

最后，汪曾祺小说的语言简洁、传神、有韵味。一方面，汪曾祺在修饰词的使用上非常节制，如《受戒》写小英子挖荸荠，"秋天过去了，地净场光，荸荠的叶子枯了，——荸荠的笔直的小葱一样的圆叶子里是一格一格的，用手一捋，哔哔地响，小英子最爱捋着玩，——荸荠藏在烂泥里。赤了脚，在凉浸浸滑溜溜的泥里踩着，——哎，一个硬疙瘩！伸手下去，一个红紫红紫的荸荠。"这段话短句居多又长短错落，很少修饰词，但深秋荸荠地和小英子挖荸荠时的快乐都如在目前。另一方面，汪曾祺的小说语言也不乏幽默感，如《鸡毛》写鸡傍晚进鸡窝时"还故意把脑袋低一低，把尾巴向下耷拉一下，以示雍容文雅，很有鸡教"，令人莞尔。对汪曾祺而言，小说的语言不仅是表情达意的工具，他有更深刻的文化追求，他是"以简洁、生动的字词准确传达或暗示出人物的文化精神及其所属的整个世界；在于简单、

---

① 参见杨红莉．民间生活的审美言说：汪曾祺小说文体论［M］．北京：北京大学出版社，2008：93-112.

普通的字、词、句能够合成流动的韵律并包孕丰富的韵味”[①]。

243. 如何认识莫言小说的叙事风格？

答：莫言对小说叙事一直表现出极强的探索精神，他的小说具有感性化的叙事风格。

这种叙事风格的表现之一，是他的小说中有大量的身体感觉描写。这些身体感觉往往出现在那些感觉异常敏锐的人物身上，比如《透明的红萝卜》中黑孩的耳朵能听见黄麻地里雾气逃逸的声音，他的眼睛更是能在火光的映照下看到红萝卜“透明的、金色的外壳里包孕着活泼的银色液体”;《金发婴儿》中瞎娘不仅能用手摸出缎子被面上龙凤图案的形状，还能感觉到龙凤的嘶鸣。通过这些感觉描写，莫言“成功和最大限度地裹挟起了一切相关的事物和经验、最大限度的潜意识活动，以狂欢和喧闹到极致的复调手法，使叙事达到了更感性、细节、繁复和戏剧化的‘在场’与真实”[②]。

表现之二是莫言笔下的人与动植物之间在感觉上相通且可互相转化。莫言不仅写人，而且喜欢写动物和植物，并赋予这些动植物或旺盛或怪异的生命活力，如《红高粱家族》中的红高粱、《金发婴儿》中的公鸡和猪、《爆炸》中的狐狸等。而且，在莫言笔下，人、动物和植物三者在生命感觉上是相通相同的，他常常以三者互相修饰、比喻，形成生命感觉的融会贯通与生命体系的互相转化，从而构成斑斓奇特的意象。[③] 如《红高粱家族》中辉煌的红高粱像人一样凄婉可人，爱情激荡;《丰乳肥臀》中“母亲像一棵松树，我像松树上的赘瘤”，三姐领弟的身体变得像鸟一般轻捷，仿佛长着羽毛般在树间跳跃，从此以鸟仙自居。

表现之三是莫言小说语言的狂放恣肆。如莫言在《售棉大路》中

---

① 杨红莉. 论汪曾祺小说语言的文化诗性结构［J］. 北京社会科学，2006（05）：48-53.

② 张清华. 叙述的极限——论莫言［J］. 当代作家评论，2003（02）：59-74.

③ 参见张志忠. 莫言论［M］. 北京：中国社会科学出版社，1990：55.

这样写风雨欲来："一种窸窸窣窣、呼呼噜噜、轰轰隆隆的声音从东北方向滚滚而来，一时间天地间仿佛有无数只春蚕在野咬桑叶，无数只家猫在打着鼾，无数匹野马掠过原野。"这段话中各种声音纷至沓来，一种具有排山倒海之势的莫言式语感跃然欲出。而且，莫言的小说语言极富张力，这得益于他把反差极大的性质或感觉并置在一起，如《红高粱家族》中对高密东北乡的定位是"最美丽最丑陋、最超脱最世俗同时最圣洁最龌龊，也是最英雄好汉最王八蛋以及最能喝酒最能爱的地方"；而酒的特点则是"酒使人性格豪爽、侠肝义胆、临危不惧、视死如归；酒也使人放浪形骸、醉生梦死、腐化堕落、水性杨花"。并置的使用，构成了莫言小说的复调特征。

在某种意义上，莫言小说的感性化叙事风格，是对当代作家依靠抽象观念进行叙事的冲击和纠偏。

244. 莫言小说与民间文化资源有什么关系？

答：莫言在小说创作中善于吸取和转化民间文化资源。20世纪80年代初，莫言对民间文化资源的运用尚处于自发阶段，因而也是零星的，如《黑沙滩》中的民歌、《民间音乐》中的小瞎子这个奇人；80年代中期，莫言对寻根文学的主张产生了共鸣，他开始主动借鉴民间文化资源，发表于1986年的《红高粱》不仅出现了大量的民俗风情描写，而且初步确立了他的民间立场。此后，莫言开始有意识地借鉴民间文化资源并加以转化运用，民间文化资源不再是小说中的点缀，而是成为小说的有机构成部分。

莫言对民间文化资源的重视，首先体现为他小说中大量出现的民间奇人、奇闻轶事和民俗文化。民间奇人如《秋水》中的"我爷爷""我奶奶"黑衣人、紫衣女人，《天堂蒜薹之歌》中的瞎子张扣，《丰乳肥臀》中的独乳老金，《檀香刑》中的孙丙等；奇闻轶事如《红高粱家族》中二奶奶临死前的奇特表现，《檀香刑》中用虎须就能看出人的本相，《生死疲劳》中西门闹转世为驴、猪等；民间文化如《红高粱家族》中的嫁女、酿酒、出殡，《丰乳肥臀》中的雪集等。

其次，则是莫言对民间文化资源的发现与使用。一是对民间文化传统的借鉴。如莫言在《天堂蒜薹之歌》中借鉴了民间歌谣，每章都以瞎子张扣的歌谣开头，张扣的歌谣和小说正文叙事部分的并置，形成了小说的复调结构;《檀香刑》借鉴了高密的民间戏曲茂腔。二是莫言吸收了民间文学对故事性的重视。他讲述了一个又一个奇异的故事，如他的《藏宝图》《玫瑰玫瑰香气扑鼻》《马驹横穿沼泽》等。而且，在他的不少小说中，都出现了“讲故事的人”或“听故事的人”，这正是民间口传文学的特点。这个“讲故事的人”，在《红高粱家族》中是“我”，在《十三步》中是笼中人，在《四十一炮》中是罗小通；“听故事的人”，在《十三步》中，是喂食粉笔的孩子“我们”，在《四十一炮》中，是五通神庙的大和尚。“讲故事的人”具有说书姿态和说书口吻，往往一出场就摆出说书的架势，要以讲故事的人的方式打动听故事的人，这使其不同于现代小说中的叙述者。[①] 三是他的小说中出现了不少民间故事，如《奇遇》中的光面鬼故事，《草鞋窨子》中的蜘蛛精采花和笤帚疙瘩沾血成精故事，《罪过》中的鳖精故事，《猫事荟萃》中的猫精、狐狸精故事，等等，这些民间故事增强了莫言小说的魔幻色彩。

最后也是最重要的，莫言在对民间文化资源的借鉴中，逐渐确立了自己的民间立场。他明确表示自己的写作是“作为老百姓的写作”，而非“为老百姓写作”，他认为前者才是真正的民间写作。这种写作要求作家保持老百姓的心态，用老百姓的思维来思考，保持老百姓的立场、方法和视角，平等地对待自己的人物和读者。[②] 莫言的《天堂蒜薹之歌》《牛》《丰乳肥臀》《檀香刑》《蛙》等都体现了莫言的这种民间立场。

245. 如何认识谌容的问题小说?

答：谌容在 20 世纪 80 年代和 90 年代初创作了一系列问题小说，

---

① 参见张相宽．故事·讲故事的人·听故事的人——论莫言小说与传统说书艺术的联系［J］．东岳论丛，2015（002）：86-90.

② 参见莫言．用耳朵阅读［M］．北京：作家出版社，2012：66-70.

除了最著名的《人到中年》之外，还有《永远是春天》《散淡的人》《懒得离婚》《减去十岁》《关于猪仔过冬问题》《献上一束夜来香》《人到老年》《死河》等。这些小说表现出强烈的问题意识，如《人到中年》通过陆文婷的悲剧表现了新时期中年知识分子在工作和家庭之间超负荷运转的问题：他们在单位中是技术骨干却得不到应有的重视和待遇；家中住房紧张，没有可以安静地钻研业务的空间；由于工作忙没时间照顾孩子……此外，《懒得离婚》反映了80年代的婚姻问题，《关于猪仔过冬问题》表现了官僚主义问题，《人到老年》表现了90年代初的老年问题，《死河》表现了生态问题等。谌容的这些小说在创作上始终保持着与主流社会变迁同步的节奏，记录并参与了社会变迁。

谌容的问题小说在80年代初表现出现实主义风格。《人到中年》用优美、细致的笔触表现了陆文婷超负荷运转、劳累过度以致病危的悲剧，谌容还赋予了陆文婷这位知识分子以崇高的品质和美好的心灵，这就使她具有了悲剧英雄的特征，小说也因此表现出一定的悲壮美。而悲壮美正是当时的主流审美特征，众多的伤痕小说、反思小说与改革小说都塑造了悲剧英雄的形象且具有悲壮美。不过，在这篇小说中，谌容还成功借鉴了意识流手法描写陆文婷病中的思绪，语言也颇具抒情意味，因而显示出独特的美学特质。80年代中期以后，谌容的问题小说在风格上开始融入荒诞和讽刺，如《减去十岁》中虚构了一个小道消息：中国年龄研究会起草了一份文件，让人们减去十岁以弥补十年“文革”的损失，好好干四化。消息一出，将要退休的老局长、中年夫妻、大龄女青年等人顿感欢欣鼓舞、扬眉吐气，开始对事业、家庭和爱情重新进行规划，甚至提前庆祝。然而，已经退休的人们却表示要回来上班，刚上班的年轻人也提出了抗议。当小说结束于全局上下都努力寻找这个子虚乌有的文件时，事件的荒诞性与小说的讽刺意味就呼之欲出了。《懒得离婚》《献上一束夜来香》等同样具有荒诞意味，只是它们更类似于小人物的悲喜剧。

谌容的问题小说，具有强烈的干预生活的特点，恰如有评论者指出的，“它是政治檄文、社会学描述、新闻报道与政府咨文；它是呐喊，是吁请，是社会变革的马前卒”[①]。不过，作为女性作家，谌容并没有对女性问题给予特别的关注，这从她的《人到中年》表现的是知识分子问题而非家庭性别分工问题可见一斑。

246. 冯骥才的津味小说有哪些？有何创作特色？

答：冯骥才的津味小说有《神鞭》《三寸金莲》《阴阳八卦》《炮打双灯》和系列短篇《俗世奇人》《市井人物》等。这些小说有以下创作特色：

一、在题材上，这些小说选取天津市井民间的奇人奇事。奇人如匠人刷子李给人刷房子，必穿一身黑，声言只要身上溅上一点白浆就不收钱，而他也果然名副其实。其他如苏七块、泥人张、大回等皆是市井奇人。奇事如《刘道元活出殡》中文混混儿刘道元突发奇想要看看阴间的事，他假装自己暴病而亡，却因此看到人间的种种奇事和百态。其他如《张果老》《绝盗》等都通过奇事写出了市井江湖的人心险恶。

二、人物的命运、生活方式和文化密切相关。如《三寸金莲》中津门首富佟家男性酷爱金莲，他们看女子看脚不看脸，在佟家最大的事就是缠脚和赛脚。在某种意义上，佟家是缠足文化的象征。小说女主人公戈香莲的命运和生活方式受到传统缠足文化与现代放足文化的影响。戈香莲幼时受尽了缠足的痛苦，长大后却因三寸金莲嫁入佟家做大儿媳。她在第一次赛脚时败给了二儿媳，也因此失宠，备受大少爷折磨。潘妈在她准备自尽时帮她重新缠足，她的脚因此变得美艳绝伦，公公送给她《缠足图说》《香艳丛谈》等书让她领会三寸金莲的神韵，她终于在第二次赛脚会上拔得头筹，不仅在佟家扬眉吐气，而且她的脚也成为津门一绝。她的女儿莲心却在将要缠足时失踪。在民国的放足浪潮愈演愈烈时，戈香莲带头成立了复缠会，从缠足文化的受害者变成了维护者，却意外发现天足会的代表牛俊英正是自己失踪的

① 戴锦华．涉渡之舟：新时期中国女性写作与女性文化［M］．北京：北京大学出版社，2007：114.

女儿莲心。戈香莲的一生，经历了从缠足文化的受害者到受益者再到维护者的不断转换。

三、冯骥才这些小说常采用传统小说的章回体样式和天津方言、俗语。他的《三寸金莲》《神鞭》《阴阳八卦》等都采用了章回体样式，且像传统章回体小说一样注重故事性。而且，他的小说中使用了很多天津本地的方言和俗语，如“混星子”“瞎叨咕”“粘粥”“花活”“嘛时候”“赛的”“言声”“懂眼”“拨愣”“完活”等，这就增强了小说的地方文化色彩和民间色彩。

247. 如何理解贾平凹“商州系列”小说？

答：贾平凹的“商州系列”小说，是他在 1983 年以后陆续发表的形成了其个人风格的系列作品，包括《小月前本》《鸡窝洼人家》《腊月·正月》《天狗》《黑氏》《古堡》和长篇小说《商州》《浮躁》等。

首先，在这些小说中，有丰富的陕南山区的自然和人文景观，地理特色、风土人情、历史习俗比比皆是。如《鸡窝洼人家》中的商州冬日的景色、《浮躁》中的州河、《小月前本》中的放排、《天狗》中的民歌等，都体现出商州的地域文化，且为人物的行动和心理特征提供了背景与依据，如《腊月·正月》中韩玄子对自家房子好的判断来自于风水观念。

其次，贾平凹写出了变迁中的商州。80 年代开始的农村经济改革，带来了农村人际关系、农民心理的一系列改变，传统的社会秩序和思想开始动摇，新兴的市场化力量开始显示出优势。

值得注意之处有二。其一，是这种时代变迁在这些小说中经常被具象为三角恋爱故事或家庭重组故事。前者如《小月前本》中的小月原本由父亲做主与才才订了婚约，但才才的本分、老实和热爱土地这些符合农业文明的优良品德，在门门的对比下显出了劣势。门门大胆、主意多，是村里第一个用竹排运货出山的商人，他也敢在大旱时租来抽水机转租给村里人。门门无疑代表着农村改革的现代性力量。他在租抽水机时不认亲疏，只认排队顺序的做法，否定了传统的人情观，表现出对现代秩序的认同。后者出现在《鸡窝洼人家》与《天狗》《浮躁》等小说中:《鸡窝洼人家》的农村改革，呈现为一个表层的换妻故事;《天狗》中的改革，具象为师父死去，临终前把师娘托付给自己的徒弟也是改革者天狗;《浮躁》中金狗的改革，也穿插着他的婚恋故事。这样一种写法，固然使小说中的改革书写显得具体生动，但也产生了一些问题，比如《鸡窝洼人家》中不仅让改革者与保守者互换了妻子，而且最后让科技证明是保守者而非他原来的妻子患有不孕症。这当然隐喻了保守之根已断，但这是否也是文学想象的一种武断？再者，当女性一再被从保守者换到改革者手中，则女性是否被视为改革的战利品？

其二，是贾平凹表现了农村改革与社会转型中的“悲剧人物”。如《腊月·正月》中的韩玄子是一位懂得看晨雾之美的乡村知识分子。他原本在家里和村里备受尊重，却在改革中逐渐边缘化。这种悲剧人物在当时的改革小说中并不多见。

不过，贾平凹“商州系列”小说虽然有自己的特色，但也存在人物与故事相似的问题。

248. 残雪用小说虚构了一个怎样的世界?

答：残雪在20世纪80年代初开始写作，主要作品有《山上的小屋》《苍老的浮云》《公牛》《我在那个世界里的事情》《黄泥街》《突围表演》等。她的小说没有通常批评家所概括的女性创作的柔美、细腻等美学风格，而是将现实与梦幻相“混淆”，以精神变异者的感觉和眼光，创造了一个怪异、阴冷而丑恶的噩梦般的世界。

首先，残雪创造的这个世界，环境常常是阴暗的，有着南方的潮湿或酷热、霉味或臭味，其中充斥着腐尸、苍蝇、老鼠和蝙蝠等丑恶、肮脏之物，以及无处不在的窥视、鬼鬼祟祟的窃窃私语、讪笑或冷笑、墙壁上的裂缝或孔洞、隔壁的怪异声响等令人心生不安和恐惧的行为与事物。处在这个世界中的人，总是感到孤独、惊慌、焦虑和自卑，不断地梦呓和谵语，对他人和世界充满了戒备或攻击的欲望，也因此令自己陷入无望的地狱。如《苍老的浮云》中的虚汝华为了逃避世界的侵害，选择把自己关在房间里，且让人把所有的门窗都钉上铁栅栏。

她从自我囚禁中获得了所谓的安全感，并幸灾乐祸地看着自己的身体逐渐萎缩、消失。

其次，这个世界中人与人之间的关系充满了冷漠与敌意。他们因无法把握自身，无法逃脱世界对自己的“剥夺”而惊恐难安，也不断地自我折磨和相互折磨。如《苍老的浮云》中的慕兰总是用镜子窥视他人，往别人鱼缸里倒肥皂水;《黄泥街》中的黄泥街人和《突围表演》中的五香街人，都热衷于猜疑、歪曲事实和攻击、伤害他人。而且，这种敌意不仅存在于广泛的人际关系中，也存在于以血缘、亲情为纽带的家庭成员之间。如《山上的小屋》中人与人之间的敌意就已经侵入到家庭之中，在这个本应最亲近最可信赖的空间中，有的却是母亲“虚伪的笑容”、父亲“熟悉的狼眼”和小妹能够在“我”身上刺出红疹的“直勾勾”的目光。在残雪后来的小说中，这种紧张、可怕的血亲间的精神折磨不停地重演，几乎成了一个固定的模式。

最后，残雪创造的这个世界中的人，没有一个是纯洁无辜的，而是既施暴又被施暴，既普通、弱小又怪异、令人厌烦。残雪拆解了迫害与被迫害、压迫与被压迫、侮辱与被侮辱的二元对立式，因此，恰如戴锦华所言，“残雪世界中的人们，在出演着施虐者的同时，承受着被虐者的屈辱和绝望；人们享受着施暴于他人的快乐的同时，却是在表达其真切体验着的无穷的悲哀和委屈”[①]。这使得残雪的小说对日常生活微观政治的揭示因独特而抵达了难以企及的深度。

249. 苏童的《妻妾成群》和《红粉》表现出怎样的叙述特征?

答：苏童的《妻妾成群》与同时期盛行的先锋小说风格迥异。这篇小说与稍后的《红粉》(1991)，标志着苏童从先锋写作转向了古典叙述。不过，这两篇小说并非传统现实主义小说，而是保留了一定的先锋色彩。其叙述特征为：

第一，这两篇小说具有一些现实主义小说特征。首先，它们都具有完整而封闭的故事。《妻妾成群》开始于颂莲被抬入陈府做四太太，

① 戴锦华. 残雪：梦魇萦绕的小屋［J］. 南方文坛，2000（05）：9-17.

结束于陈府娶了五太太文竹，中间叙述了妻妾争斗、梅珊被投入古井、颂莲发疯等情节；《红粉》始于20世纪50年代秋仪、小萼等妓女被拉去改造，中间叙述了二人与老浦的纠葛，终于秋仪收养了小萼和老浦的孩子将其养大。其次，它们都塑造了性格鲜明的人物形象。如《妻妾成群》中梅珊敢爱敢恨、做事不计后果，卓云诡计多端、心狠手辣；《红粉》中秋仪果敢、自尊、有担当，小萼软弱、胆小、耽于享乐。再次，小说中有诸多精彩的细节描写，如《妻妾成群》中颂莲与陈府老爷的第一次见面、颂莲发现梅珊与医生的腿交缠在一起等；《红粉》中在被卡车拉走前，秋仪依然淡定地买烧饼吃。最后，苏童的这两篇小说经常被冠以“新历史”小说之名。它们并不像现实主义小说那样追求把握宏大的历史发展趋势，也不着意还原历史、表现历史真实，而是对历史做了虚化处理，所谓的历史在他的小说中，只是营构了一个遥远的所在，一个非现实的让他可以更自由地虚构故事的时空。

第二，这两篇小说将古典性与先锋性融为一体。首先，这两篇小说都具有古典的红颜薄命的主题：《妻妾成群》中的美丽女子颂莲、梅珊一疯一死，《红粉》中的秋仪最终落得孤身一人。另一方面，它们又都具有先锋小说热衷于表现的灾难、暴力与死亡要素，以及叙事态度上的冷静、客观。《妻妾成群》中颂莲的父亲破产、《红粉》中妓女改造都是灾难；《妻妾成群》中颂莲父亲、雁儿与梅珊先后死亡，《红粉》中老浦被处死；《妻妾成群》中颂莲故意剪伤卓云和梅珊被投入古井，都是人施加于人的暴力。但是，在叙述这些事件时，叙述人并未投入自己的喜怒哀乐等情感，而是保持了先锋小说叙述人的冷静与客观。其次，这两篇小说弥漫着先锋小说热衷于表现的颓败、冰冷的气息。苏童在表现先锋小说的颓败感时，又使用了古典的意象营造技巧。意象原本是中国古典诗词的要素，它们富有美感且意蕴丰富。苏童的这两篇小说使用了不少意象，如《妻妾成群》中的古井、秋菊、紫藤，《红粉》中的胭脂盒、伞等。这些意象不仅蕴含着古典的美感，且被赋予了丰富的内涵。如《妻妾成群》中的古井意象。古井在颂莲的眼中恐怖而神秘，它象征着男权制的古老、专断与吃人的本质。当颂莲一次次来到井边独坐，就构成了一种意境，年轻美丽的女人与阴沉、寒冷的古井构成的反差，古井对女人的神秘诱惑以及女人对古井的恐惧与因为看古井造成的神思恍惚，都使小说弥漫着颓败、冰冷的气息。

250. 什么是格非小说的叙述空缺？

答：叙述空缺是格非先锋小说的重要叙述策略。格非在小说中有意抽去了某些关键部分，从而形成了一种叙述上的空缺，如《迷舟》中省略了“萧去榆关”的部分。相对于《迷舟》,《青黄》中的空缺更具有了不断衍生的能力。首先，“青黄”在意旨上构成了起源上的空缺，著名教授谭维年认为它可能是一部记录九姓渔户生活史的书，然而，在三个私塾先生编的《麦村地方志》和谭教授自己的书中，对九姓渔户的叙述都语焉不详。其次，“我”在试图追踪“青黄”意旨的空缺时，不断遭遇新的空缺，如“我”遇到的第一个老人很不情愿地讲述了一些情况后，“我”明白了九姓渔户的张姓后人已死，死亡制造了新的空缺。

在哲学层面上，空缺类似于空白，但“空白不是无，而是无限”，因为它是对故事进行解释的前提。小说中的人物会依据自己的位置对空缺进行“补充”。问题在于，这种“补充”很可能构成致命的损毁[①]，如《迷舟》中“萧去榆关”部分，在杏的丈夫三顺那里，空缺被“补充”为萧是要看被阉割的杏，他因此放弃了杀死萧的打算；但在萧的警卫员那里，却被“补充”为萧去向身为敌方军官的哥哥通风报信，他因此开枪杀死了萧。小说结尾处萧的死亡使他去榆关到底做了什么成为一个永远无法证实的空缺，一个永久的谜。在《青黄》中，“我”试图补充“青黄”意指的行动，得到了许多人的帮助，但他们讲述出来的与九姓渔户的后人相关的信息片段，彼此之间互不相同甚至矛盾重重，并没能真正补充起源的缺失，而是造成了更多的空缺。恰如其中的一位老人的叙述给“我”留下的印象是“他在揭示一些事情时也掩盖了另一些事”。其哲学意味是，空缺永远存在，这就拆解了真相

① 参见陈晓明．空缺与重复：格非的叙事策略［J］．当代作家评论，1992（05）：43–53.

存在的可能性。

格非小说的叙述空缺构成了其先锋性，因为叙事空缺的存在，使得时间上的延续与逻辑上的因果关系不再成立，格非小说由此“完全背离了传统叙事完整统一的要求，不再显得理性和富有秩序”[①]。

251. 余华小说的先锋性体现在哪些方面?

答：余华的小说突破了传统小说在主题、形式、语言等方面的固有模式，体现出鲜明的先锋性，主要体现在以下几个方面：

一是主题的颠覆性。首先，余华的小说热衷于书写灾难、暴力和死亡，他的《一九八六年》《现实一种》《河边的错误》《古典爱情》等小说中充斥着灾难，而且在这些灾难中暴力书写比比皆是。如《现实一种》中儿童皮皮对弟弟打耳光、卡喉管，这些暴力行为竟然使皮皮感到莫名的激动，可谓非理性的暴力；成年人山岗对弟弟山峰的施暴，则因冷静筹划而令人毛骨悚然。此外，余华热衷于描写死亡，在他的小说中，死亡是人必然的命运:《河边的错误》中的么四婆婆、《往事与刑罚》中的刑罚专家、《世事如烟》中算命先生的儿子、灰衣女人、司机等人都命定地走向了死亡。而且，人物的死亡不具有任何意义，最典型的是《现实一种》中山岗死后被医生们肢解变成了一个个器官，人被拆解为物。其次是颠覆了传统的伦理观和人性观。余华小说中的家人互相算计、残害，如《世事如烟》父亲 6 为了赚钱卖掉自己的亲生女儿，算命先生为了延长寿命克死自己的亲生儿子;《现实一种》中兄弟互害，彻底打碎了父慈子孝、兄友弟恭的传统伦理。就某种意义而言，他小说中经常出现的陌生人之间、家人之间的暴力把人性善改写为了人性恶。

二是叙述态度上的冷漠。余华小说中的叙述者对所叙述的人或事，既不表明自己的看法和态度，情感上也属零度介入。他有意使用没有感情色彩的或淡化感情色彩的语言呈现暴力、血腥和死亡的画面。如《一九八六年》中疯子对自己的慢条斯理的自戕、《古典爱情》中对

① 王元忠. 试论格非小说叙事中的空缺策略 [J]. 甘肃高师学报，2000 (01): 28-32.

人肉市场的描写、《往事与刑罚》中的死亡叙述等都是如此。这种近乎残酷的冷漠，是后现代主义文学的特征。

三是人物的符号化。如果说现实主义小说和浪漫主义小说把塑造性格鲜明的典型人物当作重要指标的话，余华却反其道而行之。他在《虚伪的作品》中表达了自己对人物的看法：一方面，他认为人物只不过是道具，另一方面，他否定了性格鲜明的人物的艺术价值，因为他认为“性格关心的是人的外面而并非内心，而且经常粗暴地干涉作家试图进一步深入人的复杂层面的努力”。余华声言自己“更关心的是人物的欲望，欲望比性格更能代表一个人的价值”[①]。因此，余华小说中的人物相当抽象，他们普遍没有鲜明的性格，也很少美丑之别，有时连名字都没有。如他的《世事如烟》中，直接用数字给人物命名，2（羞辱司机者）、3（和孙子同床者）、4（梦语不断的少女）、6（卖掉自己女儿的父亲）、7（和儿子八字相克的父亲），人物因此成为某种抽象本质的符号。事实上，在余华这里，人物的本质就是欲望。

四是情节的无序和荒诞。余华的小说破除了现实主义与浪漫主义文学中的时空观和情节套路。首先，余华小说的情节表现出无序性，如《此文献给少女杨柳》将一个本不复杂的故事重新排列组合，而这种重新组合与其说遵循了某种逻辑和顺序，不如说有意打乱逻辑和顺序，这就让情节失去了因果和先后关系，从而显得晦涩难懂。其次，余华小说的情节还是荒诞的，它们看似不合常理却直指人性之恶，如《十八岁出门远行》中“我”好心帮司机保护苹果，司机却嘲笑“我”的受伤并抢走了“我”的背包；《难逃劫数》中露珠深爱帅气的东山，却在新婚之夜将东山的脸毁容等。余华小说情节的荒诞性，直指人性与世界的残忍本质。

252. 如何认识余华在 20 世纪 90 年代小说创作的转向？

答：进入 20 世纪 90 年代，余华的创作从中短篇小说转向了长篇

---

① 余华. 虚伪的作品［M］// 没有一条道路是重复的. 上海：上海文艺出版社，2004：189.

小说。他先是创作了《在细雨中呼喊》这部被称为余华“先锋写作的最后总结”[①]的长篇小说，之后的《活着》与《许三观卖血记》这两部长篇小说，标志着余华的小说创作发生了重要转向。这些转向可归纳为以下几个方面：

第一，是主题的延续与转向。一方面，在这些小说中，依然保留了余华先锋小说的灾难主题，但是灾难已经与暴力和人性之恶无关。《活着》中的灾难更多地来自于偶然和宿命，是一种福贵必须承受的苦难；《许三观卖血记》中的灾难不仅无关暴力和人性之恶，而且已经减弱为生存的艰难。另一方面，温情主题日益凸显。在《活着》和《许三观卖血记》中，亲人之间的关爱比比皆是，如《活着》中妻子家珍携子归来，给福贵带来了生活的希望；《许三观卖血记》中，许三观用卖血的方式表达着对亲人的爱。当然，这并不是说余华的先锋小说中没有温情，而是那时候的温情要么是虚幻的，要么遭到他人的暴力摧毁。前者如《此文献给少女杨柳》中描写少女杨柳走进“我”内心时，“我似乎隐隐约约地看到一双粉红色的小脚丫，于是我内心像是铺满了阳光一样无比温暖”，然而当“我”试图寻找这温暖人心的少女的目光时，却发现杨柳早已死去；后者如《祖先》中的“我”感受到了来自黑猩猩的温暖，但黑猩猩却被村民打死。

第二，是小说叙述上的转向。首先，在叙述立场上，余华放弃了先锋写作时期的知识分子立场，他开始向民间致敬，作家和世界的关系因而不再是紧张的、敌对的。在一定程度上，《活着》中的叙述人“我”是余华的代言人，这个到民间采风的知识分子，最初时游手好闲，到小说结尾时已经对福贵和他生存的民间世界充满敬意。恰如他在《活着》前言中所说，“我开始意识到一位真正的作家所寻找的是真理，是一种排斥道德判断的真理，作家的使命不是发泄，不是控诉或者揭露，他应该向人们展示高尚”[②]。余华心中的高尚，是民间百姓对

---

① 吴义勤．告别“虚伪的形式”——《许三观卖血记》之于余华的意义［J］．文艺争鸣，2000（01）：71–77.

② 余华．《活着》的写作背景［J］．语文教学与研究，2009（01）：7.

苦难的默默承受与超越。其次，余华的叙述态度不再是冷漠的，而是开始“用同情的目光看待世界”①。再次，他的叙述语言不再追求奇妙而尖锐的比喻，转而采用平实、直白的语言。这尤其体现在写人物对话时对民间口语的使用。《许三观卖血记》对场景的描写，都是以对话的方式写的，最著名的莫过于许三观用嘴给孩子们炒菜的片段。而且，人物的对话高度贴近其年龄和性格，如《活着》中写福贵在妻子家珍被其父强行接走后，心酸地对女儿凤霞说：“凤霞，你可不要忘记我是你爹”，年幼的“凤霞听了后格格笑起来，她说：‘你也不要忘记我是凤霞’”，一句话写活了凤霞的天真。

第三，人物不再是抽象的、本质化的符号，而是有血有肉生存于民间大地上的人，人与他们的生活构成了小说的现实。这两部小说中的人物，有自己的为人处世的方式和喜怒哀乐。他们为人处世的方式是民间的，比如福贵教训老牛好好耕地时，说的就是“做牛耕田，做狗看家，做和尚化缘，做鸡报晓，做女人织布”这一古老的民间道理；《许三观卖血记》中村民们关于吃饭多等于身体好的观念，以及肉里的力气和血里的力气的区分等，都是地道的民间观念。借助人物和他们的生活，余华表达了对“民间温情、民间人性、民间伦理结构、民间生活细节和民间人生世态”②的赞赏。

253. 池莉新写实小说的得失是什么？

答：二十世纪八九十年代，池莉先后创作了《烦恼人生》《不谈爱情》《太阳出世》《来来往往》《你是一条河》《一去永不回》等新写实小说，这些小说既具有特定的文学史价值，又存在着一些不容回避的问题。

其一，池莉新写实小说的主要内容，是以往主流现实主义叙事认为没有价值，因而有意忽略、删减的普通人的琐碎、庸常的日常生活。

---

① 余华.《活着》的写作背景［J］. 语文教学与研究，2009（01）：7.

② 吴义勤 . 告别“虚伪的形式”——《许三观卖血记》之于余华的意义［J］. 文艺争鸣，2000（01）：71-77.

如《烦恼人生》写了印家厚从起床上班到晚上回家睡觉一天发生的种种烦恼小事，诸如孩子摔下床、排队上厕所、挤公共汽车、乘轮渡、上班、没评上奖金、菜里吃出虫子、去幼儿园看孩子、听说亲戚要来家里等等。《冷也好，热也好，活着就好》中体温表因天气太热而爆炸这一细琐小事的反复讲述，给燕华、猫子等人带来了快乐。如果说在《烦恼人生》中，普通人的日常生活还是以“生活流”[①]的方式自然流淌的话，在《不谈爱情》《太阳出世》等小说中，池莉已经将普通人的生活重新组合并赋予了新的意义：“池莉书写烦恼的人生的意义不在于展露烦恼，而在于为现实、为不甚完满的婚姻、为普通人的日常生活‘复权正名’。”[②]

其二，池莉的新写实小说消解了以往被文学叙述神圣化的事物或角色。首先，她的《不谈爱情》《绿水长流》《来来往往》等小说解构了爱情神话。在她的小说中，爱情不再是永恒的、理想的，《不谈爱情》中庄建非的爱情与深刻、高雅无关，而是成了吉玲人生设计的一部分；《来来往往》中康伟业与林珠之间理想化的不食人间烟火的爱情，一旦遭遇到日常生活，就因生活习惯和思想观念的差异无疾而终。其次，池莉解构了母亲神话。《你是一条河》中寡母辣辣需要抚养众多幼小的儿女，虽然她也勤恳、善良，为了让儿女们不至于饿死而一次次去卖血，但她并不是以往文学作品中的圣母或地母，而是始终以生存为第一要务，不惜为此与老李、老朱头保持暧昧。她对待儿女的方式也少有慈爱，多是打骂、漠视、羞辱或纵容，以至于儿女要么离她远去或决裂，要么病死或被判刑。再次，池莉解构了知识分子神话。《不谈爱情》中，知识分子的高雅成了虚伪、冷漠、矫情的代名词，他们最终败给了小市民；《你是一条河》中在辣辣眼里，小叔子王贤良作为知识分子迂腐不堪。

其三，池莉新写实小说的主人公，是小市民或者渴望做个小市民

---

① 陈墨．直面人生的艺术探索——评中篇小说《烦恼人生》、《风景》[J]．湖北社会科学，1988（05）：32-36．

② 戴锦华．池莉：神圣的烦恼人生[J]．文学评论，1995（06）：50-61．

的知识分子。这些普通人，“不再是作为‘创造历史动力’与历史场景中经典英雄地位的‘人民’，亦不是新文化运动中必须予以启蒙的‘大众’”[①]，他们不仅文化水平低，社会地位也不高，但他们活得潇洒自在，自有一套生存哲学，根本就不需要知识分子启蒙。《你是一条河》中的辣辣把生存当作头等大事，尽管经历了一些大事件，但她始终搞不懂这些运动，也不参与其中，根本就不关心历史的走向。《冷也好，热也好，活着就好》中知识分子的启蒙成了自以为是、没有听众的自说自话；《一去永不回》中知识分子家庭出身的温泉对自己出身的阶层毫无好感，甚至不惜为了进入小市民的家庭铤而走险。

当然，池莉的新写实小说也存在一些问题。当池莉把小市民当作小说的“英雄”时，就不能不暴露出两个问题：首先，他们所持有的价值观念是池莉极力推崇的，然而，这种价值观同样是一种一元论，它无法为其他价值观如理想主义提供生长的空间，而且它的极端务实也导致它拒绝走向形而上的哲学思考。其次，池莉小说中的小市民“英雄”，正是20世纪80年代后期以来消费社会的主体，他们欢呼消费社会的到来并代表着其价值观，这就丧失了对消费社会进行反思的必要距离。

254. 怎样理解刘震云小说的反讽风格？

答：反讽在刘震云的小说中，是一种整体性的文体风格。它的表现有三：

第一，人物身心的普遍残疾与其社会身份形成反讽。这些人物有着各种各样的身体暗疾，而且基本上不能称作正面人物。如《单位》中的张副局长“长了个猪脖子”，女老乔不仅有狐臭，而且爱乱翻别人的抽屉，理由是找找有没有她的东西；《官人》中的副局长老方远看像一口结结实实的大缸；《故乡相处流传》和《故乡面和花朵》中的曹丞相有脚气，孬舅头上长了个难看的大包，女性人物则是女地包天、女兔唇、柿饼脸姑娘等。人物的身体暗疾是其病态心理的隐喻，他们

① 戴锦华．池莉：神圣的烦恼人生［J］．文学评论，1995（06）：50-61.

不仅外表猥琐，而且内心龌龊、卑鄙世俗，如《一地鸡毛》中查水表的老头是个瘸子，喜欢到居民家里转转，且不管居民在干什么，一定要大谈自己年轻时给已经死去的大领导喂马的事，居民们不管爱不爱听都得听着，因为他一不高兴就给整个门洞停水。“这些‘病态人’同庄严的场合和部门以及自己的职位形成反差，构成反讽”[①]。

第二，是“面和心不和”，一方面是人物自我的表情和内心自相矛盾，心口不一；另一方面是自我与他人之间表面亲近与实际上的矛盾。[②]前者如曾经率性而为的小林，内心对女老乔的变态行为很是厌恶，但为了入党却不得不经常去向她汇报思想；后者如《一地鸡毛》中小林的老婆和邻居印度女人之间，《单位》中的老张和老孙之间，《官人》中的局长们，都是互相算计或争斗不休，属于面和心不和。

第三，刘震云擅长把原本不相干的两件事联系在一起或加以并置形成反讽。前者如《单位》中单位的梨之所以烂掉了，是因为司机没分到房子闹意见，小林之所以没能顺利入党，不是因为他表现不积极，而是因为他出差回来给童心未泯的女小彭带了一只蝈蝈玩，惹恼了女老乔；后者如《一地鸡毛》中老师死后小林内心的悲哀与愧疚原本很真诚，却迅速地被给大白菜散热的日常琐事所替代。

255. 张洁二十世纪八九十年代的小说表现出怎样的女性意识?

答：张洁在二十世纪八九十年代创作了《爱，是不能忘记的》《祖母绿》《沉重的翅膀》《方舟》《无字》等小说。作为一位有着鲜明的现代女性意识的女作家，她的女性意识渗透在她对两性形象与两性关系的表现上。

首先，她的小说中出现了两种女性。一类是优秀女性，她们独立自尊，工作出色，追求自己作为社会人的自我价值的实现，有时候会在一定程度上表现出雄性化倾向。一方面她们比男人更坚强，更有

① 郭宝亮．洞透人生与历史的迷雾——刘震云的小说世界［M］．北京：华夏出版社，2000：45.

② 同上，第46页。

担当，更豁达，如《祖母绿》中的曾令儿不仅擅长计算和编码，而且不肯向迫害自己的人低头。小说结尾处，她超越了个人的情感纠葛，做出加入编码组的决定，是一个把自己的才华贡献给社会的“大写的人”。另一方面，她们不重视修饰外貌，不撒娇，不擅长家务，如《方舟》中的梁倩等三位知识女性以及《沉重的翅膀》中的叶知秋等。与优秀女性形成对照的另一类女性则是世俗的，她们依附男性，满足并炫耀自己获得的物质享受，如《沉重的翅膀》中的夏竹筠虽然接受过高等教育，却因丈夫郑子云是重工业部常务部副部长而惺惺作态，把物质享受放在第一位；《方舟》中的钱秀瑛热衷于炫耀丈夫为自己购买的高级物品。

其次，在男性形象的塑造上，相对于女性人物，张洁小说中虽然也出现了一些正面男性形象，但更多的男性形象却是负面的。《方舟》中的白复山相当市侩，他和梁倩结婚是想利用梁倩的高干子女身份而非因为爱情。曹经理不断骚扰柳泉，因为他认定离婚的女人既然不属于一个人，就可以属于所有人。事实上，曹经理的想法代表的是相当一部分人的想法。再如《无字》中丈夫们既不相信爱情，也不肯承担为夫为父的责任，顾秋水自私而无耻，他不仅视妻女为累赘，而且肆意羞辱妻子；胡秉宸离婚再娶吴为，并不是为了爱情，只是想利用她。

最后，张洁的女性意识还体现在她对两性关系的设想上。首先，张洁痛感 20 世纪 80 年代婚姻与爱情分离的现状，一方面提出了何为真正的爱情这一问题，另一方面又认为如果没有爱情，不如选择独身。早在《爱，是不能忘记的》中，她就借钟雨劝女儿的话表达了独身比糊里糊涂嫁人好的思想；在《方舟》中，她让三个知识女性选择离婚；在《沉重的翅膀》中，她让记者叶知秋选择了独身。其次，张洁在 90 年代勘破了爱情神话，不再相信爱情，她笔下的两性关系因此变成了利用与被利用、欺骗与被欺骗、羞辱与被羞辱的二项对立式，女性总是在与男性的关系中受到各种伤害。这种两性关系设置虽然揭示了父权制对女性的压迫，但也体现了张洁的女性意识存在一定程度上的偏颇。

256. 王安忆的小说中女性意识有什么表现?

答：王安忆小说中的女性意识，首先表现在她对两性关系的想象上。其一，她小说中的两性关系并不是对等的，而是有着或隐或显的支配与被支配的关系。如在《荒山之恋》中，金谷巷女孩坚定而大胆，大提琴手“他”则软弱、被动，二人的殉情完全在金谷巷女孩的主导下完成，“他”只是被动地接受了这个选择；在《逐鹿中街》中，妻子和丈夫间支配和被支配的关系，则在二人的角逐中发生了翻转。其二，王安忆在两性关系的书写中，融入了对人的欲望和本能的探索。如她的《小城之恋》把人的性本能表现为人的自然属性，人无力控制它，但它却可以控制人。在它的支配下，一对青梅竹马的青年男女堕入了欲望的深渊。最终，“她”因为怀孕与生育被母性本能所拯救，“他”却深陷情欲无法自拔。其三，王安忆小说中的某些女性人物，在与手握权力的男性的纠葛中挣扎浮沉。如《我爱比尔》中的阿三爱上了美国外交官比尔，其命运不可避免地走向堕落，《长恨歌》中的王琦瑶在成为上海三小姐之后选择做李主任的外室，她的命运从此偏离了普通人安稳的人生轨道。

其次，王安忆小说中的女性意识，还表现在她对女性的性别自我问题的探究上。她的《弟兄们》是较有代表性的一篇，其中的三位女性在离开家庭读大学期间，建立起了牢固的姐妹情谊并探寻着性别自我的自由与边界。然而，当她们毕业后回归家庭，她们之间的姐妹情谊就被夫妻的日常生活以及家庭责任和秩序所替代。当老李的孩子出生，她的母性终于撕裂了姐妹情谊。在王安忆的小说中，女性的性别自我并不像张洁小说中那样坚定，而是经常伴随着自我怀疑。女性之间的姐妹情谊虽然美好但相当脆弱，它根本就敌不过女性对丈夫和孩子的感情。

257. 怎样认识王安忆二十世纪八九十年代的上海书写?

答：王安忆的上海书写始于20世纪80年代初，在80年代的这些小说中，王安忆对上海和上海人更多地持批判态度。如《阁楼》批判上海人的保守,《好姆妈、谢伯伯、小妹阿姨和妮妮》批判上海小市民热衷于议论邻居、口是心非等劣根性,《悲恸之地》借来上海卖姜的山东农民在上海迷路，被围观乃至死亡的故事，批判了上海人的排外恶习。这些小说虽然也会写上海人的日常生活，但叙述者的位置，更多的是站在上海的外部而非内部。换言之，王安忆在 80 年代还未能触及上海的内里，用她的话说就是“芯子”。

90 年代之后，王安忆开始自觉地进行上海书写，她的上海书写也渐成规模，从《纪实与虚构》《好婆与李同志》《米尼》《我爱比尔》到《长恨歌》，上海越来越多地成为她小说中人物及其故事的背景，甚至成为她小说的主人公。她小说中的上海空间也不断延展，从富人们居住的繁华的淮海路到底层居住的质朴的苏州河。更重要的是，她的上海书写已经转变为一种内部书写，并表现出以下特质:

第一，王安忆书写的上海的都市空间，既不是张爱玲笔下的公馆，也不是程乃珊笔下的花园洋房，而是里弄。在王安忆的小说中，里弄首先是上海小市民居住的地方，这个空间里有打蜡地板、弥漫的油烟、老虎灶、公用电话间，各种小店如米店、零食店等，其风格不是奢华，而是过日子的烟火气和精致。其次，王安忆笔下的上海弄堂，完全不同于农业文明空间，这里不会出现自然风景，而是堆叠着种类繁多的满足人们日常生活需要的人工造物，诸如真丝或纯棉的睡衣、西装、黑丝绒旗袍、立灯、梳妆镜、香水、化妆粉盒、日常菜肴等。这些物质显示出上海人对日常生活的重视和用心经营，如《好婆与李同志》中好婆做的馄饨馅里有肉糜、虾米、香菇、菜泥等，且每样都有严格的比例;《长恨歌》中住到平安里后的王琦瑶的一日三餐、下午茶和围炉夜话。最后，王安忆笔下的上海有其独特的氛围。这氛围是由流言、闲话、“小心火烛”的摇铃声、西方古典音乐、樟脑球味、女孩子身上特有的气息、零食店女人的长相等构成的，它们混杂出日常、散漫、暧昧又不乏温暖的气息。

第二，王安忆不仅表现了上海里弄中的日常生活，还表现了上海精神。她笔下的上海精神大多通过女性表现出来。首先，这些女性大多有着百折不挠的精神。王安忆在谈《长恨歌》时曾明确表示，这部小说的女主人公王琦瑶就是她心目中的上海，上海是一个女性形象。[①] 王琦瑶虽然不乏虚荣，却是王安忆所佩服的，她“是一个极其顽强的女人，她和上海一样非常能受委屈，但她百折不挠。她在小事上很能妥协，但在大目标上绝不妥协”[②]。王琦瑶的百折不挠，表现在她经受了李主任之死与爱上康明逊而无法嫁进康家、打胎不成等事件之后，仍然能抱着“船到桥头自然直”的态度从容地活下去。《逐鹿中街》中的陈传青同样是百折不挠的，尽管她的行动表现为对出轨丈夫的不断跟踪。其次，上海女性是大胆到敢于冒险的。《长恨歌》中的王琦瑶把自己托付给李主任的选择，体现的正是她的冒险精神；《米尼》中的米尼同样爱冒险，并因此断送了自己。最后，上海精神还表现在女性的穿着上，她们对时尚不是亦步亦趋，而是注重在细节上不露痕迹地做调整，以此显示自己的个性。

258. 如何理解铁凝《哦，香雪》中的现代化想象？

答：铁凝的《哦，香雪》创作于20世纪80年代初，小说的情节虽然比较简单——写的是一群大山深处的乡村女孩和火车的故事，却蕴含着丰富的关于现代化的想象。

首先，对香雪、凤娇等山村女孩们来说，来自外面世界的火车，是现代化的象征。火车作为现代化的产物，曾经推动了世界范围内的工业革命，它所到之处，常常会改变当地的生活。对小说中的香雪等山村女孩而言，火车为她们打开了一个现代化的新世界，无论是迥异于当地方言的流利的北京话，还是火车上乘客们新潮的服装样式，都引发了女孩们的好奇，她们对这些现代事物普遍抱有好感。而且，火车这个现代化的象征物，还直接促发了山村女孩和火车乘客的以物易物。这种以物易物的交易方式虽然古老，却恰好为山村女孩们接触和拥有现代化之物创造了机会。在某种意义上而言，这是山村现代化的开端。

① 王安忆．王安忆说［M］. 长沙：湖南文艺出版社，2003：89.

② 同上。

其次，小说中香雪和自动铅笔盒的故事，更是富有象征意味。如果说凤娇等山村女孩只是单纯地想拥有纱巾、尼龙袜等现代之物的话，那么，香雪作为山村中唯一的初中生用鸡蛋换自动铅笔盒的行动，却更多的是一种精神追求，而且它潜藏当代城乡不平等的现实动因：因为香雪用的是父亲做的木头铅笔盒，镇上的同学用的是自动铅笔盒，自动铅笔盒增长了镇上同学的优越感，也让香雪在感到自卑的同时，萌生了通过努力学习走出大山的渴望。如果说实现这一现代性渴望尚显遥远的话，拥有一只自动铅笔盒，则是香雪象征性地跨越城乡边界、拥抱现代性的切实行动。对香雪而言，自动铅笔盒蕴含着丰富的象征价值，“这是一个宝盒子，谁用上它，就能一切顺心如意，就能上大学、坐上火车到处跑，就能要什么有什么，就再也不会叫人瞧不起”。小说通过巧妙的设计让香雪登上火车后没来得及下车，她不仅顺利地换到了自动铅笔盒，还第一次体验了火车的速度和现代特性。更重要的是，拥有了自动铅笔盒这个宝盒子之后，香雪迅速地克服了对黑幽幽的大山和寂静的恐惧，瞬间变成了一个现代主体：她开始用从容的、审美的眼光打量身边的大山，大山在她的凝视之下，成为客体化的优美“风景”。

259. 铁凝的《玫瑰门》对女性的生存和命运做了怎样的展现？

答:《玫瑰门》是铁凝的重要长篇小说，它通过以司猗纹为代表的庄家三代女性的历史境遇，展现了20世纪女性的生存和命运。

“玫瑰门”既是“生命之门”，也是“女性之门”，小说中女性的处境与命运与之息息相关。司猗纹是小说着墨最多的人物。少女时代，作为女学生的她将自己的处女之身献给了恋人——革命者华致远，她的玫瑰门开启得纯净而赤诚。然而，对恋人的献身在男权文化中意味着失身，当她不得不接受父亲把自己嫁到庄家的命运后，心有别恋的丈夫庄绍俭对婚前失身的她极尽羞辱、作践、冷落与欺压。备受折磨的司猗纹逐渐变成了一朵不择手段的“恶之花”：她赤身裸体地闯进公公的房间，以乱伦的方式颠覆她与公公的关系；她设计捉奸，曝光儿媳的私情。而且，司猗纹不甘于自己庄家女人的身份与命运，她极力想加入20世纪的每一次历史潮流之中，她离婚再婚、献出房子、外调中积极配合，为达目的甚至不惜剥夺、侵害他人，却始终被排斥于历史潮流之外。总之，司猗纹选择以“恶”为自己打开女性之门，然而，她终其一生的努力都告失败。

作为司猗纹的同代人，姑爸在新婚丈夫失踪后选择封锁这扇玫瑰之门。她梳分头、抠胸、抽烟斗，以消灭性征的方式表达自己的生存诉求，成为别人眼中不男不女的怪物。“文革”到来时，历史暴力以破坏她的玫瑰门的方式确认了她的女性之身，她最终难逃女性的宿命。竹西是庄家的第二代女人，司猗纹的儿媳。有着健康的身体和情欲的竹西，无法忍受身心怯弱的丈夫庄坦。她率性而为，选择敞开自己的玫瑰门，让自己的情欲在和情人大旗在一起时热情绽放。

苏眉作为庄家的第三代女人，在成长中见证了司猗纹、姑爸、竹西分别代表的三种不同类型的女性的生存命运，也见证了其他难堪境遇下的女性身体，如火车站被围观的裸体疯女。这些成为苏眉成长中的创伤体验，她因此拒斥自己的女性身份和命运，厌恶并拒斥生育，最终却生下了女儿。

在这三代女人中，关系最为复杂的莫过于苏眉与婆婆司猗纹。苏眉认识到婆婆的冷酷、势力和恶毒，努力摆脱婆婆对自己的影响，却发现自己和婆婆共有的女性宿命——“女性自我确认、身份认同依据的匮乏”，因此，苏眉对司猗纹始终纠结着“极为深刻地认同，拒绝认同于她”①。

260. 如何理解迟子建小说中的儿童视角？

答：在早期代表作《北极村童话》中，迟子建开始运用儿童视角，并在其后的创作中延续了她对儿童视角的偏好：《没有夏天了》《麦穗》《清水洗尘》《疯人院的小磨盘》《花瓣饭》等全篇使用儿童视角；另有一些小说如《日落碗窑》《沉睡的大固其固》等则会插入儿童

---

① 戴锦华.涉渡之舟：新时期中国女性写作与女性文化［M］.北京：北京大学出版社，2007：258.

视角；还有一些小说如《青草如歌的正午》等使用了准儿童视角[①]，这指的是小说中的视角人物虽然是成年人，心智却如儿童。因此，儿童视角是迟子建小说的重要视角类型。

所谓儿童视角，是“小说借助于儿童的眼光或口吻来讲述故事，故事的呈现过程具有鲜明的儿童思维的特征，小说的叙述调子、姿态、结构及心理意识因素都受制于作者所选定的儿童的叙事角度”[②]。迟子建曾明确表示自己“喜欢采取童年视角叙述故事”，因为“童年视角使我觉得清新、天真、朴素的文学气息能够像晨雾一样自如地弥漫，当太阳把它们照散的那一瞬间，它们已经自成气候……从某种意义来讲，这种视角更接近‘天籁’”[③]。对迟子建而言，儿童视角关乎审美风格，也关乎叙述理想——它是一双纯真的、尚未沾染尘世污垢的眼睛。既然视角讨论的是“谁在看”的问题，儿童视角必然涉及这个“看者”的价值观、思维与心理特点等问题。在迟子建的小说中，儿童既是成人世界的见证者、审视者，也是大自然的一员，他们天真、善良、不谙世事、爱幻想，有独属于自己的情感和想法。对迟子建而言，儿童视角是一种重要的表意策略。

首先，迟子建的小说运用儿童视角，表达着她对大自然的热爱。尚未完全社会化的儿童，是大自然的一分子，他们格外亲近、欣赏大自然，如天空、云朵、霞光、星星、月光、田野、各种植物，也愿意和动物做朋友。他们用童真的目光打量、体验着这个世界的诗意与美好，他们会觉得那缤纷的晚霞“大红的像炉膛的火，粉红的像小猫的舌头，金黄的像大公鸡的尾巴”，阳光像“山兔子的绒毛，让人感到柔和又温暖”，火苗像“一群金发小矮人一样甩着胳臂有力地踏着脚跳舞”。这些比喻显示出儿童思维的特点——因为理性不发达而重视

---

① 参见陈昕．独特的视角 诗意的守望——论迟子建的小说创作［J］. 当代文坛，2004（03）：42-45.

② 吴晓东，倪文尖，罗岗．现代小说研究的诗学视域［J］. 中国现代文学研究丛刊，1999（01）：67-80.

③ 文能，迟子建．畅饮“天河之水”——迟子建访谈录［J］. 花城，1998（01）：114-120.

直觉，对事物的区分尚不明晰而是混沌如一。

其次，迟子建运用儿童视角呈现了成人世界的残忍与虚伪，审视了现实世界的规则。如《北国一片苍茫》中，芦花见证了继父对母亲的种种伤害——他为了独占母亲划伤她的额头，而且经常叱骂、殴打她。其他如《没有夏天了》也从儿童视角见证了父母的争吵。如果说在以上小说中儿童还只是被动地观看成人世界的话，在《疯人院的小磨盘》《青草如歌的正午》等小说中，儿童还用审视的目光打量着、谴责着现实世界的规则。如《疯人院的小磨盘》中的小磨盘自小体验到的是疯子们的善意，他开始上小学走进外边的现实世界后，感到这个世界对自己的欺压、欺骗和利用；再如《青草如歌的正午》中的陈生是一个准儿童，他因为穷没钱给妻子治病以致妻子死去，当他看到城里人为了办洲际运动会竟然花几十万元组织人力去外地背雪后，愤怒地进城告状，因为他认为办运动会是玩，而“人要是不玩也死不了，要是得了病没钱开刀就得等死。他们只看重那些活蹦乱跳的人，却不管要死的人，这像话吗？！”陈生质问现实世界时遵循的原则简单而朴素，那是他作为准儿童的信念：生命比一切都重要。

再次，迟子建运用儿童视角，展现了儿童的纯真性情和他们的内心世界。迟子建小说中的儿童们纯真可爱，如《北极村童话》中的小女孩灯子天真、淘气又充满同情心，《日落碗窑》中的懵懂的关小明看过一次杂技后，开始不顾一切地练习顶碗，《花瓣饭》中的弟弟打架、玩鸟，十分调皮。这些尚未进入成人世界的儿童，还保持着可贵的童心和对自由的向往。然而，迟子建笔下的儿童也并不像大人看起来那样无忧无虑，他们用自己尚未成熟的童心体验着世界和他人给予自己的伤害和欺瞒。如《北极村童话》中的灯子被妈妈送到姥姥家，体验到被妈妈丢弃的难过和村子里少有玩伴的孤单；《没有夏天了》中的小凤被母亲打骂时，因无力反抗而感到委屈、愤怒，在看到死去了的靖伯伯时，产生了对死亡的恐惧。

最后，迟子建还运用儿童视角建构了一个诗意而温暖的世界。这个世界民风淳朴，不仅有各种各样的乡土风俗，更饱含着浓郁的生活气息。如《清水洗尘》中，礼镇人春节前有洗澡的风俗，在天灶眼中，爸爸、妈妈、奶奶、妹妹和蛇寡妇之间虽有小摩擦却依然充满温情，当他最终实现了用清水洗澡的愿望，感到无比舒展和畅快。再如《花瓣饭》中以 12 岁的儿童“我”的视角表现了父母在忧患中的深情。小说结尾处，当父母双双归来，母亲竟然还抱着一束花，花瓣散落下来掉进粥盆，一家人吃了最晚也最美好的花瓣晚饭。

261. 以陈染与林白为例分析女性“私人写作”有哪些特征?

答：“私人写作”又被称为“个人化写作”，是 20 世纪 90 年代的一个小说思潮。被纳入这一思潮的作家，既有女作家陈染、林白、海男、徐小斌等人，也有男作家韩东、朱文等人。其中，女作家的写作，兼具“私人写作”与女性写作的特征，陈染、林白的创作最能代表女性“私人写作”的特征。

第一，她们的小说像其他的“私人写作”一样，背离了宏大的关于民族、国家和历史的叙事，侧重表现私人与个人的生活经验。如果说宏大叙事因其要达到条理化、标准化和概念化的目的，必然要对个人记忆进行删削的话，“私人写作”恰是要打捞和拯救被删削掉的边缘的个人体验和个人记忆。

第二，她们的小说表现了独属于女性的个体性别经验。首先，这些小说大多采用女性视角来观察和评价周围的世界。如陈染的《无处告别》从黛二小姐的视角观看自己的房间、朋友和人事处长，也从黛二小姐的角度思考自己和母亲、和女性朋友缪一的关系。不过，陈染、林白的女性视角远不止于此，她们对第一人称的使用更具革命性，第一人称是她们行使女性话语权的一种手段。叙述人经常在小说中发表基于女性立场的看法，如林白在《守望空心岁月》中对女性美的够味和性感的议论：“够味是对一个女人的最高评价，我很欣赏这种说法，我认为这味里包含着性情、气韵等非物质的东西”，而性感“是十足的对物对肉的评价。‘性感’的呼声削减了男人眼中的女人的美，这是纯粹的男性目光。”

其次，她们书写的女性经验具有强烈的颠覆性，这表现为她们小说中的准自传色彩的私人生活。林白的《一个人的战争》和陈染的

《私人生活》都是女性成长小说，都书写了女性的成长经验。这既包括女性对自我身体及欲望的凝视与发现，如《一个人的战争》中女孩多米在幼儿园时对自我身体的发现，《私人生活》中的倪拗拗在禾寡妇的引导下发现了身体的秘密与欲望；也包括女性成长中来自男性及其代表的现实世界秩序的伤害。比如《一个人的战争》中多米经历了被矢村骗取初夜、被狼眼男人觊觎、被挚爱的N欺骗压榨等多次伤害；《私人生活》中的T先生是倪拗拗的中学老师，他蛮横、刁钻，控制着倪拗拗的分数与德行的评价，也控制着她的言论、思路与情绪，倪拗拗憎恨T先生，却被T先生诱奸。因而，她们小说中女性的成长，是勘破了男性及其对世界秩序的主宰之后，选择从男性及其世界中逃离，回到封闭的女性世界。

最后，她们书写并探讨了女性之间的姐妹情谊。陈染虽然也表现姐妹之间的互助与和谐，如《无处告别》中黛二小姐与缪一、麦三，但也对姐妹情谊不无疑虑与绝望，如《潜性逸事》与《破开》；林白小说中的姐妹情谊相对单纯，《回廊之椅》中的朱凉和使女七叶之间隐秘的同性之恋，成功阻挡了男性的欲望，《瓶中之水》中的陈意玲发现了二帕身上怪异而惊心动魄的美。陈染和林白笔下的姐妹情谊既涉及情感与精神，也触及肉体与欲望，不失为对姐妹情谊边界的有益探讨。

262. 徐坤小说的叙事风格是什么？

答：徐坤的创作始于20世纪90年代初，主要作品有《先锋》《白话》《梵歌》《狗日的足球》《遭遇爱情》《厨房》等，表现的主要是当代知识分子和都市女性的生活，在叙事上独具特色。

首先，徐坤擅长用戏仿、反讽等手法消解既有的中心话语。她常常对既有的文化材料和文艺作品进行再处理，将之问题化。如《先锋》处理的是1985年的文艺界的先锋浪潮。在她的笔下，曾经被人们津津乐道、无限景仰的先锋，露出了可悲可笑的模样，如小说中“废墟画派”的几位主力，撒旦的原名是傻蛋，其他人的名字分别是鸡皮、鸭皮和屁特，分别对应着西方的“嬉皮”“雅皮”和“痞子一代”。徐坤对戏仿手法的运用，剥下了先锋派高高在上的假面，露出了他们中西文化底蕴的不足。小说中1989年秋的艺坛大比武活动，更是被以犀利的调侃手法描写成群魔乱舞。再如《梵歌》的篇名本是佛教用语，显得庄严、超脱，但小说写的却是佛学博士参加了一场人们不断在调侃的并不严肃的论文答辩会，参与了一个由历史学博士胡编乱造的电视剧《武则天》的拍摄，以及他与女博士的调情打趣等，小说中的诸多场面显得荒唐、滑稽。徐坤对已有文艺作品的戏仿常以片段的形式出现，如《轮回》中出现了对托尔斯泰的《复活》的戏仿，《传灯》中出现了对鲁迅的“费厄泼赖”的戏仿。

其次，徐坤的叙事语言旁征博引，幽默犀利。作为学院派知识分子，徐坤熟悉古今中外的多种知识，在小说中常信手拈来，引经据典，不过，徐坤的征引并不是为了显示自己的博学多才，而是为了讽刺。如她在《先锋》中写道：“批评家敢想敢做，瞅准时机，再接再厉，又用集装箱塞满了成批成批的‘主义’，装到远洋货轮上往国内进口。据不完全统计，那一年批发和零售的主义总共有：结构主义（解构主义和建构主义统归这一类），兽道主义（人道主义和狗道主义统属这一门），存在主义（包括不存在主义），正弗洛伊德主义（以及反弗洛伊德主义），旧权威主义（以及新权威主义），前现代主义及其后现代主义，上形而下主义和下形而上主义。”徐坤用集装箱、批发、零售等用于装售货物的词语来写1985年流行的各种来自西方的主义，实现了对各种主义的降格。

最后，徐坤常以男性叙述人的口吻或一种超性别的写作姿态进行创作，有学者将这种叙述策略称为“反串男角”[①]，这使她的叙事带有明显的性别置换特征。尽管徐坤在其学术专著《双调夜行船——九十年代的女性写作》中对陈染、林白使用第一人称女性叙述人的叙述方式赞赏有加，但她自己在创作时却很少使用第一人称女性叙述人。无论是写《白话》中下乡锻炼的硕士、博士，还是《先锋》中的撒旦、《斯人》中的诗人，徐坤都使用男性叙述人来揭示知识分子的生存困境。这一叙述策略的叙事效果，被称为女性对男性的僭越，“她不仅

① 黎慧，徐坤．性别与僭越［J］. 当代作家评论，1997（01）：9.

‘袭用’他们的语言，‘侵占’他们的‘专利’，而且直接进入他们的世界，并不无戏谑地嘲讽他们的复杂心境和处境”[①]。这种僭越实现了对男权话语的内部爆破，可谓一种相当有效的颠覆和解构行为。

263.《白鹿原》是如何表现儒家文化的？有何问题？

答:《白鹿原》是一部描述“民族秘史”的鸿篇巨制，它叙述了19世纪末至20世纪40年代渭河平原上白、鹿两大家族的兴衰与现代历史的纠缠，体现了作者陈忠实对中国传统儒家文化的尊崇。儒家文化在白鹿原占据着绝对的统治地位，白鹿村严密的宗法制度、祖训乡约、祠堂祭拜和朱先生的白鹿书院共同编织成了一个完整的体系。在这个体系之内，“一整套儒家文化的观念负责解释、评价白鹿原上的各种故事”[②]。这个儒家文化体系的代表人物，是朱先生和白嘉轩。

其一，朱先生被塑造为儒家文化的精神象征——圣人。他熟读儒家经典，持身自守，是关陇学派的大儒。小说写了他的种种令人肃然起敬的作为：他毁掉妻弟白嘉轩的罂粟田，纠正白鹿原上农民们的短视和见利忘义；他只身去劝说率二十万大军镇压义军的巡抚，为百姓消弭了战祸；他自带干粮主持救灾，清正廉洁；他主持编撰县志，秉笔直书。作为大儒，他重视教化后人，主办白鹿书院，白鹿原上的年轻一代，无论是白家的白孝文、白灵，还是鹿兆鹏、鹿兆海，都曾在此接受启蒙。长大后他们虽然在外边接触了新学，但一回到白鹿书院，心境就如同回到了精神家园。甚至是黑娃这个叛逆的曾经打断了白嘉轩的腰的土匪，也心甘情愿地接受朱先生的教化，转变为一个儒家文化意义上的好人。

其二，白嘉轩作为白鹿村的族长，被塑造为儒家文化的实践者。他修身甚严，是儒家文化中“学为好人”的楷模。他信奉三纲五常，祭拜祖宗，管教子弟，善待长工。他坚信“不孝有三，无后为大”，

---

① 黎慧，徐坤．性别与僭越［J］．当代作家评论，1997（01）：9.

② 南帆．文化的尴尬——重读《白鹿原》［J］．文艺理论研究，2005（02）：62-69.

为了传宗接代丧妻后不断再娶，一生娶过七个女人。他用儒家文化的规则管理白鹿村。他修建祠堂，请朱先生制定乡约，用它来教化和管理村民。在处理村庄事务时，他秉持“以德报怨，以正祛邪”的原则，归还李家寡妇的地；为了祈雨不惜自残，受到村人的拥戴。

为了塑造理想的儒家文化的代表人物，陈忠实赋予了朱先生许多神奇的能力，如预知天象、打卦占卜、预知自己死期，几十年后红卫兵破四旧，竟然在他的墓里挖出了“天作孽，犹可违，人作孽，不可活”的谶言等。在塑造白嘉轩的形象时，陈忠实设置了诸多陪衬性人物，如鹿子霖、鹿三、黑娃、田小娥等。鹿子霖作为白嘉轩的对手着墨甚多，陈忠实一方面挖掘了鹿家在起源上的下贱——靠男色发迹，另一方面，还赋予了鹿子霖狡诈、贪色等恶劣品质，如他不仅恋田小娥的美色，还利用田小娥引诱白嘉轩的长子白孝文。田小娥对白嘉轩而言，是搅乱白鹿村的儒家文化秩序的妖女，必须予以镇压。

陈忠实对儒家文化的表现存在两方面的问题，一是他赋予朱先生的神奇能力，已经使他有违儒家“子不语怪力乱神”的传统，他已经是个“异人”而非纯粹的大儒。[①] 二是朱先生和白嘉轩对女性的态度，白嘉轩把自己的七任妻子当作传宗接代的工具而非人。白嘉轩一旦认定田小娥是妖女，就在祠堂里对她用刑，在她死后找朱先生商量如何永久地毁灭她的灵魂，听从朱先生的计谋修建六棱砖塔镇压她，让她永远不能转世。他们的这种貌似正义的行为，令人怀疑陈忠实似乎忘记了早在20世纪初鲁迅就已经指出的礼教文化吃人的本质。[②]

264. 阿来的《尘埃落定》怎样创造性地运用了傻子叙述？

答：《尘埃落定》是一部讲述康巴藏区土司制度消亡史的长篇小说，阿来在这部小说中选择了傻子叙述人。

---

① 南帆. 文化的尴尬——重读《白鹿原》[J]. 文艺理论研究，2005（02）：62-69.

② 参见张志忠. 怎样走出《白鹿原》——关于陈忠实的断想［J］. 当代作家评论，1998（04）：8-16.

巴赫金认为，傻子和小丑一样是叙述者的面具，具有超乎寻常的叙述功能，他“可以不理解，可以糊涂，能够耍弄人，能够夸张生活；可以讽刺模拟地说话，可以表里不一，可以在戏剧舞台的时空体里过生活，可以把生活描绘成喜剧，把人当成演员；能够撕去别人的假面，能够以严厉的（几乎是宗教的）诅咒骂人；最后可以有权公开个人生活及其一切最秘密的隐私”①。

首先，阿来给傻子设置的社会位置是麦其土司家的二少爷，这一位置的好处在于，“我”可以游手好闲、到处游荡，能够自由地出入各种场合，见到形形色色的人。“我”既可以待在自己的房间，也可以到果园、草原等地疯玩，还可以到边界去。“我”见到的人，既有上层社会的土司、土司夫人、黄特派员、头人，也有奴隶、行刑人等下层社会的人，还有世外的活佛、喇嘛等。这有利于阿来展开较为广阔的社会画面。当然，作为傻子，“我”眼中的世界是混乱的：麦其土司不种粮食而是引种鸦片，康巴藏区的土司们为了种鸦片互相杀戮，麦其土司看上查查头人的漂亮的妻子，为了情欲杀死了忠诚的下属等，没有一件事是正常的。

其次，这是一个聪明的傻子。一方面，作为傻子的“我”貌似很傻，两个月时对任何人的呼唤都毫无反应，十三岁才开始记事，每天早晨醒来都不知道自己是谁、在哪里，口里说出的话经常不是自己想说的等。另一方面，“我”又具有大智慧，因此可称为智慧的“我”：其一，是在大事上的智慧，比如在麦其土司决定种鸦片还是粮食的问题上选了种粮食，让麦其土司大赚了一笔，“我”还在北方边境上拆除堡垒建立了当地的第一个市场，通过交换货物获取了可观的利润，也换来了和平。其二，是“我”有预知未来的智慧，如“我”准确地预知了翁波意西的到来和土司制度的消失。

傻子叙述使得《尘埃落定》的小说结构、小说气氛和语言别具特色。

首先，《尘埃落定》结构的自由和情节的反常，这是阿来有意为之的结果。一方面，阿来没有选择史诗型小说那种清晰、严谨的结构，

---

① 巴赫金. 小说理论［M］. 石家庄：河北教育出版社，1998：358.

而是故意打乱清晰。如小说的第一章包括四节，标题分别是野画眉、“辖日”、桑吉卓玛、贵客，从标题看不出这四部分有何联系，事实上，它们分别是“我”听见的鸟叫声、“我”的奴隶挨打、“我”的侍女、“我”跟着父亲去见省城来的大员，遵循的是“我”的行动顺序。事实上，“我”的行动遵循的不是理性和逻辑，而经常是作为傻子的心血来潮，这就有效地背离了史诗性小说的结构传统。另一方面，傻子在和他人打交道时，经常因为不理解对方的用意而干扰对方的思路，打乱其原来的计划，比如当仇人把剑抵在“我”的喉咙上时，“我”无法理解自己处境的危险，竟然笑着说对仇人说“让我下来，这样不舒服”，让一心要复仇的仇人放弃了杀死“我”的打算。

其次，《尘埃落定》营造了神秘、魔幻的气氛。一方面，这得益于阿来创造性地在傻子的“我”和智慧的“我”之间实现了自由转换，“每当按照‘傻子的我’的逻辑去做了一件事或说了一句话时，另一个‘我’就若隐若现地评述、判断或修正叙述……这二者收放自如，时分时合，时隐时现，增加了不可解的成分，营造出浓郁的神秘气氛”[①]。另一方面，傻子的“我”具有特殊能力。当“我”把死刑犯血染的尸衣披在身上，就出现了灵魂附身的现象，“我”不仅胆量剧增，而且具备了透视功能，能看见不忠的妻子塔娜和哥哥旦真贡布偷情。这就撕去了妻子忠贞的假面，公开了她和哥哥的私情。

最后，《尘埃落定》的语言充满诗性。一方面，小说的语言在叙事和描写时，不是客观的，而是反映着傻子的意识，表现着傻子的感觉，因而“充满了多义性、不确定性、象征性、隐喻性的诗性特质”。另一方面，傻子总是自言自语，在和他人对话时也经常发生语义上的偏差，结果是，“小说主人公兼叙述人与自我的对话、与他者的对话，使主人公的自我意识成为艺术描写的对象，产生了叙事中的双声话语式和复调风格，由此构成了作品对话的诗意”[②]。

① 艾莲.“我”非傻子——试析《尘埃落定》的叙事策略［J］. 当代文坛，1999(03)：63-64.

② 黄书泉.论《尘埃落定》的诗性特质［J］. 文学评论，2002(02)：75-79.

265. 如何理解王小波小说的原创性？

答：首先，王小波在小说创作中表现出抗拒流行模式的想象。《黄金时代》和《革命时期的爱情》，不再延续80年代的伤痕小说和反思小说的二元对立框架。小说中不再设置黑白分明的正义—邪恶、善良—丑恶、暴力—抗暴的对抗性元素，而是呈现“施虐—被虐”的荒诞和狂欢场景。如《黄金时代》中漂亮的离婚女医生陈清扬因被人诬为破鞋而耿耿于怀，希望王二证明自己的清白，王二却向她论证了一番大家所言没有道理可讲，只能承认。这就呈现了世界的荒诞性——没有真相。此后，握有权力者如大队书记等人与他们构成了施虐—被虐的关系，他们在被要求写交代材料时的主动供认，既消解了权力的正义感，也揭露了道貌岸然者不无卑鄙的窥视欲望。

其次，王小波的小说文体具有先锋实验性。王小波的智慧，使他不满足于简单、明晰的叙事结构，而是追求叙事结构的复杂。他的早期小说《绿毛水怪》中出现了一个专门捣乱的“我”，在老陈讲述自己的凄美爱情故事时，“我”不时插科打诨，表示对故事真实性的怀疑，从而拉开了读者和故事间的审美距离。而《万寿寺》《红拂夜奔》等小说，则让“我”作为写作者进入小说。在《万寿寺》中，“我”作为一个失忆者，通过自己的作品辨认自我，“我”的故事与薛嵩的故事交替出现，而且，“我”在薛嵩的故事中不断地暴露自己的叙述行为，这就“在多个层面、多重线索、叙事人的多重身份、视点间构造了一处立体且开放的叙事空间”[①]。其他如《红拂夜奔》《未来世界》等也是如此。

最后，在小说语言方面，王小波追求现代汉语的纯正、流畅与传神。他少年时受到王道乾、穆旦等著名诗人的译作的影响，认为现代文学语言在他们手里达到了纯正、完美而富于韵律的境界。王小波认为思想、语言和文字是一体的，不同于其他作家对方言或文言文的热爱，他对方言和文言文没有兴趣，放弃了“成规式的或拟古式的叙

---

① 戴锦华．智者戏谑——阅读王小波［J］．当代作家评论，1998（02）：21-34.

述”，追求语言的“直接、从容、流畅且传神”[①]。

266. 贾平凹在20世纪90年代的长篇小说创作中表现出怎样的文化立场？如何评价？

答：20世纪90年代，贾平凹创作了《废都》《白夜》《土门》《高老庄》四部关注城乡社会变迁的长篇小说。在这四部小说中，贾平凹不再秉持80年代赞美现代化改革的立场，而是表现出相当复杂、矛盾的文化立场。

首先是对城市和城市化的批判。贾平凹的《废都》《白夜》《土门》都表现出了对城市的严重不满。他笔下的城市并不具有多少现代特征，城市里的人们只是拼命追求自我欲望的满足，为了追名逐利尔虞我诈、坑蒙拐骗。《废都》中的四大名人虽为文化人，却既无现代知识分子的社会责任感，也无旧式文人的节操，而是为了利益坑骗他人甚至是朋友。庄之蝶为了拉拢赵京五，做媒要把自己家的漂亮保姆柳月嫁给他，后来为了讨好市长，又把柳月嫁给了市长家的残疾儿子。他还设计谋夺了好友的书画。《白夜》中农民进城卖药材，城里人用过期支票骗走了他们的药材。《土门》中城市的疯狂扩张，最后吞噬了城中的仁厚村。

其次是对乡村的留恋与反思。出身乡村的贾平凹对乡村的态度颇为复杂，一方面，他留恋乡村和传统文化，因此，在《高老庄》中，他设计了出身乡村的大学教授子路回村给父亲做三周年祭的线索，让子路借此在家乡热心地搜集方言，他出身城市的妻子西夏热衷于搜集画像砖和碑文，这些恰是乡土文明的标志。小说中甚至还出现了一段优美的田园风光。而且，贾平凹笔下的一些乡村人物相对于城市人物更加正面，如《土门》中的云林爷和梅梅。另一方面，他笔下的大部分乡村人却又具有小生产者的愚昧、落后、保守、狭隘、盲从、狡黠、不讲理等弱点。如《土门》中仁厚村的村民们看中了成义能顶住事的优点就选他当新村长，全不顾他以往的劣迹斑斑，对他行事风格上的

---

① 戴锦华．智者戏谑——阅读王小波［J］．当代作家评论，1998（02）：21-34.

独断专行也毫无意见；当上村长的成义并无远见卓识，只是一味要保住仁厚村。再如《高老庄》中的高老庄村民们想当然地认为地板厂挣了钱就该给村里修路，在与地板厂发生矛盾时点火烧厂，哄抢东西，羞辱副厂长苏红。

再次是落后的性别立场。贾平凹小说中的很多男性抱有对女性的狎玩心态和独占意识，《废都》中的庄之蝶在与唐婉儿、柳月等女性相处中，色情意识浓重；《白夜》中的夜郎在乎颜铭是不是处女；《高老庄》中的子路和菊娃离婚且自己再婚后，不愿让菊娃和别的男人交往。而他小说中的女性，则甘心做男性的附庸和玩物，如《废都》中的庄之蝶的妻子牛月清、保姆柳月等。问题在于，贾平凹的性别观念与以上男性人物并无太大差别。而且，《土门》中在读函授且已经具备现代独立意识的梅梅，也一再以自白的方式为贾平凹的性别立场代言，如“我毕竟是女人，女人是如何地独立性，也永远摆脱不了男人和服饰的”，“女人毕竟是女人，她希望以后的家庭里男人能尊重她，给她自由，但更希望男人能管了她，控制了她”。如果说喜欢服饰还谈得上是爱美之心的话，渴望被男人治理的心态则显然是一种伪独立，这不能不说是贾平凹强加给现代独立女性的对男权制的崇拜。

最后是对传统文化的矛盾态度。在乡村与城市都无法安妥自己的灵魂，贾平凹寄希望于传统文化，然而，他对传统文化的态度也是矛盾的。一方面，他的小说中充斥着传统文化，既有处于中心的主流文化如字画、明清家具、中医、古碑、画像砖等，也有处于边缘的民间文化，如剪纸、鬼神、万物有灵等不一而足。另一方面，他也看到了传统文化的问题。这尤其体现在《高老庄》中对“纯种”汉人的批判上：他们不仅长相丑陋，诸如矮体短腿、黄面稀胡、大板牙等，而且具有窝里斗、贪婪、爱说是非、好色贪淫等种种劣根性，现代知识分子西夏在研究了高家族谱后，做出了权威性结论：“纯粹的汉人太老了，人种退化了。”颇具意味的是，“仁义”这一在儒家文化中绝对正面的语词，在高老庄的古老土语中却带有贬义色彩，是“逞能得意能行”的意思。

267. 怎样认识20世纪90年代的“跨文体”写作?

答:20世纪90年代的“跨文体”写作,最初是作家表意的需要。他们出于对已有小说写法的不满,试图对小说文体进行调整变革的尝试。期间出现的重要作品,有王安忆的《纪实与虚构》、张承志的《心灵史》、张炜的《柏慧》、韩少功的《马桥词典》、史铁生的《务虚笔记》等。王安忆的《纪实与虚构》,将小说的虚构与史实的勾陈连缀在一起;张承志的《心灵史》与张炜的《柏慧》,都于人物刻画、情节叙述中加入了大段的议论和抒情;韩少功作为当代典型的学者型作家,在《马桥词典》中打通文史哲,用词条将故事、随笔、议论、考证、释义、风俗调查等糅合在一起;史铁生的《务虚笔记》,在叙事中有大量的哲理思考。

到1999年,“跨文体”写作成为中国文坛的一个热门话题,一些文学期刊推出了与“跨文体写作”相关的栏目,如《大家》推出“凸凹文本”,《莽原》推出“跨文体写作”,《中华文学选刊》推出“无文体写作”;一批作家也在栏目中发表了“跨文体”作品,如李洱的《遗忘——嫦娥下凡或嫦娥奔月》、林白的《玻璃虫》、海男的《男人传》等。文学期刊推出“跨文体”写作的目的,用《大家》主编李巍的话说,是“要在文体上‘坏’它一次,‘隔塞’它一次,为难它一次”,即以破坏原来的文体成规的方式进行文体创新,跨文体的方法,则是“让人写小说时也能吸取散文的随意结构,诗歌的诗性语言,评论的理性思辨;同样让人写散文时也不回避吸纳小说的结构方式。我们希望,在文体的表述方式上能以一种文体为主体,旁及其他文体的优长”①。这次期刊策划的文学活动大概持续了两年左右。20世纪之后,经过1999年文学期刊的大力倡导,“跨文体”写作得到持续发展,重要作品有韩少功的《暗示》、林白的《妇女闲聊录》、李锐的《太平风物:农具系列小说展览》等。总之,这次“跨文体”写作的尝试,不失为一种文体变革的有益探索。

---

① 李巍.凸凹:文学的怪物[J].文学自由谈,1999(02):155.

268. 20 世纪 90 年代的“广西三剑客”都是谁?

答：20 世纪 90 年代中后期，文学桂军异军突起。在 1997 年中国作协创研部、广西作协等四个单位联合举办的创作研讨会上，鬼子、东西、李冯这三位广西作家被评论家们称为“广西三剑客”。不过，三位作家在小说创作上并无共同的关注点或相似的小说技巧，而是各有特点。

鬼子的《被雨淋湿的河》《上午打瞌睡的女孩》《瓦城上空的麦田》等小说将笔墨集中于进城打工者、下岗员工、农村老人等在底层挣扎求生的人们，但这些小说并不是技巧简单的社会问题小说，而是有自己的小说追求。他善用叙事空白、突转和悬念等技巧[①]，表现生存环境对人的精神挤压乃至毁灭。

东西创作了《没有语言的生活》《抒情时代》《痛苦比赛》《耳光响亮》《后悔录》等小说。他的小说善用情节、人物性格和语言表现生存的沉重和荒诞。如《没有语言的生活》写的是村里的一个家庭，父亲瞎，儿子聋，媳妇哑，一家人既无法用语言交流，也因残疾无法保住家庭财物，哑媳也因此被人强奸。他们渴望过上正常人的生活，不料万幸中不聋不哑的孙子学会的第一首歌谣就是辱骂他们一家的，孙子最终变得和聋哑父母一样沉默寡言，全家重新堕入没有语言的生活。《后悔录》中曾广贤在狱中服刑时得到前同事张小英的照顾，出狱后却选择了诬陷他入狱的妖艳女子张闹，铸造了一次次的后悔，他的选择和处境显出了人生的荒诞本质。

李冯长于创作戏仿小说，如《我作为英雄武松的生活片段》《纪念》《孔子》等。他把不同经典文本作为自己创作的材料，将其剪裁、组合、拼贴成新的文本。他选择戏仿的不仅有名著如《西游记》《水浒传》《论语》《骆驼祥子》等，也有孔子、施耐庵、徐志摩等名人的传记，如他的《另一种声音》写的是孙悟空在时间中流浪，历经了丧失法力，沦为女人、娼妓、仆妇之后，以一个普通男子的形象走向了现

---

① 参见黄伟林 . 论“广西后三剑客”[J]. 南方文坛，2016 (01)：115-118.

代城市，从神话英雄降为普通人。在某种意义上，可以说他的戏仿以还原为目标。

269. 巴金《随想录》的思想内容和艺术特色是什么？

答:《随想录》创作于20世纪80年代，这部散文著作体现了巴金作为知识分子的社会责任感，他积极地介入历史与现实，坚定地用理性反思十年“文革”的历史。思想内容方面的特点主要体现在以下三个方面:

一、这种反思表现为以亲历者的身份对重大历史事件进行的思考和追问。如在《“五四”运动六十周年》中，他指出“‘四人帮’之流贩卖的那批‘左’的货色”是“封建专制的破烂货”，质疑它们“除了商标，哪里有一点点革命的气味”？同时，他还批判了“文革”的残酷——“四人帮”为了实现封建专制，“不知杀了多少人，流了多少血”。

二、巴金的可贵之处，在于他的反思不仅指向别人，更指向自我。他对自己当时的行为和心理做了无情的解剖，如他对自己相信和传播假话的反省:“我相信过假话，我传播过假话，我不曾跟假话作过斗争。别人‘高举’，我就‘紧跟’；别人抬出‘神明’，我就低首膜拜。”

三、巴金的反思中有着对亲朋故友的真切怀念，如《纪念雪峰》《怀念萧珊》《小狗包弟》《怀念胡风》《关于丽尼同志》等。《怀念萧珊》和《小狗包弟》是其中的名篇。《怀念萧珊》写妻子萧珊在“文革”中受到“我”的牵累得了癌症不能得到救治，临死前三周才住进医院治疗，却已无济于事。《小狗包弟》则写了小狗包弟活泼可爱，“我”却因“文革”到来无力保护它，只能把它送到医院去做解剖用的内心痛楚。

在艺术上，由于巴金在《随想录》中以“讲真话”为目的，他无意于修辞的使用与文字的雕琢，由此形成了质朴直白的风格。如在序言《没有神》中，他直言自己在“文革”中的异化以及不愿再被异化的决心:“我明明记得我曾经由人变兽，有人告诉我这不过是十年一梦。还会再做梦吗？为什不会呢？我的心还在发痛，它还在出血。但是我不要再做梦了。我不会忘记自己是一个人，也下定决心不再变为兽，无论谁拿着鞭子在我背上鞭打，我也不再进入梦乡。当然我也不再相信梦话！”用直白的文字道出了真理。虽然《随想录》文字质朴，却能让人感受到作家生命的热度，如在《怀念萧珊》中巴金写自己在妻子萧珊去世后，他写道：“我站在死者遗体旁边，望着那张惨白色的脸，那两片咽下千言万语的嘴唇，我咬紧牙齿，在心里唤着死者的名字。我想，我比她大十三岁，为什么不让我先死？”巴金把在妻子不幸去世后的内心悲痛，表现得格外真切动人。

270. 杨绛的散文创作有什么特征?

答：杨绛的散文集主要有《干校六记》《将饮茶》《我们仨》等。其创作特征可归纳为以下两个方面：

首先，杨绛的散文专注于书写个人见闻与感受。如《干校六记》写的是大时代历史中个人生活的小插曲，读之却能在小插曲中见出时代的面容。如《下放记别》中写一家人在收拾去干校的行李时，学别人“把箱子用粗绳子密密缠捆，防旅途摔破或压塌。可惜能用粗绳子缠捆保护的，只不过是木箱铁箱等粗重行李；这些木箱、铁箱，确也不如血肉之躯经得起折磨”。“木箱”“铁箱”原本比人的血肉之躯更坚硬结实，时代却颠倒了二者的关系，读之令人恻然。《冒险记幸》写“我”在雨后趁人不注意偷偷去探望丈夫（钱锺书），不仅路上泥泞难行，几无道路可走，且生怕被人发现。本该日日厮守的夫妻见一面竟如此艰难，写出了时代的不正常。

其次，杨绛的散文文字简约含蓄，语气温婉，这得益于杨绛与历史事件之间保持的适度距离，以及她持有的平静、淡泊、理性与智慧的人生态度。杨绛的人生姿态在《隐身衣》中有清晰的表达：“消失于众人之中，如水珠包孕于海水之内，如细小的野花隐藏在草丛里，不求‘勿忘我’，不求‘赛牡丹’，安闲舒适，得其所哉。一个人不想攀高就不怕下跌，也不用倾轧排挤，可以保其天真，成其自然，潜心一志完成自己能做的事。”这种不求名利、只求保持本心的人生态度，与苏东坡的“万人如海一身藏”有着相同的旨趣。她的文字中常常渗透着这种人生态度，如她在《干校六记》中写自己给丈夫“补了一条裤子，坐处像个布满经线纬线的地球仪，而且厚如龟壳。默存倒很欣赏，说好极了，穿上好比随身带着个座儿，随处都可以坐下"，没有多余的文字渲染和详细的过程描写，只写了补后的效果和丈夫的评价。"布满经线纬线的地球仪"这一比喻既生动形象，又兼有书卷气息，但因为有后文钱锺书的"好比随身带着个座儿，随处都可以坐下"，就于其中渗入了生活气息，且含蓄地透露出人在特殊时代生活的艰辛。

271. 什么是"学者散文"？

答："学者散文"是二十世纪八九十年代散文创作中的一个重要现象。这些散文的作者大多是一些从事人文学科或社会科学研究的学者，他们在专业研究之外，创作一些兼顾个人的感性表达与学者的理性思考的文章。

"学者散文"的出现，显示了知识分子关注现实问题和参与文化交流的新趋向。较早进入学者散文创作的是金克木、张中行等学者。80年代末90年代初，从事艺术文化史和戏剧美学研究的余秋雨，在《收获》杂志上以专栏形式发表了系列散文，后结集成为《文化苦旅》《文明的碎片》出版，引起极大反响。一些重要的刊物和出版社，也有意识地举荐这一体式的创作，从而推动了"学者散文"的兴盛。

"学者散文"的作者大都有较为丰富的学术修养，往往能将学术知识和理性思考融入散文的表达之中。他们也并不特别注重散文的文体"规范"，而将其视为专业研究之外的另一种表达自我或关注现实的形式。例如余秋雨称自己为"票友"，陈平原则把写作短评当成"保持'人间情怀'的特殊途径"。在风格上，"学者散文"大多较为节制，通常会以智性的幽默来平衡情感的表达。学理知识的渗透，也使其具有特别的思想深度和情感厚度。虽然重视议论，但这些散文随笔与杂文不同，它们更关注的往往不是"识"，而是"情"与"理"。

272. 怎样认识余秋雨的《文化苦旅》？

答：《文化苦旅》是余秋雨文化散文的代表作，其中的文章从1988年开始在《收获》设专栏连载，1992年结集出版后迅速成为畅销书，在90年代产生了广泛影响。陈晓明指出，“余秋雨几乎被当作当今中国散文的‘教父’，他的《文化苦旅》可以说是散文阅读市场的‘圣经’”①。该文集收录的大多数是游记散文，也有一些追悼传统知识分子的篇章。

《文化苦旅》注重开掘自然山水的历史文化内涵。余秋雨不满足于对自然山水进行描摹，他更倾向于将之视为人文山水，注重揭示山水中的历史内涵与文化底蕴。他笔下的山水中蕴含着历史文化符码和文化心理积淀，浸润着浓厚的文化精神。如《莫高窟》写他在观赏莫高窟的壁画时，通过色彩的变化读出了我国传统文化中民族心性的演变轨迹，对历史古迹做出了富有个性的诗性解剖与文化阐释。在《洞庭一角》中，他指出范仲淹面对洞庭湖水虽然写下了“先天下之忧而忧，后天下之乐而乐”，但“大一统的天下，再大也是小的”，“儒家的天下意识，比之于中国文化本来具有的宇宙意识，逼仄得多了”，批判了儒家文化对古代文人独立人格的戕害。

《文化苦旅》体现了余秋雨在散文文体方面的探索和突破。其一，他学识渊博，在散文创作中融入文化、历史、心灵等多方位的阐释，超越了将抒情、议论限于个人悲欢的层次。而且，他的散文视野宏阔，意旨大开大合，文笔酣畅淋漓，具有深刻的思想洞察力与艺术穿透力。其二，《文化苦旅》中的多种笔法运用合宜，余秋雨“打破了散文与其他文学样式乃至艺术样式之间的界限，成功地调动和发挥了其他文学样式和艺术样式的优长”②，叙述故事、刻画人物常用小说笔法，写景有画意且有意境。而且，余秋雨笔下的山水已经升华为一种文化意象，“蕴含着若干典故、附丽着若干文人的精魂，积淀着某种文化的象征。这些意象不断地交叉、重叠、组合，传达了复杂而深邃的意蕴”③，莫

---

① 陈晓明．中国当代文学主潮（第二版）[M]．北京：北京大学出版社，2013：501.

② 李建军．《文化苦旅》的内容构成及其艺术特征[J]．唐都学刊，1995（03）：25-28.

③ 黄伟．当代散文的超越——论《文化苦旅》[J]．渝州大学学报（哲学社会科学版），1996（02）：47-53.

高窟、柳侯祠、西湖、天一阁等，莫不如此。

《文化苦旅》在20世纪90年代散文创作中的开创性和启发性虽然不容小觑，但也存在一些质疑之声。如有批评家指出的他的散文具有“故事+诗性语言+文化感叹”的流水线生产模式，有些篇章的抒情过于泛滥和不加节制甚至过于矫情。[①]也有人认为他的“每一篇散文都是精心构建、立论不俗的精品，但聚在一起，却使人感觉语言文字似曾相识，抒发的文化感慨也有雷同之嫌”[②]，且作者缺少自我解剖的勇气。

273. 如何评价周涛文化散文的艺术魅力？

答：周涛原为西部诗人，20世纪80年代中期开始散文创作，主要散文作品有散文集《稀世之鸟》《游牧长城》《兀立荒原》等。周涛散文的艺术魅力，主要表现在以下几个方面：

第一，周涛的散文，取材于西部雄阔壮美的自然事物，以及具有奇异之处的现实和历史中的人物。一方面，周涛的散文，喜欢描写西部的高山大川如天山、昆仑山、巩乃斯河、伊犁河、塔里木河等，以及充满野性的动植物如鹰、马、红狐狸、水貂、野菊、毛地黄、风铃草、冰草、野葡萄等。另一方面，他笔下的人物往往具有异于常人之处，如病弱的新疆老妇能有力地驾驭难驯的骏马渡河；蒙古族的分区副司令员身高体健，似武士却温文尔雅，“几乎每说三句话必引出一段唐诗宋词”。在解读历史人物时，周涛对背负诸多骂名的曹操、武则天等人给予了充分肯定，他甚至用“伟大”来为武则天重新定位。

第二，周涛的散文风格雄奇豪放。周涛崇尚生命，致力于发掘生命的强力与激情。周涛崇拜生命，他一再在散文中阐发自己的生命意识，“我们的思想来自生命，而生命，虽然短暂却多么美好”（《蠕动

① 参见朱国华.别一种媚俗——《文化苦旅》论［J］.当代作家评论，1995（02）：57-60.

② 黄伟.当代散文的超越——论《文化苦旅》［J］.渝州大学学报（哲学社会科学版），1996（02）：47-53.

的屋脊》)，“什么也没有生命重要，和生命相比，言论无非是一些唾液濺湿了的声音，美貌不过是一瞬间的浮浅表相，至于其他的那些短暂的东西，更是不值得一谈，唯有生命，应该成长。最终一切都是生命之王”(《和田行吟》)。在周涛的散文中，巩乃斯的马体现着自由奔放的生命意志，鹰体现着猛禽的雄风和骄傲，红狐狸是“一团美丽的火焰，是雪原上的精灵，太阳城的儿女”(《逃跑的火焰》)。在周涛的笔下，它们的生命迸发出自由、高贵、决绝与力量之美，这种生命之美反过来成就了周涛散文雄奇豪放的风格。

第三，周涛的散文具有诗的特质。一方面，周涛善于提炼意象，他笔下的高山大川、动物植物、历史人文都成为富有美感与内涵的意象，构成周涛散文中的庞大意象群。这些形象鲜明、个性独特的意象，有效地承载并抒发着周涛的情感和见解。另一方面，周涛的思维方式是诗人式的，他的散文不重叙述，而是更注重情感和见解的抒发。与之相关的，是周涛在发现了散文创作的模式化弊端后，提出“解放散文”，主张打破散文固有的模式。

周涛的散文，不在意开头是否突兀，也不关心上下段之间是否衔接，以及结尾是否卒章显志，而是重视情感的抒发与思想的表达是否自由、畅快，行文完全顺应情绪和思维的曲线，甚至会依照心灵表达的需要重新组合时空，因而结构上跳跃性强。如《蠕动的屋脊》一文记述了作者乘车探访喀喇昆仑的过程，但作者并没有将重心放在事件的描写上，而是侧重书写一路上对自然所蕴含的“神谕”的参悟，行文随情感自然流转，富有诗歌的想象跳跃性和抒情特质。

274. 什么是探索戏剧?

答：新时期戏剧创作在经历了现实主义传统的复归之后，大约自1980年开始，作家们开始探索新的戏剧表现内容与手法。促成这种探索的，一是国外象征主义、表现主义等流派的戏剧的大量译介，打开了作家们的世界视野，二是1981—1988年间持续进行的关于话剧的本质与可能性的讨论，给予了他们理论支持。

1980年上演的贾鸿源、马中骏、瞿新华编剧的《屋外有热流》，既吸收了传统的写意手法，也吸收了国外意识流小说和荒诞派戏剧的表现手法，让为集体牺牲的哥哥的灵魂在现实和梦境中自由来去，突破了舞台时空的限制。高行健也逐渐形成了自己关于话剧的看法。他认为，与电影相比，“戏剧的独特之处在于台上台下交融的气氛，在于‘剧场性’”[①]。1982年，高行健创作了《绝对信号》，尝试将剧中人物的内心活动、想象和记忆这些无形的东西外化为舞台上可见的形象，让时空在现实、想象和回忆间自由切换；与此同时，音响节奏在剧中也不再仅仅是伴奏，而是被高行健当作剧中的第六个人物来处理，负责体现人物的心理动作，沟通人物和观众的感受。此后，高行健还创作了《车站》《独白》《野人》《彼岸》等戏剧，进行了更加广泛的探索。1985年前后，探索戏剧达到高潮，除了高行健的戏剧之外，还出现了《一个死者对生者的访问》《魔方》《红房间 白房间 黑房间》等剧。1986年刘锦云编剧的《狗儿爷涅槃》和1988年朱晓平编剧的《桑树坪纪事》是探索戏剧走向深化的杰作，它们不仅具有深刻的历史反思内涵，且将现实主义和现代主义戏剧手段巧妙结合。

总之，探索戏剧在内容上探索人的生存和价值、透析人的内心世界和灵魂，有些剧则追求哲理意蕴，在形式上追求不同的戏剧时空的自由切换、交错和重叠，采用象征、荒诞变形等手法，在舞台上呈现人物的心理活动，追求戏剧的综合表达。

275. 怎样认识孟京辉先锋戏剧的艺术探索？

答：孟京辉先锋戏剧的艺术探索，表现在以下几个方面：

一是对戏剧综合性的探索，孟京辉突破话剧主要由演员对白和独白构成的限制，努力将其他艺术形式融入话剧之中。如在《我爱XXX》中，他把诗朗诵和舞蹈综合在一起。在《一个无政府主义者的意外死亡》《恋爱的犀牛》中，人物对白中融入了电影播放、诗歌朗诵和歌曲演唱等形式，实现了不同的艺术目标：在《一个无政府主义者的意外死亡》中实现了更有效的批判和揭露；在《恋爱的犀牛》中，

① 高行健．高行健戏剧集［M］．北京：群众出版社，1985：278.

歌唱和诗歌朗诵的加入增强了抒情性。

二是对舞台假定性的探索。如《恋爱的犀牛》在表现广场上彩票开奖的热闹场面时，演员们将一幅巨大的蓝绸举过头顶，奔向观众，在场的观众在蓝绸的舞动中成为广场中的人群，成为戏剧的一部分。这个设计瞬间推倒了观众和演员间的无形壁垒，将气氛推向了高潮。

三是追求形式的极致化和人物性格的极端化。《我爱 XXX》是孟京辉实验性最强的戏剧，其形式达到了极致。剧中所有的台词都以“我爱”开始，“我爱”成为唯一的线索，强行串联、粘合起剧中本无关系的台词，原本用来推动情节、表现人物性格的台词失去了原有的功能，成为纯粹承载情感与思考的载体；与之相关的，是整部剧没有任何部分可以称为情节，当人物的台词变为诗歌朗诵，唯一的一段人物动作比较多的片段又变为无意义的重复，情节以及蕴藏在情节中的戏剧性荡然无存。而且，孟京辉戏剧中人物的性格也是极端化的，如《恋爱的犀牛》中马路执着地爱着明明，而明明却执着地爱着陈飞，二人都可以称为偏执狂，即先锋小说中具有“强烈的性格偏差”的人物，该剧正是依靠这种极端化的人物设置，实现了对爱情进行抽象探讨的旨趣。

四是戏仿手法和拼贴手法的使用。二者作为后现代艺术的典型手法，在孟京辉的先锋戏剧中得到大面积使用。首先，《恋爱的犀牛》对商业广告和通俗爱情剧的戏仿，嘲讽了商业广告和通俗爱情剧的模式；《一个无政府主义者的意外死亡》对《茶馆》的戏仿则继承了《茶馆》的讽刺锋芒，可谓向经典的一次致敬；而《两只狗的生活意见》对《雷雨》中周朴园逼繁漪吃药这一经典场景的戏仿，则属一种滑稽模仿的游戏行为，引起了观众的爆笑。其次，拼贴手法的使用有时候是结构和风格上的，如《思凡》将中国明朝的戏曲故事《思凡》和意大利作家薄伽丘的《十日谈》中的两个偷情故事拼贴在一起，二者在表现人性解放的同一主题下，风格上却一个含蓄，一个露骨，从而拆解了结构与风格上的和谐。有时候拼贴手法的使用是多方面的，《两只狗的生活意见》在内容和风格上类似于一个大拼盘，它使用相声的方式开场，又不断将不同时代、不同风格的内容拼贴在一起，不仅将莱蒙托夫的抒情诗《帆》“在大海深蓝色的迷雾里，一只孤独的帆儿闪着白光”的深情告白和相声中的定场诗“守法的朝朝忧闷，强梁夜夜欢歌”的愤怒讽刺拼贴在一起，更是用当时流行的“XX是YY的”小品句式，将城市、古都、天安门、鸟巢、剧院、火车、飞机、烤鸭、炸酱面、冰葫芦、网络、股票、基金等拼贴在一起。后现代手法的使用改变了原作的风格，呈现出整体上的调侃、搞笑风格，实现了在颠覆中进行情绪宣泄的目标。

总之，孟京辉导演的戏剧不断进行着先锋实验，从前期的大胆叛逆、追求形式创新、疏离大众，到后期提出“走向人民”的口号，追求教育与娱乐、诗意与粗俗之间的平衡，也因此导致了评论界对他毁誉参半的评价，赞誉者充分肯定其先锋探索，批判者则称其为“伪先锋”“媚俗”。

第三章 21世纪以来的文学

276. 新世纪文学的发展情况如何?

答：新世纪文学的命名延续了学界的时代断代法，此命名可追溯至2005年召开的“文学新世纪与新世纪文学五年”学术研讨会。此后《文艺争鸣》及其他杂志发表了一系列文章对“新世纪文学”这一概念命名进行探讨，此概念逐渐成为一个新的学界关注点。新世纪文学面对的是21世纪纷繁的社会问题，和时下社会、政治、经济和文化等有着千丝万缕的关联，对于“新世纪文学”的整体考察可以一窥时代变迁和社会变动。

首先，新世纪文学数量增加，文学走向类型化。进入新世纪以来，文学发展呈现为蓬勃的势头，每年的产出量数目巨大，因而有研究者称之为“增量的文学”[①]。文学发展呈现出类型化的趋势。伴随着技术的发展、文学媒介和文学传播等方式多元化，文学出现类型化的趋势，网络文学、打工文学、新左翼文学、青春文学、非虚构文学等多种文学类型为新世纪文学提供新的发展方向。

其次，新世纪文学呈现出对于现实主义的复归，作家走出内心开始与现实进行对话，一改20世纪90年代作家对于现实的规避，以及以“文学主体性”和“艺术本体论”建构起的纯文学观念，显示出了对于现实的切入和反思。林白创作于新时期的《万物花开》和《妇女闲聊录》便是不断介入现实生活的写作。王安忆《富萍》《上种红菱下种藕》等对于上海移民生活的关注，余华《第七天》对于日常现实的呈现，都显示出了新世纪文学复归现实主义的倾向。在此种倾向背后蕴藏着中国现代化进程中所滋生的现实问题，对于现实的复归显示出作家对于实际问题的思考和介入。

---

① 张未民．对新世纪文学特征的几点认识［J］．东岳论丛，2011（09）：37-47.

最后，随着媒体技术的发展，新世纪文学呈现为“视觉化”[①]的倾向。一些作家进入新世纪以后将重心转向编剧，这影响了新世纪小说的面貌，使小说呈现出浓厚的影像化逻辑。“影像叙述对文学叙述的深入渗透，使得文学叙述和影像叙述以混杂的形式结合在一起。”[②]这以刘恒、朱苏进、杨争光、李冯、东西、述平等为代表，他们的小说被改编为电视剧，或本人身兼编剧的身份，显示出新世纪文学视觉化的走向。

277. 如何看待新世纪底层文学的兴起？

答：底层文学是在世纪之交出现的一种新的文艺思潮，它与中国现实的发展以及思想界、文学界的变化紧密相关，是中国文艺在新形势下的新变，也是“人民文艺”或文艺的“人民性”在新时代的发展。关于“底层”的探讨可以追溯至20世纪90年代《读书》杂志所刊发的关于“三农问题”的文章，2004年《天涯》杂志发起关于“底层与关于底层的表述”专题讨论之后，底层文学逐渐引起文学界注意。2005年曹征路《那儿》的发表成为底层写作思潮中的一个重要的文学事件，此后，陈应松、胡学文和罗伟章等作家均有作品问世，如陈应松《马嘶岭血案》、胡学文《命案高悬》《淋湿的翅膀》、罗伟章《大嫂谣》《我们的路》等，底层文学逐渐成为21世纪一个较为突出的文学现象。

中国社会的巨大变迁是底层文学出现的整体社会背景，其出现为当代社会发展相伴而生的危机在文学中的反映。随着20世纪90年代以来市场化的发展，社会进步和财富累积的同时，贫富分化、社会不公等改革的阵痛袭来，现代化的弊病出现，底层文学即在此种环境下应运而生。

自20世纪90年代以来，思想界就社会现状问题发生了一系列的

① 黄发有．屏蔽内心：新世纪文学的外向化趋势［J］．文艺研究，2015（12）:5-14.

② 同上。

论争，自由主义和新左翼的论争、文化保守主义的出现，均丰富了对于中国社会现实的理解。“底层”遂成为学界关注现实的一个载体，底层文学也由此得到关注。

底层文学的发生也是文学界重新思考纯文学的产物。自 20 世纪 80 年代中期以来，“纯文学”逐渐占据了文学界的主流，注重形式、技巧、叙述的探索与创新，回避对社会现实的直接描绘，注重表达个人抽象的情绪与感受，实际上已脱离了文学安身立命的广阔现实。自 20 世纪 90 年代开始，文学界逐渐由“怎么写”转向“写什么”，反思“纯文学”，希望重建文学与现实的联系，新世纪底层文学的发展亦是反思“纯文学”的产物。

底层文学直面现实，写出了农村的破败与农民的苦难、心理的困惑以及精神的失落，同时写出进城农民的不幸生活遭遇，对于当下社会中发生的不平事件的关注，显示出文学对于现实的干预。如《马嘶岭血案》两个挑夫杀害了勘测人员的背后，是贫富差距、城乡差距和阶级分化等社会问题。

底层文学的兴起召唤和激活了一种曾被宣布失效的“现实主义”文学品质，延续了中国现代文学中关切现实的传统，是对现代文学当中“启蒙精神”的延续。对底层民众生活境遇的观察和再现，体现出从“五四”文学延续至今的悲悯情怀。

278. 新世纪非虚构写作的主要特征是什么？其兴起有何意义？

答：新世纪以来伴随着中国由前现代向现代的社会转型，诸多社会问题浮出水面，非虚构写作也应此而再度兴起。在主流刊物《人民文学》《钟山》等的支持和策应下，梁鸿《中国在梁庄》、郑小琼《女工记》、慕容雪村《中国，少了一味药》、阿来《瞻对：一个两百年的康巴传奇》、萧相风《词典：南方工业生活》等纷纷问世，非虚构写作逐渐成为新世纪以来的重要文学现象之一。

非虚构写作的主要特征表现为：

一、非虚构写作将视线聚焦于底层小人物的悲欢离合，叙事视角多为第一人称，表现出在场感和亲历感，体现出真实性；线性的时间顺序；故事讲述趋于冷静客观。

二、在文体上，为契合“非虚构”的文学特点，“回忆录”“实录”“访谈”“田野调查”等成为常被采用的文体形式。

三、在传播媒介上，非虚构写作不再仅依靠纸质文本，也将目光投向了网络媒体，借助博客、微信平台、微博等网络空间扩大影响面。

非虚构写作兴起的意义表现为：

一、新世纪非虚构文学的出现接续了中国文学关注现实的文学传统，显示出关切现实和介入现实的努力。梁鸿《中国在梁庄》以归乡者的视角讲述故乡在社会转型期的故事，人口流失、环境污染、人心不古等成为传统乡村式微的征兆，显示出作家的现实关注。

二、新世纪非虚构文学的出现标志着一种新的文学叙事范式的兴起。非虚构写作对于文学现场的回归和对于真实性的要求，打通了文学和历史的边界，实际重建了文学和历史之间的关系。南帆的《马江半小时》以考据的方式厘清了发生于清朝末年的中法马江海战的往事，既具有文学价值又具有历史意义。

279. 如何看待新世纪网络文学的兴起？其现状如何？

答：网络文学的产生依靠于新技术的发展，作为电子时代的产物，网络文学显示出极大的技术依赖性。网络文学自其诞生起便存在着概念界定的争议，按照欧阳友权的定义，网络文学这一概念包括三个要点：经过电子处理后的所有上网的作品；以电脑为媒介载体进行创作；对于计算机和网络的强烈依赖性。[①] 网络文学不同于主流文学，而是带有着娱乐性和市场导向的商业化特征。我国的网络文学经历了三个重要的发展阶段：

第一阶段，台湾作家蔡智恒创作的《第一次的亲密接触》在大陆引起风潮，随后一大批网络文学浮出水面，如宁财神《缘分的天空》、安妮宝贝《告别薇安》等，他们聚集于“天涯”“榕树下”等网站，依

① 参见王先霈．新世纪以来文学创作若干情况的调查报告［M］．沈阳：春风文艺出版社，2006：177-178.

靠文笔的华美或是纯粹的才情吸引了网络文学发展初期的第一批粉丝。

第二阶段，在2000年左右，新世纪网络文学伴随着慕容雪村、今何在、宁肯等一批作家的出场而受到关注。《成都，今夜请将我遗忘》《悟空传》《蒙面之城》等成为其中引领风潮的重要作品。

第三阶段，经过第二阶段的发展，新世纪网络文学的队伍日益庞大，且出现了类型化的趋势，如仙侠、穿越、宫斗、玄幻等多种类型，南派三叔《盗墓笔记》、萧鼎《诛仙》、当时明月《明朝那些事儿》等成为代表性作品。

进入新世纪后，网络文学的发展成为一种常态，网络文学的标签也逐渐淡化，它和传统文学的界限也变得模糊，诸多网络文学作品同样关怀社会现实、表达理性思考，这表现出网络文学走向传统文学的趋势。同样，网络文学具有先天的商业化特征，其背后站立着资本，它的产业链发展日趋严密，从网络文学—剧本—电视剧—游戏等的发展演化可看出其商业化的态势有增无减。

280. 新世纪诗歌“底层写作”的代表作有哪些？对此如何评价？

答:“底层写作”作为一种重要的文学思潮在新世纪诗歌创作当中占有重要的位置。新世纪诗歌伴随着时代转型而将目光投向了广阔的日常生活，对于“底层写作”的切入显示出诗歌的现实关怀。郑小琼《打工，一个沧桑的词》、王学忠《中国民工》、黑马《月光，照在归乡的路上》、刘大程《南方行吟》、张守刚《在打工群落里生长的词》等为新世纪诗歌当中“底层写作”的代表作。

新世纪诗歌中的“底层写作”呈现出现实维度的关怀。底层生活的苦难和冷色调被新世纪诗歌所关注和书写，诗人们在切入现实生活之时，呈现底层物质上的贫困、精神上的麻木以及灵魂上的蒙昧。刘洪希《一只青蛙在城市里跳跃》“一只青蛙 / 身上流的是乡村的血 / 灵魂却在城市里 / 戴着镣铐起舞”，书写在城市的底层打工者身体和灵魂分离的悲剧命运。

新世纪诗歌的“底层写作”呈现打工生活，书写不公正的底层生活与人物卑微的生存状态。底层民众劳苦的生活与菲薄的报酬形成鲜明的对比，冷慰怀在《民工》中写道："从一个城市 / 搬到另一个城市 / 总是住在最简陋的工棚 / 吃最便宜的大锅饭 / 生就一双粗壮的茧手 / 却握不住养家急需的大面额钞票"，便是对于这种生活的直白呈现。雷平阳《昆明的阳光》、王学忠《中国民工》等呈现了底层生活的苦难，并对不公现实加以批判。

新世纪诗歌的"底层写作"表现出回望乡村与缅怀乡土的维度。新世纪诗歌在书写底层生活之时仍不忘时时审视乡土，既描绘他们眼中和记忆中的中国广袤乡村的景观，又表达自我内心的复杂情感。黑马的《月光，照在归乡的路上》，"秋风吹。我乘坐一列火车，默默回家 / 内心的乡愁被苦苦养大 / 夜之静美"，诗人归乡所见的故土景观勾起了乡愁，而身在故乡意味着更贫苦的生活，而进城打工却仍然找不到自我主体的位置，显示出进退两难的复杂情感。

新世纪诗歌中的"底层书写"面对的是时代变迁下的大语境，它们对于底层苦难生活的呈现，显示出一种现实主义的人道关怀，表现出诗人和诗歌对于时代脉搏的把握。

281. 新世纪"女性诗歌"的代表作有哪些？对此如何评价？

答：女性诗歌创作走过了 20 世纪 90 年代的激流险滩，进入新世纪后显示出了平稳过渡的良好态势，不再执迷于上一世纪对于女权的恳切吁求。翟永明、王小妮、郑小琼、娜夜、余幼幼等的新世纪女性诗歌创作，将目光放置到更为宏阔的日常中，在底层和物化大潮下对于个人精神世界加以呈现，显示出一种对于自我精神主体和情感结构的关注。

新世纪女性诗歌关注生活日常并在此基础上进行升华和诗意化的观照，使平庸的日常生活带上诗意的色彩，并进行形而上的思辨。李小洛《五十年后的旅行》中写道："说着你的童年、少年、饥饿、蒸汽 / 你爱吃的蔬菜、水果、衣服、鞋子 / 你在春天里爱过的其他的女人 / 曾经在心里信奉过的上帝"，日常性的生活通过意象以表达，意象的排列组合间带有诗意化的情调，其背后对于当下人的永恒的情感问题的关注却又引人思考。王小妮《十支水莲》"怎么样沉得住气 / 学习植物简单地活着”，由日常生活中所见的植物而思考生命这一话题，并进行了哲学的思辨。

新世纪的女性诗歌写作关注广阔的生活，将笔触伸向底层书写百态，显示出深厚的现实关怀。“当下的女性诗人除了不断关注和挖掘女性自身经验和想象的同时不断将敏锐的触角延伸到社会的各个角落，在一些常人忽视的地带和日常细节中重新呈现了晦暗的纹理和疼痛的真实。”① 郑小琼的《打工，一个沧桑的词》、荣荣的《钟点工张喜瓶的又一个春天》、夭夭的《乌衣镇》将底层生活、打工的经验等予以表达，工厂冷冰冰无温度的机器与个人的火热的情感相互参照，书写底层的生活但却并非仅披露所谓底层的苦难，而是在苦难当中思索商业化大潮袭来之后人的异化，以及机器时代的高速发展与黑暗面影，并进一步显示出对于人物心灵世界的关注。

在艺术特色上，新世纪女性诗歌延续了女性诗人细腻的情感表达，充满着柔软的抒情。蓝蓝《真实——献给石漫滩 75·8 垮坝数十万死难者》“果实知道大地之血的灌溉，哭声知道高脚杯的体面”，细腻的抒情和情感孕育于字里行间。翟永明《枯山水》“也不必寻道访幽 心已枯 / 秋季中庭 鬼魅红叶 / 听它就是音乐，看它就是颜色”，诗中细腻的情感和敏感的情绪表达形成了柔软的抒情，个人的生命体验渗透于字里行间。

282. 如何评价余秀华的诗歌创作？

答：余秀华在新世纪诗坛的出现构成了特殊的“余秀华现象”，她的身体的疾病和底层的出身与优秀的诗歌创作之间存有着无限的张力。《一包麦子》《穿过大半个中国去睡你》《我养的狗，叫小巫》等一首首诗歌冲撞着诗坛，在颇为前卫与大胆的文笔之下充满着个人在大时代下的隐秘表达。

余秀华的诗歌中充满了对于身体的痛感书写，这种痛感来自于其

① 霍俊明. 变奏的风景：新世纪十年女性诗歌［J］. 理论与创作，2010（04）：35-39+120.

个人的生活经验，并被升华为一种身体的痛感美学。余秀华个人的身体残疾，连同她的不圆满不幸福的婚姻所带来的心灵痛感，在诗歌当中被她记录下来。在《我只是死皮赖脸地活着》中她写道："生活一无是处 / 爱情一无是处 / 婚姻无药可救，/ 身体有药难救 / 在一千次该死的宿命里 / 我死抓住一次活着的机会"。从充满痛苦的身体到不幸福的婚姻再到活着本身，余秀华经由身体的痛感美学叩问生活的意义与本质，显示出对于现实的形而上的思考。

余秀华的诗歌充满着植根于乡土的苦难诗意。乡土田园这曾经生存空间的诗意与苦难被她经由诗歌记录下来，唱响对于乡村的咏叹调。在《五月·小麦》中她写道："田鼠，蟋蟀，麻雀 / 穿着爷爷衣服的稻草人"，乡村日常所见的景物在其笔下被生动地复活。或是《如何让你爱我》中所写的"一棵野草在我身体上摇曳 / 我都觉得 / 这是美好的事情"。在乡村诗意的美好呈现之下，诗中仍然有着对于生活的深深的担忧。《九月，月正高》中"他们的女人在村庄里快速老去"，对于底层的生活有着细密的感触与关怀。余秀华在发现乡村生活的诗意维度之中不忘深挖其中黑色调的苦难，显示出诗人对于现实的细致和本质性的把握。

余秀华的诗歌借助于意象的使用，建构起具象化的诗歌话语空间。意象作为诗歌当中的重要元素自古典诗歌起延续至当代诗歌的创作当中，传情达意，抒发感怀，因而十分重要。在余秀华的诗歌当中，其将日常所见的事物入诗并经由诗歌意象的使用建构起了丰富的诗歌话语空间。棉花、蛤蟆、镰刀、麦子、街道、喜鹊、美人蕉、白菜、青蛙等意象，建构起属于她的诗歌话语空间，这种话语空间并不注重功利性的载道，而营造出无功利性的美学氛围。

283. 贾平凹《秦腔》的思想内涵和艺术特色是什么？

答：贾平凹的《秦腔》出版于2005年，曾获得第七届茅盾文学奖。作者借助出现于旧时秦地的梆子声腔剧种"秦腔"的命运，呈现了中国乡村在现代化冲击下的变化，唱响了一曲关于乡村的挽歌。《秦腔》的思想内涵和艺术特色在于：

一、《秦腔》以绵密的笔法书写日常生活，呈现出乡村日常性的生活经验。贾平凹采用“生活流”式的手法全方位呈现了以清风街为中心的乡村风俗人情、婚丧嫁娶，乃至吃喝拉撒等细枝末节的事情，塑造了夏天义、夏天智、白雪、引生等人物形象，并经由乡村生活的日常透视生活于这片土地上的人的精神、心灵以及情感。在这种细致的描摹中，乡村生活的丰厚日常性被建构起来，《秦腔》中的乡村便也充满了民间的日常经验。

二、《秦腔》的语言不同于“五四”时代启蒙知识分子的语言系统，而是采用了日常口语，并返归了中国古代明清小说的语言传统。贾平凹写道：“枝柯像无数只手在空中抓。枝柯抓不住空中的云，也抓不住风，风把云像拽布一样拽走了。”[①] 看似口语化的语言文法实际带有明清小说当中复现日常风物的语言韵味，这与贾平凹对于中国古典文学传统的延续关系密切。

三、小说中的“秦腔”作为一个具有象征意义的符号，它的没落象征着中国乡土的衰微。贾平凹令“秦腔”发挥叙事的结构性功能，以“秦腔”串联起乡村的日常。作为秦腔优秀演员的白雪被知识分子代表的夏风所抛弃，便已经成为带有象征性意味的故事；而白雪所生的孩子是一个残疾病儿则意味着秦腔这一乡村的传统艺术难有健康的继承者，其衰微的命运由此可知。

四、《秦腔》叙述艺术独特而另辟蹊径。作者令“引生”这一痴傻的人作为叙述者，便突破了叙述的视野限制，取得了叙事上的自由。这样的一个人物作为叙事人便使得《秦腔》原本的生活化叙事有超越性的升华，而进入了对于形而上命题的思考。小说当中引生对于白雪的痴恋以及自我去势便是一种去除身体污浊、回归精神爱慕的行为，这也预示着贾平凹与《废都》的割断和写作上的自我纯化。

284. 阎连科新世纪小说创作情况如何？怎样评价？

答：1988 年，阎连科凭借《两程故里》登上文坛，他在 20 世

---

① 贾平凹 . 秦腔［M］. 北京：作家出版社，2005：379.

纪80和90年代的创作，始终将目光聚焦于底层人物的生活，坚守“五四”的启蒙文学传统，探究现实主义传统的多样姿态。《瑶沟人的梦》《日光流年》《黄金洞》《耙耧天歌》等为这一时期的代表作。进入新世纪以来，阎连科先后创作了《坚硬如水》《受活》《丁庄梦》《风雅颂》《炸裂志》等小说，呈现自然和人文生态，书写文化习俗，阎连科借由新世纪以来的小说创作重返故乡。

新世纪以来，阎连科的小说创作承续前期风格，书写苦难，并将苦难进行极端化的表达，呈现民众在苦难中的生生死死，以及对于宿命的反抗。一方面关注历史，如书写历史的《受活》《坚硬如水》；一方面又进一步地贴近现实，取材更加贴近当下时事，如书写艾滋病的《丁庄梦》、关注知识分子生存状况的《风雅颂》、关注乡村发展与现代化的《炸裂志》。

在艺术特色上，阎连科坚持其提出的“神实主义”，在叙事当中穿越时空界限。小说中多荒诞不经的离奇诡怪的传奇故事，因此为小说带来了一种奇异、怪诞乃至魔幻的艺术效果。

新世纪以来，阎连科的小说紧贴现实，以反崇高抵消了历史与现实的沉重，并且跌入戏谑化叙事陷阱。《受活》中虚构了受活庄里一百多个聋、哑、盲、瘸的残疾人组成的“绝术团”，他们以残疾艺术表演赚钱，目的是为了建构一座“列宁纪念堂”，在讽刺之外，又显示出商业化策略和消费化诉求。

285. 王安忆新世纪以来小说创作的主要内容和艺术特色是什么？

答：新世纪以来，王安忆先后创作了《富萍》《上种红菱下种藕》《天香》《众声喧哗》《桃之夭夭》《启蒙时代》《匿名》等小说。这些小说的视角集中于苏州河、棚户区等边缘地带。王安忆小说呈现底层小人物的悲欢离合，显示出在新世纪语境中作家对于社会变化的呼应和反映。其主要内容和艺术特色在于：

一、王安忆新世纪的小说仍旧关怀日常生活，这种对于日常的专注同样存在于其前期小说中，只是新时期的语境中，日常生活关注被作为一种对于感性生活的拯救，是对于日常扁平化和程式化生活的抵抗。如王晓明所言：“这是一种重压下的反拨，一种堪称是自觉的对抗，它既是针对身外的恶劣和麻木，也是针对心内的沮丧和悲哀。”[①]如在《乡关处处》中，农村保姆月娥在春节归家时期的劳作脱离了金钱的支配，相较于对在城市的月娥的劳作的描绘，对家中月娥劳动的描绘则充满了具有物质感和生活化的诸多细节，显示出一种感性的日常生活的复活。《上种红菱下种藕》中的华舍镇本身便处于现代和传统之间，市场经济对于乡村世界的压抑跃然纸上，王安忆借此种描写反思新世纪以来强势的现代化进程对于日常生活的侵略，显示出一种反思意味。

二、王安忆新世纪的小说创作贯穿着“漂泊”的主题，漂泊与离散成为人物的生存常态，她捕捉到了新世纪以来在现代化浪潮下人物的现实遭遇，并以此书写人物的生活与命运。王安忆曾经说道：“我想，我的文学，就将是为这些个孤独的战场进行艰难而努力的串联与联络，互相提供消息，告诉人们，他们并不是孤独的，一整个人类就在他们身后。与此同时，也可吸取力量和智慧，使自己内心的战争克胜。这或许是妄想，我却努力。”[②]《富萍》书写上海移民的漂泊生活，富萍、奶奶、吕凤仙的生活均带有着无根的漂泊感受。《向西，向西，向南》中的陈玉洁则独自在纽约生活。《匿名》中的游民个体则漂泊在城市各处。王安忆笔下人物的漂泊生活，是现代化浪潮下生活的记录，显示出对于现实问题的关切和关怀。

三、在美学特色上，王安忆新世纪的小说创作呈现出一种“古典主义”的美学特色。《富萍》《上种红菱下种藕》《桃之夭夭》中对于古典的追求只存在于小说的内部气韵中；而自《天香》开始，这种古典主义的理想落实于造园、制墨、书画、刺绣等物质实体上，作品涌现着对于古典生活的追慕，其中深藏的是王安忆追溯和回归古典的文学意趣。

---

① 王晓明.从“淮海路”到“梅家桥”——从王安忆小说创作的转变谈起［J］.文学评论，2002（03）：5-20.

② 王安忆.情感的生命［M］.北京：中国文联出版社，2008：192.

286. 如何看待莫言获得诺贝尔文学奖？

答：2012年，莫言获得诺贝尔文学奖，成为第一位获得此奖的中国籍作家。莫言将创作的目光投入中国变动中的乡村，以现实和魔幻相结合的方式提供了一种新型的审美经验，并积极融合中国民间艺术的特色。他的创作特征在《丰乳肥臀》《蛙》《檀香刑》《生死疲劳》等作品中有着突出的体现。

莫言获得诺贝尔文学奖扩大了中国文学的影响，在中国文学走向世界的过程中具有标志性的意义。20世纪90年代以来，商业大潮全面兴起，经由“人文精神大讨论”，“文学失却轰动效应”已成为既定的事实，因而有了对于中国当代文学不公正的评判。莫言的获奖确认了中国当代文学的意义和价值，也是对所谓歪曲的“中国当代文学垃圾论”的有效回应。

莫言获得诺贝尔文学奖提升了中国作家和中国当代文学的自信。囿于历史原因，中国曾长时间与外国联系中断，改革开放以后，西方文学思想进入中国，在给中国作家带来养分的同时也给他们带来追慕的心理。莫言的获奖确认了中国文学传统同样为重要的可供借鉴的资源，因而也会使当代中国作家增加文学创作的自信，不盲目地迷从于西方，进而促进中国文学保有民族特色，也不失对外国的借鉴。

莫言获得诺贝尔文学奖促进了民众对于纯文学的关注。自20世纪90年代市场经济兴起、商品化思潮全面展开之后，文学发生分化，消费主义的言情小说等快餐文学占据了文学市场，对纯文学产生挤压，民众对于纯文学关注减少。莫言的获奖能吸引读者的目光，使读者重新凝聚于纯文学的领域中，有助于纯文学的进一步发展。

287. 如何评价毕飞宇的《平原》？

答：《平原》为毕飞宇创作于新世纪的一部长篇小说。作者将目光投向20世纪70年代的王家庄，书写端方、吴蔓玲等一批年轻人的命运，乡村的淳朴和蒙昧渐次展开。经由此，毕飞宇探讨权力、爱情和人性等话题，显示出作者一以贯之的对人性的思索。

毕飞宇的《平原》呈现对于权力的思考，作者书写权力对日常生活的干预，在权力场中无法抽身的人物的悲剧命运。小说中人物端方的成长史便是一部权力影响下的人性变异史。红粉出嫁被端方有意刁难的场景，正是一次对于权力淋漓尽致的展现和批判。毕飞宇对于权力进行反思和诘问，并将此引入更深层的历史和文化中，显示出其独到的眼光。

毕飞宇的《平原》具有浓厚的悲剧意味。在小说中，毕飞宇塑造了一批性格鲜明的人物，这些人物生活在历史的限制之中，无法挣破命运给定的罗网，而只能走向毁灭。端方和三丫的爱情即是如此。在王家庄的闭塞环境中，三丫和端方并没有自由恋爱的权力，三丫的地主后代身份亦成为她逃脱不掉的梦魇。

独特的小说艺术。毕飞宇的《平原》将故事发生的地点紧紧落地于王家庄，闭塞的乡村便成为时代的隐喻。其文本结构严谨但并不刻板，而是张弛有度，开头的部分以抒情的笔调描摹环境，在悠扬自然的调子中端方慢慢登场，显示出作者对于叙事自由的调度。

288. 苏童新世纪的小说创作情况怎样？如何评价？

答：作为新时期以来崛起的重要作家，苏童成名得益于他的“先锋小说”创作，《一九三四年的逃亡》《罂粟之家》《妻妾成群》等为其新时期的重要作品。进入新世纪，苏童先后创作了《蛇为什么会飞》《碧奴》《河岸》和《黄雀记》等小说，既保有其新时期创作的先锋风格，又趋于返归现实主义和表达现实关怀的维度。

新世纪以来苏童的小说在题材风格上皈依现实主义，对于现实的关注和关怀为苏童新世纪创作的重要特征之一。《蛇为什么会飞》书写当下中国底层普通人的生活：在大城市打拼并怀有明星梦的女孩为生计而打工，最后梦碎；为钱财而不惜出卖自己身体的女孩揭露出底层生活的丑陋。作者探讨了城市这个万花筒看似美丽实则虚无的本质，关注的重点在于底层小人物的卑琐生活故事，带有深切的现实主义关怀。《河岸》则通过回归二十世纪六七十年代，围绕库东亮的烈士后代身份的疑惑连带出特定时代的荒谬与荒诞，揭露庸众的愚昧无知，已有鲁迅批判现实主义的味道。

新世纪以来苏童的小说在艺术技巧上进行新尝试。苏童对于创作的艺术技巧进行了新的实验，首先体现为意象的使用。在《蛇为什么会飞》《碧奴》《河岸》和《黄雀记》当中，他分别设置了一个具有引领性的贯穿意象:《蛇为什么会飞》中的“蛇”,《碧奴》中的“青蛙”,《河岸》中的“河岸”，以及《黄雀记》中的“黄雀”。这些意象既推动了故事情节的发展，又具有某种统摄性的线索作用，并且其内涵呈现出开放式的敞开，即意象之上负载了多种意义，可以进行多方的阐释。在叙事视角方面，苏童一改其早期创作叙事视角的单一化倾向，如《黄雀记》当中三章分别以三个人的角度出发叙述故事，显示出了一种复调叙事的倾向。《碧奴》则将中国古代神话故事和其小说加以调和，以双重视角的互动参照，使孟姜女的故事和碧奴的故事相互呼应。

进入新世纪以来，苏童小说显示出回归现实主义的倾向，这与20世纪90年代市场经济全面展开和社会转型密切相关。伴随市场经济衍生的一系列社会问题，被小说加以有效地记录。从《河岸》获得第三届曼氏亚洲文学奖，到《黄雀记》获得第九届茅盾文学奖，苏童新世纪的文学创作贴近现实、关怀人性，并充满了人道主义精神，显示出一位优秀作家对于现实的记录和关怀。

289. 如何认识迟子建的《额尔古纳河右岸》?

答:《额尔古纳河右岸》为迟子建出版于2005年的一部长篇小说，曾获得第七届茅盾文学奖。小说以第一人称的视角讲述故事，以鄂温克族最后一位女酋长的口吻讲述这一民族百年间的游牧生活以及族群式微的命运。迟子建曾历时三月在鄂温克族生活的山上进行实地调查，在她笔下鄂温克族的生活细节得以全面展开，极具真实感，在现代化大潮到来的时代和鄂温克族走向没落的时刻，迟子建的小说留下了鄂温克族珍贵的民族志。

《额尔古纳河右岸》具有厚重的历史意识。《额尔古纳河右岸》讲述了鄂温克族从晚清到新世纪初百年的历史，复现了鄂温克人迁徙到额尔古纳河右岸、俄国人同鄂温克人生意往来、鄂温克人的抗日斗争以及新中国成立后政府为鄂温克族修建山下安置点等历史中的重要史实。作者选择以第一人称的视角讲述故事，在叙述故事时不断地融入鄂温克族群内部生活的场景，建构起了充满细节感的故事。丰富史料所建构起的官方正统历史和讲述者所亲历的民间化的稗史相互呼应，使小说所呈现出的历史意识十分厚重有力。

《额尔古纳河右岸》具有丰裕的“民族性”韵味。《额尔古纳河右岸》的民间视角使小说当中布满了充裕的民族型元素。迟子建对于鄂温克族人日常生活的书写，一一还原其饮食、宗教、衣着、狩猎、婚丧、生产等日常生活细节，体现出深厚的民族性韵味。特殊样式的房屋希楞柱、放养驯鹿的方式、树林当中的路标营造出鄂温克民族生活的日常，呈现出一个朴素的民间生活状态。迟子建对于民间风俗的有力书写体现出对于“民族性”的重视，也表现出对于现代文明裹挟一切的抵抗。正如作者所言：“像我写的这支鄂温克部落，他们有自己的文化、宗教等，他们建立了很完整的生命观、宗教观、艺术观，可是我们所谓的现代文明却要把这种东西全盘地化解掉，这是野蛮人的行为。”①

《额尔古纳河右岸》中充满着强烈的生命意识，在山林当中逐水草而居的鄂温克民族充满着原始性的生命强力。面对自然带给他们的死亡威胁，他们淡然以对并始终保持着对自然极深的敬畏。这种雄强的生命意识的书写，彰显出作家对顽强生命力的礼赞。

290. 余华新世纪后的文学转向表现在哪些方面？

答：余华的创作可追溯至1983年所发表的《第一宿舍》，此篇与《星星》《鸽子，鸽子》《竹女》等早期的共计九篇短篇创作未收入其任何小说集之中。1986年开始，他的一系列创作逐渐显露出“余氏风格”，创作了一批带有先锋气质的作品，如《十八岁出门远行》《世事如烟》《古典爱情》《现实一种》等，展示充满荒诞、冷漠的非理性

---

① 迟子建，周景雷．文学的第三地［J］．当代作家评论，2006（04）：42-50.

的生活世界。1991 年开始，他的创作逐渐以贴地的方式回归现实，代表作有《在细雨中呼喊》《活着》《许三观卖血记》等。苦难成为他进入现实的有效路径。进入新世纪以来，余华创作了《兄弟》《第七天》《文城》等小说，表现出不同于此前创作的特质，具体体现在以下两个方面：

一、在叙事伦理上，从注重个体的精神转向注重集体的悲欢。新世纪以前的余华作品体现出对于个性和个体的寻找和确认，《十八岁出门远行》即为一则寻找自我主体性的寓言，小说主人公在离家的路上寻找属于自我的位置。《活着》虽有广阔的社会现实作为背景，但其中的核心关注仍然是福贵这类小人物一生的际遇跌宕。到新世纪后的《兄弟》开始，集体的形象逐渐浮现于其小说的字里行间，李光头即为彼时社会环境下集体性形象和行为的一个浓缩和象征，他在金钱世界中的匍匐挣扎与如鱼得水间接地折射出整个时代的结构性病症。

二、在艺术风格上，由先锋到写实。余华初入文坛之时的创作充满了先锋气质的艺术表现，表现种种非理性的事件和现象，如《世事如烟》中小镇的生死被算命先生所决定和影响，无法把握的生活体现于小说的字里行间，充满了主观性的自由书写和畅想，面对的是一个非理性的世界。新世纪后，余华的风格走向写实，《兄弟》书写大历史流逝中的人物命运，罪恶与倾轧、物欲横流的社会现实得到淋漓尽致的展现。《第七天》则涉及诸多的当下性的社会现实，弃婴、凶杀、爆炸、袭警、扫黄打非等事件纷纷进入文本。《文城》保留了余华先锋叙事的特质，但在现实主义的框架上叙述，写出了清末民初江南小镇在乱世中的社会生活，这些都显示出作家的现实关注。

291. 鲁迅对于新世纪的文学创作有哪些影响?

答：鲁迅小说书写中国底层农民和知识分子，深蕴着“悲剧性”和“批判性”，以表现的深切和格式的特别深刻影响着新世纪以来的文学创作，主要表现在：

一、强烈的现实关怀。新世纪以来，现实主义的创作理念再发力，书写现实和表达批判成为新世纪作家的创作诉求之一，显示出对鲁迅文学传统的继承。刘醒龙的《弥天》借由青年温三和的视角追溯特殊年代乔家寨水库的修建往事，批判民众合谋而完成的弥天大谎，并在此谎言当中体现出作者对于国民性问题的批判；女知青丁克思被枪毙而民众却只顾围观取乐，复现了鲁迅“看与被看”的看客姿态，表现出民众的极端愚昧与无知。毕飞宇《玉米》中庸众对于玉叶和玉秀的报复，陈彦《主角》中的看客，都体现了鲁迅的国民性批判诉求和现实的关怀。

二、对知识分子精神创伤与危机的揭示。知识分子作为鲁迅书写的重要对象之一，在其笔下，既有孔乙己一般的被封建科举制度戕害的知识分子，亦有吕纬甫、魏连殳一类理想破灭精神沉沦的知识分子。鲁迅所塑造的知识分子群像，在新世纪文学当中得到延续。如毕飞宇《平原》当中顾先生便是一个遭受精神创伤的知识分子形象，他遭到下放，他始终视理论和主义为至宝、视知识分子身份为豪，但是却被王家庄的小社会所抛弃，顾先生正是一个当代的孔乙己。李佩甫《生命册》当中的叙述人“我”同样为一个知识分子，在离乡进城的过程中追溯巨变，社会之变也折射出作为知识分子的“我”的沉沦。

三、启蒙主题的跨代延续。“五四”时代，以鲁迅为代表的作家开创了启蒙文学传统，他们呼唤理性，力图使百姓走出蒙昧状态，实现心灵的解放，以成为自由的独立个体。在新世纪文学当中，蒋子龙的《农民帝国》、陈应松的《太平狗》等接续了启蒙主题，显示出新世纪文学对于鲁迅的接受。

292. 新世纪文学对新文学传统有何继承与新变？

答：新世纪文学作为自然时间的断代划分，既体现了面向当下社会的文学关注和表达，同时又承接了中国自“五四”以来所开创的“新文学”传统。故而，新世纪文学既是中国新文学传统进入新阶段的历时性延续，如对于启蒙文学的继承，对文学与政治、文学底层关怀以及文学与政治的关系等主题的延续，同时又因新世纪独特的社会现实，在文学创作上产生了新变。

首先是启蒙议题的延续。启蒙是“五四”新文学的重要议题和旗帜。“五四”新文学力求唤醒民众，呼唤理性，使人成为独立的个体，这种对于个人性的吁求在新世纪文学当中同样出现，显示出新世纪文学对于新文学启蒙传统的呼应。

其次是底层文学的继续。作为新世纪文学重要现象之一的“底层文学”关切底层民众的现实生活，显示出深切的人道主义关怀。底层文学立足现实的立场，知识分子的自我审视眼光以及对于社会现实的思考显示出对于“五四”时期“为人生”文学的承续。但是，底层文学和新文学面对着不同的社会现实，新世纪文学面对的是物质文明高度发展的消费社会，以及贫富不均的复杂社会语境，故而对于“五四”新文学传统在继承的基础上又有新变。

最后是对乡土文学的承续。新世纪文学继承了自“五四”以来的“乡土文学”写作主题、道德批判模式等。但由于改革开放以来中国城市化进程加快，城乡之间的流动日益频繁，故新时期乡土文学书写的关键点不同于“五四”时期乡土文学当中的城乡对立模式，而是更多地体现出了城乡之间的交融变化。新世纪乡土文学当中的农民进城主题成为书写的关键点之一，显示出城市和农村之间的密切联系。

293.“80后写作”的意义与局限是什么？

答：“80后写作”浮出水面得益于1999年举办的“新概念”作文大赛，以杂志《萌芽》作为发表空间，逐渐引起社会各界的关注，进入新世纪以后，他们始终保持着一定的创作活力。白烨、张萍的《崛起之后：关于“80后”的答问》便对“80后写作”给予了极大的关注和肯定。作为一个代际群体的划分，80后作家包括春树、韩寒、郭敬明、李扬等。“80后写作”关注青少年心理、应试教育制度、家长制下的家庭等议题，显示出对于青年成长的关注。

80后作家写出了属于自己时代的故事，反思教育、成长以及亲情、友情，如韩寒《三重门》对于教育体制的反思，春树对于普通生活的疼痛表达。其意义在于提供了一种成熟的青春文学类型，并带有自身的文学创作特色。正如白烨所言：“过去我们的文学在针对不同年龄层次的读者上，相当地粗线条。在成人文学之外，就只有成人创作的儿童文学，而这只能对应小学生读者群体。而中学生读者群体这一块，要不去看成人文学，要不去看儿童文学，这实际上都与他们的实际需要并不对位。现在青春文学——'80 后'的出现，弥补了这样一个长久以来的欠缺。从这个意义上讲，它是应运而生的。"[①] 且"80后写作"这一带有集体意味的命名，并未遮蔽其中个体的创作特色，保持了创作面向的多样与丰富。

"80 后写作"也存在着其固有的局限：在内容上，其书写的笔力仍旧较为浮泛而未能深入开掘；在价值立场上，其存在价值立场平面化和中立化的取向，价值观迷茫；在文法上，较为单一和生硬，仍可见学校教育体制下的文风痕迹。

294. 如何看待郭敬明小说创作的意义与局限?

答：作为"80 后"代表作家的郭敬明书写青春与成长中的伤痛与感悟，文字透彻略带忧伤，形成郭敬明式的青春忧郁风格。感怀青春是其小说的核心主题，青春在其笔下带有忧郁与感伤的基调，如《愿风裁尘》书写青春期成长的苦痛和对于时间流逝的敏感，也透露出青春期恋爱的隐秘心事与中国应试制度之下学生的心理压力。郭敬明对于青春既留恋又痛惜，他笔下青春美好的另一面是撕裂感，如《夏至未至》当中的青春男女从相聚到离散，体现出郭敬明特有的不圆满的悲悼美学。郭敬明通过"新概念"作文大赛出道成名，从其创作初期便形成了自己的写作风格，其想象天马行空，擅长营构新奇的意境场景。如《幻城》当中营造出虚构的幻城景观，但他又在虚无缥缈间注入了人世永恒的话题，即对于友情、亲情和爱情等的探讨。他的语言唯美伤感，带着深沉的忧郁感。郭敬明擅长铺排意象，营造华丽流淌的语言风格，这一特点在《幻城》《梦里花落知多少》中体现明显。

意义和局限：

---

① 白烨，张萍 . 崛起之后——关于"80 后"的答问［J］. 南方文坛，2004（06）：16-18.

作为“80后”作家当中的代表人物，郭敬明的创作书写记录了对于世界的体认，在其创作当中所体现出的“个性”精神对于中国现代文学的“性灵”传统有所承接，并融入了其于时代的体悟，体现出一个时代的精神症候，实践了另一条不同于主流文学的写作路径，是为其创作的意义。

但是他的写作存有明显的局限，在写作伦理上，过度突出青春伤痛的一面而没有对青春进行全面的辩证思考，《悲伤逆流成河》《梦里花落知多少》等均有此方面的问题，这显示出作者某种立论的偏颇，以至于他无法整体地呈现一个时代青春的真正样貌。他的小说当中充斥着大量的商品化的符号，这诚然是新世纪以来社会发展之下的某种现象，但是对于金钱的过分突出，传递出一种消极的观念，过于物质化的场景的铺排也损伤了其小说的肌理。

295. 韩寒的小说创作有何特征?

答：1999年，韩寒在“新概念”作文大赛中获得第一名，此后其人、其事和其创作被广泛谈论，成为世纪之交一种颇具症候性的现象。目前，其已出版小说《三重门》《一座城池》《他的国》等。其小说的创作特征有：

一、韩寒小说关注社会现实和青年心理，延续了“五四”时期“问题小说”的余脉。《三重门》揭露中国教育体制僵化的弊端，关切青年在学业压力之下的精神焦虑和紧张，其对于教师的“祛魅”和拉下神坛也显示出应试教育的弊端。小说借林雨翔多次申请入文学社而不得的事件讽刺中国教育的教条刻板、泯灭个性。

二、韩寒的小说在文体上具有自叙传的特征。韩寒笔下的主人公面对着新时代的社会现实，苦闷的情绪借此种文体形式缓缓道来。某种意义上，《三重门》中的林雨翔是作者的化身，其经历和性格带着韩寒的审美和现实的经验投射，如作者和主人公都喜爱文学、靠特长进入高中、高中时期退学等。青年的升学焦虑、青春期的苦闷、个体的成长等在此种自叙传的文学形式中得到淋漓尽致的展现。

三、韩寒的小说擅用修辞，语言幽默。他用臭袜子比喻林雨翔与马德保之间“臭味相投”的关系，用牛奶和酸奶暗指男女的恋爱选择。韩寒的小说创作既显示出对于中国现代文学传统的继承，又显示出了对于新时代青年身心的关注，显示出主流之外的另一种边缘文化形态的出场。

296. 新世纪以来科幻文学的发展情况如何？

答：中国科幻文学在2000年左右快速发展，伴随着社会的发展和进步，科幻小说成为21世纪中国文学中的一个重要类别。一系列作品相继问世、科幻期刊产生、相关会议举办，都显示出其发展的繁荣趋势。代表作家和代表作有刘慈欣《三体》《流浪地球》、郝景芳《北京折叠》、陈楸帆《荒潮》、宝树《时间之墟》、夏笳《2044年春节旧事》、韩松《地铁》《高铁》《轨道》等。科幻文学自进入读者视线后，便伴有着学界对于其定性的争议，即科幻文学的重心究竟是“科”还是“幻”。科幻文学面临着新世纪中国复杂的社会现实，这也体现在其写作当中。

新世纪以来，中国科幻文学仍旧关怀中国现实故事，显示出了科幻与现实要素的平衡，并呈现出了浓厚的中国性特征，以此反映中国在全球化趋势中所面临的复杂现实情况。刘慈欣的《三体》即以中国历史中独有的背景即“文革”作为背景，讲述因人性缺失所导致的末日危机，并且设想着中国在全球化过程中应该扮演的角色以及作用。王晋康的《蚁生》根据蚂蚁社会所提供的灵感试图打造一个全新的人类社会，通过给人体注射“蚁素”以抹去知青身上的自私的劣根性，并由此再造一个乌托邦社会。对人性进行深入的挖掘，对社会现实加以探讨和思考。

新世纪科幻小说展现被科技所挤压的人类社会，并对于未来时中的世界进行预测以及思考。陈楸帆的科幻长篇小说《荒潮》主要书写电子垃圾问题，小说中的垃圾是升级后带着残余电子病毒并且通过接触很容易感染他人的垃圾。小说带有很强的赛博—科幻风格，但是对于环境和资源、资本和阶级等问题的关注，确实立足于中国现实，显示出曾经提出“科幻现实主义”的陈楸帆的现实关怀。郝景芳的《北京折叠》以城市中三个不同物理空间居住着的三种阶层，来探讨被折叠的城市之中的“阶级”以及权力问题。如作者所言，用“某种不同于现实的形式探索现实的某种可能”①。

新世纪的科幻小说体现出了重建“整体性”的信心。刘慈欣的《三体》获“雨果奖”，他曾经提到：“科幻对于我们已不仅仅是一种文学形式，而是一个完整的精神世界、一种生活方式。”② 其作品关涉第三世界的现实情况，想象第三世界以科技对抗异族压迫，可划归入晚清小说的知识谱系之中。《混沌蝴蝶》《天使时代》《光荣与梦想》《微纪元》《吞食者》《赡养人类》等体现出其重建整体性的信心和愿望，进而关注整个人类的命运。如他所言：“作为一个科幻小说作者，我倾向于把全人类看作一个整体。在科幻文学的潜意识中，人类就是一个人。”③

297. 曹征路小说的内容与文学史意义是什么？

答：曹征路为底层文学的代表作家，2004年，他的《那儿》发表并随即成为一个重要的文学史事件，并引起了对底层文学和新左翼文学广泛而深入的讨论。曹征路的写作之所以被重视与新时期以来学术界对于纯文学的反思密切相关，他面向底层的写作揭示出了新世纪以来中国社会滋生的矛盾，显示出了一种现实主义关怀。其小说的内容与文学史意义在于：

一、曹征路的写作聚焦于工人阶级的生活，既有传统的产业工人，也有时代需求产生的新工人。他以写作的方式使生活在大众视线之外的工人群体浮出水面，并以他们的个体命运切入对于现实的关照。《那儿》被视为底层文学的代表之作，这部小说直面中国国企改革中国有资产的流失以及工人面临的生存困境，工会主席朱卫国抗争无果

① 郝景芳．去远方·前言［M］．南京：江苏凤凰文艺出版社，2016：2.

② 刘慈欣．最糟的宇宙，最好的地球——刘慈欣科幻评论随笔集［M］．成都：四川科学技术出版社，2015：62.

③ 赵洋．太空将来时［M］．北京：清华大学出版社，2013：1.

并且自杀，下岗女工杜月梅沦为私娼，均是对于底层现实生活的披露，显示出对于新文学现实主义传统的继承。

二、曹征路的小说立足于新世纪，却不断地回溯到20世纪80年代，和曾经同样以工人为书写对象的“改革文学”对话。曹征路的创作显示出了一种视角的下移，曾经的改革文学中以“乔厂长”为代表的叱咤风云的改革者家族消失，而只剩下了被伤害的疼痛记忆。如《问苍茫》以深圳的台资公司为中心，书写劳资纠纷和工人罢工，以此拷问深圳的历史以及资本和金钱的力量。曾经改革文学建立了现代性神话，曹征路的小说正是显示出了这一神话的全盘覆灭，显示出对于逝去时代和现代的反思。

三、曹征路的小说创作和新世纪对于纯文学的反思联系在一起。纯文学主张文学回到自身，但是却也放逐了对于社会现实的关注。曹征路在新世纪的创作，正是在纯文学失去表达中国的能力之时，寻求突破既定的规则，积极地介入现实生活，反抗底层被遮蔽，恢复文学现实关切的一种选择。

298. 新世纪散文创作呈现出怎样的精神？

答：新世纪散文关怀和书写现实，显现出散文这一文体的理性思索与追求，表现出了对于现实的深切关怀。其精神表现为对于底层的人道主义关怀、对于生存和心灵史的思考、对于历史的思辨等几个方面。

一、对于底层的人道主义关怀。新世纪散文将目光投向了身边的现实，以深切的关怀而不是高高在上的态度书写底层的苦难，表现出知识分子的人道关怀。朝阳的《丧乱》书写底层妇女充满悲苦的一生，面对生活所给予的重压，散文中“祖母”一生生活于无光之处。作者对于苦难加以了深切的批驳乃至于指责。贾平凹的《我和刘高兴》则书写在底层漂泊的拾荒者的悲欢离合，离开了乡村到城市漂泊的刘高兴仍旧贫困而卑微，作者对此显示出深切的同情和悲痛。新世纪散文对于底层人民痛切生活的关注，并非仅是对于底层生活的简单堆积，而是在书写当中显示出知识分子面对底层的心灵波动，这种对于底层生活的现实主义关怀，显示出新世纪散文当中深切的人道主义精神。

二、对于生存和心灵史的思考。新世纪散文在物质大潮全面袭来之时，对于人的心灵、生命等永恒的问题进行了书写，表现出作家的深切思考。周国平《走进一座圣殿》假设一位当代人和一位先知对话的场景，在对话之中传递思考。作者就爱、死亡、生命等人类永恒的问题进行了思索，并最终得到了启示。史铁生的《我与地坛》则书写自己在身体生病之时对于生命的体悟、对于苦难的思考和接受，以及对于人生诸多转折点的理解。新世纪散文对于人们心灵世界和精神世界的思索，显示出形而上的哲学思辨，以及对于精神世界的关注。

三、对于历史的思辨。历史散文的传统自新文学发轫之时便已有之并在新世纪散文中得到继续。新世纪的历史散文书写传统文化，思索人性，书写传统艺术，打捞传统文化当中的闪光点，并表现出对于历史的深切思辨。王充闾的《用破一生心》书写晚清名臣曾国藩的精神历程，对于其心理纠结进行了精细的刻画，书写出了其作为名臣、个人的复杂心灵史，从现代人的价值尺度出发考察古人的心灵状态，显示出一种新的发现。林非《在卢梭铜像面前的思索》以书写卢梭为路径切入了对于人的精神问题的思考。新世纪的历史散文追问历史，思索人物的心灵秘史和精神状态，显示出一种别样的关怀。

299. 新世纪“在场主义”散文的基本面貌是什么?

答：在场主义散文在新世纪横空出世并成为一个重要的文学现象。所谓“在场”是指直接呈现面前的事件和事物，追求直接的介入性和敞开性，面向事物本身寻求哲理和表达思辨。在场主义散文表现对于历史和现实等问题的关注，以“散文性”作为写作的方法和坐标，并寻求敞开的散文。《在场主义小词典》成为他们创作的精神旗帜。在场主义散文的基本面貌是：

一、在场主义散文显示出主题的现实性和当下性，他们选择以在场或纪实的方式重返故事，因此散文主题具有强烈的非虚构性。夏榆《黑暗的声音》书写和呈现矿村的生活，显示出遵从故事真实的愿望，以及意图返回矿村中人真实生活的努力，并对他们面对生活的坚韧精神予以赞扬。阎连科《北京，最后的纪念——我和711号园》为都市古建筑被随意拆毁的命运，以及城市发展过程中所带来的环境破坏和遭遇人文迷途的现实发声。

二、在场主义散文主张叙述的独立。所谓独立即不受各种因素的干扰，而单纯地从自身的所思所想出发，并以此去发现真实的世界，保持叙述者主体精神的独立并使散文朝向世界敞开。高尔泰《寻找家园》为一个寄身于美国的离散者对于中国历史的审视以及思考，既显示出了穿透历史障壁的努力，也有对于生命以及自由的执着追求。毕飞宇的《苏北少年"堂吉诃德"》是带有作者自身影子的成长叙事，童年时期的趣事被作者以纪实性的方式展开，在呈现有趣的童年经历和成长故事之时，叙述者独立的姿态亦不断地显示出散文故事贴近生活的真实维度。

三、在场主义散文呈现出一种精神上的自由。散文写作者以灵魂和精神贴近事件，关注人生的终极意义并致力于呈现真实的人性。野夫《故乡，故人，故事》关于个体的命运以及在大时代面前的无力，属于对于个人生存经验以及灵魂史的言说。

300. 新世纪中国小剧场戏剧的风格表征是什么？

答：小剧场戏剧起源可追溯至19世纪末的法国，安德烈·安托万首次提出了"小剧场"的概念并沿用至今。尽管对其概念的界定各方意见不一，但其基本特征被认定为追求艺术性、反对商业化、厌弃世俗。"小剧场运动"在中国的兴起可追溯至1982年《绝对信号》在北京的首演。进入新世纪，小剧场戏剧在文化和政治以及社会语境当中呈现出更为繁复的样貌。其风格表征为：

一、新世纪中国小剧场戏剧呈现为"轻质"的美学样貌。新世纪以来，随着经济的快速发展和城市化进程的加快，小剧场戏剧的呈现受时代因素影响而走向轻质。首先表现为人物形象的符号化，人物被浓缩为某一类别，如白领、工人、经济适用男等社会上的某一类型人物，且并不触碰现实，亦不表达批判。"并不致力于探求现象背后恒长的真理与规律，在审美意趣上排斥严肃端庄，尤其偏爱幽默与调侃。”[①] 剧本的文学性削弱甚至告别编剧，表演采取即兴演出的方式。小剧场戏剧原有的先锋意识退场，而使其成为一个文化产业。如《到现在还没想好》充斥着大量的搞笑因素，满足了观众的心理，却并不追求意义的抒发；《故事新编》则告别了编剧，亦不彩排，令演员自由演绎互相碰撞，具有极大的开放性。

二、新世纪中国小剧场戏剧表现为“外来”与“本土”的接洽融合。起源于域外的小剧场戏剧有着孕育其的独特土壤，进入中国之后，经过自20世纪80年代一批先行者的实践，而不断地融入中国的特色，由此孕育出了具有中国本土特色并吸收外来因素的小剧场戏剧，在新世纪的小剧场戏剧中，这种特征尤其明显。新世纪的小剧场戏剧实践秉承“民族化”的原则，取得了良好的进展。如《朱丽小姐》原为外国剧目，在演出时却别出心裁地融入了具有中国特色的狮子舞，显示出外来剧目和本土元素的有机结合。

三、新世纪中国小剧场戏剧具有求新求变的意识。所谓求新求变是指新世纪以来，伴随着社会的发展和生活节奏的加快，对于趣味性的要求影响了小剧场戏剧的演出和特征，求新与求变成为在快节奏生活当中吸引观众的重要因素。“开心麻花系列”戏剧即通过段子拼贴、搞笑事件、热点话题等共同凝聚成轻快而自然的搞笑喜剧，吸引了大批的观众。

四、新世纪中国小剧场戏剧在技术元素的融入之下，呈现出多元化的艺术表征。进入新世纪，随着技术的升级换代，小剧场戏剧当中也出现了技术性的因素，为新世纪小剧场戏剧的独特艺术表征。如《切·格瓦拉》便通过投影播放关于主人公的相关纪录片和新闻信息，这种技术插入性的手段为多媒体技术与小剧场戏剧的融合互洽。

301. 新世纪先锋戏剧底层叙事的表现是什么？

答：新世纪以来先锋戏剧底层叙事兴起，其关注底层普通人的生

---

① 梁振华.“轻叙事”：当代中国文艺的美学新征候［J］.创作与评论，2014（18）：005-012.

活，自觉站在平民大众的立场发言，表现出一种浓厚的人道主义关怀。《一个无政府主义者的意外死亡》《切·格瓦拉》《红星美女》《丑儿的春夏秋冬》等为新世纪先锋戏剧底层叙事的代表作。新世纪先锋戏剧底层叙事的兴起有着特定的世纪之交的社会和文化语境，这与中国在现代化进程中所出现的问题有关，如城乡差距拉大、贫富不均和阶层分化等成为先锋戏剧底层叙事涌现的关键性推动因素。

新世纪先锋戏剧中的底层叙事首先表现为一种浓厚的底层意识。为人民发言和为底层发言成为其核心的指向。如《两只狗的生活意见》以先锋的手法，从两只狗的视角观察生活和社会，呈现底层社会中的造假、婚外情、养老问题、贫富分化等，进而批判社会流弊。两只狗的遭遇便是底层平民的遭遇，由此，对于底层生活的关怀意识浮出水面。

新世纪先锋戏剧的底层叙事又表现为对于底层形象的塑造。对于底层民众群像的塑造，使底层各行各业的生存状态跃于纸上。穷困的画家、矿区的失足少女、缺乏物质资料的底层市民、渴望玩具的贫苦人家的小孩子等。底层形象的塑造丰富了中国先锋戏剧中的底层人物画廊，提供了认知时代与社会的镜像。

新世纪先锋戏剧的底层叙事还表现为一种对于日常生活的呈现。其不关注宏大叙事，而是关注社会小人物的悲欢离合，对于日常生活的呈现提供了社会的百态和横剖面，由此，新世纪先锋戏剧中的底层叙事提供了认识时代的日常生活话语。

302. 新世纪话剧的民族化追求是怎样的?

答：新世纪以来，话剧民族化为戏剧界所重视，在“文化自信”的语境下，话剧创作者对中国传统的理解逐渐进入新的空间。新世纪话剧延续了之前话剧创作在表演体系和舞台观念方面的探索和革新，又更加侧重于剧作家在文本上的深入开掘，包括在题材内容方面与民族文化相衔接，在情节、结构和语言多方面对戏曲、曲艺进行吸纳等。其民族化追求表现在：

一、题材内容上讲好中国故事。新世纪话剧坚持现实主义道路，书写民族历史、民间传奇和现实生活。如黄维若的《秀才与刽子手》讲述了晚清秀才与刽子手面对变革的态度，剖析了封建文化形态对人性的扭曲。田沁鑫和林兆华都曾将话剧版《赵氏孤儿》搬上舞台。李静的《大先生》、赵耀民的《志摩之死》两部文人传记话剧，分别以鲁迅、徐志摩为中心呈现出民国时期文人的生存情况。这时期还涌现出大量的现实题材话剧，如《北街南院》讲述在非常时期北京普通老百姓的故事，《柳青》讲述作家柳青的生平事迹，《十八洞》讲述湖南乡村的“扶贫”故事等。

二、借鉴戏曲、曲艺和古代小说等传统艺术资源。传统美学影响下的戏曲蕴含着中国人的人生态度，以及对时空自由的理解。戏曲的程式化动作，是在对生活经验高度凝练的基础上对美的追求，对新世纪的话剧表演有着很高的借鉴意义。田沁鑫导演的《北京法源寺》从戏曲中吸收了舞台的整体思维，让观众在简约的舞台中看到万千世界，感到悲欢离合。该剧还吸收了京剧舞台上的“自报山门”，并与人物个性紧密相连。《什刹海》《建家小业》《老汤》则对相声等曲艺有所吸收。邹静之的《我爱桃花》灵感来自明代拟话本小说《型世言》。王晓鹰提出“中国意象”，即建构在中国传统艺术的元素、手法、意境、美感基础之上的整体性的舞台意象，这些中国传统艺术元素除了戏曲外，他指出还包括绘画、书法、音乐服饰、面具等。

三、契合民族精神和美学神韵。新世纪话剧工作者提出了对话剧民族化的认识。宋宝珍指出：“中国话剧的民族化不在于多大程度上化用了中国传统戏曲的表现手法，而在于多大程度上契合民族精神和美学神韵。我们其实真正接地气的，传得开的，留得下的优秀的作品，例如像……《兰陵王》等，都是反映我们的民族情怀，从骨子里流露出中国特色和中国气派、有我们传统的美学经典的内涵的作品。”[①] 陈昆峰认为：“话剧民族化是在经济全球化、文化多元化的国际背景下，用中华文化的精神融汇外来文化，创造一种新颖的个性化艺术，所以

① 孙靖．中国话剧民族化的探索历程——中国艺术研究院话剧研究所所长宋宝珍访谈［J］．四川戏剧，2018（08）：8-9.

它是一项具有原创性的事业。”[①]

四、借用王晓鹰的“中国意象现代表达”来概括新世纪话剧民族化追求，即“中国意象”要体现出现代审美的特质。新世纪以来，中国话剧在对现实主义和现代主义深入理解的基础之上，进入到传统美学的内在维度中，追求着民族化的发展道路。[②]

① 陈昆峰．中国话剧的中国性的确立——近三十年话剧谈［J］．当代戏剧，2009（02）：7-10.

② 参见王晓鹰．“新时期”“新世纪”“新时代”关于中国原创戏剧“创新”话题的再思考［J］．中国戏剧，2018（09）：4-6；陶庆梅．从新时期到新世纪的“话剧民族化”［J］．南方文坛，2021（04）：23-27；宋宇．新世纪中国话剧民族化的审美基调与创作态势［J］．河北学刊，2021（04）：216-221.

主要参考文献

1. 钱理群，温儒敏，吴福辉 . 中国现代文学三十年（修订本）[M]. 北京：北京大学出版社，1998.
2. 洪子诚 . 中国当代文学史（修订版）[M]. 北京：北京大学出版社，2007.
3. 陈思和 . 中国当代文学史教程 [M]. 上海：复旦大学出版社，2020.
4. 程光炜，吴晓东，孔庆东，郜元宝，刘勇 . 中国现代文学史 [M]. 北京：中国人民大学出版社，1999.
5. 朱栋霖，丁帆，朱晓进 . 中国现代文学史（1917—1997）（上下）[M]. 北京：高等教育出版社，1999.
6. 朱栋霖，朱晓进，龙泉明 . 中国现代文学史（1917—2000）（上下）[M]. 北京：北京大学出版社，2007.
7. 朱栋霖，朱晓进，吴义勤 . 中国现代文学史（1915—2018）（第四版）（上下）[M]. 北京：高等教育出版社，2020.
8. 董健，丁帆，王彬彬 . 中国当代文学史新稿 [M]. 北京：人民文学出版社，2005.
9. 孟繁华，程光炜 . 中国当代文学发展史（修订版）[M]. 北京：北京大学出版社，2011.
10. 乔以钢，罗振亚，李锡龙 . 中国现代文学 1898—1949 [M]. 北京：高等教育出版社，2015.
11. 曹万生 . 中国现当代文学史（第三版）（上下）[M]. 北京：中国人民大学出版社，2019.
12. 朱德发 . 中国现代文学史实用教程 [M]. 济南：齐鲁书社，1998.
13. 袁行霈，黄霖，袁世硕，孙静 . 中国文学史（第四卷）[M]. 北京：高等教育出版社，1999.
14. 王光明 . 现代汉诗的百年演变 [M]. 石家庄：河北人民出版社，2003.
15. 张燕玲，洪子诚，孟繁华 . 当代文学关键词 [M]. 桂林：广西师范大学出版社，2002.

16. 罗振亚 . 中国现代主义诗歌史论（修订版）[M]. 北京：社会科学文献出版社，2002.
17. 吴立昌 . 文学的消解与反消解：中国现代文学派别论争史论 [M]. 上海：复旦大学出版社，2003.
18. 龙泉明 . 中国新诗流变论（修订版）[M]. 北京：人民文学出版社，2004.
19. 程光炜 . 中国当代诗歌史 [M]. 北京：中国人民大学出版社，2003.
20. 温儒敏，李宪瑜，贺桂梅，姜涛 . 中国现当代文学学科概要 [M]. 北京：北京大学出版社，2005.
21. 李扬 . 中国当代文学思潮史 [M]. 上海：上海社会科学院出版社，2005.
22. 戴锦华 . 涉渡之舟：新时期中国女性写作与女性文化 [M]. 北京：北京大学出版社，2007.
23. 新罗，张静，董蓬蓬 . 全国硕士研究生入学考试历年真题解析——中国现当代文学史 [M]. 济南：齐鲁书社，2010.
24. 刘中树，许祖华 . 中国现代文学思潮史 [M]. 武汉：华中师范大学出版社，2009.
25. 谢冕 . 中国新诗总系（10 卷）[M]. 北京：人民文学出版社，2010.
26. 洪子诚，刘登翰 . 中国当代新诗史（修订版）[M]. 北京：北京大学出版社，2010.
27. 中国文学史辅导及习题组 . 中国文学史（第三版）辅导及习题集 [M]. 成都：西南交通大学出版社，2013.
28. 吴中杰 . 中国现代文艺思潮史（增订版）[M]. 上海：复旦大学出版社，2014.
29. 温儒敏 .《中国现代文学三十年》学习指导 [M]. 北京：北京大学出版社，2016.
30. 胡璟 . 中国当代文学史（修订版）同步辅导与习题集 [M]. 武汉：武汉大学出版社，2016.
31. 杨建华 . 中国现当代文学史同步辅导与习题集 [M]. 武汉：崇文书局，2017.
32. 严家炎 . 中国现代小说流派史 [M]. 北京：新星出版社，2021.
33. 洪子诚 . 中国当代文学史 · 史料选（上）[M]. 武汉：长江文艺出版社，2002.
34. 杨义 . 中国现代小说史 [M]. 北京：人民文学出版社，1998.

35. 董健 . 陈白尘创作历程论［M］. 北京：中国戏剧出版社，1985.
36. 袁可嘉 . 论新诗现代化［M］. 北京：生活 · 读书 · 新知三联书店，1988.
37. 胡风 . 胡风评论集（上中下册）［M］. 北京：人民文学出版社，1984.
38. 王先霈 . 新世纪以来文学创作若干情况的调查报告［M］. 沈阳：春风文艺出版社，2006.

图书在版编目(CIP)数据

中国现当代文学三百题 / 余江主编 ；俞春玲副主编
. — 北京 ：商务印书馆国际有限公司，2022. 12
ISBN 978-7-5176-0962-9

Ⅰ. ①中… Ⅱ. ①余… ②俞… Ⅲ. ①中国文学—现代文学—文学研究 ②中国文学—当代文学—文学研究
Ⅳ. ①I206. 6

中国版本图书馆 CIP 数据核字(2022)第 230112 号

ZHONGGUO XIANDANGDAI WENXUE SANBAI TI

中国现当代文学三百题

主　　编　余　江
副 主 编　俞春玲
出版发行　商务印书馆国际有限公司
地　　址　北京市朝阳区吉庆里 14 号楼
　　　　　佳汇国际中心 A 座 12 层
邮　　编　100020
电　　话　010-65592876(编校部)
　　　　　010-65598498(市场营销部)
网　　址　www. cpi1993. com
印　　刷　三河市紫恒印装有限公司
开　　本　880mm×1230mm　1/32
字　　数　318 千字
印　　张　11
版　　次　2022 年 12 月第 1 版第 1 次印刷
书　　号　ISBN 978-7-5176-0962-9
定　　价　39. 00 元